Le point faible du Dr Edwards

*

Diagnostic : amour

*

Une passion à défendre

CAROL MARINELLI

Le point faible du Dr Edwards

Blanche

HARLEQUIN

Collection : Blanche

Cet ouvrage a été publié en langue anglaise
sous le titre :
THE SOCIALITE'S SECRET

Traduction française de
MARCELLE COOPER

HARLEQUIN®
est une marque déposée par le Groupe Harlequin

Blanche® est une marque déposée par Harlequin

HARLEQUIN

83-85, boulevard Vincent-Auriol, 75646 PARIS CEDEX 13.
Service Lectrices — Tél. : 01 45 82 47 47

www.harlequin.fr

ISBN 978-2-2803-4392-3 — ISSN 0223-5056

1.

Il était 5 heures du matin, et Luke Edwards se préparait pour aller prendre sa garde aux urgences. En temps normal, il aurait pris à loisir son petit déjeuner, mais là, il se sentait trop nerveux pour avaler ne serait-ce qu'un toast.

Pas de nouvelles ne signifiant pas toujours de bonnes nouvelles, il alluma la télévision pour écouter le journal avant de se verser un verre de jus de pamplemousse.

Le présentateur égrena pêle-mêle les catastrophes — guerres, crash aérien, faits divers, scandale politique dévoilant les frasques d'un ministre de sa Gracieuse Majesté, chute du CAC 40 et autres informations à faire pleurer dans les chaumières, avant de passer au volet plus léger des *news people.* Il annonça que le spectacle donné le samedi précédent par la chanteuse Anya au 02 Arena en clôture de sa tournée européenne triomphale avait fait salle comble, et qu'elle devait reprendre l'avion pour les Etats-Unis dans la journée. Puis il enchaîna sans transition sur la rumeur selon laquelle l'épouse d'un footballeur vedette du Manchester United se serait fait poser des implants fessiers.

Luke zappa.

Las, c'était la même punition sur toutes les chaînes.

Il éteignit le téléviseur.

Dans sa chambre, il choisit une cravate qu'il fourra dans la poche de sa veste, puis il redescendit prendre ses clés. En jetant un coup d'œil dans le miroir au-dessus de la console, il se demanda si, tout de même, il ne devrait pas se raser.

Et puis non.

C'était comme ses cheveux qui rebiquaient sur le col de la chemise… D'accord, la semaine prochaine, il irait chez le coiffeur.

A la sortie du garage, l'Audi fendit la brume froide et humide de novembre et, tous phares allumés, traversa le village endormi pour prendre la route de Londres.

Il avait récemment accédé au grade de médecin chef des urgences au Royal Hospital. Aux esprits chagrins qui lui reprochaient de vivre trop loin de la capitale, il rétorquait que cela ne nuisait en rien à son travail puisqu'il disposait d'un appartement au CHU pour ses astreintes et ses gardes à rallonge.

Il habitait depuis un an à Maiden Stone, entre son fief familial d'Oxford et Londres. La centaine de kilomètres qu'il accomplissait tous les jours lui servait de sas pour décompresser et séparer vie professionnelle et vie privée. Les habitants du village l'avaient plutôt bien accueilli. Sans chaleur excessive, ce qui lui convenait parfaitement. Les voisins envahissants qui frappent à votre porte pour un oui ou pour un non, très peu pour lui. Il prendrait son temps pour connaître les gens, à son rythme. En dépit des critiques, il était convaincu d'avoir fait le bon choix.

Jusqu'à aujourd'hui.

Durant le trajet, plutôt que d'écouter un CD de musique ou l'enregistrement de telle ou telle conférence recommandée par *The Lancet,* il alluma la radio, en quête de nouvelles fraîches.

Cela faisait quatre jours qu'il en attendait, qu'il vérifiait sans cesse son portable pour voir s'il avait LE message en s'efforçant de cacher sa fébrilité à ses collègues.

Le présentateur du point-route annonça que la circulation était dense sur la M25, avec un ralentissement à hauteur de Henley-on-Thames.

Exact. Il était en plein dedans.

Enfin, juste avant 7 heures et le lever du soleil, il arriva en vue de l'hôpital et se gara sur l'emplacement réservé dans le parking souterrain.

Il était sur le point d'éteindre l'autoradio quand le programme musical fut interrompu par une nouvelle de dernière minute.

— Selon une source proche de l'entourage d'Anya, on apprend que la chanteuse…

Il écouta le communiqué puis, le cœur cognant à tout rompre, resta assis dans son siège, s'efforçant de se ressaisir. Aujourd'hui serait un jour capital, mais pas pour la raison qu'il avait crue.

Il sortit de voiture et prit l'ascenseur. En traversant les couloirs pour se rendre aux urgences, il vit des vigiles se précipiter dans la même direction, mais il se refusa à presser le pas. Sa seule concession au passage en mode professionnel fut de nouer sa cravate autour de son cou.

— Bonjour, dit-il à Geoff, l'un des vigiles, qui courait dans le couloir.

« Bonjour », façon de parler. La journée serait tout sauf bonne.

— Vous ne savez donc pas qui arrive ? demanda Geoff en ralentissant pour lui emboîter le pas.

— Si, je l'ai entendu à la radio. Appelez des renforts. Vous allez en avoir besoin pour installer les paravents de sécurité. Combien de temps reste-t-il ?

— Dix minutes.

Il colla sa carte d'identification devant le lecteur du sas et entra dans le service.

— Dieu merci, vous êtes en avance ! s'écria Paul, l'un de ses internes, en le rejoignant. Anya a fait un arrêt cardiaque, elle ne va pas tarder à arriver…

Pas étonnant que Paul se sente soulagé. Luke, lui, s'efforçait de montrer un calme olympien en toutes circonstances. Et du calme, il lui en faudrait aujourd'hui.

— Ça va être la folie ! On risque d'être débordés par les paparazzis !

Non. Tant qu'il serait de garde, tout resterait sous contrôle.

Ils entrèrent dans la salle de réanimation, où les infirmières effectuaient déjà la mise en place.

— Avez-vous bipé un des anesthésistes de garde ? demanda-t-il à Paul.

— Les deux sont pris. Jack est en neuro, et David se trouve au chevet d'un prématuré en soins intensifs de néonatologie. Il tâchera de descendre dès que possible… Voulez-vous que je demande à la réceptionniste de lancer un appel général ?

Tout en écoutant son collègue, Luke vérifiait les différentes capsules que Barbara, une infirmière de bloc chevronnée, était en train de disposer sur le chariot. Il secoua la tête.

— Inutile. On se débrouillera en attendant David.

— Savez-vous qui est Anya ?

Devant son masque imperturbable, le jeune médecin pensait sans doute qu'il ignorait de qui il s'agissait.

— Oui, je le sais.

Mieux que personne. Anya était célèbre depuis quarante ans et elle le serait encore davantage après aujourd'hui. Surtout si elle mourait.

— Le directeur est-il au courant ?

Paul hocha la tête.

— Bien, dit Luke. Je vais m'assurer que les paravents sont installés.

Comme il s'éloignait, il croisa Heather, la surveillante et coordinatrice des personnels infirmiers.

— Sait-on ce qu'elle a pris ? lui demanda-t-elle d'emblée.

— Rien ne permet pour l'heure d'affirmer qu'elle a pris quoi que ce soit. Au lieu d'échafauder des hypothèses fantaisistes, vous feriez mieux de vérifier que l'entrée des urgences est sécurisée et qu'aucune photo ne pourra être prise.

Tels des vautours, les journalistes se rassemblaient déjà autour du bâtiment, et on entendait un hélicoptère tournoyer au-dessus de leurs têtes.

Il fallait à tout prix éviter qu'un paparazzi prenne la photo d'Anya sur son brancard. Heureusement, grâce aux hauts paravents dressés par les vigiles, l'auvent des ambulances était masqué à la vue. Cette fois, qu'elle le veuille ou non, la chanteuse ne ferait pas la une des journaux.

Paul les rejoignit sous l'auvent.

— Le médecin régulateur vient d'appeler. Il paraît qu'elle a fait une overdose suite à la prise d'une substance médicamenteuse.

Heather se tourna vers Luke avec un petit sourire.

— Finalement, ce n'était pas si fantaisiste comme hypothèse…

Luke serra les dents.

L'ironie de la remarque était de trop. La patiente n'était pas arrivée que les petites phrases assassines fusaient déjà ! Cela faisait des années qu'il muselait ses émotions, mais aujourd'hui la soupape était à deux doigts d'exploser.

— Si vous voulez vous rendre utile, évitez de juger sans savoir, dit-il en enfilant une blouse de bloc. Sinon, je me passerai de vos services.

— Mais, docteur, je ne faisais que…, commença Heather.

— Eh bien, abstenez-vous !

Heather et Paul échangèrent un regard intrigué. Ils se demandaient visiblement quelle mouche avait piqué leur médecin chef d'ordinaire si calme.

L'ambulance arrivait.

Luke ouvrit les portes et vit qu'un auxiliaire médical était en train de pratiquer un massage cardiaque sur la patiente tandis qu'un homme au bronzage hollywoodien lui hurlait des consignes avec un accent californien prononcé. Quand Luke lui demanda ses nom et qualité, il daigna se présenter.

— Vince Howard, médecin personnel d'Anya.

Luke savait qui était Vince Howard et il détestait cordialement le personnage.

— Sait-on quels produits elle a avalés ? s'enquit-il tout en suivant les auxiliaires médicaux qui poussaient le lit-brancard vers la salle de réa.

— Sans doute des somnifères…

Une réponse des plus vagues.

Ignorant le médecin californien, Luke interrogea Albert, l'un des ambulanciers, qui avait des détails plus précis à lui fournir.

— Elle a été retrouvée inconsciente par sa fille à 6 heures du matin, dit ce dernier en aidant ses collègues à transférer Anya sur la table de réa.

— *A demi* inconsciente, rectifia Vince.

— La fille, Scarlet, est sous le choc, poursuivit Albert. On a eu du mal à obtenir un récit cohérent de sa part. Il semblerait qu'on ait administré à Anya un antidote aux opiacés qu'elle avait consommés, antidote qui aurait provoqué des vomissements, suivis d'un arrêt cardio-respiratoire.

— Qu'a-t-elle pris au juste ? redemanda Luke à Vince.

En insistant, il obtiendrait peut-être une explication.

— On ne sait pas vraiment.

Il y avait fort à parier que l'homme couvrait ses arrières.

Derrière le dos de Vince, Albert haussa les épaules, signe qu'il n'avait pas eu plus de chance pour arracher des informations au médecin de la star.

— Il n'y avait ni bouteille, ni seringue, ni boîte ou flacon de médicaments lorsque nous sommes arrivés, reprit l'ambulancier. Et elle avait déjà été intubée.

Ce qui confortait les soupçons de Luke : Vince et sa clique s'étaient hâtés de supprimer les indices compromettants.

— Quels traitements suivait-elle ? demanda-t-il tout en auscultant la poitrine de la patiente.

Vince cita les noms d'un anxiolytique et d'un somnifère léger.

— Alors, comment expliquez-vous qu'on n'ait trouvé aucune plaquette de comprimés à côté d'elle ?

— C'est moi qui les lui administre. Elle suit également un régime vitaminé pour combler ses carences en…

— On verra ça plus tard, l'interrompit sèchement Luke.

Vince essayait de toute évidence de noyer le poisson en se montrant prolixe sur les vitamines.

Après avoir injecté en intraveineuse un antidote à large spectre, Luke revint à la charge.

— Quel type d'opiacés a-t-elle pris ? Est-ce vous qui les lui fournissez ?

— Je lui en donne lorsque ses douleurs lombaires se réveillent.

Encore une fois, Vince ne répondait qu'à moitié.

— Demandez une analyse toxicologique au labo, ordonna Luke à Barbara, qui était en train de faire une prise de sang.

L'auscultation thoracique révélait une insuffisance respiratoire aiguë et un encombrement bronchique et pulmonaire. Les vomissements s'étaient-ils produits avant l'intubation ? Et, dans ce cas, Vince avait-il pris la peine de changer la canule ? En avait-il seulement posé une du bon diamètre ?

Luke renonça à le lui demander car sa réponse ne serait de toute façon pas fiable. Le mieux était de remplacer le tube trachéal et de ré-intuber la patiente.

— Attention aux cordes vocales ! lança Vince.

Les fameuses cordes vocales qui valaient des millions de dollars !

Retenant la repartie acerbe qui lui brûlait les lèvres, Luke jeta la canule obstruée par du liquide digestif, inséra un nouveau tube dans la trachée et relia le ballonnet à l'arrivée d'oxygène.

Vince Howard ne perdait rien pour attendre !

Entre-temps, les infirmières avaient posé les électrodes sur la poitrine d'Anya pour la brancher aux moniteurs, et l'électrocardiogramme affichait un tracé systolique faible, mais qui semblait se renforcer au fil des dérivations.

La patiente n'était pas encore stabilisée, loin de là, mais Luke ne put retenir sa colère plus longtemps. Il ne supporterait pas une seconde de plus la présence de cet imposteur dans sa salle de réanimation.

— Sortez d'ici ! ordonna-t-il avec force à Vince.

Paul et Heather le regardèrent avec de grands yeux.

Il y avait de quoi. Lui qui ne jurait pas, n'élevait jamais la voix…

— Non, je ne laisserai pas Anya.

— Ah, mais si ! Vous allez me faire le plaisir de fiche le camp d'ici, à moins que vous ne consentiez à me dire exactement ce qu'Anya a pris et pourquoi il vous a fallu si longtemps pour appeler les secours !

Vince ne bougea pas.

A cet instant, David, l'anesthésiste, arriva pour prendre le relais de la ventilation artificielle.

Luke injecta une dose supplémentaire d'épinéphrine dans la perfusion. Les effets ne tardèrent pas à se manifester, et la courbe systolique commença à s'animer.

Il n'en avait pas terminé avec Vince.

— Appelez la sécurité.

— La sécurité ? répéta Heather en le regardant comme s'il était devenu fou. En salle de réa ?

— Je veux qu'on le fasse sortir ! dit-il en désignant l'individu qui l'empêchait de se concentrer.

Et il donna un coup de pied dans un chariot métallique vide qui alla cogner contre le mur.

Le message était clair : il se chargerait d'évacuer lui-même le visiteur indésirable si le personnel s'y refusait.

Il aurait dû essayer de se ressaisir, mais il s'en sentait incapable. En fin de compte, Paul avait eu raison. La situation devenait explosive, mais pas pour les raisons qu'il avait imaginées.

— Vous me dégoûtez ! lança-t-il à Vince. On devrait interdire d'exercer à des charlatans comme vous !

Jugeant sans doute plus sage d'éviter la confrontation, Vince battit en retraite.

Au bout d'une heure, Luke et son équipe parvinrent à stabiliser l'état d'Anya qui reprit conscience. Désorientée, émergeant des limbes, elle les fixa avec des yeux terrifiés et porta la main au masque de ventilation artificielle.

— N'y touchez pas, Anya, dit Luke d'une voix très

douce. Cela vous aide à respirer. Vous êtes à l'hôpital, et tout va bien à présent.

A son arrivée, il n'avait pas donné cher de ses chances de survie et il avait encore du mal à croire qu'elle était tirée d'affaire.

Ils décidèrent, David et lui, de la plonger dans un coma artificiel afin de permettre à son corps de récupérer sans souffrir.

— Montez-la en soins intensifs, ordonna-t-il à un brancardier. Heather, vérifiez que la voie est libre jusqu'à l'ascenseur, ainsi qu'à l'étage.

— J'y vais de ce pas, dit la surveillante. Docteur, vous vous chargerez du communiqué de presse ?

Et voilà. On piétinait allégrement le règlement parce qu'il y avait une célébrité parmi les patients. D'autres victimes d'overdose avaient certainement été admises durant la nuit, mais le monde ne semblait plus tourner qu'autour d'Anya.

— La presse attendra, répliqua-t-il sèchement, je réserverai la primeur de la nouvelle à ses proches.

Heather eut la grâce de rougir.

— Bien sûr. Je les ai installés en salle des familles. Il y a son imprésario, son coach vocal, le médecin, les gardes du corps, et Scarlet, sa fille.

— D'accord. Je vais d'abord m'entretenir avec sa fille.

Il jeta sa blouse et ses gants à la poubelle puis se dirigea vers la salle en question.

Tous les regards du personnel étaient braqués sur lui car tous voulaient savoir ce qui s'était passé derrière les portes battantes, mais pas question de satisfaire leur curiosité.

Les membres de l'entourage d'Anya étaient rivés à leurs portables. Comme il s'avançait dans la pièce, l'un d'eux, un garde du corps à en juger par sa carrure, lui barra le chemin en lui demandant de montrer son badge.

Qu'ils ne le prennent pas de haut avec lui, sinon, ce serait la guerre !

— C'est plutôt moi qui devrais vérifier votre identité, répliqua-t-il vertement.

— Comment va-t-elle ? demanda une femme en se précipitant vers lui.

— Cela fait une heure qu'on attend, dit une autre d'une voix autoritaire. La moindre des politesses serait de nous tenir au courant…

Au milieu de la dizaine de personnes présentes, il l'aperçut.

Scarlet. Elle était assise, tremblante, le visage enfoui dans les mains.

Il s'arrêta au milieu de la pièce.

— Je suis le Dr Luke Edwards. C'est moi qui ai pris Anya en charge. J'aimerais parler avec les parents proches.

Elle releva soudain la tête et le regarda à travers un rideau de boucles noires, livide.

— Luke ?

— Luke Edwards.

Personne ne devait savoir qu'ils se connaissaient et quel choc cela représentait pour eux de se revoir en ces circonstances. Pas question de la tutoyer devant témoins.

— Je suis le médecin qui a soigné votre mère… Y a-t-il d'autres membres de la famille ?

— Juste moi, murmura-t-elle dans un souffle.

— Alors, j'aimerais vous parler en privé. Suivez-moi, ajouta-t-il en se tournant vers la porte.

La femme au verbe haut se mit en travers de son chemin.

— Un instant. On a besoin de savoir ce qui se passe. Je suis Sonia, l'imprésario d'Anya.

— Vous êtes un parent proche ?

Son ton n'admettait pas de réplique, et la femme s'effaça.

Scarlet suivit Luke, flageolant sur ses jambes.

— Par ici, dit-il en l'entraînant le long d'un énième couloir.

Au lieu de lui prendre le bras pour la soutenir, il marchait au pas de course.

— Entre, dit-il en ouvrant une porte ornée d'une plaque à son nom.

Sa mine grave indiquait que les nouvelles n'étaient pas bonnes. Il allait lui dire que sa mère était morte, elle en était sûre. Sa mère n'avait pu être réanimée, elle était morte. Et c'était Luke, surgi du passé, qui allait le lui annoncer !

Bien qu'elle ait l'habitude des conflits intérieurs, elle ne s'était jamais senti écartelée à ce point entre des émotions contradictoires.

Le silence du bureau lui sembla irréel. C'était le calme après la tempête qui s'était abattue sur elle depuis qu'elle avait trouvé sa mère inconsciente ce matin.

Jamais elle n'oublierait ce moment où elle était entrée dans la chambre d'hôtel aux rideaux fermés.

— Maman ? avait-elle dit en avançant à tâtons vers le lit plongé dans la pénombre.

Sa mère était couchée sur le ventre.

— Maman ?

Elle l'avait secouée par l'épaule et, devant son manque de réaction, elle avait essayé de la retourner — sans succès, car elle ne faisait pas le poids par rapport aux quatre-vingts kilos d'Anya.

Ouvrant la porte à toute volée, elle avait crié au secours, et un garçon d'étage affolé était accouru. Dès lors, le chaos avait régné en maître. Le personnel d'étage et les clients réveillés par le bruit s'étaient attroupés dans le couloir, Sonia s'était précipitée en pyjama, suivie des choristes et des gardes du corps. Vince était arrivé le dernier, en chemise et pantalon.

Etrange qu'il ait pris le temps de s'habiller, avait-elle pensé malgré sa panique.

Impuissante, en pleurs, elle avait assisté à la scène de régurgitation, aux vomissements, à l'arrêt cardiaque et à la tentative de réanimation infructueuse. Ignorant les protestations de Vince qui soutenait qu'il avait la situation sous contrôle, elle avait sorti son portable pour appeler en désespoir de cause le numéro d'urgence en vigueur en Angleterre.

Plusieurs personnes de l'entourage de sa mère lui avaient ensuite signifié qu'elle avait commis une grave erreur en mettant ainsi la situation sur la place publique, mais elle n'en avait cure. Tout ce qui comptait pour elle, c'était de sauver sa mère.

— Est-elle… ?

Le mot ne franchit pas ses lèvres.

Luke alluma la lumière qui signalait de ne pas déranger et referma la porte.

— Assieds-toi, dit-il en lui désignant un siège.

Elle resta debout. Et, au lieu de demander des nouvelles de sa mère, elle dit ce qui la tourmentait depuis qu'elle avait levé les yeux et reconnu Luke.

— Je suis désolée pour ce qui s'est passé…

Le mot *autrefois* se perdit dans un sanglot.

— Assieds-toi, répéta-t-il.

Voyant sans doute qu'elle avait du mal à tenir sur ses jambes, il lui entoura les épaules de son bras pour l'aider à gagner la chaise.

En chemin, elle sentit sa main glisser vers sa taille. Puis, sans prévenir, il la retourna pour la prendre contre lui et il la serra si fort que, pendant un bref instant, plus rien n'exista qu'eux deux.

Elle retrouvait son parfum, les contours de ce corps dont elle s'était languie pendant si longtemps, cette alchimie qui n'existait qu'entre eux, et la chaleur de cette étreinte dont elle s'était crue privée à jamais.

— Je regrette tellement, dit-elle en pleurant.

— Tout va bien, Scarlet… Tout va bien.

Sa voix rauque et profonde l'apaisa. Blottie contre son torse, elle se laissa caresser les cheveux et s'abandonna à cet instant miraculeux qu'elle avait cru ne jamais revivre.

— Elle est hors de danger.

Il parlait de sa mère, alors qu'elle pleurait sur eux, sur leur passé si beau et si douloureux et sur tout ce qu'ils avaient perdu.

2.

Un professionnel calme et détaché. Voilà l'image que Luke aurait voulu donner à Scarlet en l'informant de l'état de santé d'Anya.

Cela faisait des années qu'il avait appris à dominer ses émotions en présence de ses patients et de leurs familles, ainsi que de sa propre famille. Avec Scarlet, toutefois, il n'avait jamais pu y parvenir complètement. Et le choc de la revoir achevait de lui faire perdre ses moyens.

De toute façon, elle n'avait pas besoin d'un médecin froid et distant, mais de chaleur humaine. Et lui-même avait besoin de la sentir contre lui pour se consoler — un peu — de la peine et de la douleur qu'il avait enfouies en lui durant deux ans.

L'heure n'était pas à s'apitoyer sur son sort ni à ressasser les traumatismes du passé. Scarlet était là devant lui, pour des raisons différentes de ce qu'il aurait souhaité — il avait espéré qu'elle le contacte avant de rentrer aux Etats-Unis —, mais elle se trouvait maintenant dans ses bras. Le parfum de sa peau et de ses cheveux exerçait de nouveau sa magie sur lui, et il devait se retenir pour ne pas embrasser ses joues baignées de larmes.

Pathétique.

Cela faisait plusieurs mois qu'il espérait la revoir, depuis l'annonce de la tournée européenne d'Anya. Et, depuis que la chanteuse et son entourage avaient posé le pied sur le sol britannique, il avait attendu tous les jours un coup de fil de Scarlet. En vain. En apprenant ce matin qu'une ambulance filait vers le Royal avec Anya à son bord, il avait tenté de se préparer au choc de revoir Scarlet, s'était exhorté au calme.

Une pieuse résolution. Il la tenait dans ses bras et il n'avait aucune envie de la lâcher.

Et elle éprouvait le même besoin, à en juger par la manière dont elle avait glissé les bras sous sa veste pour les nouer autour de sa taille.

Se pourrait-il qu'il lui ait manqué autant qu'elle lui avait manqué ?

Le parfum mâle et boisé de Luke enivrait Scarlet. Elle ne l'avait jamais oublié, et voilà qu'il emplissait de nouveau ses narines. Elle avait l'impression de rêver.

Etaient-ce les bras de Luke qui la serraient si fort ?

A son arrivée en Angleterre, elle avait espéré que leurs chemins se croiseraient, sans pouvoir pour autant se résoudre à l'appeler de crainte d'entendre des mots durs, des accusations qu'il était parfaitement en droit de formuler à son encontre.

En lieu et place, il était en train de la serrer tendrement contre lui.

Durant l'interminable attente en salle des familles, Vince et Sonia l'avaient soumise à des assauts répétés, essayant de la persuader que sa version des événements n'était pas la bonne et qu'elle aurait tout intérêt à se ranger à la leur. Sonia avait de surcroît exigé de savoir pourquoi elle n'avait pas assisté à la représentation d'hier. Visiblement, aucun d'eux n'était au courant de l'altercation qui l'avait opposée à sa mère la veille.

Elle avait fait la sourde oreille à leurs récriminations pour se repasser en boucle le film de la dispute. Et soudain, au milieu de toute cette agitation, elle avait entendu cette voix qui avait fait s'emballer son cœur.

Certes, elle savait que Luke était médecin, mais elle ne savait pas qu'il travaillait à Londres. Lors de leur rencontre, il s'y était trouvé pour un entretien d'embauche auquel il n'avait pas été sûr de donner suite. L'éventualité qu'il puisse travailler ici, dans cet hôpital, et avoir pris en charge sa mère ne lui avait pas traversé l'esprit.

— Dis-moi, murmura-t-elle en se cramponnant à lui. Comment va-t-elle ?

— Mieux…

Elle retint son souffle.

— Elle a repris conscience brièvement avant qu'on la plonge dans un coma artificiel.

— Crois-tu qu'elle va s'en sortir ?

— Oui, je t'ai dit qu'elle était hors de danger. Raconte-moi ce qui s'est passé.

— Je l'ai trouvé inanimée ce matin, elle avait pris quelque chose… Quand j'ai vu que Vince ne parvenait pas à la réanimer, j'ai appelé une ambulance.

Il alla s'asseoir derrière son bureau.

— Scarlet, j'ai besoin de plus de précisions. Quand avais-tu vu ta mère pour la dernière fois avant ce matin ?

— Hier soir, dit-elle en s'installant face à lui. Il y avait une fête pour célébrer la fin de la tournée et…

— Montrait-elle des signes de fatigue à cette fête ?

— Je ne sais pas, je n'y ai pas assisté. Nous nous sommes revues plus tard, à l'hôtel.

Il prenait des notes.

— Quand ?

— Vers 1 heure du matin.

— Comment t'a-t-elle semblé ?

— Comme quelqu'un qui sort de scène après deux heures de spectacle. Epuisée. Pourrais-tu arrêter d'écrire pendant que je te parle ?

— Scarlet, c'est important, au cas où il y aurait une enquête de police.

— Pourquoi la police ? Tu crois que ma mère n'a pas avalé ces substances de son plein gré ou que… Qu'elle aurait tenté de se suicider ?

C'était absurde. Jamais sa mère ne songerait à s'ôter la vie. Il s'agissait d'une overdose accidentelle.

— C'est aux enquêteurs de le déterminer. Sais-tu si quelqu'un est passé voir ta mère après toi ?

Elle ne s'attendait pas à ce que Luke lui fasse subir un interrogatoire. Complètement désemparée, elle fit non de la tête.

— A priori, tu es donc la dernière personne à l'avoir vue consciente. Partagiez-vous la même chambre ?

— Non.

— Alors, que faisais-tu dans la sienne à 6 heures ?

— Je voulais voir si tout allait bien. Je... Je m'inquiétais pour elle.

— Pourquoi ? Allons, Scarlet, poursuivit-il devant son silence, je ne pourrai pas être d'une grande aide si tu ne me dis pas tout.

— Tu ne peux pas m'aider.

— Je parle de ta mère !

La honte la submergea.

Elle ne pensait qu'à elle. Bien entendu, Luke avait besoin du maximum d'informations pour soigner sa mère efficacement.

— Etait-elle déprimée ces derniers temps ?

— Non, non. L'idée d'une tentative de suicide est absurde. Elle a simplement pris trop de somnifères.

— Comment est-ce possible, alors que c'est son médecin qui lui administre ses médicaments ?

— Maman gardait quelques comprimés cachés dans sa valise.

— Scarlet, il faut que tu me dises pourquoi tu voulais t'assurer que tout allait bien.

— Nous nous étions disputées.

— A quel sujet ?

— Ça ne te regarde pas. Occupe-toi plutôt de maman. Vince t'a-t-il dit qu'il veut la transférer dans une clinique privée où le personnel a l'habitude de soigner des célébrités ?

— Pas question ! Elle restera en soins intensifs ici. De

toute façon, elle n'est pas en état d'être déplacée. Tu es sa fille, tu as le droit de décider de l'endroit où elle doit être soignée.

— Je ne sais pas si j'ai ce pouvoir…

— Bien sûr que si.

— C'est Vince qui s'occupe d'habitude de tout ce qui est médical.

— Vince aura autre chose à faire ces jours-ci, crois-moi ! Je ne le lâcherai pas tant qu'il ne m'aura pas avoué quel type d'opiacés ta mère a pris. En le menaçant de mettre la police sur le coup, je suis sûr qu'il se montrera beaucoup plus loquace.

— Luke, s'il te plaît, ne mêle pas la police à cette affaire.

Bien qu'elle sache qu'elle avait bien fait d'appeler les secours, elle ne pouvait s'empêcher de se sentir coupable à l'idée des conséquences de son geste. Si la police s'en mêlait, les médias se déchaîneraient en faisant courir les rumeurs les plus folles.

— J'attends d'avoir les résultats de l'analyse toxicologique pour décider de la marche à suivre.

A son air implacable, elle comprit qu'il ne servirait à rien de le supplier.

Le bipeur que Luke portait à la taille vibra. Voyant que c'était Heather, il décrocha son téléphone pour la rappeler.

— Les journalistes se font plus insistants, dit la surveillante d'une voix paniquée. Que dois-je faire ?

— Dites-leur « Pas de commentaire », répliqua-t-il sèchement. Ce n'est pourtant pas difficile. A moins d'une urgence ou d'un changement dans l'état de santé d'Anya, je ne veux être dérangé sous aucun prétexte. Compris ?

Alors qu'il raccrochait il se rendit compte que, durant sa brève conversation avec Heather, Scarlet avait sorti son portable.

Incroyable. Alors que sa mère avait échappé de justesse

à la mort, elle consultait les sites d'information et les réseaux sociaux !

— Qu'est-ce que tu fais ?

— La nouvelle est partout !

Les larmes jaillirent de ses yeux.

Comme elle posait son mobile sur le bureau, il vit la photo affichée sur l'écran et s'empara de l'appareil.

La photo montrait une Scarlet en pyjama, les pieds nus sur le trottoir, à côté de l'ambulance où les auxiliaires médicaux étaient en train de charger le brancard de sa mère. Un garde du corps la retenait par les bras pour l'empêcher de monter dans le véhicule. Ses cheveux noirs pendaient sur son visage terrifié.

La personne assise en ce moment en face de lui était bien différente. Vêtue d'un pantalon en cuir moulant et d'un haut noir, les cheveux joliment bouclés, elle était l'image de l'élégance et de la sophistication. Mais une chose persistait : l'effroi qui se lisait dans son regard.

Il en avait bien peur, la photo de Scarlet en pyjama allait sans doute faire le tour du monde, assortie d'accroches racoleuses. Hélas, c'étaient les risques du métier d'enfant de star. Depuis l'enfance, sa vie s'était déroulée sous les feux des projecteurs.

— C'est pire que ce que je craignais. Ils vont me poursuivre partout et transformer ma vie en enfer.

— Ne dis rien aux journalistes. Ils finiront par se lasser.

— Ça se voit que tu ne les connais pas ! dit-elle d'un ton presque féroce.

— Dès qu'Anya sera à l'abri en soins intensifs, David, le médecin anesthésiste, se chargera de présenter un communiqué à la presse.

— Ce n'est plus toi qui vas t'occuper de ma mère ? Tu t'en débarrasses en la confiant à un collègue ?

— Je suis médecin urgentiste, Scarlet. Il est normal qu'une fois son état stabilisé ta mère rejoigne le service compétent. Il faut que je retourne à mon poste, j'ai des patients qui m'attendent.

— Et moi, Luke ? Et nous ?

Le comportement typique d'une enfant gâtée. Tout comme sa mère, Scarlet avait des caprices de diva.

— Il n'y a pas de nous, prétendit-il.

Il sentait la colère monter en se rappelant ce qu'elle avait fait autrefois.

Il fallait qu'il se lève et qu'il sorte. Tout de suite. Elle ne méritait pas sa pitié.

Pourtant, il resta assis en face d'elle, à se remémorer l'époque où il avait cru en un avenir avec elle.

Dût-il en souffrir, il remonta le temps.

3.

Assise en silence face à Luke, Scarlet s'abandonna aux souvenirs de ce soir où elle avait fait sa connaissance, deux ans auparavant.

A la sortie d'un des concerts donnés à Londres par sa mère, elles étaient allées toutes les deux dans un club de Soho en compagnie de leur garde rapprochée.

— J'ai mal à la tête, avait dit Anya au bout d'une heure en se massant les tempes. Rentrons à l'hôtel.

Scarlet en avait été soulagée. Le bruit était assourdissant dans le club. Depuis l'aube, elle avait suivi sa mère lors des interviews dans les studios de radio, sur un tournage et une séance de photos au London Bridge, et enfin dans sa loge et en coulisses pour la soutenir avant l'entrée en scène. Sa fatigue était telle qu'elle pouvait à peine garder les yeux ouverts. Elle n'avait qu'une envie : rentrer dans sa chambre et dormir.

— On va te ramener, avait-elle dit en adressant un signe au garde du corps.

— Que ferais-je sans toi, ma chérie ?

A ces mots, le fardeau qui lui pesait sur les épaules depuis dix ans s'était alourdi encore un peu plus.

Mais, comme elle en était coutumière, sa mère avait changé d'avis lorsqu'un jeune homme s'était approché de leur table, verre à la main, pour la complimenter sur sa prestation du soir.

— Finalement, je vais rester encore un peu, avait décrété Anya.

Scarlet s'était décalée d'une place pour permettre à l'admirateur de s'asseoir à côté de son idole. Au bout de quelques minutes, lasse des compliments dithyrambiques du fan et des minauderies de sa mère qui semblait avoir complètement oublié sa migraine, elle s'était levée dans l'intention de sortir respirer un peu d'air frais.

— Hé, Scarlet, ne sortez pas seule, avait dit le garde du corps attitré de sa mère en la retenant par le bras. Je vais demander à Troy de vous accompagner.

Elle ne voulait pas de la protection de Troy. Tout ce qu'elle demandait, c'était de s'en aller d'ici au plus vite.

C'est alors qu'elle l'avait vu. Un homme qui semblait s'ennuyer ferme au milieu de tout ce brouhaha. Dépassant d'une tête la foule des clients, il était vêtu d'un complet-veston — une tenue incongrue dans un lieu aussi branché — et affichait un air blasé.

Ça l'avait intriguée.

— On s'en va, avait dit Troy en l'arrachant à son observation du bel inconnu. Votre mère est désormais prête à rentrer.

— Je vais rester un peu, s'était-elle entendue répondre.

— Ah non, Scarlet, j'en ai assez de tes caprices ! s'était écriée sa mère. Ma tête est sur le point d'exploser…

— Vince va y remédier.

Ces mots avaient coupé court aux protestations de sa mère. Il suffisait de prononcer le nom de Vince pour que celle-ci se calme. Et, bien que Scarlet déteste le médecin, elle recourait parfois à ce procédé pour s'assurer quelques instants de tranquillité.

Elle était donc restée dans le club, flanquée de trois gardes du corps mais délivrée de sa mère.

Luke se souvenait de sa rencontre avec Scarlet comme si c'était hier. Chaque détail était gravé dans sa mémoire.

Célibataire depuis peu, il s'était fait violence ce soir-là pour retrouver son frère, Marcus, dans un club chic de

Soho. Marcus et ses amis s'étaient déchaînés sur la piste de danse, mais lui était resté au bar. Il ne se sentait guère d'humeur sociable, car il venait de rompre avec Angie, sa petite amie de l'époque. Elle travaillait au Royal en qualité de psychiatre addictologue, et c'était elle qui l'avait informé du poste vacant aux urgences. Par une étrange ironie du sort, ils s'étaient séparés quelques jours avant son entretien d'embauche. Au début de leur relation, ils avaient pourtant prévu d'emménager ensemble et ébauché des projets d'avenir, mais la passion n'était tout simplement pas au rendez-vous. Cependant, après la rupture, elle avait insisté pour qu'ils restent en bons termes. Elle lui avait d'ailleurs envoyé un texto ce soir-là pour lui demander comment s'était passé l'entretien, et il avait pris la peine d'y répondre. Mais la page était tournée pour lui.

— Eh bien ? avait murmuré une voix caressante à son oreille.

Il s'était retourné pour découvrir une jeune femme au teint pâle, aux longs cheveux bouclés noirs et aux yeux couleur outremer. Hormis une minirobe moulante rouge et l'écarlate flamboyant qui ornait ses lèvres pulpeuses, elle ne portait pas grand-chose.

— Eh bien, quoi ?

— Vous ne m'offrez pas un verre ? avait-elle dit avec un accent américain.

Il l'avait dévisagée pour tenter de deviner son âge.

D'habitude, il était incollable à cet exercice, mais il aurait été bien en peine de définir si elle avait seize ans ou trente. Sa peau était lisse et fraîche comme celle d'un bébé, mais son regard exprimait la lassitude et la désillusion.

— Etes-vous seulement en âge de boire de l'alcool ?

— Bien sûr ! J'ai vingt-trois ans. Je m'appelle Lucy.

— Moi, c'est Luke.

Le barman s'était approché d'eux.

— Je peux vous servir autre chose, Scarlet ?

— Scarlet ? Je croyais que vous vous appeliez Lucy ?

— Je prendrai une coupe de champagne, avait-elle dit sans répondre à sa question.

— Sur mon compte, avait indiqué Luke au barman.

— Merci.

— De rien.

Il avait fini son verre et payé l'addition.

— Au revoir, Lucy-Scarlet.

— Vous partez déjà ?

— Oh oui, avait-il répondu comme la musique pulsait de nouveau à fond dans les baffles.

— Ce n'est pas très poli de vous en aller en me laissant boire seule mon champagne.

— Dépêchez-vous de le finir, dans ce cas.

Elle s'était mise à siroter sa boisson très lentement, pour le provoquer, et il n'avait pu s'empêcher de rire.

— Vous êtes avec quelqu'un ? avait-elle demandé.

— Mon frère et ses amis. Il fête son vingt et unième anniversaire.

— Et pourquoi êtes-vous habillé de manière aussi formelle ?

— Parce que je veux avoir l'air d'un idiot !

— Vous ne m'avez pas l'air idiot du tout. Et je vous trouve plutôt... joli.

Cette fille commençait sérieusement à l'intriguer. Malgré ses manières hardies et sa tenue minimaliste, il était persuadé qu'il n'avait pas affaire à une entraîneuse.

— On ne m'avait jamais qualifié de « joli » jusqu'à présent. Vous, par contre, vous avez dû l'entendre souvent.

Pour la première fois, il avait osé la regarder des pieds à la tête.

On aurait dit qu'elle portait un déguisement. Les escarpins à talons hauts semblaient un peu grands pour ses jambes fluettes qui n'étaient certainement pas mises en valeur par la minijupe. Mais son visage faisait oublier ces imperfections. Il était d'une beauté saisissante que ne parvenaient pas à gâcher le cheveu savamment frisotté ni le rouge provocant. Ses lèvres étaient pulpeuses. Un peu trop, peut-être. Aurait-elle eu recours à des injections, à son jeune âge ?

Il avait été saisi de l'envie de l'embrasser.

Ça ne lui ressemblait guère. Quand il sortait avec une femme, il concentrait d'habitude ses efforts sur la conquête et sur son couronnement : les exercices en alcôve. Les baisers, il laissait ça aux romantiques.

Or, pour la première fois, il avait rêvé d'embrasser une inconnue.

— Et vous, vous êtes avec… ?

— Quelques… amis.

— Hé, doc, tout va bien ? avait dit Sean, l'un des copains de Marcus.

Sean avait pris son verre au bar, regardé Lucy-Scarlet comme s'il n'en revenait pas puis s'en était allé, médusé.

— Doc ? avait-elle repris, la mine intriguée.

— Oui, je suis médecin. Je sors d'un entretien d'embauche, d'où le complet-veston.

— Un médecin ? avait-elle répété d'un air soupçonneux, comme s'il venait d'avouer qu'il était contrebandier ou trafiquant d'armes.

— Et vous, que faites-vous ?

— Je suis sage-femme.

Si seulement elle pouvait exercer au Royal…

— Où cela ?

— Dans une clinique de Los Angeles.

Zut ! Marcus venait vers eux d'un pas mal assuré.

Désireux d'échapper à son frère éméché, Luke était descendu du tabouret.

— Il faut que je m'en aille.

— Vers quelle destination ?

— Mon lit.

— Vous m'y invitez ?

Il en était resté sans voix.

Il en avait rencontré, des femmes libérées, mais jamais on ne lui avait annoncé aussi clairement la couleur.

— Luke, il faut que je te parle, avait dit Marcus en lui tapant sur l'épaule. C'est important.

— D'accord.

A tous les coups, il lui demanderait de régler son ardoise. Etudiant en troisième année de médecine, son frère était constamment fauché et ne faisait aucun effort pour se prendre en charge. Mais, bien que cela contrarie Luke, il paierait. N'était-ce pas l'anniversaire de son frère ?

Marcus l'avait entraîné à l'écart.

— Sais-tu à qui tu étais en train de parler ?

— Pourquoi me demandes-tu ça ? avait répliqué Luke. Tu la connais ?

— Tout le monde la connaît, mon vieux ! Si tu n'étais pas tout le temps fourré dans tes revues médicales, tu le saurais aussi. C'est Scarlet.

— Je sais.

— La fille d'Anya.

— Oh !

Anya, la chanteuse américaine aux cinq octaves, qui avait survécu à toutes les modes, disco, pop, grunge, et qui attirait les foules depuis quarante ans.

Il comprenait à présent le regard étrange que Sean lui avait lancé tout à l'heure.

Jetant un coup d'œil vers le comptoir, il avait vu que Scarlet était importunée par un gaillard qui tentait de l'entraîner vers la piste de danse. Deux hommes — des armoires à glace — se dirigeaient droit vers eux.

Les fameux « amis » auxquels elle avait fait allusion. Des gardes du corps.

Scarlet était une star au même titre que sa mère. Elle avait menti en disant s'appeler Lucy et être sage-femme, sans doute pour passer incognito. Et cela avait failli réussir.

Sans hausser la voix, les deux gardes avaient mis en déroute l'importun — il faut dire que leur carrure aurait dissuadé n'importe qui de leur tenir tête.

Sur des jambes un peu vacillantes, Marcus avait rejoint

ses amis, et Luke avait payé les consommations de tout ce petit monde.

Il se dirigeait vers la porte quand Scarlet l'avait rattrapé.

— On danse ?

— Non. Pas sous la surveillance de vos gardes du corps.

— Vous savez qui je suis, n'est-ce pas ?

— Je sais en tout cas qui vous n'êtes pas : vous ne vous appelez pas Lucy et vous n'êtes pas sage-femme.

— Vous avez raison.

Contre toute attente, elle avait noué son bras au sien.

— Emmenez-moi loin d'ici. S'il vous plaît, avait-elle ajouté d'une voix suppliante. Vous ne le regretterez pas.

Sauf erreur, elle lui proposait de passer la nuit en sa compagnie.

Une aventure sans lendemain, cela ne disait rien à Luke. James Edwards, son père, était un coureur de jupons notoire, et il n'avait aucune envie de suivre ses traces.

— Je n'attends rien en échange, Scarlet.

— Mais, moi, j'aimerais passer du temps avec vous.

— Si nous allions dîner ?

— Bonne idée, je meurs de faim. Je n'ai rien mangé depuis le petit déjeuner. Désolée de vous avoir menti, avait-elle poursuivi. C'était tellement… rafraîchissant de rencontrer quelqu'un qui ne me reconnaissait pas.

— Pouvons-nous fausser compagnie à vos cerbères ?

— Hélas, non. Ils me suivent partout. Si nous parvenons à les semer, ils déclencheront l'alerte, appelleront le 911. Pourtant, j'ai terriblement envie de dîner avec vous.

Il ne savait pas à quel jeu elle jouait avec lui et il n'avait aucune envie de se prêter à un caprice de star. Pourtant, il détestait encore plus l'idée qu'un chien de garde quelconque vienne lui dicter sa conduite.

— Je vais vous attendre à l'extérieur. Faites comme si vous alliez aux toilettes et sortez par la porte du fond. Mais je vous préviens : si vos gardes du corps nous rattrapent, je vous laisse avec eux.

*
* *

A la grande joie de Scarlet, la ruse avait marché, et ils avaient pris un bus à impériale, qui les avait emmenés vers Piccadilly. Assis en bas, à l'écart des touristes, ils avaient échangé leur premier baiser.

Scarlet avait senti son corps s'embraser. Elle voulait bien plus qu'un baiser, elle voulait cet homme, ne serait-ce que pour une nuit.

Ils étaient allés à l'hôtel de Luke.

— Je croyais que vous vouliez m'inviter à dîner, avait-elle observé, une fois dans sa chambre.

— Nous allons dîner, avait-il dit en lui tendant le menu du service d'étage.

— Mmm, j'ai envie de... D'un club-sandwich. Ou peut-être d'un hamburger.

Impossible de choisir.

— Je prendrai les deux.

Souriant, il avait passé la commande au téléphone.

— Cela prendra vingt minutes.

— Je me demande bien ce que nous pourrions faire en attendant...

Et elle s'était dirigée vers le lit.

— Scarlet, j'espère que nous prendrons plus de vingt minutes pour... Enfin, vous me comprenez.

Son embarras ne l'avait rendu que plus charmant.

— Vous ne semblez pas si pressé de m'embrasser, avait-elle dit en feignant un air vexé.

— Je ne veux pas être interrompu par le garçon d'étage. Mais je veux bien que vous m'offriez un avant-goût.

Il avait pris sa bouche, et elle s'était blottie contre lui pour s'abandonner à la chaleur de ses lèvres.

Dans ses bras, elle s'était sentie exactement à sa place. Et elle avait amplement profité de cette seule et unique nuit de liberté pour assouvir ses désirs les plus fous.

4.

Scarlet s'arracha à ses souvenirs pour revenir au moment présent.

— Luke, peux-tu m'aider, s'il te plaît ? A la sortie de l'hôpital, les journalistes vont me traquer, guetter le moindre de mes faits et gestes. J'ai besoin d'un endroit tranquille pour y passer quelque temps, incognito, afin de mettre de l'ordre dans mes pensées, de faire le point.

— Il y a deux ans, j'avais accepté de te cacher, mais c'est toi qui as tout gâché.

— Je ne le referai plus.

— Je ne te crois pas, Scarlet. Tu ne peux pas t'empêcher d'attirer l'attention sur toi.

Il n'avait pas tort, mais il ne voyait que les apparences. S'il connaissait la vérité, il ne la jugerait pas aussi sévèrement. C'était au-dessus de ses forces de retourner à l'hôtel retrouver Vince et l'entourage de sa mère.

— Cela te dérangerait-il beaucoup si je venais habiter chez toi pendant quelques jours ?

— J'ai bien une chambre d'amis…

La note d'hésitation dans sa voix ne lui échappa pas.

— Ta petite amie n'apprécierait peut-être pas ma présence ?

La ruse était grossière, mais c'était tout de même un moyen de savoir s'il était en couple.

Le silence de Luke n'augurait rien de bon. Contrairement à elle, il avait de toute évidence tourné la page depuis deux ans. Il ne pensait plus à elle et n'avait aucune envie de la recevoir sous son toit.

Elle se leva.

— Puis-je aller voir ma mère ?

— Bien sûr. Elle a été transférée en soins intensifs.

— Je vais d'abord avertir son imprésario qu'elle est tirée d'affaire.

— Laisse-moi vérifier que la voie est libre.

Pendant qu'il donnait des instructions au téléphone au chef de la sécurité, elle enfouit les mains dans ses poches, et ses doigts se refermèrent autour du caillou qu'elle avait ramassé la veille sur la plage, sur la côte du Devon.

En marchant sur la grève, elle avait fait des projets, songé à ce petit cottage qu'elle avait trouvé non loin de là, au mois qu'elle comptait y passer pour faire le point sur sa vie.

De beaux projets qui venaient de voler en éclats avec l'hospitalisation de sa mère.

En un sens, Luke avait raison. Qu'elle le veuille ou non, la célébrité finissait toujours par la rattraper.

Quelques minutes plus tard, il la conduisit en soins intensifs et lui présenta le personnel. Barbara, David, Paul, elle enregistra à peine les prénoms qu'il énumérait. Tout ce qu'elle voyait, c'était le visage livide de sa mère à moitié caché par le masque de ventilation artificielle.

Et tout cela, c'était *sa* faute. Sans les paroles qu'elle avait prononcées la veille au soir, sa mère n'aurait jamais doublé sa dose de somnifères.

— Peut-elle m'entendre ? demanda-t-elle à Barbara.

— On ne sait pas. Essayez de lui parler.

Luke et le personnel se retirèrent, sans doute pour lui laisser un peu d'intimité, et elle se pencha vers la tête du lit.

— Pardonne-moi, maman, murmura-t-elle. Je n'aurais jamais dû te dire ce que je t'ai dit.

*
* *

De derrière le rideau, Luke avait entendu les mots murmurés de Scarlet et ses sanglots.

Qu'avait-elle donc dit de si terrible à sa mère ?

Laissant Barbara et David au chevet de la patiente, il emmena Scarlet dans une salle de réunion vide, où ils s'assirent face à face, et il lui prit la main.

— Scarlet, il faut que tu me dises ce qui s'est passé hier soir afin que nous puissions déterminer s'il s'agit d'une overdose volontaire ou d'un accident.

— C'était un accident, affirma-t-elle en évitant de croiser son regard.

— Tu as parlé de dispute. A quel sujet vous êtes-vous disputées ?

— Je lui ai dit que je ne rentrerais pas à L.A. avec elle.

— Et ça a bouleversé Anya ?

Le bref regard que Scarlet lui lança lui indiqua qu'elle était enfin résolue à lui dévoiler la vérité.

— Ce qui l'a bouleversée, répondit-elle en baissant les yeux sur leurs mains unies, c'est ce que je lui ai dit ensuite. Je l'ai accusée d'être jalouse de moi. Je... Je lui ai parlé de notre enfant.

Le silence se prolongea dans la pièce. Quand Scarlet osa enfin regarder Luke, elle vit la douleur inscrite sur son visage. Puis il se leva et s'en alla.

Une réaction prévisible.

Depuis deux ans, la culpabilité l'avait rongée sans relâche. Hélas, il était impossible de revenir en arrière pour réparer le mal qu'elle avait fait, pour éviter de signer le funeste formulaire de consentement que Vince lui avait tendu.

Ce jour avait été le pire de sa vie, pire qu'aujourd'hui où elle avait cru sa mère morte. Sa planche de salut avait été l'infirmière qui était restée longuement avec elle après l'opération pour l'écouter déverser son chagrin.

Aujourd'hui, il n'y avait personne pour la sauver.

Au bout de quelques minutes, Luke revint avec un sac-poubelle qui semblait plein.

Je peux t'aider à une condition.

— Laquelle ?

— Je te retire ton portable.

— Mais il faut que je sache comment va ma mère !

— Je te tiendrai au courant. Et interdiction formelle d'avertir tes gardes du corps. Quelqu'un a prévenu les médias pour l'overdose, et c'est forcément un proche de ta mère. Si tu touches mot à quiconque de l'endroit où tu te trouves, les journalistes seront devant la porte en moins de temps qu'il n'en faut pour le dire. Tu as deux solutions, dit-il sèchement. Je peux te loger quelques jours dans l'appartement qui m'est alloué ici à l'hôpital.

— Et la seconde solution ?

— Je peux t'héberger chez moi. Je possède une maison à une heure de route d'ici.

La seconde solution offrait l'avantage de l'éloigner des journalistes qui feraient le siège de l'hôpital tant que sa mère y séjournerait.

— Dans ce cas, j'accepte d'aller chez toi. Pourrais-tu m'y conduire ?

— Je travaille, Scarlet ! dit Luke sur un ton excédé.

Il sortit du sac-poubelle une blouse de bloc, une charlotte et des sabots en polystyrène d'infirmière de bloc.

— Sous ce déguisement, personne ne te reconnaîtra. Ma voiture est au premier sous-sol du parking souterrain, c'est une Audi bleu marine garée en face de l'ascenseur. Dès que tu actionneras la télécommande, tu verras ses phares clignoter. Je vais te noter l'adresse. Tu n'auras qu'à l'entrer dans le GPS et te laisser guider. Tu sais conduire, n'est-ce pas ?

Pas très bien. Les journaux à scandale avaient fait leurs choux gras de ses nombreux accidents au volant de ses voitures de sport. Mais Luke ne lisait évidemment pas ce genre de presse.

— Oui. Mais toi, comment rentreras-tu ?

— Je prendrai un taxi ou je demanderai à un collègue de me ramener. Si j'ai besoin de t'appeler, je laisserai sonner trois fois. Je raccrocherai puis rappellerai dans la foulée. Tu sauras que c'est moi. Sinon, ne réponds pas au téléphone et n'ouvre la porte à personne. Et n'utilise ton portable sous aucun prétexte. Je préfère d'ailleurs que tu le laisses ici avec tes vêtements, dit-il en désignant le sac-poubelle. Je cacherai le tout dans mon bureau.

— Je ne peux même pas t'envoyer un texto ou un e-mail ?

— Non, c'est trop risqué. Quand je suis pris au bloc, un de mes assistants répond à ma place sur ma messagerie. C'est moi qui te contacterai en cas de besoin. Je te préviens, Scarlet, si tes gardes du corps découvrent où tu te caches, je ne pourrai plus rien pour toi.

— Mais Sonia, Vince et les autres vont se demander où je suis passée.

— Tu n'as qu'à leur écrire un e-mail avant de partir pour leur dire que tu te mets au vert quelque temps afin de réfléchir. Et préviens également David.

— Et si quelque chose arrivait à ma mère ? Si son état s'aggravait ?

— Je te le dirais aussitôt.

— Luke, je ne sais pas… Je vois bien que la perspective de m'héberger ne t'enchante pas, et la cohabitation risque de mal se passer.

— Ecoute, ce n'est pas le moment de tergiverser, j'ai des patients qui m'attendent, lâcha-t-il d'un ton brusque. Alors, tu acceptes ou non ?

— J'accepte, dit-elle, au pied du mur.

Scarlet effaça son rouge à lèvres et son rimmel, revêtit la blouse et cacha soigneusement ses cheveux noirs sous la charlotte. Son intention avait été de conserver son portable malgré les consignes de Luke, mais elle se ravisa au dernier moment et le jeta dans le sac-poubelle avec le reste.

Comme elle attendait l'ascenseur pour descendre au

sous-sol du parking, une jeune femme blonde en blouse blanche la rejoignit. Elles entrèrent ensemble dans la cabine.

— Bonjour, dit la jeune femme. Vous êtes nouvelle ?

— J'ai commencé aujourd'hui.

— Dans quel service ?

— Euh, gynécologie-obstétrique. Je suis sage-femme.

— Moi, c'est Angie.

Angie attendait bien sûr qu'elle lui donne son nom en retour.

— Et moi, Lucy. Lucy Edwards.

A peine les mots eurent-ils franchi ses lèvres qu'elle regretta d'avoir emprunté le patronyme de Luke.

Qu'est-ce qui lui avait pris ? Si jamais cette Angie connaissait Luke, cela risquait de créer des complications.

— Etrange que vous ne portiez pas de badge, Lucy. Votre chef de service ne vous a-t-il pas signalé que c'était obligatoire ?

— Si, si. J'ai oublié de le mettre.

Les portes s'ouvrirent au premier sous-sol, et elle laissa échapper un soupir de soulagement.

Comme Luke le lui avait indiqué, l'Audi — aux pare-chocs crottés de boue — se trouvait en face de l'ascenseur. Elle voulut d'abord monter du côté gauche puis se souvint qu'on était en Angleterre.

Seigneur, il allait falloir conduire du mauvais côté de la route, une difficulté supplémentaire à laquelle elle n'avait même pas songé !

Angie était sortie au même niveau, et Scarlet la vit s'éloigner dans l'allée.

Elle se mit au volant et enclencha la marche arrière. Comme elle se dirigeait vers la rampe de sortie, elle remarqua qu'Angie s'était retournée pour la regarder.

Zut ! Avait-elle flairé anguille sous roche ? Pourvu qu'elle n'alerte pas la sécurité !

*
* *

Luke entra dans la salle de réunion vide pour reprendre le sac-poubelle où Scarlet avait rangé ses effets. Comme il vérifiait que le portable s'y trouvait, on frappa à la porte.

Il se dépêcha de nouer le sac.

— Entrez.

C'était Angie, son ex-petite amie. Malgré la séparation, ils étaient restés en bons termes.

Elle entra et referma la porte derrière elle.

— J'aimerais savoir à quoi tu joues, Luke.

— Que veux-tu dire ?

— J'ai vu une jeune femme qui prétend être sage-femme s'en aller avec ta voiture. Et je crois bien l'avoir reconnue. Le pire, c'est qu'elle a dit s'appeler Lucy *Edwards*.

— Angie…

— Tu sors de nouveau avec cette fille après ce qu'elle t'a fait ? La souffrance qu'elle t'a causée ne t'a donc pas suffi ?

Deux ans auparavant, quand il avait appris que Scarlet était repartie pour L.A. enceinte de son enfant, il en avait été anéanti et dans un moment de faiblesse il avait pris Angie pour confidente.

— Ce n'est pas ce que tu crois, Angie. Elle avait besoin de se cacher des paparazzis. Je lui ai proposé de l'héberger pour quelques jours.

— Elle a avorté sans te demander ton avis, Luke ! Méfie-toi d'elle, elle ne t'attirera que des ennuis.

— Je le sais, Angie. Et je serai prudent. Tu me promets de n'en parler à personne ?

— Promis. Ce qui ne m'empêche pas de m'inquiéter pour toi.

5.

Derrière la porte fermée du garage de Luke, Scarlet poussa un soupir de soulagement.

Elle se sentait enfin à l'abri.

Le trajet jusqu'à Maiden Stone s'était déroulé sans encombre, hormis les deux briques qu'elle avait délogées d'un muret en négociant le virage donnant accès à l'allée. Elle était sûre que personne ne l'avait suivie. Et pour cause ! Elle avait passé son temps à regarder dans le rétroviseur. Au début, elle avait écouté la radio, puis elle l'avait éteinte quand ils avaient commencé à parler de sa mère et à passer ses chansons.

Cette maison serait son havre de paix pour les jours à venir.

Du garage, elle passa dans la cuisine puis dans la salle de séjour, où le répondeur téléphonique clignotait. Elle appuya sur la touche pour écouter les messages, au cas où Luke lui en aurait laissé un.

— Salut, Luke, c'est Emma. Je voulais te rappeler pour mercredi.

Que croyait-elle ? Qu'il avait mis sa vie en suspens depuis deux ans ? Cette Emma était peut-être sa dernière petite amie en date.

Les autres messages provenaient d'un dénommé Trefor qui annonçait que la séance d'entraînement avait été reportée.

Luke ne l'avait pas attendue pour vivre sa vie. Où elle n'occupait plus aucune place. S'il avait accepté de l'accueillir sous son toit, c'était uniquement par bonté d'âme, et peut-être en souvenir de ce qu'ils avaient vécu autrefois. Mais il avait été très clair sur le fait qu'il ne lui faisait absolument pas confiance.

Elle ne pouvait guère lui en vouloir.

Des bûches s'empilaient à côté de la cheminée. Las, elle n'avait jamais fait de feu et elle n'avait aucune idée de la façon de s'y prendre. Fallait-il utiliser un briquet, de l'essence ?

Dans le doute, elle préféra rester assise sur le canapé à grelotter plutôt que de risquer de provoquer un incendie.

Sans l'hospitalisation de sa mère, Luke ne l'aurait jamais autorisée à franchir le seuil de cette maison. Il s'y était résigné pour lui rendre service, parce qu'elle l'avait supplié de la cacher.

Les heures passèrent. A part une visite dans la salle de bains du rez-de-chaussée, elle ne bougea pas du canapé et elle se rendit compte qu'elle avait faim lorsque son estomac se mit à gargouiller bruyamment.

Elle n'avait rien mangé de la journée.

Hier non plus, car elle avait passé son temps à sillonner la campagne du Devon dans la voiture prêtée par l'hôtel afin de préparer sa fuite. Un panier de fruits, cadeau de l'agence immobilière, l'avait accueillie à son arrivée au cottage, et le réfrigérateur avait été rempli en prévision de son séjour, mais elle avait été trop excitée pour avaler quoi que ce soit. Avant de prendre le chemin du retour, elle s'était offert une promenade sur la plage. Là, elle avait ébauché des projets pour sa nouvelle vie loin d'Anya. Des projets qui ne verraient jamais le jour maintenant.

Elle alluma la télévision à l'heure du journal.

Bien entendu, l'hospitalisation de sa mère faisait partie des informations principales, illustrée par l'arrivée de l'ambulance au Royal, sirènes hurlantes, et par une photo d'elle-même en pyjama à la porte de l'hôtel, le visage hagard et terrorisé.

— Scarlet veille au chevet de sa mère, disait le reporter

en direct depuis le Royal Hospital. Et elle demande que nous priions tous pour elle.

L'attaché de presse d'Anya avait visiblement fait son travail et soufflé les formules de circonstance aux médias.

Comme la photo repassait en boucle, elle éteignit le téléviseur et alla inspecter le contenu du réfrigérateur.

A Los Angeles, le moindre snack était préparé par la cuisinière, et elle ne savait pas faire grand-chose aux fourneaux.

Elle se fit des œufs brouillés qu'elle dévora malgré les morceaux de coquille qui croquaient sous la dent.

Sa mère avait sans doute eu raison hier soir en lui disant qu'elle ne pourrait survivre sans elle.

A la nuit tombée, elle se décida à explorer les lieux et poussa la porte de ce qui devait être le bureau de Luke. Elle feuilleta au hasard les livres de l'imposante bibliothèque. C'étaient presque tous des traités de médecine, qu'elle trouva fascinants malgré les photos de blessures, amputations et autres opérations *gore*.

Puis elle monta à l'étage.

Tout indiquait qu'un homme célibataire vivait ici. Luke n'avait pas terminé les travaux de décoration, à en juger par l'escabeau et les pots de peinture posés sur le palier. Il n'y avait ni bibelots, ni jolis coussins, ni illustrations aux murs. Au printemps, pourtant, le jardin qu'elle avait aperçu à son arrivée devait déborder de sève, et elle imagina un grand vase rempli de fleurs dans le hall.

Il y avait une seconde salle de bains — le territoire du maître de céans, ainsi que l'indiquaient le peignoir et les objets de toilette —, où elle se garda bien d'entrer, et elle poursuivit son chemin jusqu'au bout du couloir, où elle trouva enfin la chambre d'amis.

Aurait-elle servi de chambre à leur enfant ?

Bien sûr que non. Si elle avait gardé le bébé, il serait né à Los Angeles où il aurait affronté les feux de la rampe dès son plus jeune âge, comme elle.

Quand elle était petite, sa mère l'habillait comme une

poupée, avec minirobe de couturier et nœuds dans les cheveux, pour l'exhiber aux premières et aux soirées du tout L.A., bref, partout où il y avait des photographes susceptibles de promouvoir son image de maman parfaite. Il en aurait été de même avec son petit-fils ou sa petite-fille.

Quand Scarlet lui avait annoncé qu'elle était enceinte suite à une aventure d'un soir avec un médecin, sa mère n'avait cessé de remuer le couteau dans la plaie.

— Drôle de médecin, même pas capable de se protéger ! Franchement, ma chérie, un petit médecin d'hôpital anglais, à quoi songeais-tu ? Ne me dis pas que tu envisages de garder sa progéniture ?

Les sarcasmes s'étaient progressivement assortis d'ultimatums.

— Si tu veux devenir la femme d'un obscur toubib, libre à toi, mais il ne faudra plus compter sur moi pour assurer ton train de vie. De toute façon, il ne voudra pas de toi. Tout ce qui l'intéressait, c'était de t'avoir dans son lit. Sans doute a-t-il oublié jusqu'à ton nom…

Epaulée par Sonia, l'imprésario, qui s'était chargée du travail de sape, Anya l'avait convaincue que la seule solution raisonnable était d'avorter.

Debout sur le seuil de la chambre, elle sentit les larmes lui monter aux yeux.

Elle croyait les avoir toutes versées aujourd'hui, mais elle avait tort. Les sanglots la secouèrent bientôt si violemment qu'elle s'écroula sur le parquet de la chambre, les bras serrés autour de son ventre.

Elle pleurait pour son bébé, pour cet acte qu'on l'avait obligée à commettre. Et elle était persuadée qu'elle irait en enfer. Pas pour l'avortement mais parce que, en cet instant précis, elle ne souhaitait rien de moins que la mort de sa mère.

— Docteur Edwards ?

Il était 22 heures passées, et Luke n'avait qu'une envie :

rentrer chez lui. Las, Mary, l'une des infirmières de l'équipe de nuit, venait de l'intercepter sur le chemin du vestiaire.

— Pourriez-vous délivrer un somnifère ? C'est pour le père d'un garçon qui se trouve en soins intensifs depuis deux jours. Il est ravagé par l'angoisse, il ne parvient pas à dormir, et la nuit promet d'être longue.

— D'accord.

— Il faudrait aussi des antalgiques, car il se plaint d'un fort mal de tête. Sa pression artérielle est élevée. Je demanderais bien à Sahin, mais…

Méticuleux comme il l'était, Sahin, l'interne de garde, ordonnerait sans doute une batterie d'examens.

— Où se trouve cet homme ?

— Je l'ai installé en salle d'entretien.

— D'accord. Je vais l'examiner afin de m'assurer qu'il n'y a rien de grave.

L'homme s'appelait Evan Jones. La mine épuisée, hagarde, il arpentait la salle.

Luke prit ses constantes. Le pouls et la pression artérielle crevaient le plafond.

— Il faut que vous vous reposiez, monsieur Jones.

— Non. De toute façon, je ne pourrai pas dormir avec cette atroce migraine.

— Depuis combien de temps en souffrez-vous ?

— Depuis qu'on m'a averti qu'on allait retirer mon garçon de la liste opératoire si on ne trouvait pas un foie à lui greffer dans les soixante-douze heures. Il ne reste maintenant que douze heures, douze petites heures pour le sauver ! Vous comprenez maintenant pourquoi je ne peux pas dormir ?

A force de persuasion, il parvint à lui administrer un sédatif et à le convaincre de s'allonger sur le canapé de la salle de réunion.

— S'il y a du nouveau, on viendra vous prévenir aussitôt.

Sa garde était terminée, mais il décida de passer par les soins intensifs avant de rentrer.

L'une des salles d'attente était exclusivement occupée

par l'entourage d'Anya, et les proches des autres malades étaient obligés de s'entasser dans la seconde salle.

Encore un traitement de faveur qui n'avait pas lieu d'être ! Mais il n'allait pas faire la leçon au personnel qui avait plus urgent à faire.

— David est-il là ? demanda-t-il à Lorna, la surveillante.

— Il se trouve au chevet d'un patient.

— Tout se passe bien ?

— Ça va à peu près, dit Lorna, soupir à l'appui. Heureusement, la coordinatrice nous a envoyé une réceptionniste supplémentaire, car on croule sous les appels de journalistes réclamant des nouvelles d'Anya. Ces gens ne reculent devant rien, ils se font passer pour son compagnon, son ami intime, sa tante, sa fille…

Il était bien placé pour savoir qu'il ne pouvait s'agir de cette dernière.

— Comme il se pourrait tout de même qu'un proche appelle, on leur demande le véritable nom d'Anya.

— Qui est… ? demanda Luke.

Il n'avait pas fréquenté suffisamment Scarlet pour connaître son nom de famille. Les médias l'appelaient Scarlet, la fille d'Anya.

— Anne Portland. Bien entendu, aucun des soi-disant proches ne le connaissait. Les journalistes font-ils toujours le siège du bâtiment ?

— Oui. Ils vont bien finir par se lasser et partir.

— Je ne crois pas. Ils viennent d'apprendre que Scarlet n'est plus ici, je ne sais pas comment. En tout cas, l'information n'a pas été délivrée par mon personnel, c'est tout ce que je peux vous dire. Excusez-moi, il faut que je retourne auprès d'Ashleigh, un jeune homme de dix-huit ans en attente d'une greffe du foie. Hélas, on n'a toujours pas de greffon.

— Je viens de m'entretenir avec le père.

— Le pauvre homme. Cela fait deux jours qu'il attend, fou d'angoisse, sans manger ni dormir. Quand je vois que l'entourage d'Anya se plaint parce que le café est tiède…

A cet instant, David les rejoignit.

— Comment va Ashleigh ? lui demanda Lorna.

— Il perd espoir. Je le comprends. Hier, nous aurions pu prélever un foie parfaitement sain sur un adolescent décédé dans un accident de la route. Hélas, après avoir longuement hésité, la famille a finalement renoncé au don d'organe pour des raisons religieuses. Tu n'as pas terminé ta garde, Luke ?

— Si. Je venais prendre des nouvelles d'Anya.

David le regarda d'un air intrigué.

— Toi aussi ? Ne me dis pas que tu es l'un de ses fans ?

— Je l'ai prise en charge ce matin et je viens faire un suivi, c'est tout.

Ils allèrent au poste infirmier consulter les résultats de l'analyse toxicologique.

— Barbituriques, opiacés, alcool, toutes les cases sont cochées. C'est fou, le nombre de substances que cette femme avait dans le sang.

Cela ressemblait de moins en moins à une overdose accidentelle.

— Pourrais-tu m'avertir s'il y avait un changement dans son état de santé ?

— Pour un simple suivi, tu sembles prendre le dossier très à cœur. Très bien, j'ajoute ton nom à la liste des gens qu'il faut tenir au courant. Entre l'imprésario et la maquilleuse, ça te va ?

Luke n'avait pas envie de plaisanter.

— J'aimerais être averti en priorité s'il y avait quoi que ce soit. C'est un service que je te demande en tant que collègue et ami.

— D'accord. Mais…

— Ne me pose pas de questions, s'il te plaît.

En chemin vers la sortie, il croisa Angie.

— Tu es encore là ? dit-il, étonné.

— Bien obligée de faire des heures sup., c'était l'affluence des grands soirs, comme à chaque pleine lune. Veux-tu que je te ramène chez toi ?

— Tu sais que j'habite à la campagne, à une heure de route de Londres.

— Ce qui nous laissera le temps de bavarder. Je promets de ne pas te faire la morale. Je t'écouterai, car quelque chose me dit que tu as besoin de te confier.

Elle voyait juste. Mais pouvait-il se confier en toute sécurité à Angie ?

Quelqu'un avait averti les médias du départ de Scarlet. Or, seuls Angie, David et lui-même étaient au courant. A moins que Scarlet, ignorant ses mises en garde, ait prévenu quelqu'un d'autre.

En tout cas, il se refusait à croire que la fuite provenait d'Angie. Celle-ci lui avait promis de ne rien dire, et c'était une personne digne de confiance.

Contrairement à Scarlet.

— Combien de temps vas-tu cacher Scarlet ? lui demanda Angie en roulant en direction de Maiden Stone.

— Je ne sais pas exactement. Elle m'a parlé de quelques jours.

— Si les médias apprennent où elle se trouve, tu auras tous les journalistes à ta porte.

— On verra bien.

— As-tu parlé au médecin personnel d'Anya ?

Il serra lès dents en pensant à Vince Howard.

— J'ai essayé, mais je n'ai rien pu en tirer. T'ai-je dit que, autrefois, Scarlet m'avait proposé de devenir le médecin de sa mère et de la suivre sur ses tournées ?

— Cela ressemble plutôt à une idée d'Anya. Si tu avais accepté, tu n'aurais de toute façon pas fait long feu dans la troupe. Elle t'aurait viré en se rendant compte que tu refusais de l'approvisionner en drogues. Dire que le bébé aurait dû suivre le barnum…

— Je m'y serais opposé.

— Je ne vois pas comment. Grâce à ses avocats américains, Scarlet aurait obtenu la garde et elle t'aurait accordé un droit de visite au compte-gouttes sous l'œil des caméras.

En aucun cas il n'aurait voulu de ce genre de vie pour son enfant. Mais sans doute n'aurait-il pas eu voix au chapitre. Anya aurait régenté la vie de son petit-fils ou de sa petite-fille comme elle régentait la vie de Scarlet.

La question ne se posait pas puisqu'il n'y avait pas d'enfant. Il n'y avait *plus* d'enfant. Scarlet avait abrégé sa courte vie *in utero* sans même lui demander son avis.

Angie s'engagea dans l'allée et s'arrêta devant le garage.

Scarlet avait laissé sa marque dans l'allée — deux briques manquantes dans le muret. La carrosserie de l'Audi en avait peut-être souffert, mais, franchement, l'état de sa voiture était le cadet de ses soucis pour l'heure.

— J'espère que tu ne regretteras pas de lui offrir l'asile.

— Elle avait besoin d'un endroit où se poser pour réfléchir, faire le point.

— Remarque, je comprends qu'elle ait envie de s'enfuir, après vingt-cinq ans à supporter les caprices de sa diva de mère.

Pas question de proposer à Angie d'entrer. De toute façon, à cette heure, il était quasiment sûr qu'elle refuserait.

Il la remercia pour l'avoir ramené et mit pied à terre.

Sachant Scarlet à l'intérieur, il regarda les lieux d'un œil différent.

La maison était plongée dans l'obscurité, la porte non verrouillée.

Il entra et referma.

Le parfum de Scarlet flottait dans le vestibule. La charlotte en cellulose était posée sur la console à côté du trousseau de clés. Les sabots étaient rangés plus loin, sous le portemanteau.

Dans la cuisine, les assiettes sales de la veille s'empilaient dans l'évier, rejointes par une poêle et un saladier que Scarlet n'avait même pas mis à tremper.

Non seulement elle n'avait pas fait la vaisselle, mais elle lui laissait ses saletés à nettoyer avec, en prime, des morceaux de coquille d'œuf — et du jaune, sauf erreur — incrustés dans le carrelage.

Il se versa un verre de jus de fruits et prit son temps pour le boire — et se calmer — avant de monter à l'étage.

Quelque chose lui disait qu'elle ne se trouvait pas dans la chambre d'amis. Et il avait raison. Elle était endormie dans son lit à lui, nue. Elle ouvrit un œil quand il alluma la lampe de chevet.

— Va dans ton lit, dit-il en rabattant la couette.

Même pas embarrassée, elle lui sourit d'un air insolent.

— J'y suis. Comment va ma mère ?

— Etat stationnaire…

Sans crier gare, il la souleva dans ses bras et l'emporta vers la chambre d'amis, où il la laissa tomber sur le lit.

Au contact de son corps doux et chaud, le désir avait aussitôt surgi, mais pas question de lui montrer son émoi. Sans doute comptait-elle là-dessus pour l'influencer et le mettre dans de meilleures dispositions à son égard. Mais il lui suffit de penser à ce qu'elle avait fait pour que l'excitation retombe aussitôt.

— Quand en saurons-nous davantage ? dit-elle en se glissant sous les draps.

— Demain matin, je passerai la voir avant de prendre ma garde. Je te téléphonerai s'il y a du nouveau. Vérifie que c'est le signal convenu avant de décrocher.

— Tu ne veux pas rester un peu avec moi cette nuit ?

— Non.

Croyait-elle vraiment qu'ils allaient reprendre là où ils s'étaient arrêtés deux ans auparavant, comme si de rien n'était ?

— Tu viendras au moins me voir demain matin avant de partir ?

— Je partirai aux aurores.

— Ça ne fait rien.

— Dans ce cas, je passerai te dire au revoir.

Et il sortit de la chambre avant d'être tenté de changer d'avis.

*
* *

A 6 heures, tasse de café à la main, Luke monta dans la chambre d'amis.

Scarlet l'accueillit avec un sourire endormi et, la mine embarrassée, remonta le drap sur sa poitrine nue.

Avait-elle honte de son comportement de la veille ?

— Pourquoi étais-tu fâché de me trouver dans ton lit hier soir ?

— Je n'étais pas fâché, dit-il en posant la tasse sur la table de chevet. Ou plutôt si, admit-il dans un souci de franchise. Si tu crois qu'il te suffit de t'offrir à moi pour obtenir mon pardon, tu te trompes.

— Je n'essayais pas d'obtenir ton pardon. Je craignais que tu ne changes d'avis pour m'héberger et je voulais…

— Je ne t'ai pas proposé de venir ici pour coucher avec toi, Scarlet. As-tu pu dormir un peu ?

— Mais oui, dit-elle, la mine étonnée. Au début, j'ai eu un peu de mal.

— Moi aussi.

La savoir à quelques mètres de lui l'avait mis dans tous ses états. Une douche froide y avait remédié, et il avait ensuite trouvé le sommeil.

Le drap enroulé autour de son corps gracile, Scarlet se leva pour aller à la fenêtre.

— Il est joli, ce village. J'aimerais bien aller me promener.

— Rien ne t'en empêche.

— Je n'ai pas de vêtements.

— Je vais m'en occuper aujourd'hui. Il faudra que tu restes enfermée encore une journée à t'ennuyer.

— Je ne me suis pas ennuyée, hier. Ta maison est très jolie, je l'aime beaucoup.

— Merci.

— Depuis combien de temps habites-tu ici ?

— Neuf mois. C'est un peu loin de Londres, mais je me plais ici.

— La campagne est belle. Durant le trajet, j'avais tellement peur d'être suivie que je n'ai pas beaucoup admiré le paysage. Je… J'ai égratigné la carrosserie, ajouta-t-elle, une grimace penaude aux lèvres. Je n'ai pas vu le muret à l'entrée de l'allée.

— Ce n'est pas grave.

— Il y a une belle éraflure sur l'aile…

— Et des briques qui manquent au mur. J'ai vu.

— Désolée.

— Moi aussi, il m'est arrivé d'accrocher ce mur au début.

Alors qu'il aurait dû s'en aller, il s'approcha pour lui caresser la joue et, incapable de résister, il l'embrassa. Doucement.

Elle lui rendit son baiser tout aussi chastement, comme si elle avait compris la leçon de la veille.

Quand il s'écarta, il vit des larmes briller dans ses yeux.

— Regarde-moi, Scarlet.

Elle détourna la tête.

— Je ne peux pas.

— Bien sûr que si.

Elle l'avait attendu nue dans son lit la veille, mais elle ne pouvait pas le regarder ! Cela faisait partie des contradictions qui faisaient le charme de Scarlet. Et qui la rendaient également insupportable.

Ce matin, elle lui paraissait tellement vulnérable qu'il n'avait pas envie de l'accabler.

— Bois ton café, il va refroidir.

— Tu ne pourras jamais me pardonner, n'est-ce pas ? murmura-t-elle d'une voix tremblante.

— Ça va être difficile.

— Laisse-moi au moins t'expliquer pourquoi j'ai agi comme je l'ai fait.

— Je n'ai pas le temps de t'écouter, Scarlet. Ma garde commence à 8 heures, et je veux éviter les bouchons. Passe une bonne journée.

Et il descendit l'escalier.

Dans le garage, il s'installa au volant de l'Audi sans même inspecter les dégâts à l'aile.

C'était le prix à payer pour aider Scarlet. Et il était prêt à s'en acquitter. En souvenir de la nuit magique qu'ils avaient partagée autrefois. Avant que tout ne s'écroule.

6.

Un panneau indiquait « Déviation » à l'entrée de l'hôpital.

— Que se passe-t-il ? demanda Luke à Geoff en descendant la vitre de la portière.

— Un camion d'une chaîne de télévision est tombé en panne devant l'entrée du parking souterrain du personnel. C'est du moins ce que les journalistes prétendent. A mon avis, il y a à l'intérieur un objectif braqué sur les fenêtres des soins intensifs.

— Appelez la police. Faites-le dégager.

Au lieu de se garer à son emplacement réservé, il s'engagea dans le parking public et eut du mal à trouver une place non loin des urgences en raison des véhicules de presse.

Avant de prendre sa garde, il décida de passer par les soins intensifs où l'entourage d'Anya se réduisait désormais à une demi-douzaine de personnes. En passant devant la salle voisine, il vit les parents d'Ashleigh, le jeune homme en attente d'une greffe. Le père, Evan, était assis, la tête dans les mains, et la mère arpentait la pièce d'un pas nerveux.

Il avait vu en passant que la chambre où s'était trouvé Ashleigh la veille était vide.

— A-t-il été opéré ? demanda-t-il à Lorna, la surveillante.

— La greffe se déroule en ce moment même au bloc de gastro-entérologie.

Non sans étonnement, il remarqua que, elle qui en avait pourtant vu d'autres en vingt ans de carrière, avait les larmes aux yeux.

— Je suis tellement contente pour lui ! Après avoir passé ces six derniers mois entre l'hôpital et la maison, il pourra enfin mener une vie normale, comme tous les jeunes de son âge.

— Et Anya, comment va-t-elle ?

— Elle a eu une poussée de fièvre durant la nuit. On lui a administré un antipyrétique, et sa température était redevenue normale ce matin. David va revenir du bloc de gastro dans un instant, il pourra vous faire un rapport complet.

— Je ne peux pas l'attendre. Je repasserai plus tard.

Il prit sa garde et enchaîna les patients.

A 10 heures, avant de commencer ses opérations de la journée, il passa un coup de fil à Scarlet.

En fille de star qui se respecte, elle ne serait peut-être pas encore levée, mais il n'aurait ensuite plus la possibilité de l'appeler avant sa sortie du bloc, dans trois heures, ou six ou dix. Impossible de prévoir, tant les impondérables étaient nombreux.

Depuis le départ de Luke, Scarlet n'avait cessé de pleurer. Après trois sonneries, le téléphone posé à côté de son lit se tut. Puis cela sonna de nouveau.

Elle décrocha.

— C'est toi ?

— Oui. Ça va ?

— Comment va ma mère ?

— Son état est stable.

— Est-ce encourageant ou inquiétant ?

— Plutôt encourageant. Tu as une voix enrouée. As-tu pleuré ?

On ne pouvait rien cacher à Luke.

— Un peu.

— Tu ne devrais pas. Je t'ai dit que ta mère était tirée d'affaire. Dans quelques jours, quand David estimera le moment venu, on la sortira du coma artificiel…

Elle écouta Luke tenter de la rassurer.

Impossible de laisser persister le malentendu.

— Luke, je ne pleurais pas pour ma mère. Je m'inquiète pour elle, bien sûr, mais je sais qu'elle est désormais hors de danger. Si je pleurais, c'est à cause de nous. Le fait de t'avoir revu et d'être dans ta maison a fait rejaillir les souvenirs. Je regrette tellement ce que j'ai fait…

— Arrête, Scarlet. On ne va pas en parler au téléphone.

— Quand, alors ?

Luke ne répondit pas.

Au lieu d'être au chevet de sa mère, elle se terrait chez Luke, son seul lien avec le monde étant ses coups de fil.

— Crois-tu que je devrais revenir à l'hôpital ?

— La décision t'appartient.

— Je sais ! dit-elle avec humeur. Je te demande juste ton avis.

— Je crois que tu n'es pas encore prête à affronter les médias.

Elle les avait affrontés toute sa vie.

— Et si maman se réveillait et qu'elle ne me trouvait pas à côté d'elle ?

— Elle est pour l'heure plongée dans un coma artificiel et ne risque pas de se réveiller. Au fil des jours, David diminuera la dose de sédatifs, et ta présence sera alors souhaitable au chevet d'Anya. Tout ce que je peux te conseiller pour l'heure, c'est d'attendre. N'est-ce pas toi-même qui voulais quelques jours loin du bruit et de la fureur pour faire le point ? Eh bien, profites-en.

Et il raccrocha.

Interdite, elle fixa le combiné.

Etait-il en train de la punir pour ce qu'elle avait fait ? Méritait-elle vraiment d'être traitée ainsi ?

Oui, lui souffla une petite voix.

Si seulement elle pouvait au moins lui expliquer, pour qu'il comprenne à défaut de lui pardonner !

Le téléphone sonna de nouveau, et elle décrocha sans attendre les trois sonneries.

C'était Luke.

— Tu viens de me raccrocher au nez ?

— Désolé, fit-il d'une voix radoucie. Je voulais juste te dire que nous parlerons à loisir plus tard. D'accord ?

— Entendu.

— Bien. Dis-moi de quoi tu as besoin, et je m'arrêterai dans un magasin sur le chemin du retour.

La liste était longue, en vêtements autant qu'en produits de toilette et en aliments bio. Deux tomates, un paquet de beurre et des yaourts périmés se battaient en duel dans le réfrigérateur de Luke. Il était urgent de le remplir avec de la nourriture saine. Elle lui énuméra l'essentiel.

— Je ferai mon possible. Bon, il faut que je te laisse à présent, on m'attend au bloc. A ce soir, Scarlet.

— A ce soir.

Elle avait hâte de le revoir. Depuis qu'elle l'avait retrouvé, elle ne se lassait pas de lui, de sa présence, de son visage, de son odeur.

Il lui avait tellement manqué !

Luke finit sa garde à 16 heures. Armé de la liste que lui avait dictée Scarlet au téléphone, il fit ses courses dans le supermarché où il avait ses habitudes, à quelques kilomètres de Maiden Stone.

C'était la première fois qu'il mettait le pied dans le rayon bio du magasin.

Elle avait demandé du *quinoa !* Et du chou romanesco ! Et des cèpes !

Il ne fallait pas abuser. Elle mangerait des champignons blancs comme tout le monde. Il choisit en revanche des œufs pondus par des poules élevées en plein air. L'élevage en batterie était une abomination, et cela faisait longtemps qu'il boycottait les produits issus de ce type de productions.

Scarlet le surprenait. Pour une Américaine, fille de star et habituée à être sur les routes, elle se nourrissait très sainement. Comme quoi, il ne fallait pas se fier aux apparences. Sous ses airs fantasques et son maquillage outré, elle cachait une personnalité bien plus complexe qu'il ne l'imaginait.

Au rayon boucherie, il prit des steaks. Pour lui.

Scarlet n'avait pas mentionné de viande dans sa liste. Pourtant, elle n'était pas végétarienne. Il se souvenait du petit déjeuner de carnivore qu'elle avait commandé au service d'étage de l'hôtel, deux ans auparavant — et qu'elle n'avait jamais mangé étant donné que ses gardes du corps avaient frappé à la porte au petit matin.

C'était elle qui les avait prévenus. Elle avait voulu fuir sa mère et son entourage, elle l'avait suivi à son hôtel pour passer la nuit en sa compagnie, mais, contre toute logique, elle avait envoyé un texto aux gardes pour les informer de l'endroit où elle se trouvait. « Afin que ma mère ne s'inquiète pas », lui avait-elle dit. Et, quand il s'était mis en colère, elle avait protesté que sa vie était suffisamment compliquée sans qu'il se mette à lui faire des reproches, lui aussi.

Elle n'en était pas à une contradiction près. Hier, elle l'avait supplié de l'héberger car elle voulait à tout prix mettre de la distance entre elle et l'entourage d'Anya. Et, ce matin, elle envisageait déjà de retourner à l'hôpital.

Quelle surprise lui réservait-elle, ce soir ?

Restaient les achats les plus délicats. Au rayon lingerie, il se fit aider d'une vendeuse aussi fluette que sa fugitive pour choisir la bonne taille de soutien-gorge, panty et leggings. Il jeta également dans le Caddie un jean et un sweat-shirt ainsi que des ballerines en similicuir et une paire de chaussettes.

Il régla ses achats puis rentra au village. Mais pas chez lui. Il fit un détour par la grand-rue et la boutique de lingerie fine tenue par l'épouse de Trefor.

Trefor était policier. Tous deux jouaient dans l'équipe de foot locale. Sa femme avait un prénom un peu démodé dont il ne se souvenait jamais. Là aussi, c'était sa première visite en ce lieu.

— Bonsoir, je voudrais offrir un cadeau d'anniversaire à mon associée…

L'épouse de Trefor sourit.

— On va lui trouver quelque chose de bien. Quel budget voulez-vous lui consacrer ?

— Euh, je veux quelque chose de joli, mais à un prix raisonnable.

Ce n'était pas par pingrerie. Vu les circonstances, il serait déplacé d'offrir quelque chose de trop luxueux à Scarlet.

— Comment allez-vous, Luke ?

— Très bien, euh… Minnie ? tenta-t-il, embarrassé.

L'épouse de Trefor lui décocha un grand sourire.

— Margaret. Quelle taille fait votre associée ?

— Je ne suis pas sûr. Elle est très mince.

— De poitrine aussi ?

— Oui.

Les seins de Scarlet ressemblaient à de petites pommes.

La voix de Margaret l'arracha à ses souvenirs.

— Trefor m'a conseillé l'autre jour de mettre le magasin en ligne. Il paraît que les hommes hésitent à franchir le seuil.

— Je confirme.

— Voulez-vous un soutien-gorge ? Une nuisette ? Ou plutôt un déshabillé ?

Elle étala devant lui plusieurs articles dont un ensemble avec des porte-jarretelles.

— Ceci est joli tout en restant simple. Et la matière est élastique. Voyez, ajouta-t-elle en l'invitant à toucher.

Ce furent les vingt minutes les plus embarrassantes de sa vie. Mais il n'était pas au bout de ses peines.

Il venait de payer ses emplettes quand Trefor entra dans le magasin.

— Salut, Luke.

— Bonsoir, Trefor.

Sur le point de s'en aller sans demander son reste, Luke réfléchit.

— Trefor, j'héberge sous mon toit une amie…

Il lui dit de qui il s'agissait.

— Pourrais-tu faire des rondes dans ma rue durant la journée pour assurer sa sécurité ? En principe, personne ne sait qu'elle se trouve ici, mais les journalistes ont plus d'un tour dans leur sac.

— D'accord, j'ouvrirai l'œil. Merci de m'en avoir parlé.

Luke remonta en voiture et, non sans quelque appréhension, prit la direction de son cottage.

7.

Luke ouvrit la porte et posa les sacs de provisions et de vêtements dans le vestibule.

Vêtue d'une de ses chemises, Scarlet vint au-devant de lui, un doux sourire aux lèvres.

— Tu m'as manqué, dit-elle.

— Je suis là, maintenant.

— Comment va ma mère ?

— Son état est stationnaire.

Des cernes sombres entouraient ses yeux. Il avait eu beau la rassurer, lui dire qu'Anya ne risquait plus rien, elle continuait à s'inquiéter.

— Veux-tu que je t'emmène la voir ?

— Je ne sais pas. Ici, je peux réfléchir tranquillement, faire le point. Si je sors de ma cachette, je retomberai entre les mains de Sonia et de Vince qui auront vite fait de décider pour moi.

— Rien ne presse. Comme je te l'ai dit, David ne la sortira pas du coma avant au moins deux jours, et ça ne fera aucune différence que tu sois là auprès de ta mère maintenant.

— Tout de même, ma place est à son chevet.

Il ne savait que dire. Il ne voulait pas qu'elle retourne auprès de cette femme qui l'avait poussée à commettre le pire, mais la prudence lui soufflait de n'en rien dire.

Anya avait échappé de justesse à la mort, elle se trouvait encore en soins intensifs, et Scarlet ne tolérerait pas qu'il dise du mal de sa mère en un tel moment.

— Je vais monter me changer.

Il emporta le sac de sous-vêtements qu'il avait achetés chez Margaret et le rangea dans le tiroir du haut de la commode. Puis il se déshabilla, enfila un jean et un pull.

Comme il sortait de la salle de bains, il remarqua qu'une tasse de café à moitié pleine reposait sur sa table de nuit.

Ça y était, elle avait encore pris possession de son lit !

Il attrapa la tasse et redescendit, agacé.

Scarlet avait disparu, et les sacs de courses étaient toujours dans le hall.

— Scarlet !

Elle sortit du salon.

— Oui ?

— Je n'ai pas de domestiques et j'ai travaillé toute la journée. Cela ne te dérangerait pas de ranger les courses, s'il te plaît ?

— Je ne sais pas où tu mets les choses…

— Et que faisait cette tasse à moitié pleine dans ma chambre ? s'enquit-il en lui montrant l'objet du délit.

— Peut-être que tu étais pressé et que tu ne l'as pas finie ?

— Je ne bois pas de café.

— Oh !

— Tu es encore allée te coucher dans mon lit après mon départ ?

— Il est tellement plus confortable, dit-elle, un sourire désarmant aux lèvres.

— Ne le refais pas.

Il avait beaucoup de mal à conserver un ton sévère. Aussi exaspérante qu'était Scarlet, il ne pouvait pas s'empêcher de la trouver adorable. Mais il signerait sa perte s'il se laissait aller à le lui montrer car, il en était persuadé, elle n'hésiterait pas à utiliser sa faiblesse pour l'employer à son avantage. Avec sa mère, elle avait été à bonne école pour manipuler les gens.

Elle souleva les sacs et les emporta à la cuisine.

— Qu'as-tu fait aujourd'hui ? demanda-t-il en la suivant.

— Pas grand-chose. J'ai lu quelques-uns de tes traités médicaux.

— La médecine t'intéresse ?

— Bien sûr. Bien que je ne saisisse rien à votre jargon de spécialistes, je trouve cela passionnant.

Décidément, elle l'étonnerait toujours.

Il rangea les courses.

— Tu as acheté du vin ? dit-elle, un doigt pointé vers la bouteille.

— Ce n'est pas un grand cru, désolé.

Pour cacher l'effet qu'elle lui faisait, il employait son ton le plus revêche.

— Tout le monde était au courant de ton départ de l'hôpital. Je me demande bien comment… Tu n'as appelé personne, n'est-ce pas ?

— Bien sûr que non. J'ai suivi à la lettre tes consignes. C'est cette femme que j'ai croisée dans l'ascenseur qui a dû me reconnaître et alerter les médias !

— Cette femme s'appelle Angie. C'est une amie, et cela m'étonnerait beaucoup qu'elle ait vendu la mèche car je lui fais toute confiance. Mademoiselle « Lucy Edwards ». Qu'est-ce qui t'a pris d'utiliser mon nom ? Et tu lui as dit que tu étais sage-femme ! S'agirait-il d'une vocation contrariée ?

— Ne te moque pas. Mon rêve aurait été d'être sage-femme. J'ai vu naître des enfants.

— Où cela ?

— Lors d'une tournée de ma mère en Afrique. J'apportais des cadeaux aux enfants d'un hôpital de Lusaka, en Zambie, et on m'a offert une visite guidée de la maternité. Je ne voulais plus en partir.

— Vraiment ?

Elle hocha vigoureusement la tête.

— L'an dernier, nous y sommes retournées.

— Je sais. J'ai vu les images aux informations. Et tu es retournée dans la maternité de Lusaka ?

— Oui. Lors de ma première visite, les médecins

m'avaient dit qu'ils avaient besoin d'un médicament appelé ocytocine pour les futures mamans, alors je leur en ai rapporté une valise pleine.

Normalement sécrétée naturellement par l'hypophyse, l'ocytocine agit sur les muscles de l'utérus et les glandes mammaires. Elle existe également sous forme d'hormone de synthèse.

— Bravo ! Tu as fait une bonne action.

Le sac de vêtements qu'il avait achetés au supermarché se trouvait dans un coin de la cuisine.

— Y as-tu jeté un coup d'œil ? dit-il en sortant son contenu. J'espère que c'est la bonne taille.

— Ça devrait m'aller, mais il n'est pas question que je porte un jean de supermarché. Et qu'est-ce que c'est que ces chaussures en matière synthétique ? J'ai la peau fragile, ça va me causer une allergie.

Il s'exhorta à garder son calme.

— C'est ça ou les sabots et la blouse de bloc. A toi de voir.

Il se mit à préparer le dîner.

— Serait-ce trop te demander que de m'aider ? lâcha-t-il en posant le wok sur le feu.

— Que dois-je faire ? demanda Scarlet en écarquillant les yeux.

— Eh bien, occupe-toi de la salade. Rince-la et fais une vinaigrette. J'ai sorti l'huile d'olive et le vinaigre balsamique.

Du coin de l'œil, il l'observa.

Ses gestes étaient d'une maladresse insigne, mais elle faisait au moins preuve de bonne volonté.

Il trancha les champignons, découpa un chou et jeta le tout dans le wok.

— De toute façon, je ne crois pas que je ferais une bonne sage-femme.

— Pourquoi pas ?

— Les enfants, je n'y connais rien…

A qui la faute ? se retint-il de dire.

Le sourire de Scarlet s'était envolé. Elle aussi pensait de toute évidence à leur bébé.

— Il y a d'autres professions qui pourraient te convenir.

— Je croyais que tu ne m'avais pas appelée…

Il mit quelques secondes à comprendre qu'elle parlait d'autrefois.

— Puis j'ai fini par me rendre compte qu'ils avaient bloqué ton numéro.

— J'ai passé des journées à essayer de te joindre ! En désespoir de cause, j'ai pris une demi-journée de congé pour me rendre à l'hôtel où vous étiez descendues, ta mère et toi. Le réceptionniste a refusé de m'indiquer le numéro de ta chambre. Devant mon insistance, un garde du corps est descendu, et je lui ai laissé un mot à ton attention.

— On ne me l'a jamais remis.

La colère flamba en lui.

— Mais toi, pourquoi ne m'as-tu pas appelé ? Tu ne crois pas que j'avais le droit de savoir que tu attendais un enfant de moi ?

— Parce que c'était *mon* problème, pas le tien. Je ne voulais pas te déranger avec ça. Toi et moi, c'était juste pour une nuit, et il m'appartenait d'en gérer les conséquences. Tu avais ta vie toute tracée, je n'en faisais pas partie…

— Je parie que c'est ta mère qui t'a convaincue de ne rien me dire ?

— C'est vrai, admit Scarlet après une brève hésitation. Elle m'a dit que ce serait plus simple de ne pas te mêler à cela, que Vince prendrait rendez-vous pour moi avec l'un des meilleurs chirurgiens de Los Angeles et que je n'aurais à m'occuper de rien. Elle m'a rappelé que je devais ensuite retourner en Afrique où je pourrais aider beaucoup de gens, et que ce serait stupide d'hypothéquer ce beau projet en te parlant de ce bébé dont tu n'avais de toute façon que faire.

— Et tu l'as crue ?

— Il n'y avait pas qu'elle. Tout le monde dans notre entourage soutenait que c'était la seule solution.

Elle n'avait pas prononcé une seule fois le mot *avortement*, comme si elle avait du mal à assumer son acte.

Ce n'est qu'après avoir commis l'irréparable qu'elle lui avait téléphoné pour lui annoncer en quelques mots lapidaires qu'elle avait été enceinte de lui mais qu'il « n'avait pas à s'inquiéter » parce qu'elle avait décidé de ne pas garder l'enfant. Sous le choc, il n'avait rien trouvé à dire, et elle en avait déduit qu'il était soulagé.

Le souvenir de cette conversation exacerba sa colère.

— J'étais le père du bébé ! Tu aurais dû me consulter !

Quelle décision aurait-il prise ? En toute franchise, il ne pouvait affirmer qu'il aurait bien accueilli la nouvelle. Il n'avait pas d'exemple de famille heureuse dans son entourage. Le mariage de ses parents avait été un échec sur toute la ligne, même s'ils étaient restés ensemble pour leurs enfants et pour sauvegarder les apparences.

Il aurait au moins raisonné comme un adulte, en s'appuyant éventuellement sur des amis qui lui auraient donné des conseils objectifs — alors que Scarlet avait été sous l'emprise d'Anya dont elle dépendait pour tout.

— De toute façon, je n'aurais pas pu infliger cela à notre enfant, dit-elle.

— Lui infliger quoi ?

— Ma vie. Il aurait été constamment sous l'œil des caméras, exhibé par ma mère en toute occasion, ballotté sur les routes au gré des tournées…

— Jamais je ne l'aurais permis ! Il t'aurait suffi de me prévenir que tu étais enceinte, de prendre un avion…

Laissant la salade en plan, Scarlet se dirigea vers la porte.

— Ah non, tu ne vas pas t'en aller ! s'écria-t-il. C'est trop facile de fuir dès que la conversation prend un tour qui ne te plaît pas.

— Tu peux parler ! Qui m'a raccroché au nez, tout à l'heure ?

— Scarlet…

Une fumée noire s'élevait du wok, il l'ôta du feu.

Les champignons et le chou étaient carbonisés. Au temps

pour leur dîner. Il n'aurait pas dû se laisser entraîner dans cette discussion. Après une journée de travail épuisante, il était incapable de conserver son self-control.

— Je crois qu'on va devoir se rabattre sur des pâtes.

— Ce sera sans moi, je n'ai plus faim, dit Scarlet. Je monte me coucher.

Elle disparut à l'étage.

Mais la colère de Luke ne s'éteignit pas pour autant. Le ressentiment qui s'était accumulé en lui durant deux ans réclamait un exutoire.

Renonçant à manger, il se versa un verre de vin, se posta à la fenêtre et, le regard plongé dans les ténèbres, resta à ressasser ses griefs.

La sonnerie du téléphone l'arracha à ses sombres pensées.

C'était sa mère. Elle lui rappelait qu'ils viendraient vers 16 heures le lendemain mais qu'ils ne pourraient pas rester longtemps.

Tant mieux. Il n'était pas d'humeur à assister à une fête de famille et à faire semblant de célébrer les trente-deux ans de mariage de ses parents — une pure mascarade à ses yeux.

— Entendu, à demain, dit-il à sa mère.

Il raccrocha et finit son verre.

En haut, Scarlet pleurait — il l'entendait d'ici.

Jusqu'à présent, il avait respecté sa propre résolution de garder ses distances avec elle, mais les sanglots de Scarlet lui étaient insupportables.

Il découpa le reste des champignons, les fit cuire, prépara un plateau et monta frapper à la porte de la chambre d'amis.

Comme elle ne répondait pas, il entra.

— Qu'est-ce que tu veux ? lança-t-elle.

Toujours vêtue de sa chemise, elle était allongée sur le lit avec une boîte de Kleenex, qu'elle avait dû trouver dans la salle de bains.

— Room service, dit-il en s'efforçant de prendre un ton enjoué. Au menu, champignons sur toast et verre de vin.

La mine indécise, elle se redressa et fixa le contenu du plateau qu'il avait posé sur le lit.

— Tu n'es plus fâché ?

— Je ne suis pas fâché…

Il mentait pour l'amadouer, afin qu'elle mange un peu. Se sentant acculée, elle avait fui la confrontation, une habitude qu'elle avait sans doute prise avec Anya. Naguère, elle lui avait confié que celle-ci finissait toujours par avoir le dernier mot. Fuir était la seule manière de signifier son désaccord à sa mère.

Et, à en juger par ce qu'il savait de l'implacable Anya, celle-ci n'était pas du genre à faire monter un plateau à sa fille rebelle. Elle l'aurait plutôt laissée mourir de faim pour obtenir sa reddition. Sans conditions.

— Veux-tu qu'on poursuive notre conversation ?

— Pour que tu me détestes encore un peu plus ?

— Je ne te déteste pas.

— Je comprendrais que tu le fasses, dit-elle en haussant les épaules. Moi, il m'arrive bien de te détester.

— Pourquoi ?

— Parce que tu as ta vie en main et que tu sais parfaitement où tu vas. Ta seule erreur de parcours, c'est moi.

— Désolé de te détromper, Scarlet. J'ai commis beaucoup d'erreurs, dont tu ne fais pas partie, dit-il en s'asseyant à côté d'elle. J'ai parfois fait preuve d'une imprudence coupable…

— Moi aussi, l'interrompit-elle. L'oubli d'un préservatif en était une de taille.

Il ne s'agissait pas vraiment d'un oubli. Ils n'en avaient pas eu sous la main et ils s'étaient laissés emporter par leur élan.

— Maintenant, j'espère que tu fais plus attention.

— Chat échaudé…

— Il y en a eu beaucoup, depuis moi ?

Au lieu de botter en touche ou de répondre « elles n'ont pas compté », il préféra dire la vérité.

— Beaucoup trop. Et toi ?

Même s'il répugnait à le reconnaître, ça l'intéressait.

— Tu veux vraiment le savoir ?

— Oui.

Il avait vu les photos de Scarlett arborant un sourire radieux au côté de chevaliers servants à la plastique irréprochable et, à son grand dam, il avait senti le démon de la jalousie le tarauder. Elle avait de toute évidence continué à batifoler après lui.

— Tu crois vraiment que j'ai enchaîné les aventures ?

— Ce n'est pas le cas ?

— Eh bien, non. Il n'y a eu personne depuis toi, dit-elle, la mine grave.

Elle se leva brusquement, et le plateau tomba au sol.

— Quand je me suis résolue à t'appeler pour t'annoncer ce que j'avais fait, qu'as-tu dit ? Qu'as-tu fait ? Rien !

— J'étais sous le choc. La colère est venue ensuite.

— Ta colère n'était sans doute rien à côté de celle que j'éprouvais contre moi-même. A vingt-trois ans, j'étais censée être une femme adulte, dotée d'un libre arbitre, capable de prendre ses propres décisions…

Il se félicita d'avoir joué profil bas depuis qu'il était entré dans la chambre et de ne pas l'avoir accablée des reproches qu'il ressassait depuis deux ans. Car il comprenait maintenant que personne ne serait plus sévère envers Scarlet qu'elle-même.

— … Au lieu de quoi, je me suis laissé manipuler comme une marionnette par ma mère et ses sbires ! Ils m'ont dit que j'étais trop jeune pour avoir un enfant, que je ne saurais pas l'élever, que je représentais déjà un fardeau pour ma mère qui subvenait à tous mes besoins et que je n'avais pas le droit d'y ajouter un enfant… *Et je les ai crus !*

Elle ne criait pas contre lui mais contre elle-même. Quelque chose lui disait que, comme lui, elle avait gardé sa peine en elle durant ces deux ans sans pouvoir se confier à personne.

Il la laissa s'épancher tout son soûl sans l'interrompre.

— Quand je t'ai appelé pour te prévenir de… de la

situation, je m'attendais à ce que tu m'insultes, que tu me traites de monstre, d'égoïste, d'irresponsable. Mais tu n'as rien dit. Et j'en ai déduit que tu étais soulagé.

— Jamais de la vie, Scarlet. Je n'avais pas prévu d'être père, mais j'aurais fait ce qu'il fallait pour cet enfant, je l'aurais reconnu, j'aurais voulu jouer un rôle dans sa vie…

Et qui sait, peut-être occuper aussi une place dans la vie de Scarlet.

— … Mais tu avais déjà commis l'irréparable et tu me mettais devant le fait accompli. Je n'ai pas su comment réagir. Si tu attendais des insultes de ma part, c'est que tu ne me connaissais pas vraiment.

— Bien entendu, que je ne te connaissais pas ! Et je ne te connais pas davantage aujourd'hui. On n'a même pas passé une journée complète ensemble…

Elle recommença à pleurer.

Il avait envie de la prendre dans ses bras pour la réconforter, mais la voix de la prudence lui soufflait de s'en abstenir. S'il la touchait, tout pourrait basculer en un instant.

La laissant pleurer, il ramassa toast, champignons, verre et plateau, et il s'en alla.

Toujours allongée sur le lit, Scarlet se retourna sur le côté pour regarder la tache de vin sur la moquette.

Quelle maladresse de sa part ! Alors que Luke s'était donné du mal pour lui préparer un repas, elle n'avait rien trouvé de mieux que de lui crier dessus.

Elle était en train de se demander comment elle allait pouvoir le regarder en face le lendemain, lorsqu'elle entendit frapper à la porte.

— La troisième fois sera la bonne, dit-il en entrant avec un plateau.

Cette fois, il n'y avait pas de vin, mais un verre de lait chaud et des toasts beurrés à la confiture.

Cela tombait bien, elle mourait de faim !

— Pas de champignons ? s'enquit-elle en feignant un air contrarié.

— Il n'y en avait plus. A qui la faute ?

— C'est toi qui les as fait brûler !

— Et qui les a envoyés au tapis ?

— D'accord, la faute est partagée.

— Au lieu de parler pour ne rien dire, mange tes toasts avant qu'ils ne refroidissent, dit-il en riant.

Jamais les disputes avec sa mère ne se terminaient par des rires. C'était ce qu'elle appréciait chez Luke : il ne semblait pas lui tenir rigueur de ses caprices.

Pour le reste, elle espérait qu'il lui pardonnerait un jour.

8.

Quelque chose réveilla Scarlet.

Les aiguilles fluorescentes du réveil indiquaient 1 heure.

Malgré le radiateur qui chauffait la chambre, elle avait froid. Elle n'avait cessé d'avoir froid depuis son arrivée en Angleterre.

Elle repensa à sa mère et à leur dispute. Malgré leurs différends, elle ressentait un besoin urgent de la voir.

Elle entrouvrit le rideau et vit le réverbère qui éclairait la rue.

Ce ne serait pas juste de demander à Luke de l'emmener à l'hôpital. Il avait eu une rude journée hier et il avait besoin de se reposer.

La plupart des journalistes avaient dû lever le camp devant l'entrée des urgences mais, connaissant les médias, elle se doutait que certains étaient restés en embuscade. Il lui faudrait donc ruser pour les éviter. Pourquoi ne pas passer par l'aile de la maternité ? Avec un peu de chance, elle ne se ferait pas remarquer.

Luke paniquerait si elle lui faisait part de son projet. Il lui reprocherait d'être imprudente, inconséquente, de ne pas savoir ce qu'elle voulait. Et il aurait raison. Après avoir fait des pieds et des mains pour qu'il la cache chez lui, elle allait sortir se jeter dans la gueule du loup.

Peut-être, mais c'était plus fort qu'elle, il fallait qu'elle voie sa mère.

Elle enfila les vêtements qu'il lui avait achetés et écrivit un mot qu'elle laissa en évidence sur la console de l'entrée.

Je suis allée voir maman.

Le trajet se déroula sans encombre. La circulation était quasi nulle en pleine nuit, et elle fut en vue de l'hôpital en moins d'une heure.

Le cœur battant, elle se gara devant l'aile de la maternité et entra dans le bâtiment.

Elle déambulait dans les couloirs à la recherche d'une flèche indiquant les urgences, lorsqu'un vigile l'accosta.

— Puis-je vous aider, mademoiselle ?

— Je cherche la chambre de ma mère.

— Dans quel service se trouve-t-elle ?

— En soins intensifs, aux urgences.

Le vigile la dévisagea.

— Scarlet ?

Zut ! A peine arrivée, elle se faisait déjà repérer.

— Je suis Geoff, l'un des vigiles. J'étais là lors de l'admission de votre mère.

Son visage ne lui disait rien, mais elle n'avait guère prêté attention aux gens qui l'entouraient lors de cette funeste matinée.

— Attendez ici.

Il s'éloigna pour passer un coup de fil puis revint.

— J'ai averti le médecin de garde de votre présence. Il m'a suggéré de vous conduire en soins intensifs par l'ascenseur réservé au personnel, ce qui vous évitera de passer par l'entrée.

Il l'accompagna jusqu'au service.

Entre les différents sas et espaces stériles ressemblant à des bulles, elle avait l'impression de se trouver dans un vaisseau spatial.

Une femme souriante vint au-devant d'elle.

— Je suis l'infirmière en chef. Je m'appelle Lorna.

— Pourrais-je voir ma mère ?

— Bien sûr. Voulez-vous d'abord parler au médecin de garde ?

Scarlet secoua la tête.

— Je veux juste voir maman. Quelqu'un se trouve-t-il à son chevet ?

— Non. Les membres de son entourage sont en salle des familles.

Lorna la conduisit à la chambre.

Le visage de la malade était à moitié recouvert par le masque de ventilation artificielle.

Scarlet s'assit au chevet de sa mère et resta un long moment à lui tenir la main. Les moniteurs émettaient des bips, l'électrocardiographe enregistrait les pulsations cardiaques, tout semblait sous contrôle.

— Maman, je t'aime, murmura-t-elle comme si celle-ci pouvait l'entendre. Et je suis désolée de t'avoir mise en colère l'autre soir. Pardonne-moi.

Au bout d'une demi-heure, elle lui déposa un baiser sur le front et sortit.

Luke aurait besoin de sa voiture pour aller au travail. Elle ignorait à quelle heure il commençait aujourd'hui, mais elle ferait mieux de ne pas trop tarder à rentrer. Toutefois, elle s'accorda un petit moment pour se remettre de ses émotions en s'asseyant sur une banquette du couloir.

— C'est votre mère ? demanda un homme assis sur la banquette voisine en désignant la chambre d'où elle venait de sortir.

Elle hésita puis hocha la tête. A force d'être poursuivie par les journalistes, elle en voyait partout.

— Et vous, vous êtes là pour… ?

— Mon fils. Il a passé toute la journée au bloc pour une greffe du foie. On l'a remonté dans sa chambre hier soir. Au fait, je m'appelle Evan.

— Et moi, Scarlet.

Au diable la méfiance. Cet homme n'était pas un journaliste mais bien un père inquiet. Ou alors, il était le meilleur acteur du monde.

— Je sais, répondit Evan. Ces vautours de paparazzis essaient depuis deux jours de savoir où vous êtes. J'espère qu'ils ne vous trouveront pas. Ashleigh, mon fils, vous adore. Il était déçu de ne pas vous avoir vue.

Cela la fit rire, et ils se mirent à bavarder. De tout. De leurs proches. De la gentillesse du personnel. De l'angoisse qu'ils ressentaient.

— Ma femme est rentrée se reposer. Moi, il m'a fallu un somnifère, dit Evan. C'était la première fois que j'en prenais, et ça a marché. J'ai enfin pu dormir au bout de deux jours. A mon réveil, j'ai cru rêver lorsque l'on m'a annoncé que mon fils avait un nouveau foie.

— Depuis combien de temps était-il malade ?

— Depuis sa naissance. Jusqu'à l'année dernière, il pouvait vivre à peu près normalement en suivant un traitement médicamenteux, mais son état s'est subitement dégradé. Il a développé une insuffisance hépatique grave qui a nécessité des hospitalisations tous les mois. Et votre mère ?

Sur le point de répondre par quelques vagues généralités du genre « elle a eu un coup de fatigue, mais tout va bien maintenant », elle se ravisa. Il n'y avait pas de place pour les mensonges, en soins intensifs.

— Elle aussi, elle est malade depuis très longtemps.

Ils parlèrent de la difficulté de vivre auprès d'un malade. Puis, voyant qu'il était 3 heures passées à l'horloge murale, elle se leva.

— J'espère que votre fils se rétablira vite. Embrassez-le de ma part.

— Merci, Scarlet.

C'est escortée du vigile qu'elle sortit par une porte de service et se dirigea vers le parking.

— Vous pouvez me laisser, maintenant, dit-elle en lui désignant l'Audi de Luke.

— La prochaine fois que vous voudrez venir, avertissez le chef de la sécurité.

— D'accord. Merci, Geoff.

Sur le chemin du retour, elle se sentit, sinon mieux, du moins apaisée.

Une partie d'elle-même était tentée de quitter l'autoroute pour prendre la direction du Devon et de ce cottage loué par agence, qui aurait dû lui servir de havre de paix pour démarrer sa nouvelle vie loin de sa mère.

Hélas, son projet était tombé à l'eau avec l'accident cardiaque de celle-ci. Quand Anya sortirait du coma, comment pourrait-elle lui annoncer qu'elle comptait toujours s'en aller ?

Et il n'y avait pas qu'Anya. Il faudrait qu'elle le dise à Luke, qui l'accuserait de s'enfuir une fois de plus au lieu d'affronter ses problèmes.

Ou peut-être serait-il soulagé de se débarrasser d'elle ?

Les parents de Luke venaient le voir aujourd'hui, il le lui avait dit et il préférerait sans doute qu'ils ne la trouvent pas chez lui.

Contrairement à l'aller, le trajet jusqu'à Maiden Stone lui parut interminable.

Elle remonta l'allée en évitant cette fois le muret, et la porte du garage s'ouvrit automatiquement.

Bon sang, comme il faisait froid en Angleterre ! L'intérieur du garage était glacial. Et la température lui sembla à peine plus clémente dans la maison. Pourtant, les radiateurs chauffaient.

Si elle avait constamment froid, c'était qu'elle était malheureuse. L'avenir lui semblait sans issue. Piégée dans l'engrenage infernal de la vie avec sa mère, elle sentait qu'elle ne pourrait jamais se libérer de son emprise et voler de ses propres ailes. Le cottage du Devon n'avait été qu'une douce chimère.

Le mot qu'elle avait laissé pour Luke se trouvait toujours sur la console de l'entrée. Au moins, sa petite escapade avait réussi. Il ne s'en était même pas rendu compte !

Elle monta dans sa chambre, se déshabilla. Mais, au moment de se coucher dans le lit vide, elle n'en eut pas le courage. Elle voulait Luke. Cette nuit, elle avait plus que jamais besoin de sentir sa peau, sa chaleur, son odeur.

Pieds nus, elle remonta le couloir et poussa sa porte.

Il dormait à poings fermés, preuve qu'il ne l'avait pas entendue partir ni rentrer.

Vêtue de ses seuls sous-vêtements, elle se glissa à côté de lui sous les draps.

— Tu es gelée, murmura-t-il en l'attirant contre lui.

Et il remonta la couverture sur son épaule avant de se rendormir.

Blottie contre lui, elle ferma les yeux, aux anges, goûtant pleinement le moment présent.

9.

Luke tendit le bras pour éteindre le réveil.

Dans son sommeil, il avait rêvé que Scarlet venait le rejoindre dans son lit et il découvrait que ce n'était pas un rêve. Elle était bel et bien là, ses cheveux d'ébène étalés sur son torse ! Et il n'avait pas la force — ni l'envie — de lui dire de regagner ses quartiers.

Ses cils lui chatouillèrent la poitrine.

Elle était réveillée.

— Ça va ? lui demanda-t-il.

— Non. Il faut que je t'explique, tu ne m'en as jamais laissé l'occasion…

Il savait qu'elle parlait de ce qui s'était passé autrefois.

— Vas-y.

— Mais il faut que tu ailles travailler.

— J'ai largement le temps. Je t'écoute.

Il se languissait d'explications. Deux ans plus tôt, elle lui avait annoncé la nouvelle brutalement, sans lui donner aucun détail. Pendant longtemps, il s'était persuadé qu'il n'en voulait pas, mais il s'était menti à lui-même.

— Je ne sais pas très bien par où commencer. J'ai tellement de choses à te dire.

— Commence par le début. Comment ta mère a-t-elle réagi quand tu lui as appris que tu étais enceinte ?

— Bien, répondit-elle d'une voix tremblante. Au départ. Quand j'avais eu une rage de dents à quinze ans, elle m'avait dit en substance la même chose : « Ne t'inquiète pas, Vince s'occupera de tout. » Puis a commencé le travail de sape lorsqu'elle a vu que j'envisageais une solution alternative. Maman, Sonia, Vince, ils se sont tous mis à me harceler quotidiennement pour que… Pour que je fasse ce qu'ils me demandaient.

Encore une fois, Scarlet ne prononçait pas le mot *avorter*.

— Même si je l'avais voulu, je n'aurais pas pu prendre un avion pour te rejoindre. Sonia conservait mon passeport dans le coffre de son bureau. J'aurais pourtant tant voulu leur échapper ! Un soir, j'ai rassemblé mon courage pour tenir tête à ma mère, lui annoncer que je voulais garder l'enfant. Comme d'habitude, elle s'est d'abord moquée de moi en me traitant comme une gamine irresponsable qu'il faut ramener à la raison, puis, quand elle a vu que ça ne marchait pas elle est entrée dans une colère noire. Je ne comprenais pas et je lui ai rétorqué qu'elle-même avait été une mère célibataire.

— Et qu'a-t-elle répondu ?

— Elle m'a giflée en me traitant de fille ingrate et m'a dit qu'elle était bien bonne de s'obstiner à m'aider alors que je faisais tout pour lui compliquer la tâche. Sonia, Vince et elle ont ensuite tenu une réunion de crise à mon sujet et ils m'ont soumis un ultimatum : si je m'entêtais à garder l'enfant, je me retrouverais seule, sans appui ni argent pour vivre et élever mon bébé. Je n'avais jamais travaillé, hormis pour ma mère, je n'ai aucune formation en quoi que ce soit. Bref, j'ai paniqué. Si seulement j'avais eu un coup de fil de toi à cette époque…

— J'ai essayé durant des semaines !

— Maintenant, je le sais. Ils avaient bloqué ton numéro en l'inscrivant dans la liste des indésirables.

— En apprenant que tu étais rentrée aux Etats-Unis, j'étais prêt à demander un congé sans solde au DRH du Royal où je venais d'être embauché, afin d'aller te retrouver à Los Angeles… Et puis, j'ai reçu ton appel.

L'appel où Scarlet lui annonçait l'irréparable.

En quelques minutes, il avait appris qu'elle avait porté son enfant et qu'elle l'avait *tué*.

En tant que médecin, ce n'était pas le mot qu'il avait coutume d'employer pour les IVG, et il se gardait d'habitude de tout jugement moral vis-à-vis des patientes qui lui faisaient part de leur intention d'avorter. Mais là, il était concerné directement, atteint dans sa chair. Scarlet avait avorté sans même l'avertir de l'existence de leur enfant.

A la lumière des informations qu'elle venait de lui donner, il lui accordait quelques circonstances atténuantes. Devant son silence, elle en avait déduit qu'il se souciait d'elle comme d'une guigne et, plutôt que de se retrouver seule et sans ressources, elle avait cédé à l'insistance de ses proches.

Il pourrait lui retourner ses paroles. Si seulement *elle* l'avait appelé !

Malgré la douleur qui surgissait de nouveau, il avait besoin de connaître l'histoire dans les moindres détails.

— Qui t'a accompagnée à la clinique ?

— Ma mère.

Bien entendu. Anya ne l'avait pas lâchée d'une semelle pour s'assurer qu'elle ne changerait pas d'avis au dernier moment.

— Les jours suivants, elle s'est montrée très gentille envers moi. J'étais anéantie, je ne cessais de pleurer, et elle a demandé à Vince de me mettre sous antidépresseurs. Mais je n'ai pas pris les comprimés. Je voulais au moins avoir le droit d'être triste. Cela ne pouvait continuer ainsi, j'avais décidé de leur échapper. Mais ils me surveillaient. Quand j'ai appris que maman repartait pour une tournée en Europe, qui passerait par l'Angleterre, j'ai repris espoir.

— Pourtant, tu ne m'as pas appelé.

Si Anya n'avait pas eu son arrêt cardiaque, il n'aurait jamais eu l'occasion de la revoir.

Scarlet s'enfouit le visage dans les mains.

— Je n'ai pas pu m'y résoudre, dit-elle au terme d'un long silence. En deux ans, rien n'avait changé dans ma vie. J'aurais tellement voulu te présenter l'image d'une personne équilibrée, indépendante, qui sait où elle va !

Au lieu de cela, j'étais toujours celle que tu avais connue, la fille veule et excentrique vivant aux crochets de sa star de mère.

La Scarlet qu'il avait connue et aimée durant une nuit, celle dont il avait ensuite chéri le souvenir malgré le terrible geste qu'elle avait commis.

— Qu'aurais-tu fait si je t'avais appelé ?

— Cela aurait dépendu de ce que nous nous serions dit…

En l'occurrence, elle ne l'avait *pas* appelé.

— Et… ? souffla-t-elle pour l'encourager à poursuivre.

Même s'il lui accordait son pardon, elle n'était pas prête à le recevoir. Il faudrait d'abord qu'elle se pardonne à elle-même.

— Je suis triste à l'idée que tu aies dû traverser seule cette épreuve, dit-il en lui caressant les cheveux. Bien sûr, tu avais ta mère à tes côtés…

— Elle a été d'une grande aide, c'est sûr ! ironisa Scarlet, rire amer à l'appui. Elle n'est même pas venue me voir dans la chambre de la clinique après le… l'opération. Heureusement, une infirmière est restée à mon chevet, à me tenir la main pendant que je pleurais. Je savais que j'avais fait une erreur, et elle m'a parlé pendant plus d'une heure pour tenter de me réconforter. Je me souviendrai toujours de ses paroles. Elle m'a dit que je n'étais pas une criminelle irresponsable comme je le croyais, mais simplement une jeune fille qui avait eu peur, et que j'apprendrais de cette épreuve pour devenir plus forte.

Il hocha la tête en silence.

S'il avait pu rencontrer cette infirmière, il l'aurait félicitée et remerciée pour avoir soutenu Scarlet en cet instant ô combien difficile. .

— En un sens, c'est ce qui s'est produit, poursuivit-elle. Puisque j'ai eu le courage l'autre soir d'annoncer à ma mère que je la quittais.

— Pourrais-tu me parler de la dispute qui s'est ensuivie ?

— Quand je lui ai annoncé que je partais, elle a ri et m'a mise au défi de tenir vingt-quatre heures sans elle.

Alors, j'ai menti. Je lui ai dit que tu m'attendais, que nous allions faire notre vie ensemble… Je cherchais juste à lui échapper.

— Elle t'a crue ?

Scarlet secoua la tête contre sa poitrine.

— Elle m'a rétorqué que je me berçais d'illusions, que jamais tu ne voudrais de moi après ce que je t'avais fait — ce qui m'a mise très en colère. C'était elle qui m'avait poussée à commettre cet acte !

— Encore une fois, elle cherchait à te faire douter de toi-même.

— Sauf que, ce soir-là, je ne me suis pas laissé faire. Je lui ai répondu qu'elle avait toujours été jalouse de moi, qu'elle m'avait obligée à avorter car elle ne voulait pas que les projecteurs se braquent sur mon bébé et moi et que les journaux titrent « Anya grand-mère »…

Scarlet se redressa pour le regarder.

— Je regrette tellement de ne pas m'en être rendu compte plus tôt !

— C'est déjà bien que tu l'aies compris. Moi qui pensais que mes parents étaient compliqués…

Il s'interrompit. Ce n'était pas le moment de se confier sur ses propres déboires familiaux.

— Au fait, dit-elle, je suppose que tu n'as pas envie qu'ils me rencontrent ce soir. Si tu veux, je pourrai rester cachée dans ma chambre.

Il n'aimait pas l'entendre parler ainsi. Anya avait toujours dévalorisé sa fille en la traitant comme une bonne à rien qu'elle entretenait par grandeur d'âme, et Scarlet était persuadée de ne pas valoir grand-chose. En cet instant, elle croyait qu'il avait honte d'elle.

— Je ne veux pas te cacher, Scarlet. Je serai fier de te présenter à mes parents.

Il le pensait vraiment.

10.

Anya respirait désormais sans ventilation artificielle et, bien que toujours maintenue dans le coma, elle avait été transférée dans la même chambre qu'Ashleigh Jones, le jeune homme postopéré du foie.

Chambre devant laquelle campaient l'imprésario et l'attachée de presse.

Luke entra dans la pièce et referma la porte. Il adressa un signe de tête à Evan, qui se trouvait au chevet de son fils endormi, puis ouvrit le rideau entourant le lit d'Anya pour s'approcher d'elle.

Le matin où il l'avait prise en charge aux urgences, il s'était efforcé de la soigner comme une patiente normale, avec la même rigueur et la même méticulosité. A présent, il éprouvait une telle colère contre cette femme qu'il se demandait s'il en serait toujours capable. La neutralité médicale avait des limites.

Heureusement, c'était désormais David le médecin référent.

— Nous réduisons progressivement la dose de sédatifs depuis hier, lui dit l'anesthésiste de garde, un nommé Craig. Et nous allons les arrêter complètement aujourd'hui. Si tout va bien, elle devrait reprendre conscience en fin d'après-midi.

— David vous a-t-il transmis mon message ?

— Oui, il m'a prévenu de vous avertir en priorité dès le réveil d'Anya. Savez-vous que Lorna a parlé à sa fille cette nuit ?

— Scarlet a appelé l'hôpital ?

Aurait-elle ignoré ses mises en garde pour n'en faire qu'à sa tête, encore une fois ?

— Non, elle est venue en personne. Lorna l'a reconnue, sinon elle ne l'aurait évidemment pas autorisée à entrer dans la chambre.

Première nouvelle ! Scarlet s'était bien gardée de lui en parler. La petite cachottière avait fait l'aller-retour avec l'Audi sans qu'il s'en rende compte — il faut dire qu'il dormait d'un sommeil de plomb au retour de ses gardes.

Evan leva la tête de ses mots croisés.

— Moi aussi, je l'ai vue et je lui ai parlé.

Décidément, tout le monde était au courant sauf lui.

— Il ne faut pas le crier sur les toits, poursuivit le père d'Ashleigh en indiquant la porte derrière laquelle se trouvaient Sonia et sa collègue. J'ai même pris une photo avec elle pour Ashleigh — c'est un grand admirateur de Scarlet. Il était tout content en la découvrant ce matin.

Et il sortit son portable de sa poche pour la leur montrer.

Bien qu'il n'apprécie guère cette manie qu'ont les gens de se prendre sans cesse en photo avec leur portable, Luke l'observa et ne put s'empêcher de sourire.

Le visage vierge de tout maquillage, le cheveu en bataille, Scarlet souriait, les doigts pliés en forme de cœur. Sur le sweat-shirt qu'il lui avait acheté au supermarché, elle portait l'une de ses chemises.

— Contrairement à l'image que véhiculent les médias, c'est une jeune femme très simple, commenta Evan. Je l'ai trouvé gentille, à l'écoute des problèmes des autres.

— Combien de temps est-elle restée ?

— Environ deux heures. La pauvre. Elle est loin d'avoir une vie de rêve.

Une opinion que Luke ne pouvait que partager.

Il resta quelques minutes auprès d'Evan pour s'inquiéter de sa santé. Il se réjouit d'apprendre que celui-ci se portait bien mieux depuis la dernière fois où ils s'étaient vus et qu'il se faisait désormais suivre pour ses problèmes d'hypertension.

A 8 heures, Luke prit sa garde aux urgences. Il soigna blessés et polytraumatisés, mais aussi des urgences qui n'en étaient pas, des gens enrhumés ou souffrant de plaies et de bosses, qui n'hésitaient pas à encombrer le service plutôt que de consulter leur médecin généraliste.

Profitant de sa pause de milieu de matinée, il appela Scarlet selon le signal convenu.

Une voix endormie lui répondit au bout du fil.

— Tu m'as réveillée.

Pas étonnant qu'elle ait besoin de sommeil, après avoir passé la moitié de la nuit à l'hôpital et sur les routes ! Mais il avait résolu de lui cacher qu'il était au courant, pour voir si elle lui en parlerait de son propre chef.

— J'ai un service à te demander, Scarlet.

— Lequel ?

— Comme tu le sais, mes parents vont passer vers 16 heures. Je serai rentré d'ici là, mais je n'aurai pas le temps de m'arrêter au supermarché. Pourrais-tu sortir acheter quelque chose pour le thé ?

— Quoi donc ?

— Je ne sais pas, moi. Des biscuits, des petits gâteaux, des cookies. Si tu as le temps, bien sûr.

— Très drôle.

— As-tu de l'argent ?

— Oui. C'est l'une des rares choses que j'ai pu emporter dans ma fuite.

— Sinon, tu trouveras quelques billets dans le tiroir du haut de ma commode…

Zut ! Il y avait rangé le sac avec les articles de lingerie fine qu'il comptait lui offrir.

— Je sais. J'ai fouillé dans tes affaires, dit Scarlet sans vergogne. Pour qui sont les sous-vêtements en dentelle ?

— Devine.

— Pour moi ? s'écria-t-elle d'une voix incrédule.

— Pour qui d'autre ? Tu ne crois tout de même pas que je me transforme en travesti à mes heures perdues ?

Un rire fusa au bout du fil.

Il adorait l'entendre rire.

— Bon, il faut que j'y aille.

— Reste encore un peu à me parler.

— Scarlet, j'ai du travail. A tout à l'heure.

Il raccrocha.

Pouvait-il compter sur elle pour les biscuits ? Rien n'était moins sûr. A tout hasard, il en prélèverait quelques-uns dans la réserve du poste infirmier, pour le cas où elle oublierait.

La tête recouverte d'une écharpe trouvée dans les affaires de Luke, Scarlet marchait d'un pas vif pour tenter de se réchauffer.

Les gens qui critiquent l'Angleterre pour son climat épouvantable ont bien raison. Jamais elle n'avait eu aussi froid de sa vie. C'était étrange de se retrouver dehors dans les rues du village.

Elle entra dans un salon de thé, qui faisait aussi épicerie.

Bingo ! Des cookies de toutes sortes, en veux-tu en voilà, sans compter les scones, muffins et autres cupcakes. On peut dire ce qu'on veut des Anglais, mais ils sont les rois du goûter dînatoire !

Elle choisit différentes variétés de cookies qu'elle mit dans son panier et y ajouta une fiche de recette de cake au café et aux noix à la photo appétissante.

Pourquoi ne pas l'essayer en l'honneur des parents de Luke, puisqu'elle avait du temps à tuer ?

Ne faisant ni une ni deux, elle acheta les ingrédients nécessaires à la confection du cake et paya le tout.

A la sortie du magasin, elle aperçut son reflet dans la glace de la façade.

Dans son jean, son sweat-shirt et son bonnet improvisé,

elle avait vraiment l'air minable. Or, il y avait de l'autre côté de la rue une boutique avec des vêtements en vitrine.

Elle y entra et sourit à la femme derrière le comptoir.

— Bonjour, mademoiselle, lui dit celle-ci. Je peux vous aider ?

— Oui, j'aimerais étoffer un peu ma garde-robe…

Au bout d'une heure, elle avait essayé une demi-douzaine de tenues — plutôt sobres par rapport à son style flamboyant habituel, mais tout de même à la mode, avec une petite touche de fantaisie. Les unes et les autres lui allaient bien, et elle décida d'acheter le tout. Au diable l'avarice. D'autant qu'elle aurait ainsi l'occasion d'étrenner sa carte de crédit personnelle qu'elle avait cachée à sa mère et à son entourage !

En un an, elle avait amassé en secret un petit pécule en rognant sur la rente qui lui était accordée pour ses frais et déplacements et en mettant aux enchères des photos dédicacées sur un site de vente en ligne. Le but avait été de se constituer un apport pour l'achat d'une maisonnette. Et elle avait trouvé le cottage de ses rêves au bord de la mer, ce cottage auquel il lui avait, hélas, fallu renoncer. Alors, pourquoi ne pas se rabattre sur quelques vêtements en guise de consolation ? D'autant que les prix de ce magasin n'avaient rien à voir avec ceux pratiqués dans les boutiques de grands couturiers de Los Angeles.

Au moins, ce soir, elle ne ferait pas honte à Luke devant ses parents.

En entrant dans le vestibule, Luke sentit une odeur de brûlé.

Pas possible. Scarlet s'était essayée à la pâtisserie ?

En entrant dans la cuisine, il eut une seconde surprise : Scarlet comme il ne l'avait jamais vue.

Envolée la fille de star, ainsi que la fugitive en jean, sweat-shirt et chemise empruntée. Elle portait une tunique en laine couleur muscade, des leggings foncés et des bottines à talons en velours noir.

Simple et chic. Sans strass ni paillettes, ni rouge à lèvres incandescent.

— Waouh !

— Je sais, dit-elle en étalant à la spatule du glaçage sur quelque chose qui ressemblait à deux grosses crêpes brûlées. C'est une première pour moi. J'espère qu'il sera bon.

Elle parlait du gâteau.

— Comment va ma mère ?

— Ils ont arrêté les sédatifs. Elle devrait se réveiller d'ici à ce soir.

— Tu ne crois pas que je devrais être là quand elle ouvrira les yeux ?

— Elle sera somnolente, désorientée…

— S'il te plaît, Luke, dis-moi ce que je dois faire.

— Ce n'est pas à moi de te le dire.

Il n'avait aucune envie qu'elle aille retrouver cette femme égoïste et manipulatrice. S'il ne tenait qu'à lui, il l'empêcherait de la revoir à tout jamais. Cependant, malgré tous ses travers, Anya restait la mère de Scarlet, et ce n'était pas à lui de dicter sa conduite à cette dernière.

— C'est un cake au café et aux noix.

Un cake ? Peut-être serait-il bon à défaut d'être beau.

Il trempa un doigt dans le bol du glaçage et le porta à sa bouche.

Aïe ! On frôlait l'overdose de beurre.

— Ça ne ressemble pas à la photo, dit Scarlet, l'air chagrin. J'espère qu'ils aimeront.

« Ils » ?

Il comprit alors qu'elle avait fait le gâteau pour ses parents. Il avait presque oublié qu'ils venaient. Durant le trajet de retour, il n'avait pensé qu'à Scarlet. Scarlet dans son lit, presque nue.

— Ecoute, si ma présence risque de poser un problème, je pourrai aller me promener. Ça t'épargnera d'avoir à expliquer à tes parents ce que je fais ici…

— Je n'ai pas de comptes à leur rendre.

— Je ne veux pas créer de tensions, c'est tout.

— Avec ou sans toi, il y en aura. Entre mes parents et moi, ce n'est pas franchement l'entente cordiale.

— Sont-ils au courant, pour nous ?

— Je leur en ai touché un mot.

— Que leur as-tu dit au juste ?

Elle semblait de plus en plus nerveuse.

— Que j'ai fait ta connaissance il y a deux ans. Marcus avait vendu la mèche, de toute façon. Mais ils ne savent pas, pour le bébé.

Les joues en feu, elle reporta son attention sur le glaçage.

— Ils sont à la retraite ?

— Non. Mon père est professeur en cardiologie. Et ma mère, conservatrice de musée.

— Mon Dieu ! lâcha-t-elle, visiblement impressionnée. De quoi vais-je bien pouvoir leur parler ? Je n'ai pas fait d'études. A part le show-business, je ne connais rien.

— Ne t'inquiète pas, dit-il en glissant le bras autour de sa taille. Tu n'as qu'à être toi-même, et tout se passera bien.

— Facile à dire.

Une telle appréhension se lisait dans ses yeux outremer qu'il décida de faire une entorse à ses résolutions et de lui livrer quelques confidences sur sa famille.

— Tu n'as aucun complexe à nourrir vis-à-vis d'eux. Mon père est un coureur de jupons patenté qui enchaîne les aventures, et ma mère ferme les yeux en jouant à l'épouse modèle en société. Quand une liaison dure un peu plus longtemps que les autres, elle se rabat sur sa bouteille de gin.

Les yeux écarquillés, Scarlet l'écoutait.

— Quand il est entre deux maîtresses, elle arrête de boire, et ils jouent à la comédie du couple heureux pendant quelques semaines. Jusqu'à ce qu'il recommence à découcher. Alors, maman se remet aux alcools forts. C'est un cycle qui se répète depuis trois décennies.

— Comment le sais-tu, puisque tu n'habites plus chez eux ?

— Je le sais, c'est tout. En revanche, Marcus et Emma ne sont pas au courant.

— Emma ?

— Ma sœur.

— Oh ! J'ai entendu le message qu'elle avait laissé sur le répondeur et j'ai cru qu'il s'agissait de ta petite amie.

Tu es ma petite amie, faillit-il lui dire. Mais il se ravisa et s'écarta.

— Ce week-end, ils fêtent leurs trente-deux ans de mariage. Une belle mascarade ! Je lèverai mon verre — ou plutôt ma tasse de thé — à leur « bonheur », et nous mangerons le gâteau que tu as eu la gentillesse de leur préparer. Puis ils s'en iront fêter cela en ville. Dimanche, papa aura retrouvé sa dernière maîtresse en date, et maman sera ivre morte sur son canapé.

— Pourquoi me dis-tu tout cela ?

— Parce que je ne veux pas que tu te sentes intimidée en leur présence.

— Merci de ta sollicitude, Luke. Tu es trop gentil avec moi.

— C'est bien la première fois que…

Il s'interrompit en entendant une voiture s'engager dans l'allée.

— Les voilà.

11.

Scarlett s'essuya nerveusement les mains sur un torchon.

Luke fit les présentations, et Rose Edwards lui serra la main du bout des doigts, en la toisant d'un air désapprobateur. James Edwards l'examina lui aussi de la tête aux pieds, d'une tout autre manière.

Seigneur, on aurait dit qu'il la déshabillait du regard !

Elle retint un petit rire en voyant Luke lever les yeux au ciel.

— Vous avez fait un gâteau ! s'exclama Rose, comme s'il s'agissait d'un exploit.

En un sens, ça l'était.

Luke ne proposa pas à ses parents de s'asseoir, et ils restèrent tous debout dans la cuisine, tasse de thé à la main.

— Pas trop, s'il vous plaît, dit Rose comme Scarlet lui découpait une généreuse portion de cake.

— Alors, vous travaillez au Royal ? demanda James en louchant sur ses jambes.

— Non. J'ai pris un congé sabbatique.

— Que faisiez-vous avant, des études ?

— Euh, non, marmonna-t-elle. Je suis juste…

Heureusement, Luke vint à son secours.

— Scarlet a pris une année de congé.

— Scarlet, ça me dit quelque chose. Tous les deux, vous n'étiez pas… ?

— Ça remonte à plusieurs années, dit Luke. Scarlet arrive de L.A. et elle m'a fait le plaisir de me rendre visite.

« Le plaisir », façon de parler. Il ne l'avait pas exactement accueillie à bras ouverts.

— Vous logez ici ?

— Pour quelques jours.

Partagée entre embarras et amusement, elle les regarda s'échiner tous à découper leur portion de cake.

La pâte était dure et brûlée, et le glaçage, un peu écœurant. Une bouchée lui suffit, et elle reposa son assiette.

— Vous n'en mangez pas ? demanda Rose.

— Non. Il faut que je fasse attention à ma ligne.

— Sornettes ! s'exclama James. Cela vous irait bien au contraire de vous remplumer un peu. J'aime les femmes qui ont l'air de femmes.

Nul doute qu'il parlait en connaisseur.

Ils finirent leur tasse de thé puis partirent comme s'ils avaient le diable aux trousses.

Luke raccompagna ses parents jusqu'à leur voiture.

— J'imagine que ta mère a dû te mettre en garde contre moi, dit-elle quand il revint dans la cuisine. « Cette aventurière américaine n'en veut qu'à ton argent, mon fils, méfie-toi ! »

Il lui sourit.

— Elle m'a en effet conseillé de faire attention.

— Cela, tu le savais déjà, dit-elle sur un ton léger.

Ce soir, elle n'avait pas envie d'aborder des sujets graves.

— Ton père est tel que tu me l'avais décrit. L'œil égrillard, il me détaillait ouvertement en présence de sa femme ! Mes cuisses semblaient particulièrement l'intéresser.

— Il est impossible ! Si jamais mes parents t'invitent un jour chez eux, ne le laisse pas t'offrir une visite guidée de la maison.

— Je crois que ce n'est pas près d'arriver.

Elle s'approcha de lui et noua les bras autour de son cou.

— Toi et ton père, vous êtes le jour et la nuit. As-tu été adopté ?

— J'aurais bien voulu !

— Se comporte-t-il de la même manière envers toutes tes petites amies ?

Elle hésitait à se ranger dans cette catégorie. Elle n'était pas une petite amie de Luke, mais une catastrophe ambulante qu'il avait recueillie sous son toit par charité chrétienne.

— Des deux, c'est ma mère qui me met le plus en colère. Je déteste sa complaisance envers lui, son hypocrisie, la manière dont elle fait semblant de ne rien voir. Dieu sait pourtant qu'elle ne se gêne pas pour critiquer les autres, leur degré d'instruction, leur façon de s'habiller, de s'exprimer…

— De faire de la pâtisserie, ajouta-t-elle, malicieuse. Pauvre Luke, obligé de manger mon gâteau.

— Il n'était pas si mauvais.

— Tu en redemandes ?

— Tout de même pas. Il était si bourratif que je ne pourrais pas avaler une miette de plus.

— Tant mieux, car c'était le dîner.

Cela eut le don d'arracher un sourire à Luke.

— Tu es très jolie, ce soir, dit-il en lui caressant la joue.

— J'ai fait quelques achats.

— Je vois cela.

— Et j'adore mes cadeaux.

— On n'est jamais mieux servi que par soi-même.

Les mains de Luke descendirent en bas de son dos pour l'attirer contre lui, et ils s'embrassèrent.

C'était le moment qu'elle attendait depuis des jours. Non, des mois.

Il approfondit le baiser lentement, avec ferveur, comme s'il cherchait à rattraper le temps perdu, et elle aurait voulu qu'il ne s'arrête jamais.

Hélas, comme les meilleures choses, cela eut une fin.

Au prix d'un effort considérable, Luke s'écarta de Scarlet.

Il brûlait d'envie de l'emmener dans sa chambre pour

lui faire l'amour, ou là, sur la table de la cuisine. Mais il y avait trop de questions en suspens entre eux.

— Veux-tu qu'on aille rendre visite à ta mère ?

— Tu viens de rentrer de l'hôpital. Je ne veux pas t'obliger à y retourner.

— Toi, que veux-tu ?

— Je ne sais pas.

— Ça a au moins le mérite de la franchise.

Ils passèrent dans la salle de séjour. Luke s'assit sur le canapé, et elle posa la tête sur ses genoux.

— Si tu préfères, je t'emmènerai demain. Je pourrai même rester à tes côtés pendant que tu lui parleras.

— Ce ne sera pas nécessaire. Je sais que tu considères ma mère comme un monstre, mais elle n'est pas aussi méchante que tu le crois.

— Je suppose qu'elle a des circonstances atténuantes. En tant que star, elle est habituée à ce qu'on fasse tous ses caprices et elle ne supporte pas que quelqu'un lui résiste. Toi et son entourage, vous devez vous soumettre à ses quatre volontés.

— C'est terminé pour moi. Mais je ne sais pas comment lui annoncer que je la quitte, alors qu'elle vient d'être si malade. Ça me semble cruel de le lui dire à sa sortie du coma. Il vaudrait peut-être mieux que j'attende un peu ?

Aux dernières nouvelles, Anya n'avait pas encore repris conscience. Il avait posé son portable à côté de lui dans l'attente de l'appel qui l'en avertirait.

— Il n'y a pas de bon moment pour annoncer à quelqu'un qu'on s'en va.

Surtout quand tout semble aller bien, comme avec Angie. Il n'avait pas de raison apparente de la quitter. Il n'avait manqué qu'une chose à leur relation. L'essentiel : l'amour.

— Quand c'est fini, on ne devrait pas avoir à se justifier. Mais la situation est différente entre une mère et sa fille.

Il prit son téléphone pour voir s'il avait un message.

Croyant sans doute qu'il allait se lever, Scarlet le retint.

— Ne t'en va pas, s'il te plaît.

Et elle se retourna pour poser ses lèvres sur la fermeture Eclair de son pantalon.

Il l'écarta doucement.

— Scarlet, tu n'as pas besoin de me proposer cela pour que je reste à côté de toi.

Elle rougit, et ses yeux s'emplirent de larmes.

Pourtant, il ne cherchait pas à lui faire honte. C'étaient ceux qui lui avaient enseigné un tel comportement qui devraient rougir, pas elle.

— Tu n'as pas envie de moi, dit-elle.

— Si.

— S'il te plaît, prends-moi dans tes bras.

Enfin !

Il s'allongea à côté d'elle et la serra tendrement contre lui.

— Tu as une érection, constata-t-elle au bout d'un moment.

Jamais aucune de ses ex-petites amies n'avait parlé aussi crûment.

— Ça passera, affirma-t-il avec la même franchise.

En réalité, il était au supplice. Mais ce n'était pas le moment de céder à l'appel de ses sens. Ils avaient beaucoup de choses à éclaircir avant de pouvoir repartir de zéro.

Scarlet commençait à somnoler quand le portable sonna.

Il se redressa et prit l'appel. En silence, il écouta son correspondant lui résumer la situation, puis il mit fin à la communication.

Il répugnait à réveiller Scarlet, mais il le fallait.

— Scarlet ?

— Mmm…

— C'était Craig, l'anesthésiste de garde. Tout va bien. Ta mère a repris conscience.

Elle s'assit d'un bond.

— M'a-t-elle réclamée ?

— Oui. Il y a autre chose que tu dois savoir, Scarlet. L'overdose n'était pas accidentelle.

— Si. Elle a avalé par erreur trop de somnifères.

— Non.

Il hocha lentement la tête.

— Je te dis que si.

Elle se mit à pleurer, et il resta assis à lui caresser le dos et à tenter de la réconforter.

Refusait-elle l'évidence parce qu'elle se sentait coupable d'avoir poussé sa mère à prendre ces opiacés ? Avant, elles s'étaient violemment disputées. Craignait-elle qu'Anya n'ait pas supporté ses reproches et ait voulu en finir ?

— Il faut que je la voie !

— Pas maintenant. Ta mère est très en colère, paraît-il…

C'était comme parler à un mur. Scarlet se précipita à l'étage, et il l'entendit s'agiter en haut. Puis elle redescendit, chargée d'un sac d'où dépassait une écharpe qu'elle lui avait empruntée.

Elle emportait toutes ses affaires, et il eut la désagréable impression qu'elle allait retourner à son ancienne vie.

— Pourras-tu me rendre les vêtements que j'ai laissés à l'hôpital, ainsi que mon téléphone ?

Voilà qui confirmait ses craintes.

— Vas-tu revenir ici ?

— Je n'en sais rien.

Entre eux, cela n'avait jamais été que du provisoire, il le savait. Alors, pourquoi avait-il si mal ?

La mort dans l'âme, Luke reprit le chemin de l'hôpital.

Assise à côté de lui, Scarlet était murée dans un silence hostile.

Ses collègues avaient raison, il devrait habiter plus près de Londres. Le seul avantage de la situation, c'était que cela avait permis à Scarlet de passer quelques jours au vert.

Avant de partir, il avait appelé le service des soins intensifs pour avertir Lorna de leur arrivée, et celle-ci lui avait conseillé de passer par le bloc pour prendre l'ascenseur réservé au personnel.

Trois quarts d'heure plus tard, il rangea l'Audi crottée de boue dans le parking souterrain. Evitant l'entrée principale et le hall, ils suivirent les conseils de Lorna et débouchèrent directement dans le service de soins intensifs.

David les attendait, flanqué de l'infirmière en chef.

— Bonsoir, Scarlet. Votre mère vous a réclamée.

— Je sais.

— Veux-tu que je t'accompagne ? demanda Luke.

Elle secoua la tête et suivit la surveillante en direction de la chambre d'Anya.

— Je ne sais pas ce qui se passe entre vous deux, dit David. Et je préfère ne pas le savoir.

— Ça tombe bien. Je ne t'aurais rien dit.

— Es-tu conscient que Scarlet va se jeter dans la fosse aux lions ?

— Je l'en ai avertie, j'ai insisté pour qu'elle diffère sa visite. Mais elle n'a rien voulu entendre.

Debout dans le couloir devant la chambre de sa mère, Scarlet écoutait Lorna lui donner les dernières nouvelles.

— Votre mère tient absolument à être transférée dans un autre établissement. Elle ne se montre guère coopérative. Et elle est très en colère.

— Contre moi ?

— Contre tout le monde, répondit David en les rejoignant. A sa sortie du coma, c'est la première demande qu'elle a formulée, elle voulait s'en aller d'ici. Je lui ai dit que son état ne le permettait guère, que nous avions encore des examens à lui faire passer. Malheureusement, si elle insiste pour signer une décharge, je serai obligé de la laisser partir.

— Ma mère est une personne très entêtée. Je suis désolée que…

— Scarlet, vous n'avez pas à vous excuser.

Elle commençait enfin à le comprendre. Rien de ce qui était arrivé n'était sa faute. Et pourtant, elle ne parvenait pas à chasser ce sentiment de culpabilité qui la poursuivait depuis le matin où elle avait trouvé sa mère inconsciente.

Pourtant, non. Elle n'était pas coupable.

Elle se le répéta tout en s'approchant du lit entouré d'un rideau.

Comme elle le craignait, sa mère lui adressa reproches et récriminations. Et elle lui fit du chantage comme à son habitude.

— Si tu t'en vas, je recommencerai. Je reprendrai des somnifères ou je me tailladerai les veines. Sans toi à mes côtés, je ne pourrais pas vivre.

Ne pas céder. Sinon, c'en serait fini de ses espoirs de liberté.

— Non, maman. Sache que je t'aime, mais je vais m'en aller. Je ne t'accompagnerai plus sur tes tournées et je ne retournerai pas à Los Angeles avec toi. Rétablis-toi vite.

Et elle se pencha pour déposer un baiser sur la joue de sa mère.

Quand elle émergea de derrière le rideau, elle vit Luke sur le seuil de la chambre.

Après avoir remercié David et Lorna, elle se dirigea vers l'ascenseur, Luke sur les talons.

— Me permets-tu de conduire ? demanda-t-elle, une fois qu'ils furent sur le parking.

C'était une manière d'inaugurer cette indépendance qu'elle avait obtenue de haute lutte. Mais elle avait aussi une idée derrière la tête.

— Bien sûr, dit-il en lui tendant la clé.

Elle se glissa derrière le volant et attacha sa ceinture.

Sa main tremblait, elle accusait le contrecoup de l'angoisse et du stress qui l'habitaient depuis des jours.

— Elle m'a dit que c'était ma faute. Et la tienne, aussi. Selon elle, tu aurais exercé une mauvaise influence sur moi…

— J'espère que je ne suis pas à l'origine de ta rupture avec ta mère.

— Bien sûr que non, tu n'y es pour rien ! Après plusieurs tentatives pour fuir, qui se sont toutes soldées par un échec, j'ai fini par comprendre qu'il faut absolument que je m'en aille, pour mon propre bien. Comme toujours, elle a tenté de me culpabiliser, mais cette fois j'ai tenu bon.

Ils sortirent de l'hôpital et prirent le boulevard conduisant au périphérique.

— Tu aurais dû tourner à gauche pour la M25, dit Luke quand ils furent à la sortie de la bretelle. Là, nous filons droit vers le sud et la côte.

— En effet. C'est là que nous allons.

Et elle appuya sur l'accélérateur pour mettre le cap vers le cottage qui devait lui servir de refuge.

Il fallait qu'elle y aille. Et cette fois, ce ne serait pas comme une fugitive, incognito, mais comme une femme qui s'était affranchie de ses chaînes et qui commençait une nouvelle vie.

Luke, la seule personne en qui elle avait totalement confiance, serait aussi du voyage.

— Es-tu en train de me kidnapper ?

Son sourire indiquait qu'il n'était pas trop inquiet.

— Tout juste, répondit-elle en lui jetant un coup d'œil. Et ne compte pas sur moi pour te faire la conversation durant le trajet, je ne me sens pas d'humeur sociable. Essaie plutôt de dormir, je te réveillerai à notre arrivée.

12.

Le trajet allait prendre plusieurs heures. Scarlet était reconnaissante à Luke de ne pas l'interroger sur leur destination. Suivant son conseil, il avait fermé les yeux et semblait dormir.

Au fil des kilomètres, le paysage devint de plus en plus vallonné. Les routes semblaient se rétrécir et les murs de pierre et les haies, se refermer sur la voiture.

Enfin, elle arriva en vue de la plage. Le cottage se trouvait à quelques centaines de mètres.

Elle arrêta la voiture sur le parking d'un belvédère désert et, par la vitre de la portière, observa la lune qui jouait à cache-cache entre les nuages et la houle qui hérissait l'océan.

Les hautes vagues bordées d'écume qui se fracassaient sur les rochers reflétaient son état d'esprit.

Tant d'émotions contradictoires se bousculaient en elle ! Chagrin, soulagement, colère, peur... Tout à l'heure, encore sous le choc de la rupture avec sa mère et des menaces suicidaires que celle-ci avait proférées, elle n'avait pas eu la force de parler, mais à présent elle brûlait d'envie d'expliquer à Luke qui elle était et pourquoi elle avait agi comme elle l'avait fait.

Elle était enfin prête à tomber le masque, à lui dévoiler la vraie Scarlet, sans fards ni provocations superflues. Et elle voulait en retour savoir ce qui se passait dans la tête de Luke.

Comme elle, il semblait habitué à tout garder en lui. Il

avait fallu la rencontre avec ses parents pour qu'il se dévoile un peu et lui fasse quelques confidences sur sa famille.

Il se réveilla et ouvrit les yeux.

— Où diable sommes-nous ?

Malgré l'énergique ballet des essuie-glaces, la pluie zébrait le pare-brise embué.

— Dans le Devon.

Il fixa la pendule du tableau de bord, qui indiquait 5 heures du matin.

Le vent hurlait au-dehors, la lune avait disparu derrière les nuages, et seule la dentelle blanche de l'écume des vagues se distinguait, dansant sur l'océan noir.

— Cela faisait longtemps que je rêvais de venir ici, dit-elle.

— Sur cette côte battue par les vents et la pluie ? Il doit tout de même y avoir des coins plus agréables chez toi, en Californie.

— Certainement pas. Ici, pour moi, c'est le plus bel endroit au monde !

Elle se comprenait. Pourtant, même dans ses rêves les plus fous, elle n'aurait jamais osé espérer y venir avec Luke.

— Allons nous promener sur la plage.

— Tu es folle, on va se faire tremper !

— Quelques gouttes n'ont jamais tué personne.

Elle descendit de voiture et passa son sac en bandoulière. Luke lui emboîta le pas, visiblement à contrecœur.

Poussés par le vent, ils marchèrent main dans la main sur la grève semée de galets.

Elle avait envie de crier, de hurler dans le vent pour conjurer sa peur et sa colère.

— Je déteste ma mère ! Je l'aime et je la déteste à la fois.

— Le sait-elle ?

Elle hocha la tête.

— L'autre soir, après le concert, je le lui avais dit.

— Tu en avais le droit. Elle t'a bouclée dans une prison dorée depuis ta naissance et elle a tout tenté pour t'ôter ton libre arbitre. La manière dont elle a réagi ensuite à cette information était *son* choix. Une personne équilibrée se serait posé des questions, aurait demandé si elle méritait ces reproches. Mais, à l'introspection, elle a préféré une méthode radicale pour te faire culpabiliser encore plus.

— Tu penses ma mère capable de faire une tentative de suicide pour me punir ?

— Je ne dis pas qu'elle l'a fait consciemment. Comme tous les tyrans adulés qui se prennent pour le nombril du monde, elle n'a pas supporté que tu lui dises ses quatre vérités. Or, tu avais parfaitement le droit de lui exposer tes sentiments, ta révolte, ta colère.

— Ça te va bien de me dire cela, toi qui gardes tes sentiments cadenassés !

— Je sais.

Comme elle frissonnait, Luke ouvrit sa veste pour l'attirer contre lui.

— Et si maman tente de nouveau de se suicider parce que je suis partie ? Et si elle meurt, cette fois ?

Il garda le silence si longtemps qu'elle crut qu'il n'allait pas répondre.

— Crois-tu que cela changerait quelque chose si tu retournais auprès d'elle ? demanda-t-il enfin.

— Que veux-tu dire ?

— Cesserait-elle de régenter ta vie, de te manipuler pour te garder à son service ? En d'autres termes, crois-tu que cette expérience traumatisante pourrait lui servir de leçon ?

Scarlet réfléchit.

— C'est difficile pour moi d'être objective. En tout cas, rien de ce que m'a dit maman tout à l'heure n'indiquait qu'elle regrettait son comportement à mon égard. Pour elle, je suis la fautive. Ça fait vingt-cinq ans qu'elle me tient ainsi, en maniant la carotte et le bâton, et elle ne changera pas. Pareil pour son addiction aux drogues de toutes sortes. Elle a effectué de nombreux séjours en clinique de désintoxication et elle a toujours rechuté ensuite. Les excès, c'est dans sa nature.

— Alors, tu as ta réponse. Que tu sois ou pas auprès d'elle, cela ne changera rien.

Le discours de Luke semblait se tenir. Pourtant, elle ne pouvait pas y adhérer complètement.

— Et si tu te trompais ?

— C'est une possibilité. Loin de moi l'intention de te dicter ta conduite.

Personne ne prendrait désormais de décisions à sa place. N'était-ce pas ce qu'elle avait toujours voulu ?

Hélas, trop de choses se bousculaient dans sa tête pour qu'elle soit en état de décider quoi que ce soit. Tout ce qu'elle savait, c'était qu'elle avait envie de hurler sa colère face à la mer déchaînée.

Et elle le fit. De toute la force de ses poumons. Elle cria, donna des coups de pied dans les galets, hurla des blasphèmes, telles ces sorcières qui, selon la légende, survolaient jadis ces côtes.

Avec le vent, elle s'entendait à peine, mais cela la soulagea.

Quand sa gorge sèche et brûlante n'en put plus, elle se tourna vers Luke, qui la prit dans ses bras.

Ballottés par le vent, ils restèrent serrés l'un contre l'autre, et elle se sentit bien. Malgré les ténèbres et la tempête, le monde lui sembla soudain rempli d'espoir.

— Retournons à la voiture, suggéra Luke.

— Non.

Bien qu'ils soient tous deux trempés jusqu'aux os, Scarlet lui prit la main pour l'entraîner vers la dune, jusqu'à un petit chemin qui conduisait à un cottage.

Perplexe, il la regarda fouiller dans son sac.

— Ne t'inquiète pas, je ne vais pas forcer la serrure. J'ai la clé, ajouta-t-elle en la produisant.

Elle ouvrit la porte, alluma, et il aperçut une valise posée près d'un canapé.

— Maintenant, tu sais pourquoi je n'avais pas assisté au concert de ma mère, ce fameux soir. J'étais ici.

— Et nous sommes chez qui ?

— Chez moi ! J'ai loué ce cottage il y a quelques semaines. Je vais t'expliquer. Mais d'abord, allumons un bon feu. J'espère que tu sais comment faire ?

Les bûches étaient déjà disposées dans l'âtre, avec tout le nécessaire.

Il craqua une allumette, enflamma du papier journal qu'il glissa en dessous et attisa le feu à l'aide du tisonnier jusqu'à ce que le bois prenne.

Fidèle à elle-même, Scarlet se déshabilla sans aucun complexe, enlevant même ses sous-vêtements.

De sa part, rien ne l'étonnait plus.

Il ôta également ses vestes, chemise et pantalon, qu'il prit la peine d'étaler au dos d'une chaise, et il trouva dans la salle de bains une serviette qu'il se noua autour de la taille.

Il n'en rapporta pas pour Scarlet. De toute évidence, ça ne la gênait absolument pas de se promener toute nue. C'était son côté désinhibé.

Elle fit chauffer du lait dans la cuisine et vint le rejoindre sur le canapé avec deux tasses fumantes.

Il la désirait comme un fou. L'urgentiste qu'il était avait coutume de demander à ses patients d'évaluer leur douleur sur une échelle de un à dix. S'il avait existé une échelle du désir, la note qu'il se serait attribué aurait été dix, et il aurait réclamé un puissant sédatif pour juguler la montée de testostérone.

Depuis que Scarlet avait trouvé refuge sous son toit, il avait dû à de nombreuses reprises combattre son désir pour elle. Mais jamais le défi n'avait été aussi difficile à relever.

Demain, Anya quitterait sans doute l'hôpital pour la clinique de son choix, et Scarlet ne l'accompagnerait pas. Elle s'était choisi ce cottage comme refuge et avait remporté de haute lutte le droit d'y vivre. Et il s'y trouvait avec elle.

Mais elle avait besoin de son aide, pas de sa libido en folie. Le fait qu'elle se mette nue ne devait pas être interprété comme une invitation au sexe. Il lui suffisait d'ailleurs de regarder sa mine grave pour savoir qu'elle était à mille lieues de pensées d'alcôve.

— Cela fait des années que j'essaie d'échapper à ma mère, commença-t-elle, les doigts enroulés autour de sa tasse. Depuis mes quatorze ans. A seize, j'ai fait une fugue. Les gardes du corps de maman m'ont retrouvée dans un bar. Si seulement j'avais eu quelqu'un chez qui me réfugier… Puis je t'ai connu, et cela m'a confirmé que je ne pouvais plus continuer ainsi, à être une marionnette aux mains de ma mère. Qu'il fallait que je m'en aille, et vite. Quand j'ai appris que nous retournions en Angleterre, je me suis dit que c'était maintenant ou jamais. Une fois de retour à Los Angeles, j'aurais été de nouveau prise au piège dans la villa de maman, avec les gardes qui surveillent le moindre de mes faits et gestes et me suivent partout. J'avais de l'argent à moi, sur un compte dont ma mère ignore tout…

— Et ce séjour en Angleterre t'offrait une occasion unique de mettre ton projet à exécution.

— Exactement. Le matin, le jour du dernier concert de maman à Londres, je suis parvenue à fausser compagnie à Troy et je suis passée par l'agence de location retirer la clé avant de venir ici avec ma valise. Ensuite, en pleine nuit, je suis retournée à l'hôtel annoncer à maman que je m'en allais. Tu connais la suite, la dispute et le reste.

— Tu aurais dû prendre contact avec moi dès ton arrivée à Londres, Scarlet. J'aurais pu t'aider.

— J'avais peur de t'appeler après ce que je t'avais fait. Mais j'ai fait croire à maman que j'allais te retrouver afin de lui montrer que j'avais un allié, que je n'étais pas seule…

Alors qu'elle l'était. Elle avait été désespérément seule durant toutes ces années, sans personne vers qui se tourner.

— Même si maman risque d'attenter de nouveau à sa vie, je ne retournerai pas auprès d'elle, poursuivit-elle d'une voix plus assurée. Mon intention n'est pas de couper les ponts avec elle, il faut simplement que j'apprenne à vivre pour moi-même.

Il hocha la tête en silence.

Ses cris et ses pleurs l'avaient effrayée, mais elle faisait à présent preuve d'une force insoupçonnée. Il se sentit fier d'elle.

— A vingt-cinq ans, il est temps que je me prenne en main. Je veux apprendre un métier, faire ce qu'il faut pour subvenir à mes propres besoins. Je n'ai pas l'impression de fuir, puisque j'ai affronté maman et qu'elle sait désormais à quoi s'en tenir. Je la laisse tomber, certes, mais pour me sauver, moi. Il s'agit d'une question de survie.

Jusque-là, il s'était imposé un devoir de réserve afin de ne pas l'influencer. Il avait, certes, critiqué Anya en disant qu'elle était égoïste et manipulatrice, mais il pouvait désormais livrer le fond de sa pensée à Scarlet.

— Crois-moi, Scarlet, tu as pris la bonne décision. Ta mère t'a asservie assez longtemps. Sous couvert d'amour, elle a exercé envers toi une véritable cruauté mentale. Je ne dis pas qu'elle ne t'aime pas, mais son amour est abusif, possessif, perverti…

— C'est la seule manière dont elle sait aimer. Elle fait pareil avec son entourage. Elle les tyrannise puis leur offre des cadeaux somptueux pour s'assurer qu'ils ne se révoltent pas. Un type âpre au gain comme Vince y trouve son compte.

— Tu as mis du temps à te révolter, mais tu l'as fait. Je t'admire, d'autant plus que je n'ai jamais eu à me confronter à une telle épreuve. Jamais je ne me suis enfui de nulle part… Une fois, une seule, en classe de troisième, j'ai fait l'école buissonnière.

— Quel rebelle ! s'exclama Scarlet sur un ton moqueur.

— Pour le garçon sage et obéissant que j'étais, c'était une véritable révolution ! Avec quelques copains, j'ai pris le train pour Londres pour aller voir un film.

— Tu t'es fait prendre ?

— En quelque sorte, oui. J'ai fini par tout avouer à ma mère.

— Tu as « avoué » ?

Il décida alors de lui confier quelque chose qu'il n'avait jamais dit à personne. Ni à ses frère et sœur ni à ses petites amies. En parler serait revenu à révéler les frasques de son père.

— Sur le chemin du retour, dans le train, nous chahutions entre nous quand j'ai aperçu mon père, assis au fond du compartiment. Il embrassait une femme.

— T'a-t-il vu ?

— Non. J'ai changé de compartiment, et mes copains m'ont suivi. J'ai prétexté avoir aperçu l'une de mes tantes.

— Tu n'as jamais rien dit à personne ?

— Sur le moment, non. Le week-end suivant, je suis allé trouver mon père. Je lui ai dit que, s'il n'en parlait pas à ma mère, c'est moi qui m'en chargerais.

— Et il l'a fait ?

Il acquiesça.

— Ça a donné lieu à une terrible dispute. Quelques jours plus tard, il quittait la maison. Marcus avait sept ans à l'époque, et Emma, cinq. Ils ne se sont pas vraiment rendu compte de la situation. Mais, moi, je voyais ma mère s'écrouler chaque soir en rentrant du travail et pleurer toutes les larmes de son corps. C'est alors qu'elle s'est mise à boire. Un soir où elle était ivre, je lui ai dit d'aller se coucher. Sais-tu ce qu'elle m'a répondu ? Que tout cela était ma faute.

— Parce que tu avais obligé ton père à lui parler ?

— Eh oui. J'ai compris alors qu'elle n'avait aucune envie d'être confrontée à la vérité. Moi qui avais cru lui rendre service… Toi, si on te trompait, tu n'aimerais pas le savoir ?

— Et comment !

— Bref, elle m'en a voulu à mort. Et mon père aussi. Si je m'étais tu, personne n'aurait été malheureux, ils auraient poursuivi leur petit manège hypocrite, et tout le monde y aurait trouvé son compte. Depuis, je me suis juré de ne plus jamais me mêler des affaires des autres. Les gens peuvent commettre les pires bêtises, boire, se droguer, fiche leur vie en l'air, je n'interviens pas. Oh ! Je les soigne dans la mesure où ils me le permettent, mais je garde mes conseils pour moi.

— Et si, moi, je te demande expressément de m'en donner un, le feras-tu ?

— Pour toi, j'ai fait une entorse à mes résolutions, Scarlet. Je t'ai dit ce que je pensais de ta décision. Tu as bien fait de t'éloigner de ta mère. Elle était nuisible pour ta santé mentale.

— Mais que vais-je faire de ma vie, désormais ?

C'était tout Scarlet, ça. Une minute, elle faisait des projets pour apprendre un métier, travailler, et la minute d'après elle semblait complètement désemparée.

— C'est normal que tu te sentes un peu perdue au début, mais je te fais confiance, tu finiras par trouver ta voie. Peut-être te conduira-t-elle en Afrique ?

Elle lui avait confié qu'elle avait aimé se rendre utile dans les hôpitaux, là-bas. Peut-être son avenir serait-il dans l'humanitaire. Ou même…

— Qui sait ? Tu ferais peut-être une excellente sage-femme, dit-il, exprimant sa pensée tout haut. Il suffit de quelques années d'études.

Les joues de Scarlet rosirent.

— Tu me crois assez intelligente pour cela ?

— Bien sûr !

Elle ne croyait pas en elle à ce point !

Mais c'était normal après avoir été dévalorisée durant des années par Anya.

— Avec ton vécu, tu pourrais de plus apporter beaucoup à tes patients. Souviens-toi de l'infirmière qui t'avait réconfortée après l'avortement. Je suis sûr qu'elle ne s'est pas contentée de te tenir la main, elle a dû te parler d'elle, de sa famille, de ses propres expériences. A cause des difficultés que tu as traversées, tu possèdes tout ce qu'il faut pour aider les autres.

— Tu essaies d'aider tes patients, en plus de les soigner ?

— Comme je te l'ai dit, j'évite de donner des conseils ou de juger. Mais je sais assez bien écouter et je crois que la plupart de mes malades me font confiance.

— Moi, si j'étais ta patiente, je te ferais une entière confiance ! Avant de te connaître, je croyais que tous les médecins étaient comme Vince.

— Tu ne l'aimes pas beaucoup, n'est-ce pas ?

— Tu veux dire que je le déteste ! Le jour où j'ai appris qu'il n'était entré au service de ma mère que trois ans après ma naissance, j'ai sauté de joie. J'avais craint qu'il ne soit mon père.

— Sais-tu aujourd'hui qui est ton père ?

— Aucune idée, dit-elle en haussant les épaules. Et ma mère ne le sait pas non plus. Elle a toujours eu des amants. A une époque, c'était même un homme différent tous les soirs. C'était sa manière d'évacuer le stress après les concerts.

— Cela te fait mal de ne pas le savoir ?

— Quand j'étais enfant, j'en ai souffert. J'aurais tellement voulu que mon père vienne m'arracher à cette vie ! En grandissant, je me suis résignée. Etant donné que ma mère ignore qui est mon géniteur, j'ai renoncé à mon rêve du papa sauveur.

— Les aventures sans lendemain peuvent causer bien des dégâts. Moi, j'en suis guéri.

Ils étaient assis nus devant la cheminée. Le décor était planté. Il pourrait prendre Scarlet maintenant s'il le voulait. Hélas, elle souffrait d'un tel manque d'affection qu'elle se serait donnée à lui en échange d'une caresse sur la joue ou d'un mot gentil. Un homme digne de ce nom ne profite pas d'une femme vulnérable.

— Je vais voir ce qu'il y a dans le réfrigérateur pour nous préparer à dîner. Entre-temps, mets-toi quelque chose sur le dos, dit-il en lui désignant la valise. Sinon, tu vas finir par attraper froid.

Et il se leva pour aller dans la cuisine.

13.

— Plus j'y pense, plus je crois que je devrais essayer de lui parler une dernière fois, dit Scarlet.

Ils approchaient de Londres, et Luke allait devoir décider dans quelques instants s'il prenait la voie conduisant au centre-ville et au Royal Hospital ou la M25 pour rentrer à Maiden Stone.

— Fais ce qui te paraît le plus juste.

Ecoute ton cœur, avait-il failli dire. Sauf qu'il aurait altéré le jugement de Scarlet en lui parlant de cœur.

Il ne devait pas faire appel à ses émotions, mais à sa raison. Anne Portland était une personne toxique, mais elle n'en restait pas moins la mère de Scarlet, et si cette dernière choisissait de la revoir il n'avait pas à l'en empêcher.

— Si tu veux, je t'accompagnerai et je lui parlerai.

— Je croyais que tu ne voulais plus te mêler des affaires des autres ?

— Je ferai une exception pour toi.

— Dans ce cas, je veux bien.

En franchissant la grille de l'hôpital, il aperçut, massés devant l'entrée, des journalistes qui avaient manifestement eu vent du transfert imminent d'Anya vers une clinique privée.

Il salua Geoff qui, la mine blasée, lui fit signe de tourner sur la droite.

Scarlet s'était affaissée sur son siège, la tête inclinée vers la portière pour échapper aux objectifs.

Une précaution inutile. Personne n'avait remarqué l'Audi.

Les paparazzis ne pouvaient se douter qu'une photo valant des milliers de dollars était en train de leur échapper.

Scarlet lui réservait une nouvelle surprise. Une fois qu'ils se furent garés dans le parking souterrain, elle lui annonça que, finalement, elle préférait l'attendre dans la voiture et le laisser aller voir Anya seul.

Il réprima un geste d'impatience.

C'était bien d'elle ! Après avoir insisté pour qu'ils aillent au Royal rendre visite à sa mère, elle s'en déchargeait sur lui. Craignait-elle de se laisser attendrir par Anya et de retomber dans ses filets ?

L'heure n'était pas aux explications, car l'endroit grouillait de journalistes.

Il irait voir Anya pour, primo, la sonder sur ses dispositions envers sa fille, et secundo faire une dernière tentative pour la dissuader de quitter l'hôpital.

En chemin vers les soins intensifs, il appela Angie à qui il expliqua brièvement la situation.

— J'aurais besoin que tu me rejoignes au chevet d'Anya.

Son intention était de la persuader de prendre Anya à sa charge.

— Me le demandes-tu en tant que médecin ou en tant qu'ami ?

La note de défiance ne lui échappa pas.

— En tant que médecin, bien sûr. En ta qualité de psychiatre addictologue, tu pourrais aider Anya. Jamais je ne te demanderais un service au nom de notre amitié.

Angie ne monnayait pas son amitié. Malgré leur rupture, elle lui vouait une affection sincère, et il ne voulait rien faire qui risque de la détruire.

— Je l'espère bien ! D'accord, je te retrouve là-haut.

Accompagnés de David, Luke et Angie entrèrent dans la chambre qu'Anya partageait avec Ashleigh Jones.

Luke s'approcha du lit et ouvrit le rideau.

— Anya, dit-il en forçant un sourire sur ses lèvres, je suis le Dr Luke Edwards. Comment allez-vous ?

Anya le fixa sans répondre.

— C'est moi qui vous ai prise en charge à votre arrivée aux urgences.

— Eh bien, merci de m'avoir soignée, docteur.

— Inutile de me remercier. Votre fille et moi, nous nous connaissons. Depuis deux ans.

— Oh ! Vous êtes *ce* Luke. Est-ce vous qui la séquestrez actuellement ?

— La séquestrer ? Non. Scarlet habite chez moi de son plein gré…

Il la vit esquisser un geste vers la poire d'appel.

— Avant d'appuyer sur ce bouton, je vous conjure de m'écouter.

— Et si je n'en ai pas envie ?

— Je vais vous faire une proposition, puis je m'en irai. Voici Angie. Elle est psychiatre, spécialisée en addictologie…

— Ah non ! s'exclama Anya, la mine exaspérée. Epargnez-moi votre prêchi-prêcha ! Je ne suis pas une droguée.

— Anya, nous nous inquiétons pour vous. Vous avez essayé d'attenter à votre vie…

— C'était un accident.

— Non, Anya, dit David. Vous avez confié à mon infirmière que vous aviez intentionnellement doublé la dose de somnifères.

— J'étais désorientée à la sortie du coma, je ne savais plus ce que je disais. Cette overdose était accidentelle.

Du dossier accroché au pied du lit, Luke sortit les résultats de l'analyse toxicologique.

— Des barbituriques, des opiacés de deux sortes, de l'alcool. Quelqu'un qui prend autant de substances diffé-rentes ne peut pas l'avoir fait par accident. Et si jamais ça l'était, vous avez besoin d'aide afin que ce genre d'« accident » ne se reproduise plus.

— C'est justement la raison pour laquelle je vais dans

une clinique privée. Où est Scarlet ? Vous lui avez monté la tête contre moi, poursuivit-elle en haussant le ton. J'exige que vous m'ameniez ma fille !

— Anya, Scarlet ne souhaite pas vous voir pour le moment. Je m'occuperai d'elle tant qu'elle aura besoin de moi, sans gardes du corps ni caméras. Bien sûr, ce sera un jeu d'enfant pour vous de retrouver mon adresse, mais, je vous préviens, si vous envoyez vos sbires pour l'intimider, elle disparaîtra. Elle ne veut plus vivre avec vous, il faut que vous l'acceptiez.

— Vous le regretterez ! Je vous intenterai un procès !

— Faites tous les procès que vous voulez. Et entre-temps, suivez mon conseil : restez au Royal Hospital et faites-vous suivre par Angie. Grâce à un vrai travail sur vous-même, un traitement médical et une thérapie comportementale et cognitive, elle vous aidera à sortir de l'engrenage de vos addictions. Sinon, vous êtes libre de retourner à votre monde, mais ce serait du suicide.

Dans tous les sens du terme.

— Comment a-t-elle pu m'abandonner ? gémit Anya. Et elle vous abandonnera, vous aussi, dès qu'elle aura obtenu ce qu'elle veut ! Si vous croyez qu'elle va rester sagement à vos côtés à jouer les femmes de médecin, vous vous trompez !

A son corps défendant, il dut admettre que les mots d'Anya l'interpellaient.

Scarlet le laisserait-elle tomber dès qu'elle se serait affranchie définitivement du joug de sa mère ? Le manipulait-elle ?

En tout cas, lui, il l'aimait. Et il était prêt à accepter qu'elle l'utilise pour parvenir à ses fins. Si la liberté et l'avenir de Scarlet dépendaient de lui, il l'aiderait, quitte à en souffrir ensuite.

Il se pencha vers la malade et la regarda dans les yeux.

— Vous et moi, nous ne fonctionnons pas de la même manière, Anya ! Le bonheur des gens que j'aime représente une priorité pour moi. Je n'héberge pas Scarlet sous mon toit dans l'espoir qu'elle me soit redevable à tout jamais et qu'elle devienne ma chose. Jamais je ne l'enfermerai à clé pour l'empêcher de partir. Il est évident qu'elle finirait un jour ou l'autre par s'échapper et qu'elle me détesterait. Comme elle vous déteste, vous, en ce moment.

Au temps pour le calme et le recul professionnel qu'il s'était juré de conserver. Il avait fallu qu'il le dise.

— Qu'a-t-elle dit ? demanda Scarlet.

Assis à côté d'elle dans le parking, Luke se sentait mal à l'aise, comme si le double maléfique d'Anya l'avait suivi dans la voiture.

— Pas grand-chose.

— Je ne te crois pas. Tu essaies de me préserver. Est-elle très fâchée contre moi ?

Un soupir lui échappa.

— Scarlet, tu es parvenue à lui échapper, tu es prête à démarrer une nouvelle vie. Qu'est-ce que cela change qu'elle soit ou non en colère contre toi ?

Un long silence s'installa dans l'habitacle. Un silence qui n'augurait rien de bon.

— C'est ma mère, dit-elle enfin. Je ne peux pas l'abandonner.

— Fais ce que tu dois faire.

— Et nous ?

Y avait-il seulement un « nous » ? Ils ne s'étaient pas vus pendant deux ans et, auparavant, ils n'avaient partagé qu'une nuit.

Il devait lui donner ce qu'elle n'avait jamais eu — le choix. Sans promesses ni fil à la patte. Et si elle choisissait de partir, de retourner à son ancienne vie sous haute surveillance, il la soutiendrait tout de même.

— Tu as mon numéro de téléphone ? demanda-t-il sans répondre à sa question.

Scarlet acquiesça.

— N'hésite pas à m'appeler. A toute heure du jour ou

de la nuit, je serai là pour toi. J'ai des congés que je peux prendre à tout moment et je n'hésiterai pas à sauter dans un avion pour aller te retrouver si tu as besoin de moi.

— Pourquoi ? dit-elle, des larmes aux yeux.

Parce qu'il l'aimait, tiens !

— Tu sais pourquoi.

— Pour… Pour le bébé ?

— Pour ça aussi, répondit-il sans dissiper le malentendu.

Scarlet était si bouleversée qu'elle se sentait incapable de prendre une décision. Tout ce qu'elle savait, c'était qu'elle avait envie de revoir sa mère.

— Tu dois croire que je ne sais pas ce que je veux, mais finalement je vais aller parler à maman. Peux-tu m'accompagner ?

— Bien sûr, dit Luke.

Il était l'homme le plus patient qu'elle ait jamais rencontré. Quelle chance de l'avoir à ses côtés !

Quelques minutes plus tard, laissant Luke avec son amie Angie, elle entra, le cœur battant, dans la chambre de sa mère et s'assit à son chevet.

— Maman, il faut que tu acceptes l'aide que Luke te propose. Dans la clinique de stars où tu veux aller, ils feront tes quatre volontés sans te soigner vraiment. Or, tu as besoin d'être suivie par un médecin spécialisé.

— Je n'ai pas besoin d'aide. Cette overdose était un accident. Ma chérie, si tu reviens auprès de moi, je t'offrirai un voyage en Afrique. Songe à tout ce que tu pourras faire là-bas…

Sa mère adoptait son ton cajoleur, celui qu'elle employait quand elle voulait obtenir quelque chose par la douceur. Quand cela échouait, elle passait aux mensonges, aux menaces ou au chantage.

Scarlet secoua la tête. Cela ne marcherait plus avec elle.

— Maman, je ne reviendrai pas auprès de toi.

— Tu préfères ce Luke, dit Anya d'un ton haineux.

Crois-moi, tout ce qu'il veut, c'est t'avoir dans son lit. Quand il se sera lassé de toi, il te…

— Je ne te permets pas, maman ! Luke tient à moi. Vraiment. Il me respecte.

— C'est lui qui te l'a dit ?

— Il me l'a *prouvé*.

Toutes les fois où elle s'était jetée à son cou, glissée dans son lit, et où il l'avait repoussée pour ne pas profiter de sa vulnérabilité. Sur le moment, elle s'était senti frustrée, mais elle lui savait gré à présent d'avoir agi ainsi.

— Maman, je t'en supplie, fais-toi aider ! Pour ton alcoolisme *et* pour ta dépendance médicamenteuse.

— Je n'ai pas besoin d'aide.

— Eh bien, moi, si. J'ai besoin d'amis, de soutien, de pouvoir me déplacer à ma guise sans être filée par tes gardes du corps. Je voudrais travailler, me construire une carrière. Toi, tu as la tienne…

Elle argumenta encore et encore, et sentit le regard de sa mère s'infléchir.

Peut-être existait-il un mince espoir qu'Anya aille mieux un jour, mais pour l'heure elle campait sur ses positions.

Scarlet l'embrassa pour lui dire au revoir et sortit de la chambre. Elle rejoignit Luke, qui voulut l'entraîner vers l'ascenseur de service.

— Non. Aujourd'hui, on va sortir par la grande porte, déclara-t-elle. Mais avant, j'ai une chose à faire.

D'un pas déterminé, elle entra dans la salle des familles où se trouvait la garde rapprochée d'Anya.

— Sonia, je vous prierais de me rendre mon passeport, dit-elle d'une voix ferme.

— Il est à l'hôtel, répondit l'imprésario.

— Eh bien, allez le chercher. J'attends.

— Euh… En fait… Il faut d'abord que j'obtienne l'accord d'Anya.

— Vous n'avez pas besoin de son accord. Je suis majeure, et vous allez me rendre mon passeport ! Sinon, les journalistes sont là, en bas, et je me ferai un plaisir de leur parler de vos méthodes.

La menace paya. Surprise, Sonia avait le précieux document dans son sac !

Son passeport à la main, elle sortit de la pièce. Enfin libre.

Ils reprirent en silence la route de Maiden Stone.

Luke se sentait fier de Scarlet. Elle avait enfin brisé ses chaînes et pouvait commencer sa nouvelle vie. Choisirait-elle de rester à ses côtés ?

— Que vas-tu faire maintenant ?

— Je ne sais pas. Peut-être retourner dans le cottage du Devon pour me reposer et faire le point. Tu dois en avoir assez de me voir squatter chez toi.

— Pas du tout.

— Sois franc, Luke. Ta vie a été un enfer depuis une semaine, entre moi, mes tergiversations, mes départs et mes retours. Tu vas être content de me voir partir définitivement.

En fait, cette perspective lui brisait le cœur. Mais il ne devait rien en montrer à Scarlet. Après le chantage émotionnel qu'Anya lui avait fait subir durant des années, il n'allait pas s'y mettre aussi. La dernière chose qu'il souhaitait, c'était que Scarlet reste avec lui par obligation, par reconnaissance, pour le remercier de son aide.

Il l'aimait. Il n'avait jamais rien ressenti d'aussi fort envers personne. Il était temps de faire ce qu'il avait évité toute sa vie : ouvrir son cœur à quelqu'un.

Scarlet était-elle prête à l'entendre ?

En tout cas, elle qui n'avait jamais été aimée de la bonne manière, elle méritait de connaître ses sentiments.

14.

Luke se gara devant le pub de la grand-rue.

— Cela ne te dérange pas qu'on mange ici ? Je n'ai guère envic de faire la cuisine.

— Moi non plus, répondit Scarlet.

En d'autres circonstances, il l'aurait taquinée en lui disant que cela valait mieux, étant donné ses talents culinaires.

Ils entrèrent dans la salle, et il se rendit au comptoir pour commander deux tourtes au bœuf et aux rognons, la spécialité de la maison. Puis il revint avec leurs boissons.

— Un jus de pamplemousse pour toi, dit-il en déposant les bouteilles et verres sur la table. Et un jus d'ananas pour moi.

Et il remplit leurs verres.

— Pourquoi gardes-tu du jus de pamplemousse dans ton réfrigérateur alors que tu n'aimes pas cela ? demanda-t-elle.

Elle était perspicace en diable.

— Parce que, il y a deux ans, tu m'avais confié que c'était ta boisson préférée. Depuis, tous les matins, j'en bois une gorgée en pensant à toi.

— Tu t'obliges à boire quelque chose que tu n'aimes pas en souvenir de moi ?

— J'ai fini par y prendre goût.

— Et tu penses à moi tous les jours depuis deux ans ? dit-elle, incrédule.

— Oui. Et pas seulement le matin.

— Tu penses à ce que je t'ai fait subir…

— Et à bien d'autres choses encore. Scarlet, tu sais qu'il y a eu d'autres femmes dans ma vie, mais…

— Luke, pas maintenant, s'il te plaît. Je sais que nous avons besoin de parler, mais j'ai eu ma dose d'émotions pour aujourd'hui.

La mort dans l'âme, il respecta son souhait.

Quand le serveur eut apporté leurs assiettes, Scarlet entreprit d'éliminer tous les rognons de sa tourte avant de la goûter.

— Mmm, c'est fameux !

Et elle engloutit son plat en quelques minutes avant de s'attaquer au sien.

Amusé, il la regarda manger.

— Moi qui croyais que tu surveillais ta ligne !

— Pas ce soir. Si je cédais tous les jours à mes envies, je serais ronde comme un tonneau.

— Ce qui ne m'empêcherait pas de t'aimer.

Le sourire de Scarlet disparut.

— Qu'y a-t-il ? dit-il doucement. Tu te braques à chaque fois que je te parle de mes sentiments.

— Je ne savais pas que tu en avais. Je croyais simplement que tu me supportais par gentillesse, par pitié.

— Tu as tout faux, Scarlet. Je t'aime.

— Tu m'aimes comment ? Comme une sœur ?

— Certainement pas !

— C'est un petit béguin ?

— Plus que cela. Ce que j'éprouve pour toi va durer et résistera même à la séparation. Je t'appellerai tous les jours lorsque tu seras dans ton cottage du Devon. J'accepterai même que tu ailles en Afrique ou que tu retournes à Los Angeles, si cela doit te rendre heureuse. Où tu iras, j'irai, et j'espère que tu me feras une place dans ta vie.

— Tu accepterais de t'installer à L.A. ? Pour moi ?

— Pour nous.

— Oh ! Luke !

Sans se soucier des assiettes entre eux, elle se jeta à son cou et l'embrassa.

— Moi aussi, je t'aime, depuis notre première rencontre. Je n'osais pas te le dire de peur que tu me ries au nez.

— On s'est tous les deux comportés comme de beaux imbéciles. Que dirais-tu de rattraper le temps perdu ?

— Proposition adoptée !

A la sortie du pub, ils se dirigèrent main dans la main vers la voiture.

— As-tu toujours envie d'aller te réfugier dans ton cottage du Devon pour faire le point ? demanda-t-il, taquin.

— Quel cottage ? dit Scarlet en riant. Emmène-moi chez toi !

Sous le porche, Luke tendit la clé à Scarlet.

— Ouvre. C'est ta maison, Scarlet.

— *Ma* maison, répéta-t-elle, aux anges.

— A Maiden Stone, tu seras à l'abri des photographes et des paparazzis. Sais-tu qu'un couple célèbre habite au bout de la rue ?

Il lui cita leurs noms, et elle en resta bouche bée.

— Ils sont encore plus célèbres que toi, poursuivit-il, et ils ont choisi ce village pour vivre en toute tranquillité, loin de la fureur londonienne. Quand j'ai voulu acheter une maison, j'ai cherché un endroit protégé, tranquille, en pensant que peut-être, un jour, tu m'y rejoindrais.

— Tu as choisi cette maison *pour moi ?*

Elle n'en revenait pas.

— Tout ce que je fais depuis deux ans a été en fonction de toi, Scarlet. Cela te paraît-il trop… ?

— C'est trop beau pour y croire ! Tu m'aimais durant tout ce temps, alors que j'étais convaincue que tu me détestais.

Les doigts tremblants, elle tourna la clé dans la serrure.

Luke la prit dans ses bras pour franchir le seuil comme s'ils étaient de jeunes mariés, puis il la reposa doucement dans le vestibule et se baissa pour lui ôter ses chaussures.

— Que fais-tu, Luke ?

Il poursuivit en lui enlevant son pull et le reste.

— Je fais ce que j'ai envie de faire depuis des semaines.

*
* *

Au matin, enlacés dans le lit, ils firent des projets. Pour la première fois de sa vie, Scarlet savait qu'elle pouvait désormais laisser libre cours à ses envies.

— Tu m'as dit l'autre jour que je ferais une excellente sage-femme. Le pensais-tu vraiment ?

— Bien sûr, répondit Luke.

— Alors, je vais entreprendre des études pour le devenir. Je désirerais également autre chose…

— Je t'écoute.

— Je voudrais que nous nous mariions.

— J'allais y venir.

— Alors, nous formerons une vraie famille.

— Tu es déjà ma famille, Scarlet. Nous nous marierons dès que les bans seront publiés — je m'en occupe aujourd'hui.

— Je veux une bague ornée d'un rubis. Mais, attention, un gros !

Luke leva les yeux au ciel en souriant.

— Et des fleurs, et des cloches qui sonnent à l'église, et des hymnes. Mais rien de solennel.

— Accordé. Quoi d'autre ?

— Une petite fête suivant la cérémonie, au pub. Avec un gâteau de mariage.

— D'accord… A condition que tu ne le fasses pas toi-même.

— Monstre ! dit-elle en feignant d'être vexée. Et je veux bien sûr des cadeaux.

— Tu es sûre de vouloir un mariage informel ?

— Oui. Je veux quelque chose de joyeux, d'improvisé… Et qui respecte les rites.

Si Luke l'aimait, il devrait accepter ses contradictions. Et elle savait sans l'ombre d'un doute qu'il l'aimait.

Elle qui s'était cru privée d'avenir, elle découvrait un avenir radieux aux côtés de l'homme de ses rêves.

Epilogue

Un an et huit mois plus tard

C'était la troisième naissance à laquelle Scarlet assistait. A quelques semaines du terme, elle savait qu'elle aurait dû rester à la maison comme le lui avait conseillé sa gynécologue, mais elle avait envie d'aller au bout de sa première année de formation.

Après tous ces mois d'enseignement théorique, elle accédait enfin aux travaux pratiques en salle d'accouchement.

— Je n'y arriverai jamais, gémit Hannah, la future maman.

A dix-huit ans, la jeune fille accouchait seule, sans personne pour la soutenir.

Scarlet quitta son poste au pied du lit pour venir lui entourer les épaules de son bras.

— Vous y arrivez déjà très bien.

Hannah et elle se connaissaient. Elles avaient sympathisé lors du premier jour d'observation de Scarlet en cours de préparation prénatale, séance à laquelle Hannah assistait en tant que patiente.

— Etes-vous Scarlet, la fille de… ? avait demandé cette dernière en voyant son prénom sur le badge.

— Oui. Et je m'appelle désormais Scarlet Edwards, avait-elle répondu avec un grand sourire.

Et voilà que Hannah s'apprêtait à mettre au monde son bébé sous sa supervision et celle de la sage-femme en titre.

Scarlet était arrivée à 8 heures dans le service de maternité. A 8 heures et quart, elle avait failli s'excuser et rentrer à la maison tant une douleur intense lui vrillait le dos. Le travail débutait, elle le sentait, le bébé avait commencé à descendre. Mais il avait suffi de quelques mots de Hannah pour qu'elle reste.

— Je voudrais tellement que ma maman soit là ! avait dit la jeune fille.

Scarlet était bien placée pour savoir ce qu'éprouvait Hannah. Sa propre mère avait d'abord annoncé qu'elle assisterait à son mariage, puis elle avait changé d'avis. Deux jours avant la cérémonie, elle l'avait appelée pour lui dire qu'elle était en studio, en plein enregistrement de son nouvel album, et qu'elle ne pouvait pas faire faux bond à l'équipe de musiciens et de techniciens qui comptaient sur elle.

Ça n'avait été qu'une demi-surprise. Depuis le temps, Scarlet avait appris à ne plus compter sur sa mère.

Le jour où elle avait découvert qu'elle était enceinte, elle avait pleuré de bonheur sur les genoux de Luke.

Ce bébé ne remplacerait pas celui qu'elle avait porté autrefois, mais il leur permettrait de prendre un nouveau départ.

Après mûre réflexion, elle avait décidé de ne pas l'annoncer à sa mère. Ni à personne. Pendant quelque temps, ça avait été leur doux secret, jusqu'à ce que son ventre arrondi vende la mèche.

Ce matin, elle était résolue à être une mère de substitution pour Hannah.

— Ce sera bientôt votre tour, murmura celle-ci entre deux contractions. Vous saurez bientôt à quel point ça fait mal.

Elle ne croyait pas si bien dire. Scarlet sentait son bébé entre ses jambes.

Tenant les épaules de Hannah, elle regarda la sage-femme mettre au monde un robuste petit garçon qui fut déposé sur le ventre de la jeune maman.

Emue, Scarlet noua le bracelet autour du poignet dodu.

Puis d'autres contractions s'annoncèrent. Les siennes.

Le souffle court, elle sentit son ventre se serrer en la pire crampe qu'elle ait jamais eue.

— Ça va, Scarlet ? demanda Beth, sa formatrice, après qu'elles eurent délivré le placenta et changé les draps du lit.

— Je me sens un peu fatiguée, prétendit Scarlet. Je vais rentrer, si ça ne vous dérange pas.

— Bien sûr que non.

Sans prendre la peine d'aller chercher son sac au vestiaire, elle se dirigea vers l'ascenseur.

La voix de la raison lui soufflait de rester dans le service d'obstétrique pour se faire prendre en charge, mais elle ne l'écouta pas. Elle voulait à tout prix aller retrouver Luke.

Dans l'ascenseur se trouvait Angie, qu'elle considérait désormais comme sa meilleure amie.

— Salut, Lucy Edwards.

C'était une blague entre elles.

— Bonjour, Angie. Sais-tu où est Luke ?

— Aux urgences. Il est en train d'opérer en réa.

Arrivée au rez-de-chaussée, elle marcha sur des jambes flageolantes jusqu'au bloc de réanimation.

— Pourriez-vous dire à Luke que j'ai besoin de lui parler ? glissa-t-elle à Barbara, l'infirmière-instrumentiste, qui s'apprêtait à pousser les portes battantes.

— Il est très occupé. Je vais lui dire que vous êtes là.

Après avoir attendu cinq minutes, Scarlet n'en pouvait plus de rester debout. Elle se décida à chercher refuge dans le bureau de son mari.

Luke se mit à courir dans le couloir. Sahin venait de lui annoncer qu'il avait vu Scarlet entrer dans son bureau en se tenant le ventre.

Il ouvrit la porte à toute volée et découvrit Scarlet, debout au centre de la pièce au milieu d'une petite mare d'eau, la peur inscrite sur le visage.

Comme il la serrait contre lui, il sentit la contraction se former dans son ventre.

Etrangement, elle restait silencieuse, sans pousser de cri de douleur.

— Quelle est la fréquence des contractions ?

— Elles se rapprochent. Je croyais que ça mettait des heures la première fois.

Appuyant sa main contre son ventre, il chronométra. Les contractions étaient à peine espacées de deux minutes !

— Savent-ils, en obstétrique, que tu es en plein travail ?

— Non. Je voulais te le dire d'abord.

Il retint le reproche qui se pressait sur ses lèvres.

C'était bien d'elle ! Mais il l'aimait aussi pour ça, pour sa singularité et ses raisonnements si déconcertants.

— N'est-ce pas trop tôt, à trente-six semaines ? demanda-t-elle.

— Non. Tout ira bien. Je vais appeler le service pour leur dire que nous arrivons.

— Dis-leur aussi de préparer la péridurale.

Scarlet refit en sens inverse le chemin vers l'ascenseur dans un fauteuil roulant poussé par Luke, une couverture sur les genoux.

En maternité, Beth la prit aussitôt en charge et l'installa dans une suite d'accouchement.

— Où est ma péridurale ?

— Il est trop tard pour la pratiquer.

— C'est barbare de me laisser souffrir !

— Du calme, ma chérie, fit Luke. Tu verras, tout va bien se passer.

La douleur la rendit agressive.

— Qu'en sais-tu ? Tu as déjà accouché ?

Durant les minutes qui suivirent, elle jura, hurla et broya la main de Luke. Et découvrit qu'elle était très douée pour une chose : pousser.

— J'ai envie de m'accroupir…

— Faites-le, dit Beth en lui massant le dos.

Les yeux dans ceux de Luke, elle poussa de toutes ses forces.

— Ça y est ! annonça-t-il. Je vois la tête qui dépasse. Allez, ma chérie, encore un effort !

Quelques minutes plus tard, elle sentait enfin son bébé glisser entre ses jambes.

Luke recueillit le bébé dans ses mains et le plaça, tout hurlant, sur sa poitrine.

— C'est une petite fille !

Lors des échographies, elle n'avait pas voulu connaître le sexe.

Elle berça son enfant contre elle en l'embrassant.

A présent, elle se découvrait aussi des dispositions pour allaiter ! Tandis que Beth et son assistante délivraient le placenta, elle guida la bouche de sa fille vers son sein afin qu'elle puisse absorber le précieux colostrum qui renforcerait ses défenses immunitaires.

Une fois qu'on l'eut transférée dans une chambre en maternité, elle insista pour garder son bébé auprès d'elle en permanence, alors que la règle était de placer le nouveau-né dans la crèche du service afin de laisser la maman se reposer.

Luke désirait de toute évidence tenir leur fille autant qu'elle.

— Je suis égoïste, je sais, lui dit-elle en souriant. Mais elle est tellement bien au chaud contre ma peau !

— Ne t'inquiète pas, je la prendrai dans mes bras quand tu te seras endormie.

— Tu risques d'attendre longtemps.

Elle n'avait aucune envie de dormir. Son bonheur était complet, et elle voulait en profiter. Elle avait un mari qu'elle adorait et qui l'adorait, une carrière qui s'annonçait prometteuse, et un bébé — le couronnement de tous ses désirs.

— A deux kilos et huit cents grammes, elle est un peu petite, dit Beth. Elle va avoir besoin de gavage…

Un terme technique rébarbatif qui désignait les biberons de complément. Née quelques semaines avant terme, la petite fille devrait également séjourner sur un lit chauffant — une espèce de couveuse sans couvercle — qu'on avait installé dans un coin de la chambre et qui l'aiderait à réguler sa température lorsqu'elle ne serait pas sur son sein.

Après avoir câliné tout son soûl son bébé, elle se résolut à le passer à Luke et le regarda tandis qu'il observait ses yeux bleu foncé et comptait ses petits doigts.

— Elle est si belle ! Elle a tes cheveux noirs, tes yeux…

— Ils changeront peut-être de couleur pour devenir bruns comme les tiens.

— Et ta bouche, poursuivit Luke. Regarde ces jolies lèvres roses.

A Los Angeles, Scarlet avait coutume de se faire faire des injections d'acide hyaluronique pour augmenter le volume de ses lèvres. Luke l'avait convaincue d'arrêter en lui disant que sa bouche était déjà pulpeuse au naturel et qu'elle n'avait pas besoin de ce genre d'artifices. A présent, elle se demandait comment elle avait pu y avoir recours et croire que cela l'embellissait.

C'était comme si elle voyait le monde avec des yeux différents. Elle était devenue une Scarlet plus mûre, plus sage, tout en conservant tout de même son grain de folie.

Beth vint coiffer le nouveau-né d'un bonnet jaune.

— Elle est trop mignonne.

— Elle est parfaite, comme sa mère, renchérit Luke avec orgueil.

Scarlet écrasa une larme de bonheur.

Tous deux feraient en sorte que leur fille ait l'enfance qu'elle-même n'avait pas eue. Une enfance digne de ce nom, avec des copains, des copines, des sorties quotidiennes au parc, des vacances pleines d'insouciance et de jeux, et une scolarité normale, sans gardes du corps pour l'encadrer à l'entrée et à la sortie de l'école. Et, surtout, avec un père et une mère qui l'aimaient.

— Il faut qu'on la place dans le lit chauffant, dit Beth. Ne vous inquiétez pas, Scarlet, on va le rapprocher de votre lit pour que vous l'ayez tout près de vous.

La sage-femme coucha le bébé avant de quitter la chambre pour rédiger la cotation d'Apgar. Et Luke et elle restèrent à contempler leur enfant qui semblait sourire dans son sommeil.

— Quel prénom allons-nous lui donner ? demanda Luke.

— J'aime bien Emily. Qu'en penses-tu ?

— Emily Edwards, cela sonne bien. Notre petite Emily, murmura-t-il en l'observant tendrement.

— Je meurs de faim, dit Scarlet. Pourrais-tu aller me chercher un muffin ou un de ces scones bourratifs que vous, Britanniques, vous aimez tellement ?

— Je te rappelle que tu es devenue britannique par le mariage.

— C'est vrai, j'ai désormais la double nationalité, mais mes habitudes américaines ont la vie dure. Tu crois que tu pourrais me rapporter un hamburger de la cafétéria ?

Il éclata de rire.

— Il est un peu tôt pour que la cantine serve à déjeuner, et je ne crois pas de toute façon que les hamburgers soient au menu. Mais je vais aller voir s'ils servent encore des petits déjeuners.

Dix minutes plus tard, il revint avec un plateau qui la fit saliver. Il y avait des toasts, des œufs brouillés, du bacon, des champignons, et bien entendu le traditionnel thé au lait.

— Pas de jus de pamplemousse ? s'enquit-elle, juste pour faire la difficile.

Ils se taquinaient souvent à ce sujet. Un homme capable de consommer tous les matins une boisson qu'il n'aimait pas en souvenir d'une femme était un fou, lui disait-elle. A quoi Luke répondait invariablement : « Un fou amoureux. »

— Désolé. Mais c'est tout de même appétissant, non ? dit-il en s'installant à côté d'elle sur le lit.

— Bien sûr. C'est parfait !

Le petit déjeuner au lit, avec son mari et leur bébé à ses côtés, c'était une matinée magnifique.

Elles le seraient toutes, désormais.

LOUISA HEATON

Diagnostic : amour

Blanche

HARLEQUIN

Cet ouvrage a été publié en langue anglaise
sous le titre :
ONE LIFE-CHANGING NIGHT

Traduction française de
EVELYNE CHARLES

83-85, boulevard Vincent-Auriol, 75646 PARIS CEDEX 13.
Service Lectrices — Tél. : 01 45 82 47 47
www.harlequin.fr

1.

A la fin de ce premier jour de travail aux urgences du Memorial Welbeck, Naomi Bloom sentait sa tête bourdonner d'informations, de protocoles et de procédures.

Son service avait duré douze heures, ce qui lui semblait amplement suffisant. Mais la perspective de retrouver son petit meublé n'était pas vraiment alléchante. Dans son appartement, rien ne l'attendait. Pas même un chat.

Repartir de zéro, c'était une chose, mais commencer sa nouvelle vie dans cet appartement qui sentait le moisi, c'en était une autre…

Comme la fin du mois de janvier approchait et que les décorations de Noël n'avaient toujours pas été retirées, elle proposa de s'en charger avant de rentrer chez elle.

La surveillante à qui elle s'adressa se montra très gentille.

— Vous n'avez pas à faire cela, voyons.

— Il n'y a pas de problème ! insista Naomi. Ça porte la poisse de garder ces décorations aussi longtemps. C'est comme de confondre la nouvelle année et l'ancienne.

— Très bien, mais faites attention à vous ! Vous trouverez un escabeau dans mon bureau. Assurez-vous que quelqu'un le tienne quand vous grimperez dessus, sinon le service de santé au travail pourrait nous tomber sur le dos.

Naomi trouva les cartons de rangement empilés dans le bureau de la surveillante et elle passa la première demi-heure à décrocher les colifichets suspendus aux branches les plus basses.

Ce vieux sapin artificiel était presque chauve à certains

endroits. Cela faisait certainement plusieurs années qu'on le sortait de sa boîte pour tenter d'égayer les urgences…

Comme elle se redressait, elle perçut une odeur d'alcool et de sueur. Un homme dépenaillé aux vêtements tachés titubait dans sa direction. Lorsqu'il passa près d'elle, elle voulut le soutenir, mais il tourna vers elle un visage furieux.

— Laissez-moi tranquille ! Vous ne devriez pas travailler, au lieu de jouer avec cet arbre ? On attend ici pendant des siècles, et vous, vous flânez là sans rien faire.

On voyait beaucoup d'alcooliques aux urgences. Pour la plupart, ils n'étaient pas dangereux. Il lui suffisait de se montrer aimable pour désamorcer le conflit.

Souriante, elle le conduisit dans la salle d'attente.

— On va bientôt vous recevoir, ne vous inquiétez pas.

— Ne prenez pas ce ton condescendant avec moi ! Vous devriez faire votre boulot !

Inutile de préciser à l'aimable personnage qu'elle avait terminé un long service de douze heures et qu'elle aurait dû être chez elle.

— Je suis certaine que ce ne sera pas très long.

Une fois qu'il fut assis sur un siège, elle retourna à son arbre.

Pour retirer les décorations du sommet, il lui faudrait un escabeau et quelqu'un pour l'aider. Malheureusement, tout le monde était occupé, et elle n'oserait jamais interrompre un collègue dans son travail.

Après tout, il ne s'agissait que de quelques marches ! Si elle allait vite, elle ne risquait pas l'accident. En plaçant l'escabeau près du sapin, elle remarqua qu'il branlait légèrement. Regardant autour d'elle pour s'assurer que personne n'allait la réprimander, elle grimpa sur la plate-forme et ôta quelques guirlandes qu'elle jeta dans un carton.

Elle travaillait vite, se stabilisant elle-même quand elle sentait l'escabeau vaciller sous ses pieds. Au sommet de l'arbre, l'étoile était hors de sa portée, elle dut se pencher pour l'attraper.

L'escabeau bascula, et elle sentit qu'elle tombait.

Et voilà, elle l'avait bien cherché !

Elle se prépara au choc mais, au lieu de heurter un sol dur et implacable, elle fut cueillie au vol par deux bras puissants.

Stupéfaite, elle leva les yeux pour remercier, mais sa voix fut comme bloquée dans sa gorge.

Son sauveur n'avait rien à voir avec l'ivrogne qui l'avait apostrophée un instant auparavant. Il sentait bon, avait une mâchoire énergique et des yeux d'un bleu extraordinaire.

Elle qui voulait entamer sa nouvelle vie comme une femme libre et indépendante, elle se retrouvait serrée contre une large poitrine à la façon d'une héroïne de roman ! Sans compter que l'inconnu était splendide ! Elle ne s'attendait pas à tomber dans les bras d'un bel inconnu le jour de son arrivée, la faute à un escabeau branlant !

Les joues écarlates, elle sentit qu'il la déposait sur ses pieds et s'assurait qu'elle tenait debout.

Il la dominait d'une bonne tête. Le costume qui mettait en valeur son corps athlétique était certainement taillé sur mesure. Une écharpe rouge négligemment nouée autour de son cou accentuait les reflets auburn dans ses cheveux. Quant à ses yeux ombrés de longs cils, ils étaient d'un bleu qu'elle n'avait jamais vu.

— Merci, balbutia-t-elle. Je n'aurais jamais dû monter là-dessus.

— Vous êtes *cinglée ?*

L'accent était raffiné, mais il était clairement en train de la réprimander.

Rouge jusqu'aux oreilles, elle lissa ses vêtements.

Cet homme devait être habitué à ce que les femmes rougissent en sa présence. Mais elle n'allait pas se laisser impressionner par un bel homme. Elle ne connaissait que trop leur effet sur les femmes, à commencer par sa propre mère ! Qui était-il, d'ailleurs ?

Elle chercha des yeux un badge comme celui que portaient tous les employés de l'hôpital, mais n'en trouva pas.

Lui, en revanche, il avait remarqué le sien.

— Vous devez être nouvelle, ici ?

— Je m'appelle Naomi Bloom. Je suis infirmière, et c'est mon premier jour aux urgences, dit-elle en lui tendant la main.

Il jeta un coup d'œil à sa main comme si elle lui offrait une pleine poignée de crachats.

— Tom Williams, chef du service des urgences, répondit-il froidement.

C'était son patron !

Elle détourna un instant les yeux pour se donner du courage avant de le regarder à nouveau.

— Je suis désolée. Je…

— Vous avez pris votre poste ce matin ?

Il avait une voix grave, un accent distingué. Le genre d'accent que l'on attribue aux lords anglais dans les films américains. Dans d'autres circonstances, elle l'aurait écouté pendant des heures.

— Oui, mais…

— Le service de santé au travail ne vous a pas fait ses recommandations habituelles ?

Elle hocha la tête comme une élève désobéissante sermonnée par son professeur principal.

— Si, mais comme je ne voulais déranger personne j'ai pensé me débrouiller toute seule, débita-t-elle très vite, horrifiée d'être prise en flagrant délit d'infraction.

Le Dr Williams jeta un coup d'œil au sapin.

— Eh bien, vous avez eu de la chance que je vous épargne une entorse ou pire encore ! dit-il en haussant les épaules. Si vous vous étiez rompu le cou, vous auriez mal terminé votre premier jour aux urgences. Quant à moi, j'aurais dû remplir un rapport de trois pages après avoir travaillé non-stop pendant vingt-quatre heures.

— Je suis désolée, docteur Williams.

— Qui vous a demandé de faire ça ?

— Je me suis portée volontaire.

— Vraiment ? En ce cas, je ferais bien de m'assurer que vous terminiez le travail sans vous estropier.

— Oh ! Vous n'êtes pas obligé de…

— Redressons cet escabeau, l'interrompit-il.

Posant son manteau sur sa mallette, le Dr Williams retira son écharpe et retroussa ses manches.

Elle admira au passage ses avant-bras à la fois musclés et lisses.

— Euh… Merci.

Il entreprit de retirer les décorations qu'il pouvait atteindre avant de les lui passer pour qu'elle les range dans les cartons un peu plus soigneusement qu'elle ne l'avait fait auparavant.

Comme elle détestait se sentir dans la peau d'un enfant chapitré, elle tenta de se mettre au niveau de son binôme impromptu en engageant la conversation.

— Donc, vous travaillez ici depuis un certain temps ?

Il lui jeta un coup d'œil de côté.

— En effet. Et vous ? Qu'est-ce qui vous a fait choisir Welbeck ?

Il n'avait pas besoin de connaître son histoire. D'ailleurs, il lui posait certainement cette question par pure politesse. Elle s'était juré de ne jamais parler de son passé à personne. Elle ne voulait pas qu'on lui manifeste de la pitié, et c'est ce qui arriverait si elle disait aux gens qu'elle avait été l'infirmière de son mari davantage que son épouse.

— J'ai vécu dans les East Midlands, mais j'avais envie de changer de rythme, alors j'ai loué un meublé ici et trouvé un poste.

— Il me semblait bien avoir reconnu votre accent. Bon ! Je vais grimper sur cet escabeau et ôter ce qu'il reste.

— Très bien.

Elle maintint l'escabeau pendant que son chef de service gravissait les marches.

Très vite, le sapin fut débarrassé de ses ornements et remis dans sa boîte jusqu'à l'année suivante. Il n'avait pas fallu plus d'un quart d'heure pour que tout soit terminé.

— Merci pour votre aide, dit-elle. C'était vraiment très gentil de votre part.

— Pas de problème, grommela le Dr Williams.

Il la fixa assez longtemps pour qu'elle se sente mal à l'aise, puis il secoua la tête comme pour chasser une pensée importune avant de reprendre son manteau et sa mallette.

— Essayez de ne pas vous blesser d'ici à demain, mademoiselle Bloom. D'accord ?

— Bien sûr !

Elle le regarda s'éloigner et elle ne s'aperçut qu'elle avait retenu son souffle que lorsqu'elle expira longuement.

Quel ours ! C'était son patron, et il l'avait prise en faute dès son premier jour. Elle était bien décidée à ne plus croiser le chemin du Dr Williams dans la mesure du possible !

Réconfortée par cette idée, elle se dirigea vers le vestiaire.

Le climat londonien faisait tout son possible pour que les gens n'aient aucun doute sur le fait qu'on était en hiver. La neige tombée quelques jours auparavant n'avait pas fondu. Quand Naomi sortit de l'hôpital, les immeubles lui parurent humides et froids. Elle n'avait aucune envie de regagner son meublé, sachant qu'il était aussi horrible à l'intérieur qu'à l'extérieur.

Ayant noué son écharpe autour de son cou, elle enfila ses gants avec résignation.

Plusieurs personnes fumaient devant l'entrée, leurs mains en coupe autour de leurs cigarettes comme pour profiter d'un peu de chaleur. L'une d'entre elles était l'ivrogne qui l'avait agressée verbalement. Dès qu'il l'aperçut, il tituba dans sa direction, et elle respira de nouveau une odeur d'alcool et de corps mal lavé.

Lui posant un doigt sur la poitrine, il gronda :

— Vous m'avez forcé à attendre !

Cette fois, elle éprouva une légère crainte.

A l'intérieur de l'hôpital et vêtue de son uniforme, elle se sentait capable de gérer ce genre de situation. Par ailleurs, d'autres membres du personnel pouvaient lui venir en aide, et il y avait aussi des agents de sécurité. Mais, une fois sortie de sa zone de confort et habillée normalement, elle se sentait plus vulnérable.

— Ecoutez, monsieur…

— Espèce de petite…

Il la poussa en arrière, et elle eut du mal à conserver son équilibre. Reculant de quelques pas, elle leva les mains pour rendre les armes, apeurée à l'idée de ce qui pouvait arriver.

A ce moment, un homme de haute stature s'encadra dans la porte du hall. Tel un preux chevalier, il s'avança lentement vers l'ivrogne sans le lâcher des yeux.

Le Dr Williams !

— Du large ! ordonna-t-il froidement.

— Je connais mes droits ! protesta l'individu en postillonnant.

Mais il avait clairement perdu toute sa superbe.

— Si vous touchez encore une fois un seul cheveu d'un membre de mon personnel, rétorqua le médecin, vous vous retrouverez sous les verrous plus vite que vous ne pouvez l'imaginer !

L'homme battit en retraite.

— Très bien, très bien… Je m'en vais. Vous êtes tous les mêmes, vous autres, dit-il en laissant échapper un nuage de fumée, qui l'enveloppa comme un nuage crasseux.

Le Dr Williams le regarda s'éloigner. Quand tout risque fut écarté, il se tourna vers elle. Visiblement inquiet, il parcourut Naomi du regard pour s'assurer qu'elle n'était pas blessée.

— Tout va bien ?

Elle hocha la tête sans répondre.

— Mick vient souvent à l'hôpital. Comme beaucoup d'alcooliques, je suppose qu'il souffre de la solitude, précisa-t-il sur un ton bizarre.

— Il se conduit étrangement vis-à-vis des gens qui veulent l'aider, déclara-t-elle en suivant Mick des yeux, contente que son patron soit intervenu.

En fait, elle aurait pu s'en sortir seule. Un an auparavant, elle avait pris des cours de kick-boxing pour évacuer un trop-plein d'énergie. A la maison, elle marchait sur des œufs et devait faire très attention à chacun de ses gestes si elle ne voulait pas provoquer un désastre. A la fin, son mariage était devenu une prison, du moins sur le plan physique.

— Encore merci, dit-elle. Vous m'avez sauvée deux fois, aujourd'hui, ajouta-t-elle sur un ton volontairement léger. Vous devriez porter une armure étincelante et chevaucher un cheval blanc…

Le Dr Williams la fixa, impassible.

D'accord, pas de blagues trop familières.

— Quoi qu'il en soit, merci, conclut-elle.

— Vous allez pouvoir rentrer chez vous ?

Elle hocha la tête en remontant le col de son manteau.

— C'est tout près, sur St Bartholomew's Road.

— En ce cas, je vais vous raccompagner. Mick pourrait encore vous ennuyer. Je le connais, je sais qu'il ne fait pas toujours les meilleurs choix.

A l'idée que son patron allait voir le taudis infâme où elle vivait, elle se sentit très embarrassée. Si elle en croyait ses vêtements coûteux, cet homme était du genre à habiter dans un palace. Qu'allait-il penser s'il jetait un seul coup d'œil à son meublé ? Que penserait-il d'elle, surtout ? Il devait déjà la croire incompétente, elle ne tenait pas à ce qu'il voie en elle une sorte de cendrillon.

— Vous n'êtes pas obligé de faire ça, protesta-t-elle.

— Bien sûr que si, dit-il en souriant. Si vous glissez sur le verglas, il n'aura servi à rien que je vous sauve d'une chute éventuellement mortelle.

Très bien… Mais elle ne l'inviterait pas à entrer chez elle.

— D'accord.

Près de l'hôpital, il y avait un grand parc où les gens promenaient leur chien et où les couples marchaient main dans la main. C'étaient eux que Naomi suivait des yeux, d'habitude. Elle n'avait pas connu cela avec Vincent, puisqu'elle poussait toujours son fauteuil roulant.

Mais aujourd'hui, c'était son patron qu'elle se surprit à observer du coin de l'œil.

Tom Williams était vraiment beau, à la fois grand et large d'épaules, et en même temps mince. C'était sans doute le spécimen masculin le plus séduisant qu'elle avait jamais rencontré.

Si elle en croyait son expérience, ce genre d'hommes n'apportait que des ennuis. En tout cas, ils en avaient causé pas mal à sa mère, qui avait accumulé les liaisons avec de grands séducteurs. L'un conduisait des voitures de sport, l'autre était d'une élégance étudiée, le troisième était un beau parleur. Chacun d'entre eux avait amené son lot de problèmes. Ils empruntaient de l'argent, ne rappelaient jamais… Vêtus de costumes bien coupés, ils ne causaient que de la souffrance et ils avaient tous brisé le cœur de sa mère.

C'était pour cette raison qu'elle-même était si facilement tombée amoureuse de Vincent et qu'elle l'avait épousé : il ne leur ressemblait pas, il n'était pas particulièrement beau et il était physiquement handicapé. Avec lui, elle avait toujours su où elle en était. Et elle ne risquait pas qu'il la trompe ou qu'il la quitte pour une autre.

— Alors ? demanda le Dr Williams. Comment s'est passée cette première journée ?

Elle fixa un instant les voitures qui défilaient dans la rue.

Elle pouvait très bien se comporter comme si la situation était normale. Après tout, il n'était qu'un collègue qui la raccompagnait chez elle et avec qui elle discutait.

— C'était passionnant mais épuisant. La perspective d'une bonne nuit de sommeil me réjouit. Et vous ? Vous avez été très occupé ?

— Oui.

— Pourquoi avez-vous choisi d'être urgentiste ?

— On ne chôme pas.

Elle attendit en vain qu'il s'explique mais s'abstint d'insister.

Lui non plus n'avait sans doute pas envie de fournir des raisons personnelles à une parfaite inconnue.

— Vous savez, dit-elle en remontant son écharpe, ce n'est plus très loin, maintenant. Vous avez certainement fait un détour à cause de moi, rien ne vous empêche à présent de rentrer chez vous. Je ne pense pas avoir d'ennuis pendant les cinquante derniers mètres.

— Vous n'aimez pas que l'on vous aide, remarqua le Dr Williams en se tournant vers elle.

— J'ai appris à m'occuper de moi, et ça me plaît, lâcha-t-elle d'un trait. De cette façon, je suis indépendante…

Elle pouvait difficilement lui dire pourquoi c'était aussi important pour elle.

Ils continuèrent à marcher en silence et, à mesure qu'ils se rapprochaient de chez elle, elle se sentit de plus en plus nerveuse.

Elle savait ce qu'il allait penser lorsqu'il verrait le jardinet où trônaient un canapé défoncé et un vieux réfrigérateur. Il y avait aussi des bouteilles de lait et des canettes vides, de vieux vêtements… Sans compter la pollution causée par les pots d'échappement des voitures.

Elle avait fait ce qu'elle pouvait pour améliorer son intérieur, mais cela ne semblait jamais suffisant. En vérité, elle n'avait pas les moyens de louer un logement plus convenable jusqu'à ce qu'elle ait fait suffisamment d'économies pour déménager. Pour cela, elle avait calculé qu'il lui faudrait à peu près six mois.

— J'espère que vous ne me trouvez pas impolie, dit-elle.

Il émit un rire léger.

— Je crois pouvoir le supporter.

— En tout cas, je n'en avais pas l'intention. Eh bien, nous y sommes… Malheureusement, ajouta-t-elle sans un coup d'œil pour la maisonnette où elle habitait.

Tom regarda derrière elle.

— Vous avez laissé votre porte ouverte ?

— Non, pourquoi ?

Elle se retourna et vit la serrure fracturée.

Poussant un cri, elle fit un pas en avant, mais le médecin la retint aussitôt par le bras.

— Attendez-moi ici et appelez la police.

— Vous n'allez pas entrer !

Le voleur pouvait très bien être encore à l'intérieur ! Et s'il était armé ? C'était dangereux…

— Restez là, ordonna-t-il.

Après avoir posé une main rassurante sur son bras, il franchit le seuil du logement, tel un justicier prêt à en découdre avec un éventuel intrus.

Elle sortit son téléphone et forma le numéro de la police. Lorsqu'elle eut mis son interlocuteur au courant de l'effraction dont elle était victime, elle s'approcha de sa porte, le cœur battant et les jambes tremblantes.

Aucun bruit ne lui parvint. Pas de combat de titans, pas de lutte mortelle. Le malfaiteur devait être parti depuis longtemps.

Au bord de la nausée, elle jeta un coup d'œil à l'intérieur.

— Docteur Williams ?

— Vous pouvez entrer, répondit-il. Il n'y a personne.

Elle le rejoignit dans la salle de séjour.

On aurait dit qu'un typhon avait traversé la pièce. Les coussins du canapé avaient été éparpillés, la table à café, renversée et démolie, ses livres, dispersés sur le sol. Les quelques tableaux qu'elle avait chinés dans des brocantes étaient par terre, leur cadre cassé, leur verre brisé.

Toutes ses précieuses possessions avaient été traitées comme des détritus.

Enfouissant son visage dans ses mains pour ne plus voir ce spectacle de désolation, elle se mit à pleurer toutes les larmes de son corps.

Elle n'avait jamais prétendu être riche, mais elle tenait énormément à tous ces objets, qui symbolisaient sa liberté toute neuve. L'idée que quelqu'un avait violé son intimité lui brisait le cœur.

Elle se calma au bout d'un instant lorsqu'elle s'aperçut que le Dr Williams avait entrepris de trier ses affaires : il avait commencé par les livres, qu'il plaçait sur les étagères.

Seigneur, il devait la considérer comme une catastrophe ambulante ! D'abord, il l'avait empêchée de se rompre le cou, ensuite il s'était interposé entre un ivrogne et elle, et maintenant elle venait de pleurer comme un bébé sous ses yeux ! Elle ne pourrait plus jamais le regarder dans les yeux.

Sortant un mouchoir de sa poche, elle se moucha vigoureusement. Quel spectacle elle devait offrir, avec ses yeux rouges et son visage gonflé !

— Vous pouvez partir, lui dit-elle. Vous avez sûrement autre chose à faire. Je vais attendre l'arrivée de la police.

— Je reste.

— Vous n'êtes pas obligé de faire ça.

— Je vais rester jusqu'à ce que vous en ayez terminé avec les policiers. Ensuite, il va falloir vous trouver un hébergement. Cet endroit n'est pas sûr.

— La police va réparer la porte.

— Avec une planche de contreplaqué ? Cette protection est insuffisante, et je ne vous laisserai pas toute seule ici.

Elle apprécia cette délicatesse.

— Merci.

— Maintenant, vous devriez vérifier si quelque chose vous manque.

Il avait raison. Elle ne tenait qu'à peu de choses : une photo de Vincent et son alliance, rangée dans un tiroir de sa table de nuit.

Dans sa chambre, elle fit l'amère découverte que l'anneau avait été dérobé, ainsi que quelques bijoux et une vieille montre.

Cependant, lorsqu'elle en parla à la police un instant plus tard, elle se sentit étrangement détachée.

Pendant qu'on l'interrogeait, le Dr Williams était resté assis. Ensuite, il leur prépara à tous deux une tasse de thé et mit beaucoup de sucre dans sa tasse à elle pour l'aider à surmonter le choc.

La situation avait beau être terrible, elle prit plaisir à leur conversation. Depuis la mort de Vincent, elle avait perdu l'habitude de s'asseoir pour parler avec quelqu'un. Son mari lui manquait énormément.

En même temps, elle avait été soulagée qu'il soit finalement libéré de sa prison. Son squelette l'avait gardé prisonnier dans un corps qui ne fonctionnait plus normalement. Ils avaient passé les dernières heures ensemble, à se tenir la main. Elle avait vu l'obscurité envahir peu à peu ses yeux. Son départ avait presque constitué une bénédiction.

— Il faut que vous preniez quelques affaires pour la nuit, lui dit le Dr Williams.

— Vous avez raison, mais…

— Mais quoi ?

Elle se mordit la lèvre.

— Je n'ai nulle part où aller.

— Vous devez bien avoir de la famille ?

— Dans le nord, à quatre heures de voiture d'ici.

— Des amis ? l'interrogea-t-il en fronçant les sourcils.

— Je viens juste d'arriver, je ne connais personne.

— Vous pourriez prendre une chambre d'hôtel.

Elle fit la grimace.

— Je n'en ai pas les moyens, dit-elle à regret.

— Bon. En ce cas, vous n'avez qu'à venir chez moi pour cette nuit. Je vous conduirai à l'hôpital demain matin.

Elle s'efforça de ne pas montrer à quel point cette proposition la stupéfiait.

Elle venait de faire sa connaissance, il était son patron, c'était un homme froid et distant même s'il s'était conduit envers elle de façon très chevaleresque. Sérieusement, elle ne pouvait pas accepter sa proposition.

— C'est très gentil de votre part, mais…

— C'est réglé. Allez faire votre sac, et partons d'ici.

Elle ouvrit la bouche et ne la referma qu'en prenant conscience qu'elle devait ressembler à un poisson rouge hors de l'eau.

Alors, elle gagna sa chambre sans un mot.

2.

Pendant que l'infirmière Naomi Bloom faisait sa valise, Tom s'assit sur le canapé et regarda dans le vide.

Que s'était-il passé, exactement ?

Comme d'habitude, il s'était focalisé sur sa tâche. Il avait été de garde toute la nuit, et ensuite il avait enchaîné avec son service de douze heures aux urgences.

C'était ce qu'il lui fallait. Le travail le sauvait… A la façon d'un cataplasme sur la plaie ouverte dans son cœur. Pendant qu'il prenait soin de ses patients, qu'il traitait leurs blessures, il ne pensait plus aux siennes. C'était ainsi qu'il gardait son chagrin sous cloche, en prenant bien soin de ne jamais lui accorder la moindre attention.

Il s'apprêtait à rentrer chez lui, pressé de prendre une douche et de se changer. Peut-être ferait-il même une petite sieste avant de retourner à l'hôpital.

Et puis, il avait vu cette jeune femme dégringoler de l'escabeau branlant sur lequel elle n'aurait jamais dû grimper. Juste avant, il l'avait vue tendre la main vers des ornements qu'elle n'avait aucune chance de saisir.

Lâchant sa mallette, il l'avait rattrapée au vol. La barrette de l'irréfléchie était tombée dans sa chute, libérant une longue chevelure châtaine qui s'était répandue sur son bras, douce et soyeuse. Il avait plongé dans ses prunelles d'un brun liquide, pailletées d'or et de vert. A cet instant précis, il avait eu l'impression qu'on lui décochait un coup de poing au creux de l'estomac.

Il lui avait fallu un moment pour prendre conscience

qu'il avait fixé cette femme bien trop longtemps et qu'il devait la poser. Comme si elle était un animal dangereux, qui pouvait mordre ou piquer.

Il avait eu l'intention de lui passer un savon. Elle s'était montrée irresponsable. Si elle avait présumé que tout allait bien se passer et que les règles les plus élémentaires ne s'appliquaient pas à elle, elle avait tort.

Mais sa beauté l'avait déconcerté. Pendant une seconde ou deux, il avait été littéralement fasciné par ses yeux chocolat.

Ensuite, il avait écarté ces pensées inopportunes. D'accord, elle était séduisante, et alors ? La beauté n'avait aucune importance aux urgences. Il avait besoin de collègues compétents, d'excellentes infirmières, d'équipes solides. De personnes qui respectent le règlement et ne s'attendent pas à ce que les autres résolvent leurs problèmes.

Visiblement embarrassée, elle avait rougi et s'était détournée pour ne pas le regarder en face. Cette fragilité évidente l'avait ému au point qu'il avait eu du mal à lui parler.

Ensuite, il lui avait paru logique de l'aider à débarrasser le sapin de ses ornements. Une façon pour lui de reprendre ses esprits… En réalité, cela faisait longtemps qu'une femme ne lui avait pas fait un tel effet.

Pas depuis Meredith.

Il n'avait pas pensé à elle depuis des siècles, et c'était mieux ainsi. Cela voulait certainement dire qu'il laissait le passé derrière lui. Le souvenir de sa défunte épouse avait hanté sa mémoire pendant trop longtemps.

Chaque fois que son image s'imposait à lui, au début, il la revoyait après l'accident. Assis près de son lit d'hôpital, il lui tenait la main et priait pour qu'elle guérisse.

Et puis, les années avaient passé, et il ne s'était plus souvenu que des bons moments passés ensemble. Il se rappelait leur mariage, leur amour. Le chagrin était toujours là et le tourmentait encore — du moins quand il le lui permettait, mais il avait pris une forme atténuée.

En revanche, son vœu de ne plus jamais s'engager avec une autre femme résistait au temps qui passait : jamais il ne pourrait aimer une autre comme il avait aimé sa femme, c'était tout simplement impossible.

Jusqu'à maintenant, il n'avait pas douté de cette évidence ou pensé que cette promesse était menacée. Pourtant, quelque chose chez Naomi Bloom le touchait profondément. Il ne la connaissait que depuis quelques heures, mais il s'était senti obligé de lui apporter aide et protection. Aucun homme digne de ce nom ne l'aurait laissée en butte aux menaces de Mick, pas plus qu'il ne l'aurait abandonnée après ce cambriolage.

Lorsqu'il avait appris qu'elle ne savait pas où aller, il n'y avait pas eu d'autre solution que de l'inviter chez lui.

Cette cohabitation ne serait pas si difficile, ils s'arrangeraient. Naomi occuperait l'atelier de Meredith transformé en chambre d'amis. Elle rentrerait chez elle dès que sa porte aurait été réparée. Ça ne durerait pas bien longtemps.

Naomi apparut sur le seuil de la pièce, traînant derrière elle une grosse valise.

— Vous emportez beaucoup d'affaires, pour une nuit ! s'étonna-t-il.

— J'ai peur qu'on me vole encore.

— Vous n'avez rien d'autre à prendre ?

— Non, mes papiers sont dans mon sac. Je suis prête à partir.

— Allons-y, en ce cas. Vous avez faim ? Je pourrais acheter quelque chose en chemin.

— Seulement si vous mangez aussi. Je ne veux pas vous déranger plus que je ne l'ai déjà fait.

— Vous ne me dérangez pas du tout, prétendit-il tout en se penchant pour prendre la valise.

Il gagna la porte en espérant qu'elle n'avait pas compris qu'il mentait.

Ils regagnèrent le parking de l'hôpital en silence. Après avoir mis les affaires de Naomi dans le coffre, il ouvrit la portière pour elle, côté passager.

Elle parut surprise, sourit et le remercia avant de s'asseoir.

L'esprit envahi par mille pensées contradictoires, il fit claquer la portière et se glissa derrière le volant.

La seule femme à être entrée chez lui était Meredith, puisqu'ils vivaient ensemble. Et voilà qu'il ramenait une inconnue très séduisante !

Ce ne serait pas trop difficile de la tenir à distance jusqu'à ce qu'elle s'en aille, se répéta-t-il. Son appartement était spacieux. Et, si rien d'autre ne marchait, il pourrait toujours mettre ses écouteurs et fermer les yeux.

Situé au dernier étage de l'immeuble, l'appartement du Dr Williams parut fabuleux à Naomi, avec son parquet ciré et ses canapés de cuir. Rien à voir avec le meublé étriqué et pauvre où elle vivait. Elle se faisait l'effet d'une cendrillon pénétrant dans un château ! Il y avait même un vase garni de fleurs sur le piano… Etonnant, dans la demeure d'un célibataire.

Remarquant sa surprise, son hôte hocha la tête.

— Ma femme de ménage les apporte.

Elle caressa les longues tiges vertes.

— C'est très gentil de sa part.

— Elle prétend que cela rend un foyer plus accueillant.

— Elle a raison, dit Naomi en passant un doigt sur la surface brillante du piano. Vous en jouez ?

— Un peu. Et vous ?

— Non, malheureusement. Vous avez un très bel appartement, docteur Williams.

— Appelez-moi Tom.

Elle lui adressa un sourire un peu gêné.

— D'accord… Tom.

— Je vais vous montrer votre chambre, ensuite vous pourrez vous installer pendant que je prépare à manger.

— Vous cuisinez ?

— Bien sûr !

Prenant la poignée de sa valise, il la traîna derrière lui sur le parquet.

Elle le suivit dans une pièce spacieuse qui aurait pu contenir en entier son propre appartement.

— C'est magnifique ! s'exclama-t-elle.

— Vous avez une penderie et des cintres.

Lorsqu'il la guida dans la salle de bains, la lumière s'alluma toute seule, et elle se vit dans le miroir.

Elle était dans un état lamentable ! Son visage était blême, ses pommettes, trop roses et ses cheveux, en bataille. Tom, en revanche, était toujours aussi impeccable.

Elle passa une main dans sa chevelure.

— Cela ne vous ennuie pas, si je prends un bain ?

— Bien sûr que non.

— Merci pour tout, Tom. Vous en avez fait bien plus pour moi que la simple galanterie ne l'exigeait, dit-elle d'une voix tremblante.

Elle réprima ses larmes de gratitude. Pour rien au monde elle ne voulait pleurer encore devant lui.

Il se contenta de lui sourire avant de se retirer.

Il avait sûrement hâte de se débarrasser d'elle…

Elle s'assit lourdement sur le lit et regarda autour d'elle.

La vie lui avait réservé bien des surprises, aujourd'hui : le nouveau travail, le cambriolage, cet endroit extraordinaire où elle allait passer la nuit…

Elle allait prendre un bain, peut-être manger un peu et, avec un peu de chance, avoir une bonne nuit de sommeil.

Elle doutait pourtant de s'endormir facilement, sachant qu'elle se trouvait sous le toit de son patron.

Ils ne se connaissaient pas, mais elle était certaine qu'il était du genre à tenir les gens à distance. Et pourtant, il lui avait offert l'hospitalité. Comment allait-elle pouvoir le remercier pour sa générosité ?

Dans la cuisine, Tom battait furieusement des œufs pour confectionner une omelette.

Il avait du mal à croire qu'il n'était pas seul. Qu'il y avait quelqu'un d'autre chez lui. Une femme. Une belle femme. Une collègue de travail… A n'en pas douter, les potins allaient se déchaîner à l'hôpital s'ils arrivaient ensemble. Peut-être devrait-il la déposer quelque part avant d'arriver ?

Il secoua la tête, atterré d'avoir eu une telle pensée.

Une telle grossièreté, ça ne lui ressemblait pas. De toute façon, chacun savait à quel point il travaillait dur. Personne ne colporterait des ragots sur son compte.

Naomi était dans l'ancien atelier de Meredith, là où son épouse dessinait, découpait ou faisait des collages. Elle avait un talent indiscutable. Lorsqu'il la rejoignait pour voir sur quoi elle travaillait, il était toujours ébloui par le colibri, le paon ou la créature mythique qu'elle avait créés.

Il se rappela son sourire, lorsqu'elle levait les yeux vers lui.

— Qu'est-ce que tu en penses ? lui demandait-elle.

Et maintenant, c'était Naomi qui se trouvait là.

Avait-elle deviné son malaise ?

Il avait du mal à rester dans cette pièce, qu'il avait modifiée au prix d'un effort phénoménal.

Autrefois bleus, les murs étaient maintenant couleur pêche. Tout le matériel de Meredith avait disparu, et il avait fait installer à la place un grand lit de fer forgé et des meubles en bois très simples et fonctionnels. C'était devenu une chambre d'amis… Non qu'il en attende aucun, d'ailleurs, mais cette perspective lui avait donné un but. De cette façon, il pouvait oublier les rêves qu'il avait faits à propos de cette chambre. Elle devait accueillir un enfant quand le temps serait venu. Merry et lui avaient espéré fonder une famille un jour…

Mais tout cela appartenait au passé. Et maintenant, l'infirmière Naomi Bloom allait y dormir… Pour une nuit, pas plus.

Il tenta de se focaliser sur les œufs, puis il râpa du fromage et coupa des champignons.

Mais il ne cessait de penser aux yeux de Naomi, lorsqu'il l'avait saisie au vol.

Stupide ! Quelle importance qu'ils soient beaux, que sa peau soit blanche comme de la porcelaine ou que ses lèvres semblent pleines et douces ? Ils étaient des collègues, rien de plus, et il ne l'aidait que parce qu'elle était dans l'embarras.

Jurant sourdement, il reposa le saladier et demeura immobile un instant.

Il avait juste besoin d'une petite pause pour penser à ce qui était vraiment important : les patients qu'il avait vus dans la journée, leurs dossiers, les traitements et les protocoles.

Oui ! Ça marchait !

La porte de la chambre d'amis s'ouvrit, et Naomi ne tarda pas à apparaître dans la cuisine, vêtue d'un peignoir qui lui arrivait à mi-cuisse, les cheveux enveloppés dans une serviette. Elle se percha sur un tabouret devant le comptoir, et il put voir ses longues jambes, ses pieds fins et ses ongles vernis en rose.

Il tâcha de ne pas respirer toutes les odeurs qui flottaient autour d'elle. Il y avait une pointe de lavande et quelque chose d'autre, de doux, de chaud et de propre.

— Vous avez faim ?

— Je suis affamée.

— Parfait. Je lance l'omelette, alors.

— J'ai hâte de la déguster !

Déglutissant avec peine, il tourna le dos à Naomi, reprit vivement le saladier et battit de nouveau les œufs.

3.

En se réveillant, Naomi ne sut pas tout d'abord où elle se trouvait. Elle se frotta les paupières et balaya du regard cette pièce qu'elle ne connaissait pas.

Tom…

Elle jeta un coup d'œil au réveil posé sur la table de chevet.

5 heures du matin.

Dans la mesure où elle prenait son service à 7 h 15, elle ne voyait pas l'utilité de se rendormir.

Repoussant les couvertures, elle se leva et fit son lit avant de s'habiller.

Elle fit le moins de bruit possible pour ne pas réveiller Tom, que, elle le sentait, elle dérangeait déjà suffisamment par sa présence.

Sous des dehors un peu froids, c'était visiblement un homme bien. Il avait ouvert sa maison à une parfaite étrangère, lui permettant du même coup de respirer après une journée particulièrement éprouvante.

La veille, après qu'ils avaient partagé une délicieuse omelette parfumée au tabasco, il lui avait souhaité bonne nuit avant de disparaître dans sa chambre.

Elle en avait profité pour regarder autour d'elle et elle avait découvert que le Dr Tom Williams était un homme solitaire. Il n'y avait chez lui aucune place pour les sentiments. Chaque objet, chaque meuble avait été choisi selon des critères esthétiques. Il n'y avait sur les murs aucune photographie de personnes aimées. Tout était propre, bien rangé, et seuls les livres alignés sur les étagères trahissaient quelque chose de son caractère : ils concernaient tous la médecine.

Tom Williams ne pensait-il qu'au travail ? En tout cas, rien ne démontrait un quelconque intérêt pour autre chose, à part peut-être le piano.

A condition qu'il en joue !

Jusqu'à quel point sa propre présence chez lui pouvait-elle l'embarrasser ? Peut-être s'était-il senti obligé de l'accueillir ? Si elle en croyait le peu qu'elle savait de lui, le Dr Williams était à l'évidence un gentleman.

En tout cas, elle était bien décidée à débarrasser le plancher d'ici à la fin de la journée.

Elle était contente de s'être réveillée tôt. Peut-être pourrait-elle préparer le petit déjeuner avant qu'il ne se réveille ? Evidemment, elle ignorait ce qu'il aimait, mais un coup d'œil dans la cuisine lui donnerait un aperçu de ses goûts.

En sortant de sa chambre, elle fut surprise de trouver les lumières allumées et Tom déjà dans la cuisine.

— Vous avez bien dormi ? demanda-t-il.

Même quand elle était mariée, personne ne se souciait de savoir si elle avait passé une bonne nuit. Elle s'effondrait le soir après une journée exténuante et, au matin, lorsqu'elle entrait dans la chambre de son mari, c'était elle qui s'inquiétait de savoir comment il se sentait.

— Très bien, merci. Et vous ?

— Sept heures de sommeil, ça me va. Je peux vous offrir quelque chose ? Du café ? Quelques toasts ?

— Je pensais justement préparer votre petit déjeuner. Je ne croyais pas que vous seriez déjà levé.

Il devait l'être déjà depuis un certain temps. Il était rasé de près, et ses cheveux étaient encore humides de la douche.

— Qu'est-ce que vous aimeriez ?

— Juste un toast, s'il vous plaît.

— Rien dessus ? De la confiture ? Du miel ?

— Vous avez tout cela ? demanda-t-elle en souriant.

— Bien sûr.

— De la confiture, ce sera parfait.

Il coupa deux tranches de pain, qu'il glissa dans le grille-pain, puis il lui servit une tasse de café, après quoi il lui passa le lait et le sucre.

Elle appréciait de le voir évoluer dans la cuisine, grand, mince et athlétique, aussi gracieux qu'un chat. Vêtu d'un pantalon bleu marine, d'un gilet assorti et d'une chemise blanche, il était vraiment très élégant.

Elle devait reconnaître que ce raffinement était plutôt plaisant. Vincent, qui ne quittait pas son fauteuil roulant, ne portait que des vêtements larges, comme des joggings et des T-shirts faciles à enfiler et confortables.

— On voit que vous êtes un homme d'intérieur, docteur Williams.

Il parut réfléchir un instant.

— Parce que je peux faire griller une tartine et préparer du café ?

— Parce que vous faites en sorte que je me sente la bienvenue chez vous, alors qu'il ne doit pas être évident de recevoir une étrangère. Alors... Merci.

Leurs regards se croisèrent et se retinrent pendant quelques secondes.

— Vous avez une idée de ce que vous allez faire, pour votre appartement ? s'enquit-il.

Elle se demanda s'il changeait de sujet parce qu'elle l'avait mis mal à l'aise.

— Je ne sais pas. Je dois d'abord aller travailler, alors je m'en occuperai plus tard.

— Tout sera fermé, plus tard. Pourquoi ne pas prendre une journée de congé ?

— Je viens tout juste de prendre mon poste ! Non, c'est impossible. Mais je vais m'arranger pour faire réparer ma porte.

Tom sembla hésiter, comme s'il s'apprêtait à dire quelque chose, mais il se tut. Les toasts jaillirent hors du grille-pain, et il les posa sur une assiette qu'il poussa devant elle, ainsi que plusieurs pots de confiture.

— Merci beaucoup. Je vous sais vraiment gré de votre hospitalité !

— Il n'y a pas de problème.

Elle espérait qu'il disait la vérité.

Naomi balaya du regard la salle d'attente.

— Joséphine McDonald ?

L'infirmière du triage avait indiqué dans le dossier que Joséphine s'était enfoncé un clou de quinze centimètres dans l'index en utilisant le pistolet à clous de son père.

Une jeune femme se leva et se dirigea vers elle en faisant la grimace. Sa main gauche était enveloppée dans une serviette.

Naomi la conduisit dans un box et tira le rideau derrière elles. Elle fit asseoir sa patiente sur le lit avant d'examiner sa main.

— Comment est-ce arrivé ?

— J'aidais mon père, qui est charpentier. J'ai été… distraite. J'ignore comment c'est arrivé, mais mon doigt a été transpercé.

— Qu'est-ce qui avait détourné votre attention ?

— Un type, avoua Joséphine en rougissant.

— Je vois, dit Naomi en souriant. Il en valait la peine ?

Joséphine hocha la tête avec enthousiasme.

— Absolument !

Le sourire de Naomi s'accentua. Elle pressa légèrement le doigt de la jeune femme.

— Vous sentez quelque chose ?

— Oui.

— Parfait. Je pense qu'aucun nerf n'est endommagé. Vous pouvez plier l'index ?

— Oui, mais je sens que ça tire sur le clou.

— Nous allons devoir faire une radio pour nous assurer

qu'il n'a pas pénétré l'os, ensuite nous pourrons le retirer. Vous avez été vaccinée contre le tétanos, récemment ?

— Oui, répliqua Joséphine en pâlissant légèrement. Vous allez l'enlever ? Ça ne fera pas mal ?

— Vous aurez une anesthésie locale. Votre père est là ? Ou quelqu'un qui puisse vous réconforter ?

— Papa est dans la salle d'attente.

— Vous n'avez pas amené le type canon avec vous ?

— Euh… Non. Apparemment, il supporte mal la vue du sang.

— Je comprends, dit Naomi avec un sourire. Vous ne saignez pas, on peut faire la radio.

Naomi remplit un formulaire qu'elle remit à la jeune femme avant d'écarter le rideau.

— Suivez cette ligne rouge, sur le sol. Tournez à droite et déposez ceci dans l'étui accroché à la porte avant de vous asseoir. On vous appellera.

— Merci beaucoup.

Naomi regarda sa patiente s'éloigner, puis elle retira le drap de papier qui recouvrait le lit et le remplaça.

A cet instant, le rideau qui la séparait du box voisin fut tiré.

Le Dr Williams !

Son cœur ne battait-il pas un peu plus vite que d'habitude ?

Elle inspira profondément tout en s'exhortant au calme.

Elle n'avait aucune raison d'être nerveuse. Cet homme était son patron, rien de plus, et elle allait quitter son appartement un peu plus tard.

Pendant que son patient sortait du box, appuyé sur ses béquilles toutes neuves, Tom Williams se tourna vers elle, un sourire aux lèvres.

— Mademoiselle Bloom, plus rien ne rappelle Noël dans le service, vous avez remarqué ?

Elle se mit à rire.

— Oui. Il faudra attendre les œufs de Pâques, maintenant.

Ils gagnèrent ensemble la station centrale où d'autres

membres du personnel remplissaient les dossiers ou entraient des informations dans des ordinateurs.

— Vous aimez célébrer les fêtes ?

— J'apprécie le chocolat, répliqua-t-elle en haussant les épaules. C'est mal ?

— Pas du tout, dit Tom.

Il s'assit derrière le comptoir et commença à rédiger des notes.

Elle remarqua ses doigts fins de pianiste. Il portait ce qui ressemblait à une alliance, mais à la main droite.

S'en voulant d'attacher autant d'importance à des détails qui ne la regardaient en rien, elle prit un nouveau dossier et le parcourut rapidement.

Il s'agissait d'un enfant blessé à la tête.

Comme elle s'éloignait, Tom la rappela.

— Mademoiselle Bloom !

Elle se retourna, admirant malgré elle son menton énergique. Un muscle tressaillait dans la mâchoire, comme s'il débattait avec lui-même.

— Quand vous aurez un moment de libre, pourriez-vous passer me voir ? Je voudrais vous dire quelque chose.

Lui dire quelque chose ?

Maintenant, elle avait le cœur qui battait la chamade.

— Je… Ai-je commis une erreur quelconque ?

— Non, non… C'est personnel.

— Oh ! D'accord.

De quoi pouvait-il s'agir ? Est-ce qu'elle avait oublié de reboucher le tube de dentifrice, chez lui ? Il était certainement du genre maniaque pour qui chaque chose doit être à sa place.

Un peu inquiète, elle gagna la salle d'attente et appela son patient suivant.

Après avoir soigné l'enfant blessé au front, elle s'occupa d'une vieille dame souffrant d'une infection des voies respiratoires, puis d'une fillette au poignet foulé, et enfin d'un jeune homme qui avait un hématome sous l'ongle d'un doigt. Il fallait évacuer le sang pour soulager la pression.

Tout en les traitant, elle se demandait avec inquiétude ce que Tom Williams avait à lui dire de personnel. Si cela ne concernait pas le travail, de quoi pouvait-il s'agir ?

Pendant sa pause, elle dit à la surveillante où elle allait, puis elle se mit en quête du médecin chef, l'estomac noué par l'appréhension.

Elle avait déjà eu suffisamment de problèmes dans sa vie et elle repartait de zéro. Elle était venue à Londres pour se prouver qu'elle était capable de s'assumer toute seule sans avoir à s'inquiéter de quelqu'un d'autre.

Peut-être Tom voulait-il simplement s'assurer qu'elle quittait bien son appartement le soir même ?

Elle espérait que non, car elle ne terminait son service qu'à 16 heures. Elle aurait de la chance si elle trouvait le temps de faire réparer sa porte.

Combien cela allait-il lui coûter ? Elle n'avait que très peu d'argent devant elle, et ses petites économies devaient servir de caution dès qu'elle trouverait un autre logement.

Tom était dans la salle de repos.

— J'ai pris ma pause, lui annonça-t-elle en franchissant la porte.

— En ce cas, allons boire un café et manger un morceau.

Il l'emmena à la cafétéria où il commanda deux cappuccinos, avec un panini pour lui. Lorsqu'il lui demanda ce qu'elle voulait, elle secoua la tête négativement.

— Vous devez manger quelque chose, décréta-t-il.

Il plaça un yaourt et une banane sur le plateau de Naomi, puis il paya, et ils s'installèrent à une table.

— Vous devez sans doute vous demander ce que je veux vous dire ?

Elle sourit et le regarda mordre dans son sandwich.

Cela sentait délicieusement bon, et elle tâcha d'ignorer les effluves de saucisse qui lui chatouillaient les narines.

— Vous avez excité ma curiosité, admit-elle en ouvrant son yaourt.

— Je veux vous aider.

Elle le fixa un instant sans rien dire, attendant la suite.

— Oui ?

— Pour la bonne marche du service, il vaut mieux que vous restiez chez moi un jour ou deux de plus, en attendant que vous ayez résolu votre problème d'appartement.

— Mais je pensais…

— Ce n'est pas l'idéal, je sais, mais j'ai repensé à votre situation et je m'en voudrais si vous vous sentiez obligée de partir tant qu'elle n'est pas réglée.

— C'est très généreux de votre part, dit-elle en rougissant. Merci.

— Pas du tout ! Je suis seulement pragmatique.

S'il le disait…

Tom vit Naomi changer de visage. L'incertitude et l'appréhension qu'elle exprimait un instant auparavant se dissipèrent pour faire place au soulagement.

Cette proposition le surprenait lui-même. Si quelqu'un lui avait dit la veille qu'il offrirait à une jeune femme d'habiter chez lui quelques jours de plus, il l'aurait traité de fou.

La présence de Naomi chez lui le mettait un peu mal à l'aise, pourtant il avait cuisiné pour elle, il lui avait un peu parlé, et elle l'avait intrigué. Il ne s'agissait pas d'attrait sexuel ou sentimental, bien entendu ! Chaque être humain ne rencontre qu'une seule fois dans sa vie l'amour vrai, l'âme sœur. Il avait déjà eu cette chance, même si cela n'avait pas duré longtemps. Son épouse était morte dans un tragique accident de voiture dès leur première année de mariage, mais son cœur appartenait toujours à Meredith. Depuis le décès de celle-ci, il le gardait enfermé, bien à l'abri du monde extérieur ou des événements cruels.

Il n'y avait de place dans sa vie pour aucune autre femme, même si la présence de Naomi dans la chambre voisine l'avait tourmenté la nuit précédente. Contrairement à ce qu'il avait prétendu, il avait eu beaucoup de mal à trouver le sommeil : étendu sur son lit, il revoyait ses longues jambes émergeant du peignoir, ses lèvres gourmandes.

Et sa façon de rire ! A chaque fois, c'était tout son visage qui s'éclairait.

Non, il ne pouvait se permettre de trop penser à Naomi Bloom. Elle représentait tout ce qui pourrait mettre en péril les règles qu'il s'était fixées. En revanche, il avait la possibilité de l'aider.

— C'est tellement inattendu ! dit-elle.

— Sans doute. Mais exiger de vous que vous régliez cette situation en un jour serait totalement irréaliste. De toute façon, St Bartholomew's Road n'est pas un quartier convenable pour vous. Pardonnez-moi, mais vous méritez beaucoup mieux.

— Vous pensez vraiment que je peux rester chez vous quelques jours de plus ?

— Tout à fait.

— Je n'arrive pas à y croire ! Vous ne voulez pas en savoir un peu plus, à mon sujet ? Après tout, je pourrais être une meurtrière…

— J'en sais suffisamment. Mon appartement est assez spacieux pour que nous ne nous dérangions pas mutuellement. Cela vous permettra de chercher un logement qui vous convienne mieux.

Naomi but quelques gorgées de cappuccino avant de le fixer.

— Pourquoi voulez-vous m'aider ?

Parce qu'il était terrifié à l'idée de la savoir dans ce trou infâme et qu'il ne parvenait pas à la chasser de son esprit.

— Je ferais la même chose pour n'importe qui, si je pensais que cette personne mérite mieux.

Quel menteur ! Mais il ne pouvait pas lui dire combien il avait apprécié de pouvoir parler à quelqu'un, même très brièvement. D'habitude, il se focalisait sur son travail et ne discutait avec personne avant d'arriver à l'hôpital.

Ce matin, c'était différent. Presque comme quand Meredith était là.

Meredith…

Faisait-il quelque chose de mal ? Non, sûrement pas ! Mais alors, pourquoi se sentait-il coupable tout à coup ?

Jamais Naomi n'aurait pensé vivre un jour dans un appartement aussi luxueux. La cuisine était tout simplement sublime !

Elle caressa du doigt le plan de travail en hêtre et les portes de placard en verre dépoli.

C'était la maison idéale, et elle y habitait, même si ce n'était que pour quelques jours.

Elle avait vidé sa valise, toutes ses affaires étaient bien rangées dans la penderie de sa chambre. Tom l'avait raccompagnée en voiture, et elle avait proposé de préparer le repas pendant qu'il se changeait.

Non qu'elle soit un fin cordon-bleu, loin de là ! La plupart du temps, elle se contentait de faire réchauffer le contenu de conserves, auquel elle ajoutait un œuf.

Elle trouva un gros steak dans le réfrigérateur.

Elle pourrait le couper en deux, préparer une purée de pommes de terre et faire cuire quelques brocolis.

Quand Tom la rejoignit, elle faisait bouillir de l'eau dans deux casseroles après avoir pelé et découpé ses légumes.

— Vous cuisinez ?

— Oui. Vous mangerez un steak ?

— Volontiers.

Il portait un jean noir et un T-shirt blanc qui dévoilait ses bras musclés. Qui aurait pu deviner qu'un corps aussi magnifique se cachait sous sa blouse blanche de médecin ?

— Comment l'aimez-vous ?

— A point, s'il vous plaît.

— Très bien… Euh… A quoi reconnaît-on que la viande est à point ?

Il eut un petit sourire.

— Donnez-moi votre main.

Sa main ? Que voulait-il faire, avec sa main ?

Elle obéit et l'observa tandis qu'il lui appuyait l'index sur son pouce.

— Vous sentez la pulpe de mon pouce ? C'est à peu près la même impression si vous touchez de la viande saignante. Maintenant, pressez votre index et votre pouce l'un contre l'autre. Vous sentez ? C'est bien cuit.

Elle l'imita, s'étonnant de la différence des sensations suivant les endroits qu'elle palpait.

— Pour finir, pressez votre pouce contre votre annulaire. Le steak est à point.

— Extraordinaire !

— Je suis content que la démonstration vous ait plu. Désormais, vous saurez.

— Désormais, je saurai, répéta-t-elle en passant un brocoli sous l'eau du robinet. Mais il y a quelque chose que je ne sais pas.

— Quoi donc ?

— Si vous jouez du piano, dit-elle en désignant l'instrument.

Le visage de Tom exprima une succession d'émotions, et ses yeux se voilèrent légèrement.

Si elle avait battu des paupières une seule fois, elle ne s'en serait pas aperçue, mais elle ne l'avait pas quitté du regard.

Cette question avait sûrement réveillé un mauvais souvenir.

— Je ne joue plus depuis longtemps.

Elle n'aurait pas dû insister, mais il suscitait sa curiosité.

— Pourquoi ?

— Parce que je ne l'ai fait que pour mon épouse.

Tournant les talons, il regagna sa chambre en toute hâte.

Elle resta plantée dans la cuisine, la bouche entrouverte.

Elle ignorait que Tom avait été marié, mais elle se rappelait maintenant cette alliance à sa main droite. Elle aurait dû le deviner et éviter de le bouleverser !

Soudain, elle se sentit stupide. C'était leur seconde nuit sous le même toit, et elle perturbait son hôte en le forçant à évoquer un passé dont il ne voulait visiblement pas se souvenir.

Elle jeta les steaks sur l'huile bouillante et brancha la petite télévision.

Tom arpentait sa chambre de long en large.

Pourquoi avait-il réagi de cette façon ? Quel âge avait-il ? Douze ans ?

Se sentant ridicule, il ouvrit la porte, prêt à s'excuser auprès de Naomi pour son comportement.

Mais la cuisine était envahie par la fumée, et l'alarme se déclencha brusquement.

— Qu'est-ce… ?

Naomi secouait une serviette au-dessus de la poêle envahie par des flammes, qu'elle attisait en les éventant.

— Stop ! cria-t-il.

La poussant de côté, il éteignit le gaz et s'empara d'un torchon qu'il abaissa lentement sur le feu, qui mourut en un instant.

Naomi toussait tant qu'elle pouvait.

— Je suis désolée, lâcha-t-elle. Je ne sais pas ce qui s'est passé.

Prenant un autre torchon, il l'agita sous l'alarme de façon à dissiper la fumée pour qu'elle cesse de hurler. Dès que le silence fut rétabli, il perçut un son léger derrière lui et se tourna vers Naomi.

— Je suis désolée, Tom. Il y avait une émission de cuisine à la télé. Ils mettaient de l'alcool dans la poêle pour…

— Pour flamber la viande ?

— Oui, et ça avait l'air de marcher.

— Trop bien, apparemment. Combien en avez-vous mis ?

— Une goutte, je vous assure !

— Hum…

— Je me sens tellement stupide ! Je ne l'avais jamais fait et je voulais vous impressionner avec un bon steak, après vous avoir bouleversé par mes questions indiscrètes.

— Tout va bien. Personne n'a souffert, à part les steaks.

Jetant un coup d'œil à la viande calcinée, il ne put s'empêcher de pouffer de rire.

Naomi ne tarda pas à l'imiter.

— Vous devez me prendre pour une catastrophe ambulante, dit-elle lorsqu'elle eut repris son souffle.

— Un peu… Comment avez-vous survécu, pendant toutes ces années ?

Les joues de Naomi prirent une belle couleur écarlate.

— Le micro-ondes est devenu mon meilleur ami, ainsi que les plats tout préparés.

— Personne ne vous a jamais appris à faire la cuisine ?

Elle secoua la tête.

— Ma mère n'était pas du genre à transmettre des compétences. Elle n'en avait d'ailleurs aucune, sinon celle de tomber amoureuse des pires individus qu'elle pouvait trouver.

Souriant, il fixa Naomi pendant quelques secondes de plus que la politesse ne le permettait.

Malgré son peu de dons en cuisine et sa tendance à tomber des échelles, elle lui plaisait. Il la trouvait innocente, douce, drôle…

Il ne devait pas s'aventurer sur ce terrain !

Le visage de Meredith flotta un instant dans son esprit, et il se sentit coupable. Il n'avait pas le droit d'admirer une autre femme, et il était urgent qu'il pense à autre chose… Et surtout pas au fait que Meredith aurait dû être dans la cuisine avec lui, au lieu de Naomi.

— Je vous apprendrai à cuisiner, déclara-t-il en repoussant cette pensée.

— Quoi ? Vous m'avez déjà sauvée, vous m'hébergez… Vous n'êtes pas obligé, en plus, de me transformer en chef étoilé.

Prenant la poêle, il en vida le contenu dans la poubelle.

— Il le faudra bien, si je veux rester en vie cette semaine.

Naomi laissa échapper un soupir et sourit.

— Très bien. Le menu de ce soir se réduira donc à la purée de pommes de terre et aux brocolis.

— Il doit y avoir du poisson pané dans le réfrigérateur.

— Je devrais m'en sortir.

Il hocha la tête avec approbation.

— Super ! Je m'attends à des délices culinaires.

Tom mit la table, et Naomi ne tarda pas à apporter deux assiettes fumantes qu'elle posa devant eux.

Elle était contente de servir de nouveau un repas à quelqu'un, de partager ce moment. Cela faisait partie des plaisirs simples. Même si elle avait souhaité goûter à la liberté, elle s'apercevait maintenant qu'elle avait besoin de compagnie.

— Je n'avais pas fait ça depuis longtemps, remarqua-t-elle.

— Manger du poisson pané ? demanda Tom.

— Dîner avec quelqu'un, répliqua-t-elle en souriant. J'avais oublié combien c'est agréable.

Tom sembla pensif un instant, puis il lui rendit son sourire.

— Je suis d'accord.

Poussant son brocoli de côté, elle aplatit sa purée avant de la sculpter avec sa fourchette.

Après l'avoir gêné avec sa question à propos du piano, elle voulait qu'il se sente bien. Si elle lâchait quelques confidences sur son mariage et la perte qu'elle avait faite, cela détendrait peut-être l'atmosphère.

— J'étais mariée il n'y a pas très longtemps, moi aussi.

Leurs regards se rencontrèrent.

— Il s'appelait Vincent, continua-t-elle, et nous avons été ensemble pendant huit ans.

— C'est long.

— Oui, c'est ce que j'ai parfois pensé. Ensuite, j'ai mesuré combien c'était court.

Tom piqua un morceau de brocoli avec sa fourchette.

— Vous n'êtes pas obligée de m'en parler, si vous n'en avez pas envie.

Mais elle souhaitait poursuivre son récit. S'ils devaient vivre côte à côte pendant quelque temps, elle ne voyait aucune raison pour ne pas partager une partie de son passé avec lui. D'ailleurs, elle pensait qu'il pouvait être intéressé sur le plan médical.

— Mon mari souffrait de fibrodysplasie ossifiante progressive.

La fourchette de Tom s'arrêta à mi-chemin entre l'assiette et sa bouche.

— La maladie de l'homme de pierre ? C'est rare. Une personne sur deux millions en est atteinte.

— Il vous est arrivé de soigner ce genre de patients ?

— Jamais.

— Vincent présentait les symptômes dès son plus jeune âge. Lorsqu'il était bébé, on avait remarqué une malformation des orteils, mais le diagnostic n'a été posé que plus tard. L'ossification s'est d'abord manifestée au niveau du cou et des épaules. Quand j'ai fait sa connaissance, il était déjà en fauteuil roulant, obligé de rester assis. Il faisait des allers et retours entre l'hôpital et la maison, pour que l'on soigne une pneumonie ou des infections pulmonaires.

— Cela n'a pas dû être facile pour vous deux.

— C'est dur de voir quelqu'un que l'on aime emprisonné dans son propre corps. Le moindre choc provoquait une poussée osseuse… J'ai abandonné mon travail pour le soigner à plein temps.

Visiblement fasciné par son histoire, Tom reposa son couteau et sa fourchette.

— Ce devait être un homme extraordinaire !

— Oui. Il était optimiste, positif… Du moins, autant qu'il l'a pu jusqu'à la fin. Bien sûr, il avait ses mauvais jours.

— Comme nous tous. Je suis désolé que vous l'ayez perdu.

Elle repoussa son assiette avec un sourire.

— En tout cas, je n'ai pas incendié la maison.

Après avoir débarrassé la table, elle vida les restes dans la poubelle.

Tom la rejoignit dans la cuisine et leur servit deux verres de vin. Ils trinquèrent.

— Que faisiez-vous pour vous détendre, quand vous ne vous occupiez pas de votre mari ?

— Je lisais, je faisais des recherches sur sa maladie. J'espérais trouver des traitements expérimentaux. N'importe quoi qui aurait pu le soulager.

— Et qu'est-ce que vous faisiez pour vous ?

— Pour moi ? répéta-t-elle avec surprise. Je ne m'en souviens pas.

Tom la fixa un instant avant de siroter pensivement son vin.

4.

Tom et Naomi étaient tous deux de service aux urgences, ce matin-là. Pour une raison inconnue de lui-même, Tom se sentait d'humeur maussade en arrivant à l'hôpital.

La semaine s'était avérée plus compliquée qu'il ne l'avait imaginé. Il avait cru qu'il pourrait facilement organiser l'emploi du temps de Naomi et le sien de façon qu'ils ne se croisent pas trop souvent. Mais, même lorsqu'elle n'était pas là, son parfum flottait dans l'air, sa brosse à dents et sa petite trousse à maquillage étaient dans la salle de bains…

Et, quand ils se retrouvaient dans l'appartement, c'était encore plus dur.

Une fois, il était rentré au milieu de la nuit, s'attendant à ce que Naomi soit endormie.

C'était bien le cas, mais elle était étendue sur le canapé avec la télévision allumée.

Il était resté un long moment à contempler son visage si détendu, si paisible. Puis, se sentant soudain coupable de l'observer à son insu, il avait regagné sa chambre en vitesse. Et, une fois couché, il avait eu le plus grand mal à trouver le sommeil.

Au début, il était bien décidé à ne pas l'apprécier. Mais ensuite, il avait constaté qu'elle était une excellente infirmière, qui parvenait à établir un bon contact avec les patients les plus difficiles. Et à la maison…

A la maison, elle lui préparait des sandwichs et lui laissait des mots sur le réfrigérateur pour qu'il sache où les trouver. Un soir, elle avait même fait des cookies. Par bonheur, elle n'avait pas mis le feu à l'appartement. Ses biscuits étaient un peu résistants sous la dent, mais il les avait mangés pour la récompenser de ses efforts.

Elle avait même réussi à s'occuper de son propre logement : la porte avait été remplacée, les serrures changées. Elle était censée repartir le lendemain, et il ne savait pas très bien s'il devait s'en réjouir ou le regretter.

Une ambulance amena la première patiente de la journée.

C'était une vieille femme frêle aux mains parsemées de taches de vieillesse et aux cheveux gris. Sa chemise de nuit rose pâle bordée de dentelle était bien trop grande pour elle.

— Elle s'appelle Una Barrow, déclara l'ambulancier. Elle a quatre-vingt-neuf ans et elle habite à la maison de retraite des Grands Chênes.

C'était une résidence réservée à des patients atteints de la maladie d'Alzheimer. Le personnel s'était inquiété lorsqu'elle avait cessé de manger et de boire, la veille. Ce matin, elle avait 38 de fièvre, la saturation en oxygène était de 90 %, la tension artérielle de 9/6, ce qui était habituel pour elle.

— Elle ne nous a pas laissés vérifier son taux de glycémie, précisa l'ambulancier. Elle est devenue agressive et, vu la fragilité de sa peau et son ostéopénie, nous avons préféré ne pas prendre le risque de la blesser. J'espère que ça vous convient, doc ?

— Bien sûr, répondit Tom. On s'en chargera nous-mêmes. Rien d'autre sur son passé médical ?

— Rien de significatif.

— Elle a de la famille ?

— Une fille qui habite à plus de cent kilomètres. Les Grands Chênes lui ont passé un coup de fil, et je crois qu'elle est en route.

Il restait à installer Una avant l'arrivée de sa fille. Avec un peu de chance, ils auraient de bonnes nouvelles à lui annoncer.

— Très bien, tout le monde, nous allons procéder à un bilan complet, lança Tom.

Se tenant à l'écart, il laissa son équipe, y compris Naomi, lire à voix haute les résultats des examens et les observations déjà rassemblées dans le dossier de leur patiente.

Tous les symptômes indiquaient une possible infection urinaire, mais il avait besoin d'une analyse d'urine pour confirmer ce diagnostic.

Naomi tentait de lui faire une prise de sang, quand Una saisit sa main.

— Rosie ? s'enquit-elle d'une voix tremblante.

— Non, Una. Je m'appelle Naomi et je suis infirmière. Je suis là pour m'occuper de vous, répondit Naomi en pressant gentiment les doigts de la vieille dame.

Mais Una resserra son étreinte, l'empêchant de s'éloigner.

— Ne m'abandonne pas, Rosie ! Ils veulent me tuer !

Naomi jeta un coup d'œil en direction de Tom, lui signalant d'un geste qu'elle ne pouvait rien faire tant que la patiente s'agrippait à elle.

Il fit quelques pas dans leur direction.

— Una ? Je suis médecin. Vous n'êtes plus aux Grands Chênes, mais dans un hôpital.

Una battit des paupières. Ses yeux vitreux se posèrent sur Tom avant de revenir à Naomi.

— Un hôpital ?

— C'est cela. Vous êtes en sécurité ici, personne ne vous fera de mal. Mais vous n'allez pas très bien, Una. Vous avez de la fièvre. C'est pourquoi nous allons vous soigner.

— Ne me laisse pas, Rosie, geignit la vieille dame.

Naomi et Tom échangèrent un regard.

La maladie d'Alzheimer est une affection cruelle, qui enlève chaque jour à sa victime une partie de ce qu'elle a été.

Naomi avait assisté à la lente dégradation de l'état de son mari, et de son côté il avait regardé Meredith s'en aller jour après jour. Il lui avait tenu la main, priant pour qu'elle lui revienne, mais les pronostics des médecins prédisaient le contraire. Pour finir, le verdict était tombé : mort cérébrale.

Le respirateur la maintenait en vie, mais les parents de Meredith et lui avaient décidé de débrancher la machine. Une décision horrible, qu'il ne souhaitait à personne !

— Laissez-la croire que vous êtes Rosie jusqu'à ce que sa fille arrive, dit-il doucement à Naomi. Si elle se sent en sécurité, nous pourrons lui faire la prise de sang et prélever un échantillon d'urine.

— Très bien, répliqua Naomi, je ne bouge pas d'ici.

Elle tendit le bras pour attirer une chaise de plastique près du lit, puis elle s'assit et sourit.

— Etant donné la façon dont elle s'accroche à moi, je ne risque pas de m'éloigner !

— Parfait. Vous pourrez noter les constantes toutes les demi-heures ?

— Par bonheur, ma main droite est libre, remarqua Naomi en prenant le dossier.

La respiration d'Una s'apaisait, et elle ne tarda pas à s'endormir.

Regagnant la station centrale, il commença à taper son rapport sur un ordinateur, non sans garder un œil sur Naomi et Una.

Peu après, Stefan, un des infirmiers, entra dans le box.

— Ah, Naomi ! Si seulement tu me tenais la main comme ça !

Coureur invétéré, Stefan tentait sa chance auprès de toutes les femmes de l'hôpital. Tom le savait, pourtant la façon dont il s'adressait à Naomi lui donna la chair de poule. Mais en quoi cela le concernait-il ?

— Je ne pense pas que ce soit ma main que tu veuilles tenir, Stefan, répondit simplement Naomi.

L'infirmier se mit à rire. Prenant l'emballage stérile qu'il était venu chercher, il fit mine de s'en aller.

— Tu me connais trop bien, ma douce, dit-il. Et je devine que je n'arrive pas à la cheville du Dr Williams. Mon thorax de poulet ne vaut pas une poitrine aussi musclée. Ce doit être agréable à regarder, chaque matin, non ?

Sur cette boutade, Stefan gagna les portes battantes et quitta le service.

Choqué, Tom fixa Naomi en silence.

Etaient-ils déjà l'objet de ragots ? Naomi vivait chez lui depuis une semaine, mais il n'en avait parlé à personne. Peut-être les avait-on vus arriver ensemble à l'hôpital, les fois où leurs services concordaient ?

Il détestait l'idée que des rumeurs ternissent sa réputation ou celle de Naomi. Ils partageaient temporairement son appartement, rien de plus. D'ailleurs, cette situation ne durerait pas, puisque le logement de Naomi était quasiment remis en état et qu'elle allait en chercher un autre.

Il se rapprocha du box.

— Naomi, est-ce que vous avez mis quelqu'un au courant de notre arrangement ?

— Bien sûr que non ! Ce ne sont que des commérages. Ils ne tarderont pas à se lasser.

— Vous êtes plus optimiste que moi.

Il regarda Naomi, dont la vieille dame serrait toujours la main.

Avait-elle conscience de sa beauté ? Savait-elle qu'elle pourrait être mannequin, si elle le souhaitait ?

Elle avait des traits fins et délicats, de longs cheveux maintenus à l'arrière de la tête avec une barrette. Elle n'avait certainement pas passé des heures à se coiffer, pourtant sa chevelure semblait incroyablement douce et soyeuse. Elle ne portait pas de bijou, mais elle n'en avait pas besoin, tant il y avait de couleur et d'éclat dans ses yeux. Ces yeux chocolat qui le retenaient prisonnier chaque fois qu'elle le regardait. Elle avait un petit grain de beauté sur la joue droite, des lèvres pleines et roses, et quand elle souriait elle lui faisait un effet proprement dévastateur.

Il détestait l'admettre, mais elle le captivait.

A voir Naomi, on ne pouvait qu'imaginer qu'il tenterait de la séduire. Stefan et les autres colporteurs de ragots avaient beau jeu. Il ne leur venait tout simplement pas à l'esprit que sa relation avec elle était innocente.

En l'invitant à rester chez lui, il avait commis une terrible erreur…

— Où en est votre recherche d'appartement, demanda-t-il.

C'était un changement de sujet brutal, en totale contradiction avec ce qu'il lui avait dit peu de temps auparavant. Mais il n'aurait peut-être pas dû lui proposer de s'installer dans sa maison, un lieu privé où il conservait tous ses souvenirs.

— Je n'ai rien trouvé qui convienne jusqu'à maintenant…

— La patiente s'est endormie, mademoiselle Bloom. On a peut-être besoin de vous en petite traumatologie. Rendez-vous dans ce service, s'il vous plaît.

Naomi leva vers lui un regard troublé, puis elle se tourna vers Una pour voir si elle pouvait lui retirer sa main sans la bouleverser.

— Qui va noter les constantes dans son dossier ? demanda-t-elle lorsqu'elle y fut parvenue.

— Je m'en charge.

— Très bien.

Lorsqu'elle s'éloigna, il se passa la main dans les cheveux et laissa échapper un grand soupir, exaspéré.

Il s'en voulait de s'être comporté aussi grossièrement, mais il n'avait pas pu s'en empêcher.

Que lui arrivait-il ?

En petite traumatologie, Naomi s'aperçut que le personnel était suffisant. Elle s'apprêtait à retourner aux urgences, lorsqu'elle vit une femme d'une cinquantaine d'années qui traversait le service, l'air perdu.

— Je peux vous aider ? demanda-t-elle.

— S'il vous plaît, oui ! s'exclama la femme avec soulagement. On m'a appelée pour me prévenir que ma mère, Una Barrow, avait été hospitalisée. Je crois que je me suis trompée d'étage.

— Cela arrive tout le temps, ne vous inquiétez pas. Je sais où est votre maman.

— Comment va-t-elle ?

— Actuellement, elle est stable. On pense qu'elle souffre d'une infection urinaire.

— Encore ! Mais elle n'est pas en danger ?

— Pour l'instant, elle dort.

En poussant les portes des urgences, Naomi remarqua l'expression surprise de Tom à sa vue.

— Docteur Williams, je vous présente la fille de Mme Barrow.

— Rosie, dit-il en s'approchant d'elles, la main tendue.

— Oui. Je m'appelle Rosemary.

— Votre mère vous a réclamée.

Il la conduisit dans le box et la regarda prendre la main de la vieille dame.

— Lorsqu'elle est arrivée, elle avait de la fièvre, expliqua-t-il, mais sa température baisse lentement. Nous lui avons administré du paracétamol en perfusion, ainsi qu'une solution pour l'hydrater et du triméthoprime.

— Qu'est-ce que c'est ?

— Un antibiotique qui marche dans 90 % des cas.

— Qu'est-ce que vous ferez, s'il est inefficace ?

— Nous la traiterons aux céphalosporines.

— Très bien. Vous semblez savoir ce que vous faites.

A cet instant, Una ouvrit les yeux et aperçut sa fille.

— Rosie…

— Bonjour, maman.

Naomi se retira avec Tom.

— Tout va bien ? lui demanda-t-elle.

— Bien sûr. Pourquoi cette question ?

— Vous sembliez contrarié, dit-elle en haussant les épaules. Si c'est parce que je suis toujours chez vous, je voulais vous dire que je n'ai pas encore trouvé d'appartement qui corresponde à mes moyens, et…

Le cœur battant sourdement, il souhaita soudain qu'elle s'en aille.

— Vous voulez bien vérifier le contenu des chariots, s'il vous plaît ?

Elle leva vers lui un visage inquiet, mais il fit ce qu'il put pour l'ignorer.

Qu'y avait-il de particulier en elle pour qu'il soit affecté à ce point ? Il côtoyait sans cesse des femmes, mais elle était la seule à l'émouvoir. Et puis, il y avait ces rumeurs… Après le décès de Meredith, il en avait déjà été la victime à l'hôpital. On s'était étonné qu'il reprenne si vite son poste, on l'avait jugé.

Peut-être devrait-il aider Naomi à trouver un nouveau logement pour mettre fin à cette attraction.

Pendant sa pause du matin, Naomi prenait un café dans la salle de repos avec sa nouvelle amie, Jackie, une aide-soignante qu'elle avait aussitôt appréciée pour sa rigueur dans le travail et sa joie de vivre. Il y avait dans la salle quelques autres personnes, dont Stefan qui bavardait avec des collègues.

Cela faisait maintenant deux semaines qu'elle vivait chez Tom. Ils avaient connu un moment un peu pénible quand Stefan leur avait fait comprendre qu'on parlait dans leur dos, mais ça s'était arrangé. En tant que collègues, ils étaient toujours sur la même longueur d'onde. Et, pour ce qui était de leur cohabitation, elle se sentait la plupart du temps la bienvenue chez Tom, même s'il semblait parfois mal à l'aise.

Jackie était en train de lui parler du bal de printemps.

— Tu comptes y aller ? demanda-t-elle.

— Non.

— Tu devrais ! C'est encore mieux que la réception de Noël. Tu peux t'habiller comme une princesse et danser avec un bel homme. Le Dr Williams pourrait t'accompagner.

— Je ne vois pas pourquoi.

— Eh bien, tu couches avec lui, non ?

Naomi se sentit devenir écarlate.

— Quoi ? Mais non, voyons ! C'est ce que tout le monde dit ?

Jackie se pencha vers elle et baissa la voix.

— Vous partez ensemble, vous arrivez ensemble, alors…

— Mais c'est faux ! s'écria Naomi en se levant d'un bond. J'ai été cambriolée, mon appartement était saccagé. Le Dr Williams m'a proposé de m'héberger jusqu'à ce que je trouve un logement, voilà tout !

Jackie leva les mains en signe de paix.

— D'accord, je te crois, calme-toi ! Je te rapporte seulement ce qu'on dit. Allez… Il est canon, ce mec !

— C'est un ami, un collègue de travail et mon patron, rien de plus, affirma Naomi avec force.

A ce moment, Tom entra, un mug à la main. Il s'immobilisa pour la fixer, le visage impassible, puis il balaya du regard tous ceux qui se trouvaient là et attendaient visiblement sa réaction. Il se contenta d'approcher de la cafetière pour se servir.

Naomi ne s'était pas aperçue qu'elle retenait son souffle. Elle laissa échapper un soupir, se demandant comment elle pourrait jamais s'excuser auprès de lui pour l'avoir ainsi exposé aux ragots.

Se laissant retomber sur la chaise près de Jackie, elle reprit sa tasse.

— Tu ne connaîtrais pas un appartement à louer ?

Tom se tenait devant l'entrée de l'hôpital, les doigts crispés sur sa chope, brûlant d'envie de retourner dans la salle de repos.

Ce serait une mauvaise idée. Il n'était pas du genre violent et il n'aimait pas particulièrement les affrontements, mais il aurait voulu dire à tous ces gens sa façon de penser.

Naomi Bloom était une collègue. Elle occupait sa chambre d'amis, rien de plus. Mais tout allait de travers dans sa vie depuis qu'elle était tombée de cette échelle pour atterrir dans ses bras.

Il s'assit sur un banc et sirota son café.

C'était l'une de ces rares journées de février où le soleil

brille et où il n'y a pas de vent. On se serait presque cru au printemps. Les jonquilles montraient le bout de leur nez, et malgré la circulation il entendait le chant des oiseaux.

C'était un jour comme celui-ci que Meredith avait été renversée par une voiture. Le conducteur avait bu, il roulait trop vite, mais il avait aussi prétendu avoir été aveuglé par le soleil. Parce qu'il n'avait pas vu l'autre véhicule, il avait fait une embardée, était monté sur le trottoir et avait heurté Meredith. Celle-ci faisait son jogging le long de la rue, ses écouteurs aux oreilles, elle n'avait pas entendu le moteur…

Tom poussa un gros soupir.

Il devait faire attention, pas question d'avoir une liaison avec Naomi. Mais, depuis son irruption dans sa vie, il était indéniablement troublé. Parfois, il avait du mal à se concentrer. La nuit, il trouvait difficilement le sommeil, la sachant dans la pièce voisine. Et maintenant, les ragots allaient bon train !

Ce n'était pas le genre de réputation qu'il revendiquait. Il voulait qu'on voie en lui un excellent médecin, et rien d'autre !

Dans la soirée, Naomi commençait à préparer le repas. Elle avait mis des pâtes dans l'eau en train de bouillir, ouvert une boîte de sauce tomate au basilic et elle lavait une salade. C'était dans la limite de ses talents culinaires et une bonne façon de se faire pardonner.

La radio était branchée, et elle se mit à chanter faux, sans se soucier du fait qu'elle ne connaissait pas la moitié des paroles de la chanson.

Elle tendait la main vers un flacon rempli d'herbes aromatiques, lorsqu'elle s'aperçut que Tom était sorti de sa chambre et qu'il la regardait se trémousser en rythme.

— Salut ! dit-elle en rougissant.

— Vous cuisinez de nouveau ? demanda-t-il, un sourire amusé aux lèvres.

Elle se tapota machinalement les cheveux pour s'assurer qu'ils étaient bien en place.

— Euh… Oui. Mais cette fois, je suis certaine de ne provoquer aucun dégât.

— Pas de camion de pompiers ?

— Non, répliqua-t-elle en riant. Enfin… J'espère que non. Ecoutez, Tom, je suis vraiment désolée pour ce qui s'est passé aujourd'hui.

— Ne le soyez pas ! De mon côté, j'ai mal réagi. Je vous ai ignorée au lieu de faire front commun avec vous et je m'en excuse.

L'espace d'un instant, elle éprouva l'envie de le serrer dans ses bras comme elle le faisait avec Vincent après une dispute.

Elle réprima très vite cette pensée absurde.

— Depuis que je vous connais, dit-elle, vous n'avez cessé de me rendre service. Tout ce que vous obtenez en retour, c'est que je traîne votre nom dans la boue.

— N'exagérons rien ! Ce n'est rien, en comparaison de ce que supportent certaines personnes.

Faisait-il allusion à son expérience avec Vincent ? Oui, il était difficile de regarder quelqu'un mourir sans rien pouvoir faire. Elle éprouvait la même impuissance avec les patients atteints de la maladie d'Alzheimer.

— Je suis d'accord avec vous.

— Vous n'avez pas eu l'impression que je souhaitais vous voir quitter mon appartement, j'espère ?

— Un petit peu.

— Je suis navré mais, quand Jackie a laissé entendre que nous étions… Que nous couchions ensemble, j'ai eu le sentiment que, tous autant qu'ils étaient, ils ne tenaient aucun compte de l'amour que j'avais pour ma femme. Ces rumeurs n'ont pas lieu d'être parce que je ne fréquenterai jamais une autre femme.

— Jamais ?

— J'ai connu le véritable amour, et cela n'arrive qu'une seule fois dans une vie.

— Vous croyez vraiment que, sur les milliards d'individus qui peuplent la planète, il n'y a qu'une seule personne qui puisse être notre âme sœur ?

Tom réfléchit un instant avant de répondre.

— Ce serait un miracle s'il y en avait une autre.

— En disant cela, vous vous condamnez à rester seul. J'ai aimé Vincent, mais je ne pense pas qu'il soit mon seul et unique amour.

— Nous avons peut-être tous les deux raison, mais dorénavant je ne veux plus de ragots à notre propos. Nous allons devoir mettre tous ces gens au pas.

— D'accord.

— Et je voudrais vous aider à trouver un appartement qui vous convienne. Je peux utiliser mon réseau.

Il voulait clairement qu'elle débarrasse le plancher.

— Merci beaucoup, Tom, dit-elle, amèrement déçue.

Il la regarda comme s'il allait dire autre chose, mais il se ravisa et lui sourit avant d'aller s'asseoir sur le canapé.

Zut, l'eau des pâtes allait déborder !

Elle baissa le feu juste à temps.

Au moins, la catastrophe avait été évitée.

5.

Les portes s'ouvrirent devant des ambulanciers qui amenaient un nouveau patient. Quelques minutes plus tard, l'équipe effectuait le transfert vers un lit.

Tom et Naomi avaient passé une semaine à rechercher un appartement, sans succès. Soit le logement était trop petit, soit il était situé trop loin de l'hôpital. Ils s'étaient donc installés dans une sorte de routine. Tom faisait en sorte d'éviter les sujets de conversation trop dangereux. Comme il ne voulait pas se dévoiler, il avait l'impression qu'il devait constamment empêcher Naomi de lui poser des questions indiscrètes.

L'ambulancier lui tendit son rapport.

— Derek, quarante-deux ans. Accident de voiture il y a une demi-heure. Il roulait à soixante à l'heure, quand il a fait une embardée et a heurté un réverbère. L'airbag s'est déployé. Il présente une entaille au-dessus du sourcil gauche, des contusions au niveau de l'épaule droite, et son poignet gauche est peut-être brisé. Le patient a admis qu'il avait bu une grande quantité d'alcool, ce qui a été confirmé par l'alcootest.

Tom parcourut le rapport, le visage impassible.

Encore un imbécile qui se croyait au-dessus des lois ! Quand ces gens comprendraient-ils qu'ils mettaient en danger la vie d'autres personnes ?

— Personne d'autre n'a été blessé ? demanda-t-il.

— Non, mais il s'en est fallu de peu, répondit l'ambulancier. Il y avait des enfants. Ils ont eu de la chance que leur mère le voie arriver et ait eu le temps de les écarter de son passage.

Des enfants ?

En Tom, la colère commençait à bouillonner.

Il remercia l'équipe de l'ambulance, qui récupérait son matériel, et il rejoignit ses collègues.

Naomi posait une perfusion tandis qu'un médecin palpait l'abdomen du patient et qu'un autre prenait sa tension.

Les techniciens de radiologie arrivèrent et prirent plusieurs clichés du thorax, ainsi que du bassin. Tom administra ensuite à Derek quelques antalgiques et attendit les résultats.

L'homme avait de la chance, il n'avait rien de cassé. Son poignet n'était que foulé. Le principal problème à présent, c'était sa blessure en haut du front, qui nécessitait des points de suture.

Naomi disposa un kit de suture et des gants stériles sur un chariot, puis elle nettoya la plaie et l'irrigua.

— Tout va bien ? demanda-t-elle à Derek, qui faisait la grimace.

— Ça fait mal ! Vous ne m'anesthésiez pas ?

— Le Dr Williams va s'en charger.

— Ce sera long ?

— Vous êtes pressé ?

— Mon frère se marie à 15 heures.

— Vous avez tout le temps devant vous.

Tom se lava les mains.

C'était son métier, mais les gens comme Derek le mettaient en colère. Il ne pouvait pas s'empêcher de penser qu'un individu du même genre avait tué l'amour de sa vie. Derek avait eu de la chance. Il s'en tirait plutôt bien et n'avait blessé personne, mais c'était tout juste ! Les enfants n'avaient pas été renversés grâce à la promptitude d'esprit de leur mère.

Tom se sécha les mains avec une serviette de papier avant d'enfiler les gants.

— Eh, doc, donnez-moi de la bonne came, hein ? Je ne supporte pas bien la douleur.

Tom remplit sa seringue sans répondre.

Il avait conscience que Naomi l'observait, les sourcils froncés, mais ce n'était pas le moment de lui fournir une explication. Surtout pas en présence de cet abruti !

Il se pencha sur le patient pour examiner la plaie et trouver le meilleur endroit pour enfoncer son aiguille.

— Vous allez sentir une piqûre, dit-il.

Il éprouva une petite satisfaction quand Derek fit la grimace.

— Ouille, doc !

Il fit plusieurs injections avant de retirer ses gants et de retourner à l'évier pour se laver les mains.

— On va attendre un instant, annonça-t-il. Mademoiselle Bloom, inscrivez la posologie dans le dossier.

Elle le suivit jusqu'à la station centrale.

— Tout va bien ? Vous aviez l'air… distrait, comme si vous étiez mécontent.

— Pourquoi le serais-je ?

Revenant sur ses pas, il se lava une nouvelle fois les mains et enfila une autre paire de gants, conscient que Noami le regardait bizarrement avant de s'éloigner.

Naomi trouva Jackie en train de vider un bassin dans le local destiné à cet effet.

— Salut, Naomi. Quoi de neuf ? lui demanda Jackie avec son habituelle bonne humeur.

— Rien.

Jackie referma le couvercle du lave-bassin et appuya sur le bouton qui activait la désinfection thermique.

— Allons ! Raconte ce qui te tourmente à tatie Jackie.

— Le Dr Williams se comporte bizarrement.

— Une querelle d'amoureux ?

Devant son air outragé, son amie secoua la tête.

— Je plaisante ! C'est peut-être à cause de ce chauffard ivre.

— On en voit tout le temps, aux urgences.

— Exact… Mais tu devrais peut-être le lui demander.

— J'imagine que tout le monde est au courant ?

— Presque. Je pensais que, toi aussi, tu étais au courant, puisque tu vis chez lui depuis un mois. Questionne-le… Enfin, si tu es assez gonflée pour ça. Ces temps-ci, il est plutôt irritable, et je ne me hasarderais pas à le provoquer !

— Raconte-moi, alors.

— Je crois que tu peux te permettre de lui en parler.

— Pourquoi ?

— J'ai vu la façon dont il te regarde.

Ce soir-là, Tom raccompagna Naomi en voiture. A son silence, elle devina qu'il réfléchissait ou qu'il était contrarié.

Regrettait-il une fois de plus de devoir l'héberger ?

Mais, une fois qu'ils furent rentrés, Tom s'approcha du piano, l'air songeur. Du bout des doigts, il caressa la surface lisse et noire.

Pensait-il à sa femme ? se demanda-t-elle.

Il lui avait dit qu'il n'avait jamais joué que pour elle. Cela avait-il un rapport avec le conducteur ivre qu'ils avaient soigné ? Et, si oui, de quelle nature ?

Elle ouvrit le réfrigérateur en quête d'inspiration pour le repas du soir, mais il était presque vide.

— Je crois que nous allons devoir faire des courses, dit-elle à Tom, qui venait la rejoindre dans la cuisine.

— Ça ne me dit rien, ce soir.

— Moi non plus. Dites-moi ce que vous aimeriez manger, je le commanderai pour vous.

Fourrant les mains dans ses poches, il s'appuya au comptoir.

— Vous aimez les fruits de mer ?

— J'adore. Pourquoi ?

— En ce cas, je connais l'endroit parfait pour en manger.

*
* *

Naomi n'avait aucune idée de la façon dont elle devait s'habiller. Pour finir, elle choisit une robe de lainage blanc et un châle parsemé de petites roses, qu'elle drapa autour de ses épaules.

Lorsqu'elle sortit de sa chambre, Tom hocha la tête avec approbation.

De son côté, il était vêtu d'un costume noir et d'une chemise blanche ajustée. Il était tellement beau qu'elle sentit son cœur se mettre à battre plus vite.

Pourvu que de vilaines rougeurs n'apparaissent pas sur sa nuque et sa poitrine, comme cela lui arrivait quand elle était nerveuse !

Tom avait commandé un taxi, qui les emmena à destination. A peine arrivée, elle laissa échapper une exclamation émerveillée.

Le Phénix était un bateau-restaurant sur la Tamise. C'était un yacht magnifique sur la coque blanche duquel on avait peint un phénix renaissant de ses cendres, avec des lampions féeriques qui éclairaient la passerelle.

Elle s'était attendue à ce que Tom la conduise dans un établissement classique. Elle ne s'était jamais trouvée dans un endroit comme celui-ci. Ayant rencontré Vincent à l'hôpital, elle avait su dès le début dans quoi elle s'engageait. Leurs rendez-vous avaient eu lieu à l'hôpital ou dans des pubs équipés d'un accès pour les handicapés. Elle ignorait même que ce genre d'endroits existait !

Tom posa la paume sur son dos pour la guider à bord.

— J'ai retenu une table pour deux, dit-il au maître d'hôtel après s'être nommé.

L'homme vérifia son registre avant de les escorter jusqu'au pont supérieur, sous un auvent.

De l'autre côté de la rive, ils pouvaient voir les Chambres du Parlement tout illuminées, ainsi que la grande roue surnommée « L'œil de Londres » ou « Roue du millénaire ». Malgré la fraîcheur de l'air, elle n'avait pas froid.

On leur apporta la carte, qui comportait une grande variété de fruits de mer et de poissons : du bar aux câpres et au citron, du saumon à l'indienne, des crevettes sauce chili ou, plus simplement, du poisson cuit à la vapeur avec des légumes. Elle décida de prendre les crevettes en entrée, puis un kebab aux fruits de mer en plat principal, et de terminer avec un cheese-cake aux fraises.

— Très bon choix, acquiesça Tom. Je prendrai la même chose, ajouta-t-il à l'intention du serveur, qui s'inclina avant de s'éloigner.

— Mille mercis pour m'avoir amenée ici, dit-elle avec un sourire.

— C'est bien normal, puisque vous avez fait la cuisine toute la semaine. Il était temps de vous accorder une soirée de congé.

— D'accorder un congé à l'alarme incendie, vous voulez dire ?

Le vin que Tom avait commandé, un sauvignon blanc, fut servi. Après l'avoir goûté, il fit savoir au sommelier qu'il était satisfait, et leurs deux verres furent remplis.

— Vous êtes déjà venu ici ? demanda-t-elle.

— Jamais. C'est un collègue qui m'a recommandé ce restaurant.

— La journée n'a pas été facile, n'est-ce pas ?

Leurs regards se croisèrent.

— Que voulez-vous dire ?

Elle hésita, craignant de gâcher la soirée dès le début. Mais elle était aussi curieuse de savoir ce qui lui était arrivé autrefois.

— Je fais allusion à ce chauffard ivre… J'ai bien vu que vous étiez affecté personnellement.

Tom but une gorgée de vin et fixa un instant le fleuve, comme s'il y cherchait une réponse.

— J'imagine qu'on vous a dit ce qui est arrivé à Meredith ?

— Non.

Il parut surpris mais, avant qu'il ait eu le temps de

dire quoi que ce soit, on leur servit les crevettes. Tom remercia le serveur et, quand ce dernier se fut éloigné, il la fixa dans les yeux.

— Meredith a été tuée par un chauffard ivre.

— Oh non ! Je suis vraiment désolée, Tom.

Elle tendit la main pour couvrir la sienne et lui pressa légèrement les doigts.

C'était sa façon d'être avec les gens. Elle les touchait pour leur exprimer sa compréhension.

Sous sa paume, les doigts de Tom étaient tièdes.

— Si vous préférez changer de sujet…

Il baissa les yeux sur leurs deux mains unies mais ne fit aucune tentative pour retirer la sienne.

— Non, il n'y a pas de problème.

— Parlez-moi d'elle. J'aimerais savoir qui elle était.

Il fronça légèrement les sourcils.

— Nous nous sommes rencontrés à l'hôpital, commença-t-il, et j'ai tout de suite eu le coup de foudre. C'était une infirmière fantastique, pleine de vie. Je me moquais d'elle parce qu'elle mangeait de la malbouffe au déjeuner, et elle me traitait de fanatique de la diététique sous prétexte que je n'avais mangé qu'une banane.

Naomi sourit.

— Elle disait que j'étais un obsédé de la santé, continua Tom, mais c'était elle qui faisait son jogging tous les matins, quel que soit le temps.

— Elle avait du caractère, apparemment !

— Exact. Le jour de son accident, elle courait. Elle avait l'habitude d'utiliser un casque pour écouter de la musique. Le conducteur est monté sur le trottoir et l'a renversée. D'après l'ambulancier, elle n'a rien entendu… Et rien senti.

— Je suis vraiment désolée ! répéta Naomi.

Après un bref silence, Tom lui sourit.

— Vous feriez bien de manger votre entrée avant qu'elle refroidisse.

Cuisinées avec des légumes croquants sautés et épicées,

les crevettes étaient succulentes, le pain croustillant et cuit à point et, lorsqu'ils eurent terminé, le serveur leur apporta des rince-doigts.

— C'était vraiment délicieux ! s'exclama-t-elle.

Un sourire aux lèvres, le serveur enleva leurs assiettes.

La ville était belle, la nuit. A son arrivée, elle avait joué quelque temps les touristes, mais c'était pendant la journée. Elle s'était offert un tour sur la grande roue, ce qui lui avait permis d'avoir une vision panoramique de Londres. Mais ce soir, elle la voyait sous un autre aspect — et avec un ami.

Car Tom Williams était son ami, elle en était sûre, désormais. Il était aussi son patron et le propriétaire de son logement actuel, mais ils étaient devenus très proches. Ils avaient travaillé ensemble, vécu ensemble, mangé ensemble et partagé une salle de bains. Mais, depuis cette conversation, elle avait l'impression de le comprendre encore mieux.

Lors de leur première rencontre, elle avait trouvé Tom un peu condescendant et froid. Mais ensuite, il s'était montré très généreux. Plus tard, elle avait constaté qu'il travaillait dur et qu'il était très dévoué envers ses patients. Chez lui, il était devenu son ami et son mentor en matière de cuisine. En peu de temps, elle avait appris énormément de choses grâce à lui. Et maintenant, ils étaient ensemble sur ce merveilleux bateau.

Cette sortie n'était-elle pas représentative du changement de leur relation ?

— A Meredith, dit-elle en levant son verre.

Tom parut d'abord surpris, puis content.

— Et aux nouveaux amis, enchaîna-t-il en levant son verre à son tour.

Ils trinquèrent, et elle but une gorgée de vin dont la saveur fruitée chassa le goût épicé des crevettes.

Elle se sentait si bien avec Tom !

Le serveur leur apporta le plat principal, composé de brochettes de lotte, de coquilles Saint-Jacques et de saumon assaisonnées avec une sauce aux câpres et accompagnées de riz sauvage.

Ils se régalèrent tant et si bien que leurs assiettes furent rapidement vides.

— N'est-ce pas le signe que ma cuisine n'était pas aussi bonne que je le pensais ? s'écria Naomi en riant. J'ai l'impression que vous étiez secrètement affamé, Tom.

— Vos plats sont délicieux, affirma-t-il avec un sourire.

— Même calcinés ?

— Même ceux-là ! Je crois que les chefs manquent quelque chose. La carbonisation de la nourriture ajoute un certain je-ne-sais-quoi.

— Maintenant, je sais que vous mentez.

— Vivre avec vous m'a ouvert les yeux, répliqua-t-il.

— Merci ! Je vous retourne le compliment.

— Vraiment ? Pourquoi ça ?

— Vous semblez… le genre de type qui mange dehors tous les soirs. J'aurais cru que vous passiez votre temps au restaurant ou de réception en réception. Alors que, moi, je fais plutôt réchauffer des plats tout préparés au micro-ondes.

Tom remplit leurs deux verres de vin.

— Vous voulez dire que vous êtes casanière ?

— Tout à fait ! Et ça me plaît comme ça. On ne répétera jamais assez combien il est agréable de regarder la télévision en pyjama avec un bol de pop-corn.

— Vous avez raison ! On sous-estime le charme du *Home, Sweet Home*.

Elle le regarda plus attentivement.

— Et le vôtre ? Vous vous y plaisez ?

Tom réfléchit un instant, les lèvres pincées.

Il avait une belle bouche, un beau sourire et des dents magnifiques. Evidemment, il ne souriait pas assez souvent. Mais, quand ça lui arrivait, on ne pouvait pas s'empêcher de l'imiter.

— Maintenant, oui, dit-il enfin.

Cela signifiait-il qu'il se sentait mieux chez lui depuis qu'elle s'y trouvait aussi ?

— Vraiment ?

— Vraiment. Je crois que vous me manquerez, quand vous serez partie.

— Vous voulez dire que l'appartement sera plus calme ?

— Et plus vide.

On leur servit le cheese-cake aux fraises, qui s'avéra aussi délicieux qu'elle s'y attendait.

Après le café, Tom suggéra une promenade le long de la Tamise.

Elle drapa son châle autour de ses épaules.

Elle avait eu raison de le prendre. La soirée était agréable, mais l'atmosphère se rafraîchissait rapidement et elle frissonna.

Otant sa veste, Tom la lui posa sur les épaules.

Levant les yeux vers lui, elle lui sourit.

— Merci.

— Il n'y a pas de quoi.

Soudain, il lui sembla très seul, comme un homme qui n'a que la douleur pour compagne depuis longtemps.

Comment pourrait-elle le soulager ?

— Vous savez, Tom… Quand j'ai perdu Vincent, nous savions depuis des mois que la fin ne tarderait pas. Nous avons eu le temps de nous dire au revoir mutuellement. Est-ce que la perte de votre épouse n'est pas encore plus difficile parce qu'elle a été inattendue ?

— Peut-être, répliqua-t-il avec un haussement d'épaules. Ça fait d'autant plus mal que nous avions tous ces rêves. Des voyages, des enfants… Il m'a fallu y renoncer.

— Peut-être avons-nous tous les deux un avenir différent devant nous.

Tom émit un rire amer.

— Parlez pour vous ! Je vous rappelle que je n'ai nullement l'intention de m'engager sérieusement avec une autre femme. Vous croyez encore qu'une autre âme sœur vous attend quelque part, c'est pourquoi le futur vous apparaît sous un jour prometteur.

Un couple venait à leur rencontre. La femme avait posé la tête sur l'épaule de son compagnon, qui lui déposa un baiser sur les cheveux. Ils étaient visiblement très amoureux.

Naomi leur sourit au passage.

— Je pense qu'il y a quelqu'un pour vous, Tom.

Sentant son regard sur elle, elle s'arrêta de marcher un instant pour le regarder.

— Promettez-moi que vous chercherez cette personne, le supplia-t-elle en lui prenant la main.

— Je…

— Vous ne devriez pas rester seul. Pas pour le restant de votre vie.

— Vous êtes très gentille, Naomi.

D'un doigt, il repoussa une mèche rebelle derrière son oreille. Ses yeux étincelaient à la lueur de la lune. Ils étaient maintenant face à face, et si proches qu'on aurait dit que le mince espace qui les séparait grésillait sous l'effet d'un courant électrique. Les yeux de Tom plongeaient dans les siens, comme s'il y cherchait quelque chose qu'il était le seul à pouvoir discerner.

Elle retint son souffle.

Est-ce qu'elle souhaitait que Tom l'embrasse ?

Oh oui ! Absolument !

Cette révélation explosa en elle, et ce baiser lui apparut comme une évidence. Elle l'avait toujours voulu, mais elle ne s'était jamais permis de le reconnaître. L'instant était venu, et…

Il lui sembla que la scène se déroulait au ralenti : Tom s'approcha encore, pencha la tête, et elle ferma les yeux quand leurs deux bouches se frôlèrent.

Le cœur battant, elle respira plus vite.

Tom savait-il à quel point elle souhaitait ce baiser ?

Mais il ne venait pas.

Ouvrant les yeux, elle vit que Tom se redressait, le visage crispé par le chagrin et le regret.

— Désolé, je ne peux pas…

C’était affreux ! Elle aurait tellement voulu soulager sa peine ! Lui faire comprendre qu’il existait encore une chance de bonheur pour lui !

Il se remit à marcher et se retourna pour voir si elle le suivait.

— Pardonnez-moi, Naomi.

— Ce n’est pas grave, dit-elle pour le réconforter.

Mais elle était cruellement déçue.

Pourtant, si elle y réfléchissait bien, mieux valait peut-être qu’il ne l’ait pas embrassée. Il était son patron, son ami, et elle vivait sous son toit. Ce baiser aurait peut-être engendré tout un enchaînement de complications dont elle n’avait vraiment pas besoin. Maintenant que la raison lui revenait, elle se rendait compte que c’était certainement une mauvaise idée — d’autant que Tom n’avait à l’évidence pas fait le deuil de sa femme.

Il n’y avait rien de superficiel, chez lui. Elle en avait la preuve chaque jour. Elle ne doutait pas que, s’il l’embrassait un jour, elle connaîtrait des sensations jamais éprouvées auparavant. Vincent était un homme doux et vulnérable, mais il n’avait jamais été passionné. Ils avaient toujours échangé des baisers amicaux pour se dire bonjour ou bonsoir. Leur relation lui avait donné un sentiment de sécurité, et c’était la raison pour laquelle elle avait trouvé en lui un très bon mari.

Mais avait-elle jamais brûlé de désir pour lui ? Avait-elle désespérément souhaité ses caresses ?

Non, bien sûr. Leur union n’était pas fondée sur l’attirance sexuelle.

Elle fut soudain terrifiée à l’idée qu’elle mourait d’envie de savoir ce qu’elle ressentirait si Tom l’embrassait.

C’était très excitant, et aussi dangereux. L’adrénaline se déchargeait dans son organisme, créant de petits chocs électriques. Il lui semblait qu’elle aurait été capable de piquer un cent mètres ou d’accomplir n’importe quoi !

Sauf se jeter dans les bras de Tom.

Ce n'était pas parce qu'elle en avait envie que c'était bien. Sa mère avait passé sa vie à faire le siège d'hommes séduisants qui l'avaient utilisée avant de l'abandonner. N'était-ce pas ce qu'ils faisaient tous ? N'avait-elle rien compris, rien appris ?

Dès son plus jeune âge, elle avait décidé de ne jamais aimer d'hommes aussi dangereux.

Or, le Dr Tom Williams appartenait à cette catégorie.

6.

Naomi avait passé la moitié de la nuit à penser à ce baiser qui n'avait pas eu lieu. Quand Tom la conduisit en voiture à l'hôpital, le lendemain, elle décida de ne pas y faire allusion.

Il était clair qu'il regrettait ce moment de faiblesse, et elle ne voulait pas qu'il se sente gêné en sa présence… Ou être elle-même gênée. Elle souhaitait que tout redevienne comme avant, qu'ils soient amis. Pas question d'être désagréable ou collante !

Si elle le croisait aux urgences dans la matinée, elle lui souhaiterait une bonne journée, lui sourirait et poursuivrait son chemin. S'il abordait la question avec elle, elle lui dirait qu'il n'y avait pas de problème.

Après avoir suspendu son manteau dans son casier et remonté ses cheveux au moyen d'une barrette, elle gagna la salle de repos pour se faire un café. Elle prépara aussi des boissons pour Jackie, Stefan et Bobby avant de s'asseoir.

Le Dr Thomas entra dans la pièce, suivi de deux aides-soignantes, puis d'un autre médecin.

Elle se demanda où était Tom, mais c'était sans importance. Il suffisait de rester souriante et joviale.

Et… il arriva à son tour, grand et beau, comme toujours. Leurs regards se croisèrent brièvement, puis il se détourna.

Elle sentit son sourire mourir sur ses lèvres. Son sang se précipita dans ses veines, et elle eut soudain très chaud.

C'était facile de se répéter que ce n'était pas grave.

Facile aussi de prétendre ne pas réagir. Mais la réalité était juste un tout petit peu plus pénible.

Il suffisait qu'il soit proche d'elle pour que son corps tout entier se mette à vibrer.

Le matin, quand il l'avait conduite à l'hôpital, elle avait éprouvé à peu près la même chose. Il avait à peine prononcé un mot, mais sa proximité la troublait au plus haut point, et chaque fois qu'il tendait le bras pour passer une vitesse elle retenait son souffle.

Elle ignorait ce qui lui arrivait, mais ce dont elle était certaine, c'était que, avant ce presque baiser, elle n'avait jamais rien ressenti de tel.

Baissant la tête, elle sirota son café, consciente du moindre des gestes de Tom, du moindre de ses pas. Il se servit à boire, et, bien qu'elle ait envie de l'observer pendant qu'il lui tournait le dos, elle se força à regarder droit devant elle.

Jackie lui dit quelque chose qu'elle ne comprit pas.

Tom avait tenté de l'embrasser. Cela voulait forcément dire quelque chose, il fallait bien qu'elle l'attire un peu !

Elle devina qu'il allait s'asseoir près du Dr Thomas, hors de son champ de vision.

Tant mieux. Au moins, elle parviendrait à se concentrer sur autre chose.

Ce jour-là, elle était affectée aux soins de moindre gravité, tout comme Tom. Mais le service était suffisamment grand pour qu'elle puisse l'éviter, puisqu'il comportait seize box. Tant qu'elle serait occupée, tout irait bien. Et aux urgences, on était *toujours* occupé.

Après avoir quitté la salle de repos, elle alla chercher un premier dossier.

Il s'agissait de Logan Reed, vingt ans, qui s'était blessé à la jambe. Elle alla le chercher dans la salle d'attente.

C'était un grand jeune homme efflanqué, un peu pâle, qui ne semblait pas dans son assiette.

Elle le conduisit dans un box et l'invita à s'asseoir sur le lit.

— Alors, Logan, qu'est-ce qui vous amène aux urgences ?

— Je me suis coupé la jambe, dit-il d'une voix monocorde.

— Comment est-ce arrivé ?

Il haussa les épaules sans répondre, et elle devina qu'il n'osait pas tout dire.

— Je peux voir ?

Il se leva et fit glisser le zip de la fermeture Eclair de son pantalon avant de le baisser jusqu'aux genoux. Il resta debout pendant qu'elle parcourait du regard la multitude de cicatrices qui zébraient le haut de ses cuisses. Sur l'une d'entre elles, il y avait une compresse.

Comprenant que Logan s'infligeait lui-même ces lésions, elle éprouva une vive compassion à son égard. Qu'est-ce qui le faisait souffrir au point qu'il se fasse du mal ?

— Très bien. Allongez-vous, s'il vous plaît.

Le garçon obéit et attendit en silence pendant qu'elle enfilait des gants avant d'enlever la compresse. La plaie était visiblement plus profonde que les autres et saignait encore un peu.

— Avec quoi vous êtes-vous fait ça ? demanda-t-elle calmement.

— Avec un cutter.

— Il était propre ?

Il hocha affirmativement la tête.

Remettant la compresse à sa place, Naomi ôta ses gants.

— Pourquoi avoir fait ça ? Je veux dire, aujourd'hui. Pourquoi vous êtes-vous blessé plus gravement que les autres fois ?

— A cause d'une fille. Vous devez trouver ça idiot.

— Bien sûr que non ! Vous sortiez ensemble ?

— Je le croyais, en tout cas. Je pensais que c'était sérieux. Mais elle voulait juste s'amuser, dit-il avec amertume.

— Il va falloir vous recoudre, Logan, et c'est un médecin qui va s'en occuper.

— Il va m'anesthésier ?

— Quelle drôle de question ! Bien sûr que oui !

— La dernière fois que j'ai eu besoin de points de

suture, je suis allé dans un autre hôpital, et ils ont dit que, si j'étais capable de me couper sans anesthésie, je n'en avais pas besoin non plus quand on me recoudrait.

— Mais c'est affreux ! s'écria-t-elle, horrifiée.

— Dans certains endroits, quand vous vous automutilez, on vous traite comme si vous le méritiez.

— On ne fait pas cela, ici.

— Je suis content de l'apprendre.

— Vous êtes suivi sur le plan psychologique, Logan ?

— Je l'ai été, mais plus maintenant.

— En ce cas, je vais vous adresser au service compétent pour un bilan. Vous êtes d'accord ?

— Oui.

Elle le quitta pour trouver un médecin disponible, espérant que ce serait le Dr Thomas ou un autre.

Mais ils étaient tous pris. Le seul qui venait de terminer avec un patient était Tom.

Le tout était de conserver une attitude purement professionnelle.

Elle inspira profondément et s'approcha de lui.

— Tom, est-ce que je peux vous demander d'examiner mon patient ?

— Bien sûr. De quoi souffre-t-il ?

— Il s'appelle Logan Reed. Il s'inflige lui-même des lésions et il présente une coupure assez profonde à la jambe. Je pense qu'il a besoin de points de suture.

— Il est suivi par un psychologue ?

— Non, mais il l'a été. Je pense qu'il a arrêté la thérapie pour une raison ou une autre. Je vais l'envoyer à un spécialiste.

— Très bien. Allons-y.

Un instant plus tard, elle tirait le rideau du box et présentait Logan à Tom, qui enfila des gants et examina la plaie.

— Vous sentez quelque chose quand je vous touche ici ? Et ici ?

— Oui, répliqua le jeune homme.

— Vous pouvez agiter les orteils et bouger votre jambe sans problème ?

— Oui.

— Parfait. Je vais nettoyer votre blessure et la recoudre. Les fils sont résorbables, vous n'aurez donc pas à les faire retirer par un autre médecin.

Logan hocha la tête.

— Pourquoi avez-vous fait cela ? demanda doucement Tom.

Le patient laissa échapper un long soupir.

— A cause de ma copine. Elle était belle, populaire. Tous les garçons voulaient sortir avec elle, mais c'est moi qu'elle avait choisi. Je croyais qu'il y avait un truc spécial entre nous, mais finalement j'étais le seul à le penser.

Qu'est-ce qui avait pu amener ce malheureux garçon à s'infliger une telle souffrance physique pour surmonter une douleur affective ?

Chacun traitait sa peine à sa façon.

Du coup, elle se mit à penser à son propre chagrin, quand elle avait perdu Vincent.

Elle rêvait de se marier depuis qu'elle était toute petite, parce que sa mère l'avait élevée dans l'idée qu'une femme ne peut trouver la plénitude que dans le mariage. Elle avait dessiné des robes de princesse, imaginé une cérémonie et une réception parfaites…

Mais elle n'avait rien eu de tout cela. Avec Vincent, elle avait juste trouvé le moyen de se marier sans courir le risque d'être quittée ou trompée. Vincent et elle n'avaient pas pu avoir de relation physique, mais elle s'était dit que ce n'était pas important, tant qu'elle était en sécurité, que son cœur ne risquait rien.

Elle savait qu'elle le perdrait un jour, mais au moins elle aurait été mariée, elle aurait été amoureuse, et son union aurait été réussie. Rien à voir avec le destin de sa mère, qui lui semblait la femme la plus seule de toute la planète.

Elle avait passé huit ans avec Vincent, son meilleur ami et son époux. Ils avaient le même humour et passaient de bons moments ensemble à lire, à faire des pique-niques ou à se détendre sur la plage. Huit ans à faire ce que les couples font d'ordinaire. Elle s'était occupée de lui, elle l'avait aimé et elle avait souffert intensément de le perdre. Mais elle était sortie de l'épreuve plus forte et déterminée, libre de vivre sa vie comme elle l'entendait.

Et Tom ?

Le chagrin aurait pu le rendre amer, en colère contre le monde entier. Au lieu de cela, il était compatissant et amical. En revanche, il n'avait pas surmonté la perte de sa femme. L'aimait-il encore ? S'en était-il aperçu au moment où il avait failli embrasser Naomi ?

Bien sûr que oui ! Il aimait toujours son épouse défunte et avait eu l'impression de la trahir.

En ce cas, il avait eu raison de résister à la tentation, car elle n'avait pas la moindre envie de s'engager avec un homme qui n'était pas libre.

Tout en nettoyant la blessure de Logan, elle se promit de chercher plus sérieusement un appartement. Tom avait clairement besoin de récupérer son espace.

Comment faire pour que l'atmosphère s'allège entre eux ? Elle pourrait peut-être lui proposer de faire quelque chose d'amusant ? Une activité qu'ils n'avaient jamais pratiquée ni l'un ni l'autre et qui les sortirait de cet appartement où Tom conservait tous ses souvenirs… Ils pouvaient encore être amis. De bons amis, même.

Tom regarda Logan sortir du service en boitillant. Il laissa Naomi nettoyer le box pendant qu'il regagnait la station centrale pour compléter le dossier du jeune homme.

Son malaise en présence de Naomi ne l'avait pas empêché de soigner Logan du mieux qu'il l'avait pu, mais il espérait que ça ne durerait pas. Il ne voulait pour rien au monde que ce qui s'était passé entre eux trouble leur bonne entente au travail.

Il avait été très amoureux de Meredith, mais leur

relation reposait d'abord sur une amitié mutuelle. Qu'en était-il avec Naomi ?

Cette envie de l'embrasser avait surgi de nulle part. Ce n'était pas prémédité, à aucun moment il n'avait envisagé de profiter de cette promenade au clair de lune pour l'embrasser. C'était arrivé comme ça : ils étaient face à face, et il avait éprouvé soudain le besoin urgent de l'embrasser. Sur le moment, cela lui avait paru tout naturel. Ils étaient bien ensemble, et elle était absolument ravissante. Elle l'écoutait, lui accordait de l'attention. Elle était à la fois drôle, intelligente, et d'une compagnie si agréable que…

Il soupira.

Après avoir failli l'embrasser, il s'était écarté d'elle sans un mot d'explication. Elle aurait pu lui en vouloir, mais elle n'avait pas posé de questions. Et aujourd'hui, elle se conduisait tout à fait normalement, avec son professionnalisme coutumier. Entre eux, l'atmosphère n'était pas tendue ainsi qu'il l'avait craint, après le trajet en voiture durant lequel elle n'avait pas prononcé un mot.

Il s'attendait à un assaut verbal, mais elle était restée calme et sereine. Il appréciait vraiment cette attitude. Il devait s'excuser, au moins dire quelque chose.

Levant les yeux, il la vit venir vers lui.

— Est-ce qu'on pourrait parler, Tom ?

D'autres membres du personnel évoluaient autour d'eux. Stefan traçait un nom sur un échantillon sanguin, et Jackie était tout près.

— Bien sûr, dit-il, mais nous devrons attendre une pause.

— La mienne est à 10 heures et demie. Vous voulez bien qu'on se retrouve ?

Il hocha la tête et la regarda prendre un nouveau dossier avant de se diriger vers la salle d'attente.

Après la façon dont il l'avait traitée, elle se comportait avec dignité, comme si rien ne s'était passé ! Il lui en était très reconnaissant.

A 10 h 30, il renvoya son dernier patient. Naomi et lui

prirent une boisson dans la salle de repos et s'assirent en face l'un de l'autre.

Naomi lui adressa un bref sourire avant de commencer.

— Je me suis dit que nous devrions nous offrir une soirée de divertissement, tous les deux. Qu'est-ce que vous en pensez ?

Ce n'était pas du tout ce à quoi il s'attendait !

Il battit des paupières.

— Pourquoi ?

— Nous avons tous les deux subi des épreuves pénibles. Je crois que nous avons besoin de faire quelque chose de drôle pour oublier le travail, tout le stress inhérent à notre vie, et nous amuser.

Il sentit un sourire naître sur ses lèvres malgré lui.

Il aimait bien cette idée… Décidément, il commençait vraiment à apprécier cette femme !

— Je suis d'accord.

— Parfait. J'ai pensé à quelque chose que je n'ai jamais fait, et avec un peu de chance, vous non plus. Nous allons rire, nous divertir et nous lâcher. D'accord ?

— Oui. Vous n'allez pas me dire de quoi il s'agit ?

— Pas avant que nous y soyons.

— Très bien.

— A plus tard, donc, dit Naomi en se levant.

Comme elle s'éloignait, il secoua la tête, incrédule.

Qu'avait-il fait de bien, dans sa vie, pour mériter que la jolie Naomi Bloom vienne y semer une telle pagaille ?

Il se mit à rire doucement.

Jamais il n'aurait pensé cela d'elle, quand il l'avait rencontrée pour la première fois. Il l'avait prise pour une fille qui enfreint les règles de façon à attirer l'attention.

Et maintenant ?

Maintenant, elle illuminait sa vie.

***

Musique des années 1980, lumières disco, et une salle remplie d'adultes qui semblaient avoir oublié d'être prudents pour un soir.

Tom regarda Naomi comme si elle lui suggérait de faire du parachute tout nu.

— On va faire *quoi ?*

Elle le poussa du coude en riant.

— Du patin à roulettes. Ne vous inquiétez pas, on va vous donner un casque et toutes les protections nécessaires.

— Mais… Vous ? Ce n'est pas dangereux ?

— Je m'arrangerai pour tenir debout. Allez, venez ! On va s'amuser.

Lui prenant la main, elle le tira sur la piste.

— Laissez-moi au moins m'agripper à ça !

Il saisit la rampe et parvint à se redresser.

— On va essayer ensemble, dit Naomi, un large sourire aux lèvres. Un pas à la fois, d'accord ?

Il hocha la tête.

Qu'est-ce que ses collègues diraient s'ils le voyaient maintenant ? Il était d'ailleurs possible qu'il se présente aux urgences en tant que *patient,* avec une cheville foulée.

Se lançant malgré tout sur le plancher de bois, il laissa Naomi le guider.

Ce n'était pas facile de conserver son équilibre mais, comme Naomi titubait autant que lui, il ne se sentait pas complètement ridicule. D'ailleurs, beaucoup de gens déployaient des efforts pour ne pas tomber, et tout ce monde riait aux éclats.

Depuis quand n'avait-il pas éprouvé une telle sensation de liberté ? Jamais il n'aurait imaginé venir seul dans un lieu pareil, et aucun de ses collègues n'aurait osé le lui suggérer, mais Naomi avait réussi cet exploit.

Quelqu'un passa à toute allure près de lui, et soudain le sol se déroba sous ses pieds. Ses bras battirent vainement l'espace, et il atterrit lourdement sur les fesses.

S'esclaffant de plus belle, Naomi l'aida à se relever. Il riait lui-même si fort qu'il en avait mal aux côtes. Dès qu'il fut de nouveau debout, il lui prit la main, et ils se remirent à avancer.

Il n'aurait su dire combien de temps ils avaient tourné ainsi, mais il ne tarda pas à améliorer sa technique et à prendre de l'assurance.

Qui l'eût cru ? Le Dr Williams sur des patins à roulettes, s'amusant comme un petit fou…

Comme il accélérait, il sentit que Naomi trébuchait et il se tourna vers elle sans réfléchir. Soudain, elle fut de nouveau dans ses bras, si proche qu'il voyait des étincelles dans ses yeux.

Elle était ravissante et semblait parfaitement à sa place, serrée ainsi contre sa poitrine. Voyant qu'il fixait sa bouche, elle cessa de sourire pendant quelques secondes.

A ce moment, il sut qu'il *devait* l'embrasser.

Lentement, au milieu de la piste illuminée par les projecteurs, malgré la musique qui leur martelait les tympans, le monde extérieur s'effaça. L'espace d'un moment, il n'y eut plus qu'eux, enveloppés dans une bulle de magie.

Baissant la tête, il frôla la bouche de Naomi de la sienne et ferma les yeux. Comme elle nouait les bras autour de son cou et se serrait contre lui, il s'autorisa à jouir de l'instant présent.

Comment était-ce possible qu'elle suscite en lui une telle faim, un tel désir ? Il écarta cette pensée importune. Il se préoccuperait des conséquences plus tard.

Ses lèvres étaient douces et tièdes. Leur baiser se fit plus ardent…

Mais quelqu'un les bouscula en passant près d'eux, brisant le charme. Naomi recula, les yeux écarquillés. Il lui adressa un sourire incertain avant de lui reprendre la main. Ils recommencèrent à évoluer sur la piste.

Mais rien n'était plus pareil. Tout se précipita de nouveau en lui : la culpabilité, le chagrin, le flot des souvenirs, l'image de Meredith riant avec lui ou l'appelant.

Il avait besoin d'une pause, d'une minute pour respirer.

Il regagna la rambarde.

*
* *

La semaine suivante s'écoula dans une sorte de brouillard. Tom s'était jeté dans le travail. Il effectuait des prises de sang, faisait des points de suture, envoyait des patients à la radio ou au scanner. Il se montrait sec avec tout le monde et ne s'attardait pas pour bavarder ou boire un café.

Il voyait Naomi partout. Il la croisait devant le lavabo, dans la pharmacie, quand elle tenait la main d'un patient, l'aidait à marcher ou le réconfortait. Il faisait de son mieux pour l'ignorer. Baissant la tête, il passait son chemin et limitait le plus possible leurs actions communes.

Mais c'était difficile ! Ce n'était pas son genre, de traiter un ou une collègue de cette façon. Il savait qu'il était grossier et il remarquait les réactions des membres du personnel chaque fois qu'il passait près d'eux comme un ouragan. Il voyait les regards interrogateurs et les sourcils furtivement dressés.

Il avait même entendu l'un ou l'autre murmurer :

— Qu'est-ce qui lui prend ?

Il avait changé, il le sentait, il l'entendait dans sa voix quand il parlait aux gens et il se détestait de s'adresser sèchement à quelqu'un envers qui il se montrait cordial d'habitude.

Que devait penser Naomi de ce changement d'attitude ?

Bien entendu, elle se comportait avec professionnalisme, comme à l'accoutumée. Toujours patiente, gentille et pleine de sollicitude. Toujours le sourire aux lèvres avec les patients. Elle s'arrangeait pour le croiser le moins possible mais, si cela arrivait, elle lui manifestait une grande politesse.

Par exemple, il y avait eu ce dernier cas, une heure auparavant, cette femme présentant une fracture du poignet. Naomi se tenait dans le box quand il avait expliqué à la patiente qu'on allait la plâtrer.

— Merci, docteur Williams, avait-elle dit avant qu'il s'en aille.

Puis elle s'était de nouveau focalisée sur la femme.

Ça ne pouvait pas continuer ainsi ! Il devait oublier ce baiser !

Mais il n'y parvenait pas. Parce que, malgré la façon dont il se comportait, Naomi était loin de lui être indifférente.

Etait-elle autant affectée que lui ?

Même dans ce cas, ils étaient tous deux adultes et capables de régler cette situation. Il n'avait sûrement pas l'intention de se laisser tourmenter de cette façon. Ils ne pouvaient ni l'un ni l'autre se permettre d'être distraits ou de commettre des erreurs susceptibles de mettre en danger la vie des patients.

Il ne le tolérerait pas.

Les larmes aux yeux, Naomi s'appuya à la porte des toilettes.

Que s'était-il passé ? Un instant auparavant, ils s'amusaient, s'efforçant de rester debout, et à la seconde suivante elle était dans les bras de Tom.

Comment une seule étreinte avait-elle le pouvoir de troubler à ce point deux personnes ?

Tout avait changé à la seconde où Tom s'était écarté d'elle. Elle le voyait dans ses yeux, à la façon dont son visage se fermait chaque fois qu'il la croisait, alors qu'elle aurait seulement voulu discuter avec lui de ce qui s'était passé.

Ce baiser avait été… prodigieux ! Ce fourmillement extraordinaire au niveau des lèvres, cet embrasement du corps, ce cœur qui battait à un rythme effréné… C'était incroyablement bon ! Elle n'avait jamais rien ressenti de tel auparavant.

Etait-ce de ce genre de passion que l'on parlait dans les romans d'amour ? Etait-ce normal d'éprouver des sensations aussi fortes ? Elle ignorait comment réagir. Chaque fois qu'elle se trouvait en présence de Tom, elle ne contrôlait plus son corps, c'était comme s'il était sur le qui-vive, prêt à s'enflammer de nouveau. Son cœur s'emballait, elle avait la bouche sèche, respirait plus vite…

De son côté, Tom se comportait bizarrement, et elle ne savait qu'en penser. Regrettait-il de l'avoir embrassée ?

Elle aurait voulu le lui demander, mais il ne lui en donnait pas l'occasion. A l'appartement, soit il s'enfermait dans sa chambre, soit il sortait. À l'hôpital, il s'absorbait dans son travail et la traitait avec froideur.

Elle avait besoin de comprendre pourquoi car, en ce qui la concernait, ce baiser avait constitué une expérience extraordinaire, qu'clle aurait renouvelée avec plaisir.

Les larmes commencèrent à ruisseler sur ses joues.

Pas parce qu'elle souffrait que Tom l'ignore. Parce qu'elle sentait qu'elle le perdait, et qu'elle craignait que cet instant magique ne se renouvelle jamais.

Naomi remettait l'électrocardiographe à sa place quand Stefan vint vers elle.

— Salut, Naomi !

— Salut, Stefan.

— Je me demandais… Tu as entendu parler du bal de printemps ?

— Euh… J'ai vu les affiches, oui.

— Je pensais qu'on pourrait peut-être y aller ensemble, continua Stefan.

Elle repéra Tom qui, assis derrière le comptoir de la station centrale et visiblement très concentré sur son travail, écrivait sans lever les yeux.

Il n'avait probablement pas entendu ce que Stefan venait de dire, tant il s'acharnait à ignorer tout ce qui la concernait.

En principe, ce genre de réceptions ne l'intéressait pas, mais n'avait-elle pas décidé d'être indépendante ? Elle devait profiter de la vie, tenter des expériences nouvelles, puisqu'elle en avait la possibilité.

Bien sûr, elle aurait préféré que Tom soit son cavalier, elle aurait voulu danser avec lui et passer une merveilleuse soirée en sa compagnie. Mais il lui avait fait clairement comprendre que ce baiser avait été une erreur monumentale.

Très bien ! Qu'il en soit donc ainsi !

— Pourquoi pas ? Ce serait sympa. Merci, Stefan.

L'infirmier arbora un grand sourire.

— Super ! Je voulais aussi te parler d'autre chose. Jackie m'a dit que tu cherches un logement ?

Se sentant rougir, elle jeta un nouveau coup d'œil à Tom.

Elle ne voulait pas quitter l'appartement de Tom — pas vraiment. Mais n'y était-elle pas contrainte par les derniers événements ? Et Tom se réjouirait certainement d'être débarrassé d'elle.

— C'est exact.

— Il y en a justement un qui vient de se libérer dans mon immeuble. Tu peux venir le visiter, si tu veux. Il y a deux chambres, l'état est convenable et le loyer, assez bas.

— Oh ! Très bien ! Merci, j'irai le voir. De toute façon, je ne peux pas rester éternellement là où je suis.

Tom se leva, les yeux froids, le visage impassible.

Il était clair qu'il avait entendu la conversation.

Anéantie, elle retint ses larmes.

Elle ne voyait pas ce qu'elle aurait pu dire d'autre à Stefan. Tom refusait de lui parler. Leur cohabitation devait cesser. Cette solution n'avait été que temporaire, et cela faisait maintenant six semaines qu'elle vivait chez lui. Elle lui rendrait service en partant. C'était visiblement ce qu'il espérait…

Il en avait besoin. Et, si elle voulait protéger son cœur, elle en avait besoin aussi.

7.

Tom venait de raccompagner son dernier patient jusqu'à la porte de l'hôpital et il le regarda s'éloigner, appuyé sur ses béquilles toutes neuves.

Au moment où il tournait les talons, une main se posa sur son épaule.

— Pardonnez-moi. Vous êtes médecin ?

Pivotant sur lui-même, il vit un homme âgé, aussi grand que lui, qui devait avoir dans les quatre-vingts ans. Son visage était grisâtre, et il transpirait.

— Vous vous sentez bien, monsieur ?

— Pas très, non…

Son teint, la sueur et cet air de confusion l'alertèrent. Tendant le bras vers un fauteuil roulant abandonné dans l'entrée, il fit asseoir le vieil homme et le poussa vers les urgences.

— Comment vous appelez-vous ? lui demanda-t-il alors qu'ils franchissaient les portes battantes.

Le patient ne répondit pas.

Tom allait avoir besoin d'une infirmière pour l'aider.

Il vit Naomi, qui sortait du vestiaire, plus ravissante que jamais, et il sentit son cœur se serrer.

Il aurait voulu ne pas avoir à lui demander son assistance, mais le patient était plus important que ses problèmes personnels.

— Naomi ? Vous pouvez me donner un coup de main ?

Il la vit se crisper, mais elle reprit aussitôt une attitude professionnelle et sourit au patient avant de se presser à leur côté.

Ils entrèrent dans un box.

— Je pense qu'il est en train de faire un infarctus, murmura-t-il. Monsieur, vous pouvez monter sur ce lit ?

Soutenu par Naomi et lui, le vieil homme se mit debout sur ses jambes tremblantes et s'assit au bord du lit.

— Il faut que j'enlève mes chaussures, marmonna-t-il en se penchant en avant.

Ils le rattrapèrent au moment où il perdait l'équilibre.

— Vous pouvez garder vos chaussures, monsieur.

Attirant l'électrocardiographe près de son patient, il demanda :

— Pouvez-vous retirer votre chemise ?

L'homme hocha lentement la tête comme s'il percevait l'instruction de très loin. Il semblait incapable de se focaliser sur quoi que ce soit. Sa tête dodelina tandis qu'il s'efforçait de coordonner ses mouvements pour se déshabiller.

C'était trop long ! Si cet homme faisait un infarctus, ils perdaient de précieuses secondes.

— Je vais vous aider.

Prenant le bord du vêtement, il le fit passer par-dessus la tête de son patient, de sorte que Naomi puisse commencer à poser les électrodes sur sa poitrine après l'avoir aidé à s'étendre. Par bonheur, sa peau était glabre, ce qui facilitait les choses.

— Depuis quand vous sentez-vous mal, monsieur ? s'enquit-il.

— Je ne… J'étais dans le jardin.

Le patient bredouilla quelques mots incompréhensibles.

Heureusement, Naomi travaillait vite et bien. Quand ce fut terminé, elle adressa un signe de tête à Tom.

— Restez immobile un instant, s'il vous plaît.

Il appuya sur le bouton pendant que Naomi passait le brassard du tensiomètre autour du bras du vieil homme. Il lui posa un masque à oxygène sur le visage et régla le débit au maximum.

— Vous n'avez pas d'allergies, monsieur ? Rien que je doive savoir ? demanda-t-il en se penchant pour écouter une éventuelle réponse.

De son côté, Naomi décrocha le téléphone intérieur et appela la réception.

— Bipez le Dr Thomas, s'il vous plaît. Demandez-lui de venir aux urgences.

Tom jeta un coup d'œil au tracé de l'électrocardiogramme et nota une ascension marquée du segment ST.

Cette donnée, associée aux autres symptômes comme la confusion et le teint cireux, indiquait un infarctus du myocarde. Il fallait poser une perfusion, faire une prise de sang…

Il travaillait vite, l'esprit bouillonnant. Les procédures et protocoles défilaient dans sa tête à la façon d'une parade militaire. En ordre, avec logique et précision.

C'était ce qu'il aimait faire, ce pour quoi il avait été formé. Il aimait cette tension, cette décharge d'adrénaline, la précision des gestes. Il fallait prendre des décisions, réagir, sauver des vies.

— Qu'est-ce qui se passe ? marmonna le patient en remuant la tête de droite à gauche.

Les portes battantes s'ouvrirent devant le Dr Thomas.

A cet instant, le vieil homme poussa un court soupir et cessa de bouger.

Immédiatement, Naomi pressa le bouton rouge d'urgence pour demander de l'aide et appuya sur le levier du lit pour étendre complètement le patient.

Tom se pencha pour vérifier si le vieil homme respirait encore, si sa poitrine se soulevait.

Rien.

Il prit son pouls…

Rien.

Se redressant vivement, il abattit son poing sur la poitrine du patient.

Toujours rien. Le tracé de l'électrocardiogramme indiquait une tachycardie ventriculaire.

Il s'empara des patchs du défibrillateur et les plaça sur la poitrine du vieil homme, puis il pressa le bouton pour mettre en charge l'appareil. Regardant autour de lui, il s'assura que le Dr Thomas, Naomi et les autres membres du personnel ne touchaient pas le patient.

— On dégage ! dit-il.

Il pressa de nouveau le bouton, et le corps du patient tressauta sous l'effet du choc.

Aussitôt, Naomi chercha son pouls.

— On l'a récupéré !

Les visages exprimèrent le soulagement.

Le vieil homme battit des paupières, puis il arracha son masque et se redressa. Comprenant qu'il allait vomir, Naomi plaça sous sa bouche un bassin de carton.

Quand il eut terminé, il s'essuya les lèvres et balaya du regard les personnes qui l'entouraient.

— Qu'est-ce qui s'est passé ?

— De quoi vous souvenez-vous ? demanda Tom.

— J'étais dans mon jardin et je me sentais… bizarre. Alors, j'ai pensé que je ferais bien d'aller aux urgences. Et ensuite… Je ne me rappelle plus rien.

Tom avait déjà vu cela. Le cerveau de certaines personnes chanceuses bloquait le souvenir d'une expérience aussi traumatisante.

— Vous avez fait une crise cardiaque, monsieur. Comment vous appelez-vous ?

— Edward Stovey.

— Eh bien, Edward, vous avez eu beaucoup de chance.

— Ah bon ?

— Nous avons failli vous perdre, expliqua Naomi en lui prenant la main.

— Cela n'aurait pas eu beaucoup d'importance, soupira Edward.

Tom fronça les sourcils.

— Bien sûr que si ! Cela en aurait eu pour nous.

— Merci, docteur, mais d'une certaine façon la mort aurait été pour moi une bénédiction.

— Pour quelle raison ?

Edward aspira une gorgée d'oxygène avant de continuer.

— Je suis seul depuis quarante-sept ans… Depuis le décès de mon épouse.

Emu par la douleur de son patient, Tom se détourna.

Il entendit Naomi reprendre la conversation.

— Je suis désolée de l'apprendre, enchaîna-t-elle. Comment est-ce arrivé ?

— Rupture d'anévrisme. Elle n'avait que trente-six ans, et nous n'étions pas mariés depuis longtemps, mais c'était la femme de ma vie.

— Vous ne vous êtes pas remarié ?

— Non. Ma Betty était unique.

Tom fixa son patient.

Tous deux avaient été veufs dans la fleur de l'âge, mais Edward Stovey avait passé la plus grande partie de sa vie seul, alors que lui-même n'avait parcouru qu'une infime partie du chemin.

Il aurait voulu demander à cet homme comment il s'en était sorti, mais ce n'était pas le moment. Leur patient n'était pas hors de danger, loin de là. Il devait être transféré en cardiologie pour recevoir un traitement adéquat.

Il jeta un coup d'œil à Naomi.

— Il me faut une vérification des constantes toutes les demi-heures.

— Bien sûr.

Travailler avec elle en urgence avait été si facile ! Ils savaient tous les deux ce qu'ils avaient à faire et n'avaient besoin que de peu de mots pour communiquer de façon précise. Mais, maintenant que la crise était passée, il lui était de nouveau difficile de parler avec Naomi.

Gagnant la station centrale, il rédigea son rapport sur M. Stovey. Par bonheur, il y avait un lit libre en cardiologie et, dès qu'il aurait terminé, son patient pourrait être transféré.

Sentant que Naomi était près de lui, il se retourna.

Elle se trouvait derrière lui, avec l'air de quelqu'un qui se demande s'il va parler ou non.

— Merci pour votre aide, lui dit-il.

— Pas de souci, on est tous les deux là pour ça. Je… Je réfléchissais à ce que M. Stovey a dit.

— A quel sujet ?

— A propos du fait qu'il est resté seul pendant toutes ces années.

— C'est son choix, dit-il sèchement en apposant sa signature en bas de son rapport.

Naomi posa la main sur la sienne de manière à immobiliser le stylo.

— En effet. Mais je me demandais s'il avait eu une autre option à un moment ou à un autre de sa vie.

Sur ces mots, elle s'éloigna en direction du box.

Il la suivit des yeux. Il éprouvait un fourmillement sur le dos de la main, là où elle l'avait touché.

Que voulait-elle dire en laissant entendre que M. Stovey aurait pu s'engager sur une autre voie, moins solitaire ? Etait-ce une allusion à son propre cas ? Essayait-elle de lui dire que, même si elle avait accepté d'aller au bal avec Stefan, même si elle déménageait, ils avaient encore un autre choix ?

Elle avait peut-être raison.

Oui, mais si elle avait tort ?

Deux jours plus tard, Tom passa voir Edward en cardiologie.

Il apprit par les infirmières que son patient progressait dans le bon sens, il se déplaçait mieux et mangeait bien. En revanche, il n'avait reçu aucune visite de voisins ou d'amis.

Comment était-il possible que le vieil homme soit aussi seul ?

Une fois entré dans la chambre, il s'assit sur le bord du lit et attendit qu'Edward se réveille.

— Bonjour, dit-il quand celui-ci battit des paupières.

— Bonjour, répondit le vieux monsieur en se redressant. Vous êtes le Dr Williams, n'est-ce pas ?

— Oui. Comment vous sentez-vous ?

— Bien. Les médecins disent que je pourrai bientôt rentrer chez moi.

— Je suis ravi de l'apprendre.

— Moi aussi.

— Quelqu'un pourra veiller sur vous, quand vous serez chez vous ?

— Je me débrouille seul, et c'est mieux ainsi.

— Cela dure depuis combien de temps ?

— Depuis la mort de ma femme. Elle était tout ce dont j'avais besoin, dans la vie. Après sa mort, j'ai préféré m'en tenir à ma seule compagnie.

— Vous ne vous sentiez pas trop seul ?

— Non. J'avais mon travail, et ça me suffisait.

— Quel métier exerciez-vous ?

— J'étais chauffeur de taxi. Autant dire que je voyais beaucoup de gens. Mais, dès que je rentrais chez moi, j'avais choisi la solitude. C'était bien comme ça. J'ai pu travailler aussi longtemps que j'en ai eu envie.

Tom hocha la tête, mal à l'aise.

Sa propre existence présentait trop de similitudes avec celle de cet homme. Souhaitait-il vraiment lui ressembler, travailler jusqu'à ce que son cœur le lâche ?

Encore fallait-il qu'il travaille jusque-là. Il serait peut-être à la retraite plus tôt. Et comment occuperait-il son temps libre ? A jardiner ? A jouer aux cartes ?

— Vous n'avez jamais envisagé de vous remarier ? demanda-t-il.

Edward secoua la tête avec véhémence.

— Il n'y avait qu'une seule femme, pour moi. Un seul amour ! Betty était mon âme sœur, et il n'en existe qu'une au monde pour chacun de nous.

Tom hocha la tête.

N'était-ce pas ce qu'il ne cessait de répéter ? Et il le pensait toujours. Comment pourrait-il s'engager avec Naomi, sachant qu'il n'aurait jamais avec elle ce qu'il avait eu avec Meredith ?

Mais s'il se trompait ? Si Naomi avait raison de penser qu'il était possible d'aimer deux fois et qu'il n'osait pas prendre ce risque ? Finirait-il comme Edward ?

Cette perspective le fit frissonner.

— Comment avez-vous su que Betty était votre âme sœur ? demanda-t-il.

Edward sourit.

— Je pensais à elle tout le temps. Avec elle, je me sentais meilleur, vivant. Elle me faisait rire et pleurer. Quand je n'étais pas occupé à l'aimer, je m'inquiétais pour elle, je discutais avec elle ou je riais avec elle. J'aurais voulu qu'elle ne souffre jamais, qu'elle soit toujours heureuse.

Edward le scruta un instant avant de poursuivre.

— Vous connaissez la même chose avec quelqu'un ? Parce que, si c'est le cas, ne laissez pas passer cette occasion d'être heureux. L'amour est un don précieux.

Tom s'assit lourdement sur le siège le plus proche.

Oui, il avait eu cela avec Meredith. Mais il nageait en pleine confusion parce qu'il avait fait la même expérience avec Naomi. Il ignorait comment c'était possible, mais Naomi régnait dans ses pensées. Elle le faisait sourire, rire, il se sentait bien avec elle, en sécurité. Et ceci malgré sa maladresse, son incapacité à grimper sur une échelle, à cuisiner sans mettre le feu à la maison.

Oui, mais elle s'en allait ! Elle avait accepté de sortir avec Stefan et elle cherchait un nouvel appartement.

Se levant d'un bond, il se força à sourire et serra la main d'Edward.

— Très bien. J'étais juste venu prendre de vos nouvelles et je suis heureux de constater que vous allez mieux.

— Merci de m'avoir sauvé la vie, doc. Vous remercierez aussi pour moi cette jolie infirmière.

— Pas de souci. Prenez soin de vous, monsieur Stovey.

Il avait atteint la porte, quand Edward le rappela.

— Docteur Williams ?

— Oui ?

— Je peux me tromper, bien sûr, mais il y a eu une

autre femme que j'aurais pu aimer, après Betty. Elle me plaisait beaucoup, et nous aurions pu être heureux… Je me suis accroché à mes certitudes parce que je n'étais pas prêt à laisser le passé derrière moi pour envisager l'avenir. J'étais tellement installé dans mon rôle de veuf que j'en avais oublié que je pouvais être quelqu'un d'autre.

Tom fixa le vieil homme, ne sachant que répondre, mais il avait compris le message.

Lui aussi, il avait le choix : saisir sa chance avec Naomi et oublier sa théorie de l'amour unique ou rester le veuf de Meredith pour le reste de sa vie.

— J'ai vu la façon dont vous regardiez cette jeune femme, reprit Edward, et celle dont elle vous regardait. Il y a de l'amour entre vous, vous ne croyez pas ? conclut-il.

Formulé ainsi, cela semblait si simple !

Naomi vit Tom passer près d'elle sans la regarder, les sourcils froncés, plongé dans un dossier qu'il consultait tout en marchant.

Il lui manquait, et elle ne savait pas comment c'était possible. Leur cohabitation n'avait duré que six semaines, mais les sourires de Tom lui manquaient, tout comme leurs bavardages pendant qu'ils cuisinaient ensemble. Quant au baiser qu'ils avaient échangé… Elle n'avait jamais fait une expérience aussi stupéfiante. Pourtant, elle regrettait cet instant parce que c'était ce qui avait éloigné Tom.

Comment le faire revenir ?

Elle prit un nouveau dossier et gagna la salle d'attente.

— Amy Smith ?

Une femme d'un certain âge se leva en souriant.

Elle la conduisit dans un box et tira le rideau derrière elles.

— Asseyez-vous. Très bien ! Pouvez-vous me confirmer votre adresse et votre date de naissance ?

Quand ce fut fait, Naomi poursuivit.

— Parfait. Donc, vous avez reçu un choc électrique, c'est ça ?

— C'est exact, dit Amy.

— Racontez-moi ce qui s'est passé.

Amy prit une profonde inspiration.

— Voilà ! Lee est en train de rénover la maison, mais vous connaissez les hommes. Ils commencent un million de tâches à la fois au lieu d'en terminer une seule. Je le suppliais de s'occuper des interrupteurs depuis un siècle. Mais comme il ne le faisait pas, j'ai décidé de m'en charger.

— Je comprends…

— Je lui ai demandé de couper le courant, et il a dit qu'il allait le faire avant de disparaître dans la cuisine. J'ai cru que sa parole valait quelque chose mais, quand j'ai touché l'interrupteur avec mon tournevis, j'ai pris une décharge et j'ai été projetée en arrière.

— Quelle main a reçu le choc ?

— La droite, je crois. Mais je tenais le tournevis avec mes deux mains.

— Je peux voir ?

Naomi examina les deux mains de sa patiente, qui ne portaient pas de trace de brûlure.

— A quelle distance avez-vous été projetée ?

— Environ un mètre. J'ai dit « projetée », mais j'ai seulement dû reculer en titubant. Libby, ma voisine, m'a conseillé d'aller aux urgences au cas où le courant serait passé à travers mon cœur, quelque chose comme ça.

Les effets d'un passage du courant électrique dans le corps peuvent ne pas être immédiats. L'exposition des cellules aux impulsions électriques peut par exemple détériorer la membrane cellulaire. L'état général d'Amy semblait satisfaisant, mais il fallait s'en assurer.

— Je vais avoir besoin d'un électrocardiogramme, Amy. On vous en a déjà fait un ?

Comme la patiente secouait négativement la tête, elle lui expliqua de quoi il s'agissait.

— On place des électrodes sur votre poitrine pour

enregistrer l'activité électrique de votre cœur. Cela sert à savoir si tout va bien, et ça ne prend que quelques secondes.

— D'accord. Vous pensez qu'il n'y aura pas de suites ?

— Vous avez eu des nausées ? Une perte de conscience ? Vous avez eu mal ?

— Non.

— Eh bien, nous allons examiner le tracé sur l'écran pour en être sûres. Vous voulez bien retirer votre haut ?

— Tout ça, c'est la faute de Lee, grommela Amy en obtempérant. Je vous jure que les hommes vous apportent plus d'embêtements que de satisfactions ! Je vois que vous n'avez pas d'alliance, mademoiselle. J'espère que vous êtes célibataire ?

— En effet.

— Eh bien, suivez mon conseil et restez comme ça. Si c'était mon cas, je serais plus heureuse, et ma maison ne serait pas un tel chantier.

— Je… Je dois aller chercher l'appareil. Je reviens tout de suite.

Naomi se glissa hors du box et inspira profondément.

Cette femme avait peut-être raison. Si elle restait célibataire, elle n'aurait à s'occuper que d'elle-même. Le seul fait d'embrasser Tom avait semé la pagaille dans sa vie et dans son cœur. Elle n'avait plus le droit de l'approcher et elle en éprouvait une douleur presque physique.

Elle poussa l'électrocardiographe dans le box, tira de nouveau le rideau et procéda à l'examen.

Amy allait bien. Naomi donna à sa patiente une fiche d'informations de façon que celle-ci reste vigilante, puis elle la renvoya chez elle.

— Merci, mademoiselle. On verra si l'électricité est rétablie quand je rentrerai.

Naomi supposait que c'était le cas. Amy avait beau se plaindre à propos de « son » Lee, il était clair qu'elle l'aimait et qu'elle souffrirait le martyre s'il lui arrivait quelque chose de grave ou s'il la quittait.

Ou encore s'il coupait complètement les ponts, comme Tom le faisait avec elle.

C'était clairement ce qu'il souhaitait. Il lui avait bien fait comprendre qu'il ne voulait dorénavant plus avoir affaire à elle.

Cette idée lui causa une telle douleur dans la poitrine qu'elle dut rester immobile une minute avant que cela s'estompe.

8.

Naomi avait passé la nuit à se tourner et à se retourner dans son lit, mais au matin elle avait pris sa décision : elle allait partir, s'installer chez elle et être indépendante, comme elle se l'était toujours promis.

En gagnant la station d'autobus, elle remarqua que le ciel était un peu couvert et qu'il continuait de s'assombrir. Pourvu que l'averse attende qu'elle soit à l'abri pour tomber !

Son vœu ne fut pas exaucé. Les nuages crevèrent, délivrant un véritable déluge, et lorsqu'elle monta dans le bus ses cheveux étaient plaqués sur son visage et ses vêtements, trempés.

Tant pis ! Il ne s'agissait que de visiter un logement, après tout !

Tête baissée, elle gagna Echo Road où était situé l'appartement.

Son ancien locataire venait de mourir et, d'après la femme de l'agence, qui répondait au nom de Deanna, ce meublé n'avait pas été rénové depuis les années 1970.

Elle repoussa cette pensée. Ce qui comptait, c'était qu'elle pouvait payer le loyer. Pourvu que ce soit propre, elle pouvait toujours repeindre les murs.

— Mon Dieu ! s'exclama Deanna à sa vue, vous ressemblez à un rat mouillé ! Au moins, vous allez pouvoir vous sécher un peu à l'intérieur.

Naomi lui adressa un faible sourire et la suivit dans l'immeuble.

Déçue, elle balaya du regard la moquette et les rideaux marron.

L'appartement était sombre, avec des murs recouverts d'un papier orange bizarre. La cuisine était un cauchemar en Formica, le linoléum de la salle de bains était décoloré. Les pièces sentaient le moisi comme si elles n'avaient pas été aérées depuis des semaines.

— Ça a besoin d'un petit coup de neuf, remarqua Deanna, mais avec un peu de peinture et d'huile de coude cet appartement pourrait être sublime. Vous pourrez faire un atout des fenêtres à guillotine. Imaginez, avec des rideaux de voile blanc et un bon nettoyage des vitres !

Elle était optimiste ! Cet endroit avait besoin d'un peu plus que de quelques pots de peinture. A en juger par les surfaces jaunies, le précédent locataire devait être fumeur…

Mais enfin, en travaillant dur, elle rendrait ce logement acceptable. Ce n'était pas formidable, ce n'était pas ce qu'elle voulait, mais elle n'avait pas le choix. On était en mars, maintenant. Elle habitait chez Tom Williams depuis trop longtemps. Au moins, elle cesserait de vivre sous le même toit que lui.

— Je le prends, déclara-t-elle.

Deanna sembla surprise.

— Super ! Je m'occupe des formalités. Le propriétaire demandera une caution, et le premier mois sera payable à l'avance.

— Pas de problème. Je vous rappelle pour prendre rendez-vous.

— C'est parfait, dit Deanna en lui serrant la main. Je suis sûre que vous allez être très heureuse, ici.

Naomi dut se forcer pour lui rendre son sourire.

Restait à espérer que cette femme ait raison…

— Voici Andi, seize ans. A environ 2 heures du matin, elle a ingéré une overdose d'héroïne. Nous lui avons administré de la naloxone et l'avons mise sous oxygène, dit l'ambulancier pendant qu'on installait la jeune fille sur un lit.

Naomi éprouvait de la sympathie pour cette adolescente. Avait-elle vraiment voulu risquer sa vie en absorbant une dose excessive de drogue ou ignorait-elle ce qu'elle faisait ?

Quelle que soit la réponse à cette question, le remède commençait à agir, et Andi reprenait peu à peu conscience.

Battant des paupières, elle regarda autour d'elle et s'assit, avant de balancer brusquement ses jambes par-dessus le bord du lit.

— Où crois-tu aller, jeune fille ? demanda Tom.

Naomi et lui relevèrent la barrière pour l'obliger à s'étendre. Naomi se réjouissait qu'il soit là, car elle n'aurait sans doute pas eu la force de maîtriser leur patiente, qui était plus grande et plus large qu'elle.

— Ne me touchez pas ! hurla Andi.

Tom leva les mains en signe de paix.

— D'accord. Je dois mettre ses parents au courant, ajouta-t-il à l'intention de Naomi. Je vous laisse prendre ses constantes ?

— Bien sûr.

A l'hôpital, Tom se comportait normalement avec elle tant que leurs échanges concernaient des questions médicales. Elle devait pourtant lui dire qu'elle quitterait son appartement le week-end prochain.

Elle supposait qu'il serait soulagé…

Elle le suivit des yeux tandis qu'il s'éloignait pour téléphoner mais, lorsqu'elle se retourna, elle vit l'adolescente bondir hors du lit et se précipiter vers les portes battantes du service.

— Tom ! cria-t-elle en se lançant à la poursuite de la jeune fille.

Andi courait à travers les urgences comme si elle avait le diable aux trousses. Elle parvint à la salle d'attente, puis à la porte d'entrée de l'hôpital.

C'était impressionnant ! Beaucoup de gens se perdaient dans le dédale des couloirs, mais cette fille à moitié droguée trouvait d'instinct le chemin de la liberté ! Enfin, le médicament n'ayant qu'un effet temporaire, elle n'irait pas loin.

Naomi la suivit à l'extérieur. Eblouie par les rayons du soleil, elle chercha l'adolescente du regard et la repéra presque aussitôt, étendue à plat ventre sur l'herbe, près de l'endroit où les ambulances stationnaient.

Lorsqu'elle s'agenouilla auprès de la jeune fille, elle constata que celle-ci dormait à poings fermés.

— Comment va-t-elle ? demanda Tom, qui venait de la rejoindre.

— Elle est inconsciente, mais son pouls est bon.

— Ramenons-la à l'intérieur, qu'elle puisse dormir confortablement.

Il adressa un signe à un ambulancier en train d'approvisionner son véhicule en oxygène et en poches de sang. Ils utilisèrent un brancard pour transporter la jeune fille et l'installer dans le box.

Après avoir pris sa tension et sa température pour s'assurer qu'elle allait bien, Naomi se tourna vers Tom et posa la main sur son bras avant qu'il s'éloigne.

— Tom ?

Il se tourna vers elle à regret.

— Oui ?

— J'ai trouvé un logement dans l'immeuble de Stefan. Je l'ai visité hier et je compte m'y installer samedi.

— Je vois.

— J'ai pensé que je pourrais faire la cuisine pour nous deux, vendredi soir. Ce sera notre dernier dîner ensemble… Enfin, si vous êtes d'accord.

— Je préparerai le repas, dit-il avant de quitter le box.

Elle le suivit du regard, se demandant si c'était bien de la tristesse qu'elle avait vue dans les yeux de Tom. A moins que ce ne soit un effet de son imagination…

*
* *

Etait-ce vraiment leur dernière soirée ensemble ?

Assise dans sa chambre, Naomi se demandait quelle tenue choisir. Tom s'activait dans la cuisine, et des arômes délicieux lui chatouillaient déjà les narines.

Après bien des hésitations, elle finit par se décider pour une robe cache-cœur vert sombre. Elle remonta ensuite ses cheveux avec quelques épingles, allongea ses cils avec du mascara et appliqua un peu de gloss sur ses lèvres avant de s'asperger de son parfum préféré.

Inspirant ensuite profondément, elle rejoignit Tom pour voir ce qu'il leur préparait.

Vêtu d'une chemise blanche et d'un pantalon noir, il découpait des légumes. Lorsqu'elle approcha, il se tourna vers elle et écarquilla les yeux.

— Vous êtes… très jolie, dit-il.

— Merci. Vous n'êtes pas mal non plus. Quel est le menu ?

— Un porc farci aux airelles accompagné de légumes de saison et une meringue au citron pour le dessert. Il y en a pour une heure, environ. Vous voulez boire quelque chose ?

— Je prendrai ce que vous avez.

S'éloignant du comptoir, elle s'approcha du piano où la femme de ménage, qui était passée la veille, avait disposé un beau bouquet de roses.

Elle caressa la surface lisse de l'instrument, attristée à l'idée qu'elle n'entendrait jamais Tom en jouer. S'apercevant qu'il l'avait vue, elle alla s'asseoir sur le canapé.

Un instant plus tard, Tom lui apporta un verre de vin blanc, et elle le remercia.

— De rien, dit-il.

Comme il allait regagner la cuisine, elle posa la main sur son bras.

— Tom.

Il laissa errer sur elle un regard triste puis le dirigea sur le bout de ses chaussures.

— Oui ?

— Asseyez-vous près de moi un moment.

Il hésita brièvement avant de prendre place auprès d'elle.

— Je me demandais si nous pourrions oublier cette dernière semaine, commença-t-elle. L'atmosphère entre nous est si… si pesante. J'aimerais vraiment que notre dernière soirée soit agréable pour nous deux. Vous croyez que c'est possible ?

Tom se mordit la lèvre. Son visage exprimait un chagrin mêlé de regret… Et d'autre chose qu'elle n'aurait pas su nommer.

Elle-même n'avait jamais éprouvé une telle peine. Sauf peut-être quand Vincent était mort. Mais ce qu'elle ressentait avec Tom était totalement différent. Tom n'était pas l'esclave de ses os, mais de ses souvenirs.

— Depuis ce… ce qui s'est passé entre nous, reprit-elle, j'ai mal supporté que vous preniez vos distances avec moi. Je pensais que nous étions amis, auparavant.

— Nous le sommes toujours.

— Mais depuis ce baiser…

— Je suis désolé de vous avoir donné l'impression de ne pas être désirée. C'est juste que, quand je vous ai embrassée, j'ai été submergé par…

— … Par la culpabilité ?

— Oui et non. Jusque-là, je me croyais capable de maîtriser mes émotions. J'avais une idée bien précise de ce que serait ma vie, et soudain j'allais contre tous mes principes : vous étiez dans mes bras, et je ne pouvais pas faire autrement que vous embrasser. Vous m'étiez indispensable comme l'air que je respire.

Elle s'était donc complètement trompée ! Il ne se sentait pas coupable vis-à-vis de sa femme, mais il avait eu le sentiment de se trahir lui-même.

— Je ne pouvais pas vous promettre un avenir commun, continua-t-il. Je m'en voulais d'être aussi faible et de céder à un besoin impulsif.

Elle posa la main sur la sienne.

— Ne soyez pas si dur envers vous-même. Nous nous

amusions, nous riions, nous faisions du patin à roulettes et nous chantions — faux, en ce qui me concerne. Nous partagions un moment agréable entre amis.

— C'était plus que ça, Naomi. Il y a en vous quelque chose à quoi je ne peux résister, et ça m'effraie.

Elle acquiesça d'un signe de tête, appréciant son honnêteté.

— Je ressens la même chose, dit-elle doucement.

— Vraiment ?

— J'étais vraiment très mal, ces derniers jours. C'était si dur de rester loin de vous !

Tom tendit la main pour lui caresser le visage, et elle réprima l'envie d'embrasser ses doigts.

Malgré tout ce qui s'était passé, il lui inspirait un désir brûlant. Etait-ce l'amour dont tout le monde parle et que les chansons célèbrent ? C'était effrayant, parce qu'elle n'avait jamais éprouvé un sentiment aussi fort auparavant. De plus elle savait que, même si elle aimait Tom, il ne serait jamais à elle. Il le lui avait fait clairement comprendre.

— En tout cas, dit-elle, nous sommes ensemble ce soir. Faisons en sorte que cette soirée soit parfaite, parce que je sais que nous souhaitons tous les deux le bonheur de l'autre.

— Pour rien au monde je ne voudrais vous faire du mal, Naomi, dit-il en repoussant une mèche derrière son oreille.

Elle sentit les larmes lui picoter les yeux.

— Alors, soyez mon ami si vous ne pouvez être rien d'autre.

Tom avait envie de prendre Naomi dans ses bras et de l'embrasser jusqu'à ce qu'ils sombrent dans l'oubli, mais il ne bougea pas.

Jusqu'alors, il avait cru que toute relation amoureuse lui paraîtrait fade après ce qu'il avait vécu avec Meredith. Pourtant, les sentiments que lui inspirait Naomi étaient aussi forts que son amour pour sa femme.

Comment était-ce possible ? Il la connaissait à peine, et

ils avaient vécu sous le même toit pendant moins de deux mois. Pourtant, il ne supportait pas l'idée qu'elle s'en aille !

Il s'aperçut que les yeux de Naomi étaient voilés par les larmes.

Des larmes qu'il avait causées. Il venait de lui dire qu'il ne voulait pas la blesser, mais il faisait exactement le contraire. Tout cela à cause de ses règles stupides.

Au diable les règles !

Il pouvait être heureux avec Naomi, si seulement il s'en donnait l'occasion.

Se penchant vers elle, il embrassa ses joues humides.

Elle cessa de respirer.

Ils n'étaient qu'à quelques millimètres l'un de l'autre, chacun des deux attendant une seconde de plus, juste pour s'assurer que l'autre voulait la même chose.

Posant ses lèvres sur celles de Naomi, il enfouit les mains dans ses cheveux.

Les épingles glissèrent, libérant sa chevelure soyeuse. En même temps, il sentait ses mains tirer sur les pans de sa chemise pour les dégager de sa ceinture. Au moment où elle posait les paumes sur sa peau, il introduisit la langue dans sa bouche, submergé par le désir.

Elle avait un goût enivrant !

Il ne voulait pas la brusquer, mais ses doigts trouvèrent le nœud de tissu, à sa taille. Sans pouvoir s'en empêcher, il le dénoua et commença à lui enlever sa robe.

Naomi haletait malgré elle. Son corps exultait sous les caresses de Tom.

Il savait exactement où la toucher, où la goûter, et il se servait de sa peau comme d'un instrument accordé à la perfection. Ses lèvres sucèrent lentement les pointes de ses seins l'une après l'autre, puis il s'attarda sur son ventre qu'il mordilla légèrement, pour enfin parvenir entre ses cuisses.

Cambrant le dos, elle gémit lorsqu'il s'attarda sur la partie la plus sensible de son intimité. Elle glissa les doigts dans ses cheveux, haletante, parcourue par les spasmes d'un plaisir qui monta peu à peu jusqu'à ce qu'elle crie son prénom, le suppliant d'arrêter.

N'était-ce pas de cela qu'elle avait manqué toute sa vie ? De cette passion, cette ardeur, cette frénésie du désir ?

En épousant Vincent, elle les avait considérées comme sans importance, persuadée que l'amour qu'elle lui portait suffirait à surmonter les épreuves qui les attendaient. Mais elle ignorait ce dont elle se privait. Bien sûr, elle avait vu des films montrant des couples consumés par la passion durant des nuits torrides. Mais elle s'était convaincue que cela n'avait rien à voir avec la réalité et que personne n'avait jamais rien expérimenté de tel.

Désormais, elle savait qu'elle ne voulait plus d'une existence dépourvue de cette flamme dévorante qui l'embrasait maintenant.

Quand Tom la pénétra, elle ferma les yeux de bonheur.

C'était donc cela ! La sensation délicieuse décrite dans les livres, cette impression d'être remplie, comblée, liée à un autre être de la façon la plus intime qui soit.

Les mouvements de Tom se faisaient plus rapides. S'agrippant à ses épaules, elle sentait au-dessus d'elle la force de son corps musclé qui la chevauchait. Il prit sa bouche, et elle s'abandonna de nouveau au plaisir.

Il poussa un cri et s'enfonça une dernière fois en elle avant de s'immobiliser un instant. Puis il se remit à l'embrasser, à goûter ses lèvres, sa langue, son cou. Son haleine chaude traçait un sillon brûlant sur sa peau, suscitant de délicieux fourmillements.

Enfin, il s'étendit auprès d'elle et l'attira contre lui.

Elle avait découvert un aspect d'elle-même qui lui était totalement inconnu jusqu'alors. Vincent avait fait de son mieux pour la satisfaire, mais il était tellement entravé par sa maladie qu'il n'avait jamais pu lui donner ce qu'elle voulait. Finalement, ces expériences étaient tellement frustrantes qu'ils y avaient renoncé. Après cela, leur union n'avait plus été fondée que sur l'amitié, et elle s'était persuadée que cela suffisait.

Mais avec Tom… Ses rêves les plus fous avaient été exaucés.

Soudain, elle ne put retenir un flot de larmes. Sans savoir pourquoi, elle se mit à sangloter comme une enfant.

Sidéré, Tom la regarda un instant puis l'attira plus près.

— Eh ! Tout va bien. Chut ! Ne pleure pas, chuchota-t-il en déposant une pluie de baisers sur ses joues et ses paupières.

Il continua de la réconforter avec gentillesse jusqu'à ce qu'elle se calme. Elle avait peur de le regarder, peur de sa réaction. Mais il la serrait dans ses bras, leurs jambes entrelacées.

— Tu vas mieux ? demanda-t-il.

— Oui, répondit-elle en reniflant.

— Que s'est-il passé ?

Elle fixa le mur, sachant qu'elle devait lui dire ce qu'elle éprouvait, comme elle se sentait *aimée*. Mais elle était incapable de se tourner vers lui, car il n'était pas prêt à l'entendre…

— Je ne sais pas.

Il fronça les sourcils mais l'embrassa une nouvelle fois.

— Ne t'inquiète pas pour ça, dit-il sans la lâcher.

Elle faillit pleurer de nouveau, mais cette fois elle ne se laissa pas surprendre. Posant la tête sur la poitrine de Tom, elle écouta les battements de son cœur.

Elle était amoureuse de cet homme… Elle avait toujours su que, lorsque cela lui arriverait, ce serait intense et absolu. Mais toute inquiétude n'était pas écartée pour autant. Tout était arrivé très vite, ils avaient fait l'amour après un seul baiser. Etait-ce bon signe ?

Se pelotonnant contre lui, elle ferma les yeux et imagina un avenir radieux pour eux deux.

Tom voudrait-il encore se débarrasser d'elle, maintenant ?

Non, sûrement pas. Tout allait bien se passer, désormais.

Il déposa un baiser sur ses cheveux, et elle leva les yeux vers lui.

— Le repas doit être cramé, maintenant, dit-il en souriant.

— C'est possible, répliqua-t-elle en riant, mais on pourrait peut-être en tirer quelque chose ? Je suis affamée.

— De nourriture ? la taquina-t-il.

— Entre autres choses.

— Eh bien, je pourrais éventuellement te tenter avec ces autres choses…

— Essaie toujours, murmura-t-elle.

Ils firent de nouveau l'amour, et ensuite, lorsqu'ils furent étendus dans les bras l'un de l'autre, la faim se fit de nouveau sentir. Elle suivit Tom des yeux lorsqu'il se dirigea vers la cuisine, entièrement nu. Elle admira son dos large, sa taille mince, ses fesses superbes et ses longues cuisses puissantes.

Il était aussi beau à l'extérieur qu'à l'intérieur.

Il avait tenté de la tenir à distance parce qu'il croyait n'avoir rien à lui offrir, mais il se trompait. Elle espérait seulement qu'il en avait conscience, lui aussi.

Lorsqu'il revint, il avait noué une serviette autour de sa taille et il apportait un drap de bain pour elle.

Elle s'en enveloppa en souriant.

— Merci.

Il se baissa pour déposer un baiser sur ses lèvres.

— Tu veux quelque chose ? A boire ? A manger ?

— Le dîner est fichu ?

— On peut encore le sauver, mais je crois que la viande est carbonisée, dit-il avec un petit rire.

— Tant que c'est mangeable… Je pourrais dévorer un cheval.

— On devrait peut-être s'habiller avant le repas ?

Les yeux de Naomi passèrent du drap à la serviette.

— Surtout pas !

Tom rit de nouveau et, lui prenant la main, la guida jusqu'à la table.

— Assieds-toi, je vais servir.

Elle prit sagement un siège, les narines chatouillées par de délicieux arômes.

Contrairement à ce qu'avait dit Tom, le dîner n'était pas brûlé. Le porc était parfait et croustillant, les légumes, onctueux à souhait. De toute façon, elle avait toujours détesté qu'on les serve « al dente ». Tout était excellent.

D'autant plus que Tom et elle avaient fait la paix…

Du moins pour la soirée ! Cela pouvait changer après son départ, mais ils allaient dans la bonne direction. Elle n'aurait jamais espéré que la soirée se déroule de cette façon. Au début, c'était à peine s'ils s'adressaient la parole ! Et maintenant, ils étaient de nouveau proches. Avec un peu de chance, cela continuerait.

— A la bonne nourriture, aux bons amis et à l'amour, dit-elle en levant son verre.

Tom lui adressa un regard songeur avant de l'imiter.

— A la bonne nourriture, aux bons amis et à l'amour, répéta-t-il.

— Tom, est-ce que je peux te demander une faveur ?

— Bien sûr.

— Avant de m'en aller, j'aimerais que… Que tu joues pour moi.

Il jeta un coup d'œil au piano et prit une profonde inspiration.

Il semblait en proie au doute. Etait-elle allée trop loin ?

Mais il s'essuya la bouche avec sa serviette, se leva et s'approcha de l'instrument, qu'il contempla un instant comme s'il allait devoir le combattre.

Enfin, il tira le tabouret et s'assit avant de soulever le couvercle.

— Quel morceau préfères-tu ? demanda-t-il quand elle le rejoignit.

— Celui que ton cœur te dictera.

Il lui jeta un coup d'œil, hocha la tête et leva les mains au-dessus du clavier.

Puis il se mit à jouer.

*
* *

Le lendemain matin, quand Tom se réveilla, il se tourna aussitôt vers Naomi, toujours endormie.

Elle était ravissante et paisible. Au repos, ses traits délicats étaient particulièrement beaux, ses lèvres semblaient douces, et son corps nu sous le drap, toujours aussi tentant.

La dernière fois qu'il avait trouvé ainsi une femme à son côté, c'était Meredith, et il ne se serait jamais imaginé qu'une autre puisse prendre sa place un jour.

Qu'allait-il faire, maintenant ?

Naomi avait porté un toast à l'amour. Pensait-elle qu'il l'aimait ?

Entre l'amitié et l'amour, il y avait un fossé qu'il n'était pas certain de pouvoir franchir. Il avait des sentiments pour elle, c'était une évidence. Ce qu'ils venaient de partager avait été extraordinaire et, s'il devait la perdre, il ne savait pas comment il le supporterait.

Mais peut-être valait-il mieux prendre son temps. Naomi devait s'en aller le lendemain, cela leur fournirait la distance dont ils avaient besoin tous les deux. Ils pourraient prendre du recul et voir où ils en étaient.

Il sortit doucement du lit pour ne pas la réveiller puis ouvrit la porte de sa penderie.

Là, sur l'étagère du haut, il y avait une photo de Meredith prise le jour de leur mariage. Son beau visage était auréolé par un voile de tulle blanc. La tête légèrement penchée sur le côté, elle semblait lui demander pourquoi il l'avait remplacée dans son lit par une autre femme.

Lorsqu'il avait épousé Meredith, il savait exactement ce qu'il pouvait lui offrir, mais avec Naomi il n'en allait pas de même.

Il referma la porte de la penderie et appuya son front contre le battant.

Qu'avait-il fait ?

Il venait de commettre une monstrueuse erreur, et ce n'était juste ni pour lui ni pour Naomi. Le désir qu'elle lui inspirait l'avait emporté sur sa raison : il lui avait laissé croire qu'ils pouvaient envisager un avenir commun.

Il lui devait la vérité !

Sortant de la chambre, il s'assit sur le canapé de la salle de séjour et attendit.

Après s'être réveillée, Naomi alla chercher un peignoir dans sa chambre.

Elle se sentait merveilleusement bien. Tom et elle avaient comblé le fossé qui les séparait, et elle avait découvert ce qui lui avait manqué toute sa vie : la passion et le plaisir. Elle devait partir dans la journée, mais cela n'avait pas d'importance. Tom et elle pouvaient mettre cette distance à profit pour repartir de zéro. Ils sortiraient ensemble, Tom passerait la prendre chez elle, et leur relation commencerait normalement. Et, si tout se passait bien, ils seraient réunis un jour.

Après s'être aspergé le visage d'eau froide, elle rejoignit Tom dans la salle de séjour.

Il était debout près du piano et semblait l'attendre. Vêtu de son costume habituel, il était vraiment très beau. Elle avait beaucoup de chance !

— Je crois que nous ne devons pas recommencer, déclara-t-il.

Elle reçut le coup en plein cœur.

Quoi ? Que voulait-il dire ? S'était-il produit quelque chose pendant qu'elle dormait ?

— Tu mérites quelqu'un qui puisse t'aimer comme tu le souhaites, Naomi. Jusqu'à ce que je sache si je suis cet homme, je pense que nous ferions mieux de nous abstenir.

Sur le coup, elle ne sut que répondre. Elle méritait d'être aimée, certes, mais lui aussi. En fait, elle était déjà très amoureuse de lui…

Il doutait d'être celui qu'il lui fallait. Il lui demandait d'attendre qu'il en soit certain. Etait-ce une plaisanterie cruelle ?

— Et je suis censée patienter jusqu'à ce que tu aies résolu cette question ?

— Nous nous sommes peut-être trop pressés…

— Comment peux-tu dire ça, Tom ? J'ai été franche avec toi, je ne t'ai rien caché depuis le début et… Qu'est-ce qui te devient tout à coup aussi insupportable ?

— Nous avons fait l'amour. C'était formidable, mais cela n'implique pas que… Que je puisse t'aimer comme tu le souhaites, Naomi, expliqua-t-il patiemment, comme s'il s'adressait à une enfant. C'est pourquoi je pense que nous devrions faire marche arrière.

— Vraiment ? Eh bien, fais marche arrière autant que tu veux, Tom, mais pas moi ! La vie est faite pour vivre, pour être heureux. J'espérais la passer avec toi. Mais, s'il te prend l'envie soudaine de freiner des quatre fers, tu le feras sans moi. Attendre, encore et toujours ? Excuse-moi, mais j'ai déjà donné et je ne recommencerai jamais. Tu m'aimes ou tu ne m'aimes pas, telle est la question.

Elle attendit la réponse. Elle n'avait pas voulu formuler les choses d'une façon aussi directe, mais après tout il n'était pas si difficile d'être honnête.

Ne pas pleurer, surtout !

Tandis qu'elle le défiait ainsi, debout devant lui, elle sentit les larmes lui picoter les yeux. Elle ne cligna pas les paupières et parvint à les retenir.

Lorsqu'il devint évident que Tom ne répondrait pas, elle se rua dans sa chambre et claqua la porte derrière elle. Se jetant à plat ventre sur son lit, elle mit un oreiller sur sa tête pour que Tom ne l'entende pas et se mit à sangloter.

9.

Naomi était assise dans la salle de repos, le dos voûté. Elle aurait voulu être à cent mille lieues sous terre.

Elle venait de consulter le planning. Elle était de service jusqu'à 16 heures, tout comme Tom. Ils allaient devoir travailler ensemble toute la journée.

Après ce qui s'était passé la veille, comment pourrait-elle le regarder dans les yeux ?

Il lui avait fait l'amour comme si elle avait été la personne la plus précieuse au monde, et elle avait cru qu'elle comptait pour lui. Et puis, ce bonheur avait été détruit.

Elle s'enfouit le visage dans les mains et laissa échapper un gémissement, juste à l'instant où Jackie et Stefan entraient dans la pièce.

— On dirait que la nuit a été rude, plaisanta Stefan. Tu as besoin d'un café pour lutter contre la gueule de bois ?

Naomi releva la tête et soupira.

— Ça n'a rien à voir avec l'alcool.

— D'accord. Alors, tu as vu le dernier épisode de ta série préférée ?

— Quelque chose comme ça, répliqua-t-elle en souriant faiblement.

— Toi et le Dr Williams, vous avez dû regarder le même, parce qu'il a l'air dans un sale état.

Tom se sentait-il aussi mal qu'elle ?

— Où est-il ? demanda-t-elle avec une indifférence mal feinte.

— Je crois qu'il discute avec la surveillante.

Elle se leva pour regarder à travers la paroi vitrée.

Tom parlait en effet avec sa supérieure. Il avait une mine affreuse, le teint pâle et des cernes sous les yeux.

Elle le contempla un instant, submergée par la tristesse.

A ce moment, il se retourna et remarqua qu'elle l'observait. Elle le vit se redresser de toute sa taille avant de mettre un terme à la conversation et de s'éloigner sans un regard en arrière.

Elle sentit son cœur se briser.

Tom était aux prises avec une réalité qu'il ne pouvait plus ignorer : il avait Naomi Bloom dans la peau. Malgré tous ses efforts pour la tenir à distance, il avait fait l'amour avec elle la nuit dernière…

Il secoua la tête, furieux contre lui-même.

Il n'y avait pas de mots pour exprimer ce qu'il avait ressenti. Et ce moment, après l'amour, quand elle reposait entre ses bras, avait été parfait — jusqu'à ce qu'elle se mette à pleurer.

Elle s'imaginait certainement qu'il l'aimait, mais il n'avait pas le droit de le lui laisser croire. Si elle avait raison, cela impliquerait qu'il avait transgressé son vœu, sa promesse de ne jamais aimer une autre femme, parce que… Parce qu'il risquerait de la perdre comme il avait perdu Meredith.

Il s'appuya à un mur en se frottant les yeux.

Les choses étaient allées trop loin. Il n'aurait jamais dû coucher avec Naomi. Désormais, la situation allait être très compliquée puisqu'ils devaient continuer de travailler ensemble.

La patiente était étendue sur une planche dorsale, ses longs cheveux blonds maculés de sang. Tout en poussant le brancard, l'ambulancier fit son rapport.

— Alison, vingt et un ans. Elle était à vélo lorsqu'elle a été renversée par une voiture qui roulait à près de soixante à l'heure. Elle portait ceci, ajouta-t-il en montrant un casque fêlé.

Naomi fit la grimace, avant de froncer les sourcils à la vue de Tom qui venait d'entrer dans le service.

— Lacération du cuir chevelu dans la région occipitale, continuait l'ambulancier. Douleur dans la nuque, fracture probable de l'humérus droit et de la clavicule, fracture probable du fémur et écorchures sur tout le côté droit. Pression artérielle de 12/7, pouls à 100, indice de masse corporelle de 18,5. On lui a proposé des antalgiques, mais elle a refusé.

Tom enfila des gants et noua un tablier autour de sa taille, ignorant soigneusement Naomi.

— On la passe du brancard à un lit, s'il vous plaît.

Les ambulanciers poussèrent le brancard dans un box, puis ils soulevèrent la planche dorsale et installèrent la patiente. Après leur départ, l'équipe médicale prit le relais.

Naomi se pencha sur la jeune fille pour qu'elle puisse voir un visage amical. Alison semblait terrorisée.

— Bonjour, Alison. Je suis infirmière, je suis là pour vous aider. Vous avez dû entendre pas mal de bruit, mais nous allons vous sortir de là, d'accord ?

La jeune fille voulut hocher la tête et fit la grimace.

— Oui.

— Où avez-vous le plus mal ?

— A la jambe et au bras.

Les ambulanciers avaient posé des attelles, il faudrait attendre les radios avant de pouvoir agir.

— Vous savez où vous êtes ?

— A l'hôpital.

— Quel jour sommes-nous ?

Alison le lui dit.

— Très bien. Souffrez-vous d'une allergie quelconque ?

— Non.

Les autres membres du personnel médical s'affairaient autour d'elles comme des abeilles pour poser une perfusion, examiner l'abdomen.

Naomi vérifia la dilatation des pupilles de la patiente et prit sa tension. Elle remarqua d'anciennes traces de piqûres sur son bras.

Sans doute la jeune fille s'était-elle droguée autrefois. Cela expliquerait son refus des antalgiques.

— Est-ce que je vais mourir ? demanda Alison en pleurant.

Naomi se pencha de nouveau au-dessus d'elle.

— Bien sûr que non ! Mais on dirait que vous souffrez de fractures au bras et à la jambe.

— Je n'arrive pas à croire que ce type m'a renversée…

Naomi ne put s'empêcher de jeter un coup d'œil à Tom.

Alison allait survivre, mais l'épouse de Tom n'avait pas eu autant de chance. Que ressentait-il lorsqu'un patient comme Alison était amené dans le service ?

Le visage de Tom était impassible.

— On lui fait faire un scan.

Grâce à cette technique, on obtiendrait sur l'écran de l'ordinateur des images en coupes fines du corps d'Alison. On verrait non seulement ses os, mais aussi ses organes et ses vaisseaux sanguins.

Naomi accompagna la patiente en radiologie et se tint sur le côté pendant que les techniciens demandaient à celle-ci de ne pas bouger. Elle attendit ensuite derrière Tom l'arrivée des premières images.

Il était clair qu'il ne s'adresserait pas à elle. Ce qui s'était passé entre eux avait complètement bouleversé leur relation, y compris professionnelle.

Concernant Alison, les conclusions étaient évidentes : il y avait une petite fracture de l'humérus près de l'épaule, une fracture simple de la clavicule et une fêlure très mince au niveau de la jambe. On ne notait aucune autre blessure interne, sa tension était stable et son pouls, régulier. Elle allait pouvoir s'asseoir pendant qu'on recoudrait son cuir chevelu, et son état ne nécessitait aucune intervention chirurgicale.

De retour dans le box, Tom s'assit sur un tabouret, près

d'elle, le kit de suture dans la main. Dès que Naomi eut nettoyé la plaie, il put commencer.

— J'ai eu de la chance, n'est-ce pas ? demanda Alison.

— En effet, répondit Naomi.

— Ça aurait pu être bien pire. Le conducteur a été blessé, lui aussi. Est-ce qu'il va bien ?

— Il était ivre, dit sèchement Tom. Mais il n'a rien de grave.

— Tant mieux ! dit Alison avec soulagement.

— Tant mieux ? Il avait trop bu et il est responsable de vos fractures.

La jeune fille leva les yeux vers Tom.

— Je ne peux pas le juger. Il avait peut-être des raisons de s'être enivré à cette heure de la matinée. Il essayait peut-être de noyer son chagrin, ou alors il a perdu quelqu'un qu'il aimait. Il se peut aussi qu'il souffre d'addiction.

La bienveillance de cette jeune fille surprit Naomi.

La plupart des gens auraient blâmé le conducteur et l'auraient poursuivi en justice. Mais cette patiente ne paraissait même pas en colère.

— J'apprécie votre façon de voir la vie, Alison, dit-elle.

— Comment faire autrement ? On ne peut pas nourrir son amertume à partir de faits qu'on ne pouvait pas éviter.

Naomi hocha la tête et se tourna vers Tom.

— Vous avez besoin d'autre chose, docteur ?

Elle s'aperçut alors qu'il pouvait mal interpréter sa question, comme si elle faisait allusion à ce qui se passait entre eux.

— Non, merci.

Elle aurait dû s'en douter.

— Très bien.

Tom posa le dernier point, puis Naomi recouvrit la blessure avec une compresse.

Quand Tom fut parti, Naomi sourit à Alison.

— Souhaitez-vous que je téléphone à quelqu'un pour vous ?

— Je n'ai personne à prévenir.

— Vous en êtes sûre ?

— Je suis toute seule, et ça ne me pose pas de problème parce que je n'ai à m'occuper que de moi.

Naomi fronça les sourcils.

En arrivant à Londres, elle était convaincue que c'était en effet la meilleure façon de vivre. Finalement, les événements lui donnaient raison.

— Vous voulez une tasse de thé ?

— Très volontiers, merci, répliqua la jeune fille.

Naomi retrouva Tom dans la salle de repos au moment où il jetait dans la poubelle le sachet de thé qu'il venait d'utiliser.

— Désolée de te déranger, dit-elle. Je vais juste faire une tasse de thé pour Alison.

Il s'écarta pour lui faire de la place devant la bouilloire et se mit à remuer sa cuillère dans sa chope.

— Je quitterai ton appartement dans l'après-midi, ajouta-t-elle. Tu n'auras plus à me voir.

— Naomi…

— Non, Tom. Je vois à quel point tu es mal à l'aise, et je le suis aussi. Mais ne t'inquiète pas, tout va s'arranger.

Sur ces mots, elle prit la boisson d'Alison et sortit.

Là ! Pour une fois, elle s'était montrée directe et déterminée.

Naomi était bien décidée à ne plus adresser la parole à Tom et à quitter son appartement la tête haute. Mais, lorsqu'elle le vit devant la porte des urgences, reprenant sa respiration entre deux patients, elle se dirigea droit sur lui.

Il fallait absolument qu'elle lui explique ce qu'elle avait ressenti lorsqu'elle avait sangloté de bonheur entre ses bras. Là, tout de suite. Sans tergiverser.

Quand elle ouvrit la bouche et que les mots coulèrent à flots, il la fixa avec surprise.

— Ce qui s'est passé la nuit dernière, Tom… Cela voulait dire quelque chose pour moi. Je parle seulement pour moi, bien sûr, mais je m'en veux parce que notre amitié s'est transformée en quelque chose de douloureux. Je sais que tu le regrettes. Mais, en ce qui me concerne, c'était une expérience joyeuse, époustouflante. Crois-moi, je n'avais rien planifié. Comme toi, je m'étais promis de ne plus jamais retomber amoureuse après Vincent. Je me disais que le prix à payer était trop élevé et que ça n'en valait pas la peine. Mais toi… Je ne pensais pas possible que tu me fasses du mal.

— Naomi…

— Mais c'est ce que tu as fait, Tom. Sache que j'ai connu dans tes bras un bonheur que je n'avais jamais éprouvé auparavant. C'est pour cela que j'ai pleuré.

— Je…

— Je dois m'éloigner de toi. Tu as dit que tu ne pouvais pas m'offrir ce dont j'avais besoin, et jusqu'à maintenant j'ignorais moi-même ce que c'était. Mais je le sais, maintenant. Je veux être aimée, Tom, et je ne crois pas que ce soit effrayant. Mais, si tu n'es pas prêt, je ne peux pas attendre et me torturer chaque fois que je te verrai à l'idée de ce qui aurait pu être.

Les joues ruisselantes de larmes, elle tourna les talons et s'enfuit. Tom cria son prénom, mais elle souffrait trop pour l'écouter.

Que pourrait-il lui dire qu'elle ne savait déjà ?

« Ce qui s'est passé la nuit dernière, Tom… »

Il ne parvenait pas à s'arracher ces mots de la tête. Naomi avait raison, cela voulait dire quelque chose.

Naomi Bloom était vraiment quelqu'un de spécial. C'était bien le problème, parce qu'il ne voulait pas tomber amoureux d'elle. Il avait appris à ses dépens à quel point l'amour peut blesser. Que se passerait-il si elle lui était enlevée comme Meredith ? S'il se laissait aller à l'aimer et qu'il la perdait, il ne survivrait pas une seconde fois à cette épreuve.

En travaillant aux urgences, il s'était arrangé pour se protéger contre les affects trop forts. Après avoir soigné les patients du mieux qu'il le pouvait, il ne les revoyait jamais. Il avait cru qu'il pourrait passer ainsi le reste de son existence. C'était une forme d'autoprotection. Devait-il s'en sentir coupable ?

Après tout, il protégeait Naomi du même coup.

Mais, évidemment, elle ne pouvait pas comprendre qu'il agissait ainsi pour leur bien à tous les deux.

Il retourna auprès des patients.

En réalité, il avait terminé son service, mais peu importait. Il avait besoin de travailler. S'il rentrait chez lui, il trouverait Naomi en train de déménager, et cette idée lui était insupportable.

L'équipe fut ravie de le voir revenir. Les urgences étaient débordées, et pendant une heure ou deux il parvint à oublier Naomi. Mais, lorsqu'on lui enjoignit de prendre une pause, les pensées importunes l'envahirent de nouveau.

Il se répéta qu'il avait fait ce qu'il fallait.

S'il le rabâchait assez souvent, il finirait peut-être par croire que c'était vrai…

Naomi emballait ses dernières affaires.

Pour la plupart, celles-ci se trouvaient déjà dans des cartons ou dans sa valise, mais elle avait dû retourner chez Tom pour y prendre sa trousse à maquillage et sa brosse à dents.

Dès le départ, cette installation avait été une erreur. Après son misérable meublé, elle avait été heureuse de connaître un tel luxe, bien sûr. Et puis, il y avait Tom… Mais rien de tout cela n'était pour elle.

Enfant solitaire, elle était devenue une épouse solitaire, avait passé son temps à *attendre*. Attendre une nouvelle poussée osseuse, une nouvelle blessure, tandis que l'état de Vincent s'aggravait de jour en jour. Elle se rappelait la grande horloge de grand-père dans l'entrée de leur maison. A présent, son tic-tac sonore lui paraissait avoir une signification particulière : elle avait été piégée dans une prison dont elle ne pouvait s'échapper. La maladie de Vincent déterminait toute leur existence. A l'époque, elle ne s'en souciait pas. Elle se réjouissait de veiller sur son mari, elle appréciait leur affection mutuelle et elle était fière qu'on dise d'elle qu'elle était « si courageuse ». Au moins, elle avait laissé derrière elle son enfance, bien décidée à ne pas ressembler à sa mère, qui ne cessait de tomber amoureuse de beaux hommes qui lui faisaient du mal ensuite.

Aujourd'hui elle pouvait l'admettre, elle avait choisi Vincent parce qu'il n'était pas dangereux et qu'il avait besoin d'elle. Elle s'était révélée dans ce rôle d'épouse dévouée qu'elle avait joué jusqu'à la fin.

Ensuite, elle était partie pour la capitale, persuadée qu'elle serait une bonne infirmière, qu'elle se ferait des amis et qu'elle vivrait une vie différente. Elle allait jouir de sa liberté, ainsi qu'elle l'avait promis à Vincent avant sa mort.

Mais elle avait rencontré Tom et était tombée amoureuse de lui. Tout comme sa mère, elle avait été séduite par la beauté d'un homme. Et, tout comme elle, elle allait finir seule et malheureuse…

Elle se secoua.

Après tout, elle pouvait considérer ces dernières semaines comme un faux départ, un petit écart par rapport à son plan de vie.

Une fois dans son nouvel appartement, Naomi regarda autour d'elle, s'efforçant de rester optimiste.

Le luxe ne faisait pas partie de son univers. Mais, avec le temps, un peu d'ingéniosité et pas mal de nettoyage, elle rendrait ce logement accueillant. Elle repeindrait les murs, elle mettrait des fleurs dans les pièces, elle pourrait se débarrasser de cette horrible moquette, elle louerait une machine à décaper le plancher et le cirerait.

Il suffisait d'un peu d'imagination ! Si elle appliquait la même méthode à sa vie privée, elle l'améliorerait certainement. Et, avec le temps, son cœur serait peut-être prêt à aimer de nouveau.

A l'hôpital, Naomi s'arrangea pour que son emploi du temps ne concorde pas avec celui de Tom Williams. S'il travaillait le jour, elle faisait les nuits. S'il arrivait en fin d'après-midi, elle commençait son service de bonne heure. Bien sûr, ils se croisaient encore au moment de la relève ou dans le vestiaire. Il posait sur elle des yeux tristes et semblait toujours sur le point de dire quelque chose…

Sauf qu'il restait silencieux.

Elle ne voulait pas quitter les urgences mais, quand la surveillante annonça qu'il y avait une occasion pour un membre du personnel de travailler avec les ambulanciers, elle se porta volontaire.

C'était la solution idéale, puisqu'elle ne mettrait les pieds à l'hôpital que pour y amener un patient.

Pendant ses études, elle avait passé une journée dans une ambulance à observer ses collègues et elle s'était sentie totalement inutile. Mais la situation avait changé, et cette fois, en montant dans le véhicule avec Julia et Luke, elle fut certaine que tout allait bien se passer.

En faisant quelques pas dehors pour respirer un peu, Tom vit Naomi grimper dans l'ambulance. Incapable de détourner les yeux, il s'immobilisa un instant, avant de tourner les talons pour rentrer dans l'hôpital, furieux contre lui-même.

Son appartement lui paraissait tellement vide, depuis son départ ! Il ignorait comment il avait réussi, avant elle, à vivre seul dans un logement aussi spacieux. Maintenant, lorsqu'il rentrait de l'hôpital, le silence lui semblait assourdissant.

Le premier jour, il était rentré tard pour être sûr qu'elle ne serait plus là. Il était allé dans la chambre qu'elle occupait, il avait vu le lit où elle avait dormi, la penderie et les tiroirs vidés de leur contenu. Pendant tout le temps qu'elle avait vécu chez lui, elle avait empli les lieux de sa présence, de son rire et de ses sourires.

Dans la cuisine, il l'avait revue en train de préparer le repas en chantonnant, faisant tomber les cuillères ou branchant le mixeur-batteur dont elle avait oublié de refermer le couvercle. Combien de tartines calcinées ! En un mois, elle avait donné plus de travail au détecteur de fumée que lui en plusieurs années.

Le canapé sur lequel ils avaient fait l'amour trônait toujours dans la salle de séjour…

Il avait cédé à la panique ! Ses émotions l'avaient emporté sur sa raison. Il avait toujours considéré qu'il possédait un esprit clair et logique. Il pouvait sauver un patient mourant, stopper une hémorragie artérielle. Il était même capable de ressusciter des personnes victimes d'un arrêt cardiaque…

Et, désormais, il nageait dans le brouillard parce qu'il ne parvenait pas à savoir s'il était vraiment amoureux.

Avec Meredith, c'était une évidence. Mais avec Naomi, c'était comme s'il n'arrivait plus à réfléchir en sa présence. Elle mettait la pagaille dans ses pensées, dans ses sentiments, il ne savait plus du tout où il en était.

Peut-être était-ce aussi de l'amour, sous une forme différente ?

En ce cas, il se serait trompé sur toute la ligne.

Une chose était certaine : il savait ce qu'il ressentait en constatant que Naomi faisait tout pour l'éviter. Car, dorénavant, ils ne travaillaient plus jamais aux mêmes horaires, et elle avait choisi d'assister des ambulanciers dans leurs missions.

Julia et Luke étaient fantastiques, ils veilleraient sur elle, mais…

Mais d'où venait cette douleur sourde dans sa poitrine, comme si son cœur était constamment serré dans un étau ? Il avait mal au ventre, il n'arrivait plus à se concentrer.

Cet éloignement serait peut-être bénéfique, finalement.

Naomi ouvrit les fenêtres de l'appartement pour l'aérer avant de commencer une autre séance de ménage marathon.

Ce n'était pas facile. La saleté était tenace, et parfois elle se sentait malade rien qu'en regardant le seau rempli d'eau noirâtre.

Ces derniers temps, il n'en fallait pas plus pour qu'elle ne se sente pas dans son assiette. Récemment, elle avait remarqué qu'elle était épuisée en fin de journée. Et puis, il y avait cette nausée qui la guettait chaque fois qu'elle se préparait à manger. La veille, alors qu'elle se confectionnait un sandwich au thon, elle avait dû se précipiter vers l'évier.

Et elle n'avait pas eu ses règles…

Cela faisait trois semaines qu'elle avait couché avec Tom. Elle avait acheté un test de grossesse, mais jusqu'à maintenant elle n'avait pas eu le courage de l'utiliser.

Que ferait-elle, si elle était enceinte ? Si Tom ne pouvait pas l'aimer, serait-il capable d'aimer un bébé ?

Elle l'espérait, pour le bien de l'enfant. Même s'ils ne formaient pas un couple, elle voulait que Tom joue un rôle dans la vie de cet innocent.

Et elle ? Comment franchirait-elle cette étape ?

Ce serait sûrement affreux. Elle affronterait seule la grossesse, et personne ne lui tiendrait la main pendant les échographies ou l'accouchement.

Elle avait toujours voulu avoir un enfant. Pendant son mariage, elle avait remisé ce rêve dans un coin de son esprit, mais maintenant le rêve devenait peut-être une réalité !

Elle était partagée entre la peur et le désir de porter l'enfant de Tom.

Elle décida qu'elle ferait le test après avoir nettoyé la salle de bains. Il y avait encore du moisi sur les joints et du tartre un peu partout. Si elle était enceinte, un tel événement méritait une propreté parfaite.

Après avoir vidé le seau dans l'évier, elle sortit le test de son emballage et le posa sur la table.

Demain matin, elle saurait ce que lui réservait l'avenir.

Naomi se réveilla en sursaut.

Etonnamment, elle avait très bien dormi. Après un après-midi passé à récurer, l'épuisement l'avait assommée, et elle s'était effondrée.

Lorsqu'elle s'assit sur son lit, son estomac manifesta sa désapprobation.

Etait-ce une nausée matinale ? Etait-il possible qu'elle désire être enceinte au point de se rendre malade elle-même ? Souffrait-elle de troubles psychosomatiques ?

Plus important encore, voulait-elle tellement porter l'enfant de Tom ?

Oh oui ! Elle désirait ce bébé et elle n'imaginait pas meilleur père que Tom. Il était intelligent, généreux et bon. Il ferait un parent aimant, même s'il ne pouvait l'aimer, elle.

Après quelques minutes de réflexion, elle gagna la salle de bains.

Elle savait très bien ce qu'elle avait à faire, ce qui ne l'empêcha pas de lire attentivement les instructions et de les suivre scrupuleusement. Ensuite, elle posa le test sur le bord du lavabo.

Trente secondes à patienter avant de savoir si toute son existence allait être bouleversée.

Si c'était le cas, elle s'arrangerait pour que le changement soit positif. Elle rendrait l'appartement accueillant et travaillerait jusqu'à son congé de maternité. Etre mère célibataire n'avait rien de dégradant.

Pourtant, une petite voix insidieuse lui rappelait qu'elle ne serait jamais totalement heureuse sans l'amour de Tom.

Oui, elle le reconnaissait, elle l'aimait. C'était un fait incontournable. Mais elle savait qu'il resterait hors de sa portée, avec ou sans enfant.

Elle prit le test et le fixa un long moment.

Le résultat était très clair : elle portait l'enfant de Tom.

Elle se mit à pleurer doucement, assise sur le bord de la baignoire.

Elle aurait dû être au comble du bonheur. Au fond d'elle-même, elle était certaine de se réjouir, mais elle se sentait engourdie, anesthésiée, en état de choc.

On était à la mi-avril, le bruit de la circulation lui parvenait par la fenêtre ouverte. Elle entendait les coups de klaxon, les poids lourds qui faisaient marche arrière, les gens qui s'interpellaient.

Pour tous les autres, la vie s'écoulait normalement. Mais pour elle, c'était comme si le temps avait suspendu son vol.

Qu'allait-elle dire à Tom ? Comment réagirait-il ?

Tôt ou tard, il lui faudrait dire la vérité à Tom.

Pourquoi pas le soir du bal de printemps, en terrain neutre ? Ils seraient entourés de gens, et il serait bien obligé de se maîtriser.

Ils pourraient discuter tranquillement en sirotant une coupe de champagne.

Oups ! Non, pas d'alcool pour elle.

Un jus de fruits, alors.

Avec un peu de chance, Tom accueillerait calmement la nouvelle et accepterait cette responsabilité inattendue. Ou alors, cela voudrait dire qu'elle ne le connaissait pas aussi bien qu'elle l'avait cru.

Mais si ! C'était un homme charmant, attentif aux autres et un formidable médecin !

Elle l'imagina en train de bercer un nourrisson et de le contempler avec amour. Ensuite, il se tournerait vers elle avec la même expression et il l'attirerait contre lui…

Elle chassa vite cette image de son esprit.

Quoi qu'il en soit, elle lui dirait la vérité le soir du bal. Elle avait accepté d'y aller en amie avec Stefan et elle était certaine de pouvoir s'esquiver un instant pour trouver Tom.

A condition qu'il aille au bal !

En attendant, elle avait besoin que son généraliste lui prescrive de la vitamine B9, qu'il l'introduise auprès d'une sage-femme et qu'il organise un rendez-vous après le premier trimestre de grossesse.

Elle décrocha le téléphone et, avant de faire le numéro, ferma un instant les yeux.

— S'il te plaît, Tom, sois l'homme que je sais que tu es, et dis-moi que tu aimeras notre enfant !

10.

Le week-end suivant, Naomi avait décidé de faire les magasins avec Jackie pour trouver une robe de bal. Elles parcoururent les rues encombrées de Londres, cherchant la tenue idéale. Jackie trouva la sienne rapidement. C'était un très joli fourreau sirène rouge qui s'évasait à partir des genoux. Le bustier était orné de petites pierres brillantes, et Naomi ne put s'empêcher d'applaudir quand son amie virevolta devant elle.

— Elle te va très bien, Jackie.

— Merci ! On m'a toujours dit que le rouge était ma couleur.

— Et on avait raison. Tu es superbe !

Son amie disparut dans la cabine d'essayage pour se changer. Elle entrebâilla le rideau pour lui jeter un coup d'œil.

— On ne peut pas en dire autant pour toi.

— Qu'est-ce que tu veux dire ?

— Que tu as une mine affreuse. Qu'est-ce qui s'est passé, entre Tom Williams et toi ? Vous étiez les meilleurs amis du monde, vous viviez sous le même toit, et tout d'un coup c'est à peine si tu supportes de respirer le même air que lui.

— Nous avons eu des divergences d'opinion.

— A quel propos ?

— Je préfère ne pas en parler. De toute façon, j'ai déménagé.

— Stefan m'a dit que tu habites dans son immeuble, maintenant.

— Oui. J'ai peut-être eu tort d'accepter son invitation pour le bal, qu'en penses-tu ?

— Stefan est imbu de lui-même, mais il vaut mieux qu'il n'en a l'air. Comment ça se passe dans ton nouveau chez-toi ?

Naomi s'abstint de dire à quel point elle détestait son nouvel appartement.

— Très bien.

— D'après Stefan, il y a beaucoup de boulot pour que ce logement soit convenable. Tu as besoin d'un coup de main ?

— Euh… Peut-être, oui. On pourrait arracher le papier ensemble. Il est vraiment ignoble.

— Quand tu veux.

Jackie paya son achat, puis elles sortirent de la boutique et se mirent en quête d'un autre magasin.

— Raconte-moi ce que je manque, aux urgences, demanda Naomi.

— Pas grand-chose. Tu devrais le savoir, puisque tu nous amènes la moitié des patients. Et toi ? Tu apprécies de travailler avec les ambulanciers ?

— C'est intéressant, mais…

— Tu préfères les urgences.

— En quelque sorte.

— Tom te manque, hein ?

Naomi s'efforça de ne pas croiser le regard de son amie, mais Jackie se planta devant elle.

— Naomi !

— Oui, oui ! Il me manque.

— Alors que vous ne faisiez que cohabiter ?

La voyant rougir, Jackie s'exclama :

— Je le savais ! Je savais qu'il y avait davantage entre vous que tu ne voulais bien le dire. Que s'est-il passé ?

— Je n'ai pas vraiment envie d'en parler. Je t'en prie,

Jackie, n'en parle à personne, et surtout pas à Stefan. Il adore les ragots.

Jackie glissa son bras sous le sien, et elles se remirent à marcher.

— Je serai muette comme une tombe, mais je vais te dire quelque chose : ce type t'adore. Il est comme une âme en peine depuis ton départ. Il travaille comme un robot, un peu comme après la mort de sa femme. Je ne sais pas ce qu'il t'a fait, Naomi, mais il t'aime. Rappelle-toi ce que je te dis.

Naomi regarda droit devant elle.

Son amie se trompait ! Tom lui avait dit lui-même qu'il était incapable d'aimer une seconde fois. C'était gentil de la part de Jackie, mais elle n'avait pas l'intention de se bercer d'illusions.

Elles continuèrent leur shopping, et elle finit par trouver une merveilleuse robe bleu nuit. Elle tombait sur les chevilles, n'avait qu'une seule bretelle, et une très jolie dentelle noire soulignait la taille. Elle y ajouta une ravissante pochette qui n'était pas trop chère.

Ce serait sa dernière extravagance. Dorénavant, tout son argent serait investi dans l'appartement ou mis de côté pour acheter ce dont le bébé aurait besoin. Cette robe serait son chant du cygne, sa façon de célébrer son célibat. En allant à ce bal, elle allait refermer un chapitre de sa vie.

Rêveuse, elle tournoya devant le miroir du magasin.

Elle n'était pas enceinte depuis assez longtemps pour qu'on puisse le deviner. Personne ne le dirait à Tom avant elle.

11.

Aux urgences, Tom recherchait le soulagement dans le travail. Ce jour-là, il avait traité un arboriculteur qui avait fait un arrêt cardiaque en tombant sur le dos d'une hauteur de six mètres, des personnes impliquées dans un accident de la route et un homme victime d'une attaque d'apoplexie.

Après la mort de Meredith, il n'avait trouvé que ce moyen pour se sentir un peu mieux et il avait espéré qu'il en irait de même après ce qui s'était passé avec Naomi.

Mais le remède ne fonctionnait plus. Au lieu d'être calme et poli comme d'habitude, il se montrait sec, cassant. Il se mettait facilement en colère et, chaque fois qu'il se surprenait à hurler sur quelqu'un, il se maudissait intérieurement.

C'était à peine s'il parvenait à mettre un pied devant l'autre sans penser à Naomi. Elle l'obsédait littéralement, et il regrettait amèrement d'avoir agi comme il l'avait fait.

Après le décès de Meredith, il s'était promis de ne plus jamais souffrir comme un damné. Mais n'était-ce pas ce qui lui arrivait, justement ?

Mais, s'il admettait qu'il l'aimait, comment revenir en arrière ? Il doutait qu'elle accepte de l'écouter, après qu'il lui avait dit et répété qu'il était l'homme d'un seul amour.

Le bal du printemps avait lieu dans quelques heures, et Naomi s'y rendait avec Stefan.

Il ne supportait pas cette idée.

Il jeta un coup d'œil à l'horloge murale, s'efforçant de

prendre une décision. Et soudain, il sut exactement où il allait se rendre.

Tom fixa les lettres gravées dans la pierre.

Meredith Williams.
Mon épouse bien-aimée.

Il prit une inspiration, comme s'il devait vraiment parler tout haut pour que Meredith l'entende.

Meredith, j'ai besoin de te dire que... Que je t'aime. Que je t'aimerai toujours et que tu resteras à jamais dans mon cœur. Mais j'ai rencontré quelqu'un. Elle s'appelle Naomi...

Il contempla un instant la photo encastrée à l'intérieur d'un cœur. Il regarda le visage souriant, les yeux pétillants. Il se rappelait l'expression radieuse de sa femme lorsqu'il l'avait photographiée.

Elle te plairait. Elle est infirmière comme toi. Elle est courageuse, drôle, passionnée, attentive aux autres.

Il soupira, et ses épaules se voûtèrent, tandis qu'il tentait de rassembler ses pensées.

Elle est très importante pour moi. Ça m'a étonné, parce que j'étais persuadé que ça ne m'arriverait plus. Mais je veux être avec elle. Elle ne voudra peut-être pas de moi après la façon dont je l'ai traitée, mais au moins j'y vois plus clair, maintenant. Je sais ce que je veux et je crois que, toi aussi, plus que n'importe qui au monde, tu souhaites mon bonheur. Alors, je vais tenter d'être heureux.

Il se détourna du portrait de sa femme. Pendant un instant, il écouta le chant des oiseaux. Il repéra un écureuil qui grattait le sol à quelques mètres de lui. Il ferma les yeux et sentit la brise lui caresser le visage.

C'était comme si Meredith lui donnait sa bénédiction.

A partir de maintenant, il allait tourner la page. Il ne

pouvait pas continuer à vivre comme il le faisait depuis huit ans. Naomi l'avait délivré de sa prison.

— Au revoir, Meredith, dit-il en se penchant pour caresser la pierre tombale.

Naomi était prête pour le bal, mais elle ne ressentait aucune excitation. Sa robe était belle, et Jackie lui avait fait un chignon retenu par des épingles ornées de perles. Après s'être maquillée, elle se regarda dans un grand miroir et dut reconnaître qu'elle avait tout d'une princesse, comme le lui avait promis Jackie.

Elle enfila ses sandales à talons hauts, glissa un bracelet à son bras et mit les boucles d'oreilles assorties.

Stefan arriva, vêtu d'un smoking. Il était plutôt charmant mais, en lui ouvrant la porte, elle n'éprouva que de la tristesse.

Elle aurait tant voulu que ce soit Tom qui vienne la chercher !

Dehors, une petite brise fraîche frôla ses bras nus. Ils montèrent dans le taxi, et Stefan bavarda aimablement pendant toute la durée du trajet. Elle s'efforça de l'écouter mais, lorsqu'ils parvinrent devant l'hôtel et gravirent les marches du perron, elle se sentit soudain très nerveuse.

Le lieu était magnifique. Il était clair que les organisateurs s'étaient efforcés de le rendre magique. Les hauts plafonds moulurés étaient illuminés par des lustres, et des appliques diffusaient une lumière tamisée le long des murs. Au-delà des galeries et des colonnes, elle aperçut un petit orchestre et elle entendit un pianiste très talentueux jouer en sourdine.

Tous les invités étaient d'une élégance extrême. Les hommes en smoking et les femmes vêtues de robes de toutes les couleurs imaginables. Des serveurs sillonnaient la salle, tels des colibris silencieux, offrant aux hôtes des boissons et des canapés disposés sur des plateaux d'argent.

Les gens trinquaient, riaient et bavardaient. Quelques couples dansaient déjà sur la piste.

Si seulement elle avait pu jouir de cette soirée !

Comme elle aurait aimé évoluer sur ce parquet ciré dans les bras de Tom !

Ecrasant une petite larme, elle adressa un sourire à Stefan.

— C'est superbe !

Il faisait très chaud dans la salle de bal. Les effluves de parfum et d'après-rasage se mêlaient, et elle se sentit proche de la nausée.

Elle prit une coupe sur un plateau et avala une gorgée.

De l'alcool !

Posant la main sur son ventre, elle regarda autour d'elle en quête d'une autre boisson mais, lorsqu'elle se retourna, elle avait perdu Stefan de vue.

Seule au milieu de la foule !

Poussée et bousculée, elle tâcha de se frayer un chemin jusqu'à un côté de la salle. Il y avait un buffet offrant toute une variété de mets. Y trouverait-elle quelque chose qui atténuerait son malaise ?

Quelques connaissances lui adressèrent des signes, qu'elle leur rendit. Elle continua d'avancer, se disant que si elle ne trouvait pas Tom elle ne resterait qu'une heure.

Une main se posa sur son bras, et elle se retourna en souriant, croyant que Stefan l'avait rejointe.

Elle n'en crut pas ses yeux.

Tom !

Il était plus beau que jamais dans son smoking parfaitement coupé et il la fixait comme s'il ne parvenait pas à détacher ses yeux d'elle.

Elle allait pouvoir lui parler du bébé. Le moment était venu, dans quelques minutes il saurait qu'il allait devenir père. Elle lui dirait qu'il n'avait pas à se faire de souci et qu'elle comptait se tenir en dehors de son chemin — même si cela devait la tuer — pourvu qu'il chérisse leur enfant.

Elle était certaine qu'il ferait un excellent père. Ce serait peut-être lui qui lui apprendrait à faire du vélo…

Il saurait lui prodiguer des encouragements, lui donner confiance en lui.

Cette idée lui fit monter les larmes aux yeux — encore !

Elle battit furieusement des paupières, espérant qu'elles n'allaient pas jaillir et la trahir.

— Je peux te parler, Naomi ? demanda Tom. En privé.

— Bien sûr.

— Il y a un petit vestibule par ici, dit-il en lui prenant le bras pour la guider à travers la foule.

Elle aurait préféré qu'il ne la touche pas, ça aurait été plus facile…

Lorsqu'ils parvinrent dans le vestibule, il la lâcha pour refermer les portes derrière eux, et elle inspira profondément, se délectant de l'air frais qui pénétrait dans la pièce par les fenêtres ouvertes.

Maintenant, ils étaient face à face. Les bavardages et le son du piano ne leur parvenaient plus que de façon étouffée, et elle ne savait pas très bien comment commencer.

— Qu'est-ce que tu veux me dire ? demanda-t-elle.

Tom pencha la tête.

— Tout d'abord, il faut que tu saches combien je suis désolé d'avoir aussi mal réagi après la nuit où nous étions ensemble…

Il lui prit les mains avant de continuer.

— Je ne pensais pas faire un jour une expérience aussi extraordinaire. Elle m'a ouvert non seulement les yeux, mais aussi le cœur. Je le gardais hermétiquement fermé pour ne pas être coupé en deux une seconde fois, mais tu m'as fait comprendre que je pouvais encore aimer. C'était effrayant, et cela m'a plongé dans une confusion extrême. Je n'étais pas prêt à l'accepter. Mais je le suis, maintenant.

Les paroles de Tom faisaient sauter les barrières qu'elle avait érigées pour se protéger. Elle leva vers lui des yeux brillants de larmes qu'elle ne cherchait plus à retenir.

— Je sais que je t'ai blessée, poursuivit-il, et j'en suis désolé. Je t'ai rejetée et j'en suis désolé. Tout ce que je peux te dire ne suffira jamais à compenser le chagrin que je t'ai causé. Je n'ai pas le droit d'espérer que tu me pardonnes. Pourtant, je te demande de trouver le pardon, quelque part dans ton cœur. Sinon maintenant, peut-être plus tard. J'ai juste besoin de te dire que je t'aime et que, si tu le veux bien, je serai là pour toi jusqu'à la nuit des temps.

Elle rit à travers ses larmes.

— Oh ! Tom ! Je te pardonne bien volontiers. Moi aussi, je regrette de t'avoir fait connaître un tel tourment. Avant de me rencontrer, tu savais exactement ce que tu attendais de la vie, et je suis arrivée pour tout chambouler.

— J'avais besoin que tu chamboules tout.

— Et moi, j'avais besoin de toi. Tu m'as montré ce que peut être l'amour vrai. Il ne s'agit pas seulement du plaisir physique, mais aussi de cette amitié incroyable, de tous ces moments que nous avons passés ensemble à nous amuser, à prendre des risques…

— Tu fais allusion aux dîners brûlés ?

— Mais oui ! répliqua-t-elle en riant. Les dîners brûlés et le reste… Je t'ai dit tout ce qu'impliquait notre relation avant que tu sois prêt à l'entendre. Je savais ce que tu avais enduré et que tu avais des doutes, pourtant je n'ai pas pu m'en empêcher. Je voulais être honnête, te dire ce que je ressentais. Et tu sais pourquoi ? Parce que, même si j'aimais Vincent, je n'ai jamais été franche avec lui. Je lui ai dissimulé mes sentiments pour ne pas l'inquiéter ou le bouleverser… Mais avec toi, j'ai été submergée par mes émotions et j'ai parlé sans réfléchir. Je t'aime aussi, Tom. Notre séparation m'a brisé le cœur.

— A moi aussi.

— Je t'aime, je veux être avec toi.

— Je t'aime, Naomi.

Comme il se penchait pour l'embrasser, elle eut un mouvement de recul.

Tom la fixa avec étonnement.

— Il y a autre chose, dit-elle. Ou plutôt, quelqu'un d'autre.

Serrant les dents, Tom jeta un coup d'œil aux portes donnant sur la salle de bal.

— Stefan ?

— Non.

— Qui, alors ?

Elle lui sourit, toute rougissante.

— J'ai du mal à y croire moi-même, mais je suis enceinte, Tom. Je porte notre enfant.

Bouche bée, il baissa les yeux vers son ventre.

— Tu es enceinte ?

Elle hocha la tête.

— Oh ! Naomi !

Un sourire immense illumina le visage de Tom. L'attirant contre lui, il l'embrassa avec ferveur.

Elle crut exploser de bonheur.

Ce n'était pas exactement le scénario qu'elle avait élaboré, en venant à cette soirée. Elle s'était imaginée en train de lui parler du bébé. Il aurait arboré une mine grave et aurait promis de s'impliquer dans l'éducation de leur enfant…

Mais Tom l'aimait ! Il voulait vivre avec elle, et cette naissance à venir le comblait ! Ils allaient former un couple, être parents, et elle ne serait pas mère célibataire comme elle le prévoyait auparavant.

Les lèvres de Tom sur les siennes, c'était magique. Elles suscitaient des fourmillements partout où elles se posaient. Elle se sentait vibrer de joie. Les nuages sombres qui planaient au-dessus d'elle un peu plus tôt s'étaient dissipés, faisant place à un soleil étincelant.

Séparés, ils étaient faibles et démunis. Ensemble, ils étaient forts, capables de surmonter tous les obstacles.

S'écartant d'elle, Tom lui sourit, mit une main dans sa poche, puis il s'agenouilla devant elle tandis qu'elle laissait échapper un cri de surprise.

— Naomi Bloom, tu es tombée dans mes bras dès notre première rencontre, et je veux que tu y restes jusqu'à la fin de notre vie. Tu ferais de moi le plus heureux des hommes si tu acceptais de m'épouser.

Il ouvrit le petit écrin qu'il tenait, et elle vit un magnifique solitaire niché dans du satin bleu marine.

— C'est oui ! s'écria-t-elle.

Radieux, Tom sortit la bague de la boîte et la lui glissa au doigt, puis il l'attira de nouveau contre lui et l'embrassa sur la bouche.

Elle sentait son corps chanter, son cœur exulter.

Ceci était l'amour qu'elle avait toujours cru possible, ce dont elle rêvait depuis qu'elle s'était installée à Londres pour y forger son propre destin.

Elle allait vivre avec Tom Williams, le plus merveilleux des hommes ! Elle n'aurait pas pu être plus heureuse.

Le bruit qui provenait de la salle de bal monta d'un cran, leur rappelant que le monde extérieur les attendait… Ce qui incluait son cavalier.

— Qu'est-ce qu'on fait, pour Stefan ? demanda-t-elle en se mordillant la lèvre.

— On lui propose d'être notre garçon d'honneur.

— Je suis venue avec lui, je lui dois une explication.

Tom lui tendit le bras.

— Allons le voir ensemble. Même lui, il ne s'opposera pas à l'amour vrai.

Frémissant à l'idée de ce qu'ils avaient presque perdu, elle posa la tête sur l'épaule de Tom.

— Dire que nous avons failli le rater…

— Mais finalement, nous avons trouvé notre voie.

— Je ne veux plus jamais te perdre.

— Ça n'arrivera pas, dit Tom en déposant un baiser sur son front. Nous avons l'éternité devant nous.

Ils inspirèrent profondément et poussèrent la porte.

Epilogue

Tom n'arrivait pas à le croire : après tous ces mois d'attente à regarder le ventre de Naomi s'arrondir, à sentir sous sa paume ces coups de pied magiques et à se demander *qui* était là, le moment était arrivé.

Un an auparavant, il était persuadé qu'il n'avait plus rien à attendre de la vie et, maintenant, il allait être père ! C'était imminent !

— Allez, Naomi, poussez ! s'écria la sage-femme.

Ses yeux allèrent des traits crispés de Naomi à la sage-femme, puis plus bas, pour voir s'il apercevait la tête du bébé. Il prit la main de sa compagne et la serra contre son cœur.

— Le bébé arrive, Naomi. Encore une poussée.

Naomi transpirait, ses cheveux étaient collés contre son visage. Elle inspira profondément et se concentra pour réunir ce qu'il lui restait de force après quatorze heures de travail.

Il sentit qu'elle lui serrait la main tout en gémissant. Elle fit la grimace, vida ses poumons de l'air qu'ils contenaient, puis elle inspira de nouveau, prête à recommencer.

La sage-femme l'arrêta.

— Je vois le crâne. Respirez à petits coups, maintenant, et ensuite juste une petite poussée.

— Je vois ses cheveux ! s'exclama-t-il.

Naomi leva les yeux vers lui.

— Pour de bon ?

— Pour de bon. Tu l'as fait, et je t'aime tellement !

Il regarda anxieusement le bébé sortir. La sage-femme s'assura que le cordon n'entourait pas le cou, mais tout allait bien.

— Poussez une dernière fois, dit-elle, et vous aurez votre enfant dans les bras.

Hochant la tête, Naomi fit un effort ultime, et le bébé vint au monde en criant. Aussitôt, la sage-femme le déposa sur le ventre de sa mère.

Tom ignorait qu'on pouvait être aussi heureux. Il n'aurait su dire à quel moment il s'était mis à pleurer. Etait-ce lorsqu'il avait vu ce superbe nouveau-né ? Ou quand Naomi avait bercé son enfant, les yeux remplis d'amour ?

— Vous êtes prêt à couper le cordon, papa ?

— Essayez seulement de m'en empêcher !

— A vous, dit la sage-femme en lui tendant les ciseaux. Coupez entre les deux clamps.

Il s'exécuta, le visage ruisselant de larmes.

— Vous voulez connaître son sexe ?

Il avait presque peur de toucher ce nouveau-né si beau et précieux, mais il le retourna doucement.

— Nous avons une fille ! L'échographe ne s'était pas trompé…

La sage-femme sourit largement.

— Vous avez choisi son nom ?

— Oui, répliquèrent Naomi et lui avec un bel ensemble.

Posant la main sur le crâne minuscule, il précisa :

— Sophia Grace.

Il baissa les yeux vers son épouse et sa fille et, émerveillé, se pencha pour déposer un petit baiser sur la joue du bébé.

— Je vous aime tellement, toutes les deux, murmura-t-il.

— Je t'aime aussi, dit Naomi. Et je suis la femme la plus heureuse de toute la planète.

Ils s'embrassèrent, mêlant leurs larmes de joie.

Il avait encore du mal à croire en son bonheur. Il avait une fille ! Une belle petite fille qu'il aimait déjà à la folie et qu'il comptait bien protéger jusqu'à la fin du monde.

Après l'expulsion du placenta, la sage-femme les laissa seuls.

— Ma chérie, merci d'être entrée dans ma vie, d'être tombée dans mes bras et d'avoir tenu bon.

— Tu en valais la peine, souffla Naomi.

— Quelle chance nous avons ! Toute cette joie, tout cet amour… Je vais chérir chacune des secondes que je passerai avec Sophia et toi.

— Moi aussi.

La sage-femme revint pour faire la toilette du bébé et évaluer son score d'Apgar. Un instant plus tard, elle plaçait la petite fille dans les bras de son père.

Le cœur débordant d'amour, il déposa un nouveau baiser sur les cheveux du bébé. Bien au chaud, le nouveau-né battit des paupières pour se protéger contre la violence des néons et le regarda.

Empli d'orgueil et d'amour, il lui caressa la joue, puis il se tourna vers la femme qu'il aimait et lui prit la main.

Ensemble, ils étaient forts. Ensemble, ils pouvaient affronter tous les coups du sort.

JANICE LYNN

Une passion à défendre

Blanche

HARLEQUIN

Cet ouvrage a été publié en langue anglaise
sous le titre :
SURGEON BOSS, SURPRISE DAD

Traduction française de
VIRGINIE MAURICE

Ce roman a déjà été publié en mars 2009

83-85, boulevard Vincent-Auriol, 75646 PARIS CEDEX 13.
Service Lectrices — Tél. : 01 45 82 47 47
www.harlequin.fr

1.

« Car tu es poussière et à la poussière tu retourneras… »

Les paroles du pasteur se brouillèrent dans l'esprit accablé de Liz.

Elle ne pouvait croire que Gramps était parti pour de bon, que jamais plus il ne lui prendrait la main ni ne l'appellerait « Liz chérie ». Sa voix rieuse et ses yeux d'un bleu lumineux s'étaient éteints pour toujours.

Même si son rire, elle l'avait rarement entendu au cours des deux années qui venaient de s'écouler en raison de l'insuffisance cardiaque congestive qui le minait. Puis, vers la fin, une démence sénile s'en était mêlée, et Liz ne savait plus s'il la reconnaissait vraiment. Parfois, une étincelle de lucidité dans ses yeux fatigués suffisait à lui redonner l'espoir et la force de continuer à se battre.

Une larme roula sur sa joue.

Pourtant, elle n'ignorait pas que ce départ avait été pour lui une délivrance. Un sentiment qu'elle éprouvait elle-même de manière diffuse, malgré toute sa souffrance.

Non que son grand-père ait été un seul instant un fardeau. C'était lui qui, des années auparavant, l'avait prise sous son aile, alors que personne ne se souciait de son sort.

Néanmoins, avoir à assumer pendant la journée son travail d'infirmière à l'hôpital puis, le soir, prendre le relais de celle qui s'occupait de Gramps avait représenté une lourde tâche, tant sur le plan physique que moral.

Cela dit, elle aurait trouvé en elle un courage inépuisable si Gramps avait pu s'en trouver mieux.

Mais elle n'ignorait pas que quoi qu'elle fasse, elle ne faisait que repousser l'inévitable, et elle avait vu dépérir jour après jour celui qui avait été une vraie force de la nature.

Heureusement, il y avait eu Adam. Sans doute serait-elle devenue folle s'il n'avait pas été là pour la soutenir.

Le Dr Adam Cline était un ange de patience et de compréhension. Dieu sait pourtant que leur relation avait été compliquée, entre les rendez-vous en coup de vent — lorsqu'ils n'étaient pas carrément annulés à la dernière minute — et les soirées qu'elle devait écourter pour rentrer au chevet de Gramps.

Elle avait promis à son grand-père de tout faire pour le garder à la maison, lui dont la hantise était de mourir dans une maison de retraite. Grâce à l'appui d'Adam, elle avait tenu parole.

Un tel dévouement ne cessait de l'étonner. Jamais elle ne pourrait assez le remercier.

Elle jeta un regard à l'homme brun à la stature imposante assis à son côté sur le banc d'église.

Il tenait sa main serrée entre les siennes et lui caressait doucement la paume.

Elle lui rendit sa pression avec force pour lui témoigner toute sa reconnaissance.

Connaissant l'aversion que lui inspiraient les enterrements, elle lui avait assuré qu'elle comprendrait très bien s'il n'assistait pas à celui de son grand-père.

Malgré tout, il était là, les traits tirés, pour la soutenir dans cette terrible épreuve.

Elle n'en avait jamais vécu de pire. Pas même lorsque sa mère s'était détournée d'elle pour fuir vers d'autres horizons. Ni même quand on lui avait annoncé que ce père qu'elle n'avait jamais connu venait de mourir dans un accident de voiture.

Aujourd'hui, c'était une part d'elle-même qui mourait en même temps que Gramps. Il l'avait élevée, choyée et aidée à devenir la femme qu'elle était à présent.

Le service touchait à sa fin, et tous se regroupèrent autour de la tombe de Gramps pour lui adresser un dernier adieu.

Rassemblant ses forces, Liz se pencha pour recueillir un peu de terre dans le creux de sa paume puis la lança sur le cercueil de bois.

Comme une nouvelle bouffée de sanglots lui montait à la gorge, elle se détourna précipitamment pour se blottir contre la poitrine d'Adam.

— Il est plus heureux à présent, ma chérie, murmura-t-il à son oreille.

— Je sais bien…

Plus heureux, certes, songea-t-elle en se remémorant le calvaire qu'il avait vécu.

Elle resta dans les bras d'Adam le temps de sécher ses larmes.

Après avoir pris une profonde inspiration, elle s'écarta, prête à recevoir les condoléances de l'assistance — amis et collègues de Liz pour la plupart puisque parmi ceux de Gramps, très peu lui avaient survécu et que, depuis sa maladie, il n'avait plus guère de vie sociale.

Elle aurait de nouveau craqué si elle n'avait senti le bras d'Adam passé autour de sa taille ainsi que la présence réconfortante de son amie Kelly.

On ne pouvait rêver meilleur soutien, mais Liz, en cet instant, n'aspirait qu'à une chose : s'isoler du reste du monde pour pouvoir pleurer tout son soûl la perte de son grand-père.

Lorsque Adam la reconduisit jusqu'à son cabriolet, c'est à peine si elle tenait sur ses jambes.

Il lui ouvrit la portière côté passager et elle se laissa choir dans le siège de cuir. Jamais elle n'avait ressenti une telle lassitude, pas même la fois où elle avait effectué deux gardes d'affilée à l'hôpital.

A présent, une maison vide l'attendait. Ou plutôt, une maison peuplée de souvenirs.

Tout lui rappellerait Gramps. A commencer par le lit

médicalisé installé dans le salon, faute de place dans les deux chambres à coucher.

Heureusement, le vieil homme s'y était plu. Par la fenêtre, il pouvait contempler à loisir les fleurs du jardin dont Liz prenait un soin extrême — même si pour cela elle devait se lever aux aurores.

Son grand-père avait toujours aimé les roses. Il disait qu'elles lui rappelaient sa chère Georgina. Il les contemplait durant des heures entières. Liz était alors persuadée qu'elles avaient le pouvoir de le faire voyager — sinon en pensée, du moins en rêve — jusqu'à des régions lointaines où il avait jadis connu santé et bonheur.

Elle poussa un profond soupir.

Il était temps de faire le deuil de Gramps, de tourner la page sur les moments douloureux qu'elle venait de vivre pour ne garder que les souvenirs heureux.

Adam sortit de la place de parking en marche arrière puis, s'arrêtant, il se tourna vers Liz qu'il considéra en silence.

A son tour, elle sonda son visage marqué, cherchant à lire ses pensées dans la profondeur de ses yeux bleus.

— Ça va ? demanda-t-il enfin.

— Je suis juste très fatiguée…

— Ces derniers jours ont été rudes et tu n'as pratiquement pas dormi.

Elle acquiesça d'un vague signe de tête. C'était vrai. Depuis le dimanche matin où elle avait tenté en vain de réanimer Gramps, elle avait à peine fermé l'œil.

— J'aurai tout le temps maintenant que Gramps n'est plus là, murmura-t-elle tandis qu'Adam enclenchait la marche avant.

Sa voix avait tremblé en prononçant ces mots.

De fait, désormais les choses seraient beaucoup moins compliquées. Une vie nouvelle se profilait, toute simple. Et très vide…

Une peur panique s'empara d'elle et elle dut se mordre violemment les lèvres pour ne pas éclater en sanglots.

Mais la phrase jaillit de sa bouche avant qu'elle ait pu la retenir.

— Qu'est-ce que je vais devenir sans lui ?

— Tout ira bien, Liz, répondit Adam avec douceur. Tu es forte. Le temps aidant, ta peine s'atténuera.

Adam incarnait la voix de la raison, elle le savait, mais son cœur ne voulait rien entendre.

— Il me manque déjà…

Il hocha la tête.

— Cela va te faire tout drôle, toi qui as toujours vécu avec lui.

— J'aurais voulu que tu le connaisses avant sa maladie. Un vrai boute-en-train. Il était si gentil, si juste. C'était la crème des hommes…

La main droite d'Adam lâcha le volant pour venir lui effleurer la joue.

— Tu prêches un converti, chuchota-t-il.

Elle lui sourit à travers ses larmes et, confusément, songea que lui non plus n'était pas mal dans son genre. Ce que Gramps lui avait souvent répété, d'ailleurs, lorsqu'il avait toute sa raison.

Adam ne supportait pas de voir Liz dans un tel état d'abattement.

Il comprenait qu'elle ne pût se résoudre à voir partir son grand-père qui avait été le pilier de sa vie.

Pourtant, ils étaient censés s'y être préparés puisque, dès le début, ils avaient su que ses jours étaient comptés.

En vérité, Gramps avait défié tous les pronostics « en jouant les prolongations ». Mais dans quelles conditions, Seigneur ! songea Adam avec une infinie tristesse.

Liz s'était battue pour l'arracher aux griffes de la mort, mais celle-ci avait fini par être la plus forte.

Personnellement, Adam était convaincu que Gramps avait maintes fois appelé cette mort de ses vœux pour qu'elle vienne abréger ses souffrances.

Parfois, il avait lu une expression suppliante sur le visage torturé du vieil homme, comme si celui-ci l'eût imploré de convaincre Liz de cesser de s'acharner et d'accepter de le laisser partir.

Son regard quitta la route pour venir se poser sur le visage pâle de Liz où se détachaient ses grands yeux bruns rougis par les larmes et l'insomnie.

Confronté au quotidien à la mort et à la maladie, lui-même s'était endurci. Toutefois, il sentait cette cuirasse se fissurer devant le désarroi de Liz, elle-même si solide habituellement.

Il aurait tout donné pour pouvoir effacer sa douleur. Or il savait, pour avoir perdu ses parents, que seul le passage du temps possédait cette vertu.

La seule chose qu'il pouvait faire, c'était lui tenir la main pour l'aider à traverser cette épreuve.

Ignorant la douleur qui lui vrillait la tempe droite, il engagea le cabriolet sur la voie rapide et prit la direction de la ville.

Le cimetière où Gramps reposait à cette heure auprès de la grand-mère de Liz était situé à une trentaine de kilomètres de Robertsville. Il allait ramener Liz chez elle, la forcer à manger un peu et la mettre au lit. Elle était au bord du malaise, et lui-même ne se sentait guère vaillant avec cette migraine qui refusait de le lâcher.

— La maison va me paraître bien vide, dit-elle en regardant défiler les champs de maïs que les pluies abondantes tombées au début de l'été sur le Mississippi avaient rendus fertiles.

— Je vais rester avec toi, proposa-t-il.

Ainsi qu'il l'avait fait les deux nuits précédentes.

La première, ils l'avaient passée tous les deux sur le minuscule divan du salon, encore tout encombré de matériel médical. Blottie contre lui, Liz avait évoqué les souvenirs de son grand-père entre deux crises de larmes et, bien qu'épuisée, elle n'avait dormi qu'une petite heure sur le matin.

La deuxième nuit, il l'avait obligée à se coucher dans son lit tandis qu'il restait sur le divan. Elle n'avait sans doute pas dormi davantage, mais au moins était-elle installée confortablement. Quand il s'était réveillé à l'aube, il n'avait été nullement surpris de la retrouver contre lui, le regard rivé au grand lit vide de son grand-père.

Elle eut un petit signe de tête.

— Merci, Adam…

Il lui sourit. Il n'avait jamais été dans ses intentions de la laisser seule, pleurant comme une âme en peine sans que le sommeil vienne la délivrer.

— Je vais m'arrêter chez le traiteur pour acheter de quoi dîner. Il faut absolument que tu manges quelque chose.

— Je sais, mais je ne peux rien avaler, dit-elle en faisant la grimace. Mon estomac est noué. Plus tard, peut-être. Pour l'instant, je n'ai qu'une envie : me coucher et ne plus penser à rien. Si, du moins, j'y arrive…

Il comprenait son manque d'appétit, mais elle devait à tout prix reprendre des forces. Mme Evans, sa femme de ménage, lui avait laissé du potage fait maison, et il essaierait de convaincre Liz d'en manger un peu.

— Où sommes-nous ? demanda-t-elle lorsqu'il s'arrêta, ne s'étant pas rendu compte qu'ils avaient dépassé la maison de bois où son grand-père avait vécu pendant plus de cinquante ans.

— Je t'emmène chez moi, finalement. Tu y seras mieux pour te reposer.

— Mais ce n'est pas ce qu'on avait… Tu as raison. C'est préférable, conclut-elle avec un sourire timide.

Adam sourit à son tour.

Il savait qu'elle accepterait. Il la connaissait bien, sa Liz.

L'année qui venait de s'écouler avait vu naître leur amour et l'épreuve qu'il l'avait aidée à traverser les avait beaucoup rapprochés.

Cette année avait été la plus intense de sa vie.

Une vie qui, jusqu'alors, avait été exclusivement tournée vers le travail. Les aventures qui l'avaient émaillée, aussi bien tumultueuses que superficielles, n'avaient réussi qu'à le focaliser davantage sur son métier de chirurgien.

Liz l'avait réconcilié avec l'idée du mariage, au point qu'aujourd'hui, il lui tardait de lui demander sa main.

Il se souvenait de leur premier dîner aux chandelles durant lequel ils avaient échangé des confidences. Elle l'avait taquiné, lui faisant remarquer que mieux valait être un bourreau de travail qu'un bourreau des cœurs.

Elle avait accompagné sa plaisanterie d'un sourire désarmant et il avait su à cet instant qu'il avait trouvé l'âme sœur. Celle avec qui il fonderait une famille et auprès de qui il finirait ses jours.

Depuis, il avait effeuillé avec délice chaque facette de sa personnalité et ces découvertes n'avaient fait qu'accroître son amour. A une nature douce et courageuse, elle joignait un humour piquant qui ne cessait de le surprendre.

Le jour où elle avait répondu à sa flamme avait fait de lui le plus heureux des hommes.

Une nouvelle onde de douleur traversa sa tempe droite, lui rappelant que le tableau n'était pourtant pas sans nuages.

Des élancements s'étaient multipliés durant ces deux dernières semaines au point qu'il avait dû consulter son ami médecin urgentiste, le vendredi précédent, pour se faire prescrire un traitement antimigraine.

Mais d'après Larry, son problème n'était pas simplement dû au stress. Et lorsque Adam avait mentionné sa fatigue chronique et ses crampes musculaires à répétition, Larry avait même estimé que ces symptômes étaient suffisamment graves pour justifier un bilan sanguin complet et une IRM cérébrale.

Il les lui avait programmés pour le lundi suivant, mais le décès de Gramps était venu tout chambouler.

Adam avait beau se répéter que Larry s'inquiétait pour rien, il sentait lui-même obscurément que quelque chose de grave se tramait dans son corps. Seulement, il n'était pas sûr de vouloir savoir quoi.

S'il n'avait pas été au volant, il aurait fermé les yeux de toutes ses forces.

Heureusement, Liz vint détourner le cours infernal de ses réflexions.

— A quoi penses-tu ?

— J'étais simplement en train de me demander si mon appartement était présentable, répondit-il, saisissant la première idée qui lui passait par la tête.

Liz avait assez de problèmes en ce moment. Il ne voulait pas l'embêter avec les siens.

Il jeta un coup d'œil dans sa direction et fut heureux de surprendre l'esquisse d'un sourire sur ses lèvres tandis qu'elle l'observait, la tête légèrement penchée vers lui.

— Mme Evans y veille… Et toi-même, tu es un vrai maniaque du rangement. Je serais fort étonnée d'y trouver du bazar.

Il leva les yeux au ciel en prenant un air contrit.

— Tu es toujours passée après la visite de Mme Evans. Cette fois, attends-toi à un choc…

Le regard fixé sur la route, il cligna plusieurs fois des paupières, cherchant à faire disparaître le voile sur son œil droit.

En vain.

Ses peurs revinrent au galop.

Il se rappela l'inquiétude qui avait crispé le visage de Larry. Et encore, il n'avait pas tout révélé à son ami.

Il ne lui avait pas dit que la semaine précédente, par exemple, il n'avait plus senti ses mains durant plusieurs minutes d'affilée, ou que, régulièrement, des fourmillements envahissaient le bout de ses doigts.

Sans doute parce que mettre des noms sur ces symptômes et les prononcer à haute voix revenait à les ancrer dans la réalité, et il n'y était pas prêt.

Non, il n'avait avoué à personne que, pendant la quinzaine qui venait de s'écouler, son corps s'était mis à se détraquer, et qu'à certains moments, il en perdait jusqu'au contrôle.

A personne. Et à lui-même, pas davantage.

2.

Allongé sur le canapé de son salon, Adam ne quittait pas des yeux le manteau de la cheminée où reposait la pendulette ayant appartenu à sa mère.

Son cadran qui luisait dans l'obscurité marquait 1 heure du matin et les secondes qu'elle égrenait inexorablement résonnaient dans le silence épais.

Il avait beau essayer de se détendre, tous ses sens restaient en éveil.

Nul besoin d'en chercher bien loin la raison : Liz dormait de l'autre côté de la cloison, dans la chambre à coucher.

Il serait bien allé la rejoindre s'il n'avait craint de la réveiller. Elle avait tant besoin de dormir !

Lui aussi, d'ailleurs… Une journée chargée l'attendait le lendemain au bloc, et il lui fallait au moins grappiller quelques heures de sommeil.

Depuis quinze jours, il n'avait pas beaucoup dormi. Comment s'étonner dès lors que son corps, sollicité plus que de raison, finisse par lui jouer des tours ?

Un peu de repos et tout rentrerait dans l'ordre. Du moins l'espérait-il.

Comprenant qu'il ne s'endormirait pas tant qu'il ne se serait pas assuré que Liz allait bien, il rejeta le drap à l'extrémité du canapé et se leva.

Sur la pointe des pieds, en caleçon, il gagna la porte de la chambre. Liz l'avait laissée entrouverte après avoir pris un bain chaud.

La lumière était restée allumée.

Il se glissa dans l'embrasure et s'approcha avec précaution du lit.

Liz dormait, la tête posée sur son bras replié et le visage à demi caché par ses cheveux en bataille.

Sans doute avait-elle encore beaucoup pleuré, car ses paupières étaient gonflées et elle respirait péniblement par la bouche.

Résistant à l'envie d'ôter une mèche qui lui barrait les lèvres, il tendit la main et appuya sur l'interrupteur de la lampe.

Il entendit alors la voix ensommeillée de Liz l'appeler dans l'obscurité et se figea net.

— Je suis désolé..., murmura-t-il. Je ne voulais pas te réveiller.

— Quelle heure est-il ?

— 1 heure passée.

— Et tu n'es pas couché ?

— Si, mais sur le canapé.

— Le canapé, pourquoi ? demanda-t-elle en se redressant sur un coude.

— Pour te laisser tranquille. Tu as besoin de dormir.

— C'est de toi que j'ai besoin, dit-elle d'une voix bien distincte, cette fois.

Ces mots lui procurèrent un bien-être immédiat, et il laissa échapper un long soupir qui soulagea sa poitrine oppressée.

A la vérité, c'était pour les entendre qu'il était venu jusqu'à elle.

Il savait parfaitement qu'il allait la trouver endormie car, dans le cas contraire, elle serait venue le rejoindre sur le canapé.

Et si, pour son malheur, elle ne s'était pas réveillée, il serait reparti dans le salon aussi stressé qu'auparavant.

Cette nuit, il voulait la passer auprès de Liz et nulle part ailleurs.

Il brûlait de lui répondre que lui aussi avait besoin d'elle, à un point dont elle n'avait pas idée. Mais il n'aurait fait qu'éveiller inutilement ses inquiétudes.

De quel droit lui aurait-il fait porter des angoisses qui, pour l'instant, ne reposaient sur aucun fondement ?

Il lui cacherait ses incertitudes tant qu'il ignorait ce qui se passait, il ne voulait pas être un fardeau de plus pour une femme qui en avait bien plus que sa part.

Puisqu'il n'avait aucune prise sur l'avenir, il devait se concentrer sur l'instant présent et le vivre intensément avec Liz.

Elle souleva doucement le drap.

— Viens, dit-elle comme si elle avait lu dans ses pensées.

Il se glissa à son côté et la serra contre lui, se laissant pénétrer par la chaleur et par le parfum de son corps.

Il tenait entre ses bras ce qu'il avait de plus cher au monde : la femme qui lui avait prouvé que le bonheur existait.

Un bonheur qui, il le sentait en cette minute, ne tenait plus qu'à un fil.

— Adam ? murmura Liz avec une pointe d'anxiété dans la voix.

Il l'étreignit plus fort et lui effleura les lèvres d'un baiser.

— Rendors-toi, ma chérie.

Elle dut le sentir se détendre car elle cala sa tête dans le creux de son épaule et lui souhaita une bonne nuit.

Oui, à présent, elle le serait, songea-t-il, plongeant à son tour dans le sommeil.

Adam prit une profonde inspiration et préleva un fragment de glande mammaire qu'il déposa sur le plateau à l'intention de l'anatomopathologiste.

Celui-ci déterminerait si la tumeur — dont la taille avait été réduite grâce aux séances de radiothérapie ciblées — avait métastasé.

Réprimant une formidable envie de remuer les doigts

pour en chasser les fourmillements, il acheva l'ablation du sein droit de Beverly Gilley.

Puis il préleva quelques ganglions axillaires qui allaient également faire l'objet d'une analyse.

Il dut serrer son instrument de toutes ses forces pour être sûr qu'il ne lui échappe pas et suspendit son souffle de peur de trembler.

Il avait fini de préparer la zone chirurgicale pour faciliter, plus tard, la reconstruction et il commençait à refermer l'incision, plus sereinement à présent que les phases critiques étaient passées, quand l'anesthésiste s'alarma.

— La sat en oxygène est en chute libre ! lança-t-il.

Il augmenta aussitôt l'oxygénation tout en vérifiant qu'elle s'effectuait correctement par le masque.

— La tension artérielle s'effondre ! renchérit l'infirmière.

Essayant de faire taire la voix dans sa tête qui lui demandait à quel moment il avait fait une erreur, s'il avait manqué quelque chose parce que ses mains le préoccupaient, il fit une rapide évaluation de l'état de la patiente. Des plaques d'érythème étaient apparues sur sa peau.

— Elle fait un choc opératoire ! Arrêtez tout ! cria-t-il à l'anesthésiste avant de se tourner vers l'infirmière. Vite, adrénaline en sous-cutané et Bénadryl en IV !

— Oui, monsieur, dit-elle en s'exécutant.

A cet instant, Adam prit conscience qu'il était en train de se masser les tempes avec ses doigts gantés. Il cessa immédiatement, espérant que ce geste serait mis sur le compte du stress et de son inquiétude pour sa patiente.

Certes, il était stressé, mais il avait aussi ressenti le besoin irrépressible de soulager son front enflammé par la migraine et le bout de ses doigts engourdis.

Il baissa les yeux sur Mme Gilley et l'observa avec attention.

— On termine dès qu'elle est stable, déclara-t-il, son sang-froid recouvré.

Une heure plus tard, assis dans l'annexe du bloc, il se repassait toute l'opération en esprit, cherchant à déterminer à quel moment dans la procédure il avait bien pu faillir. Mais ce n'était pas le cas. Certes, il était fatigué, son œil droit était voilé, il avait des fourmillements dans les doigts. Mais même au meilleur de sa forme, il n'aurait pu éviter le choc opératoire.

Pourtant, l'essentiel n'était-il pas d'avoir pu enrayer la crise à temps ?

— Tout va bien, docteur Cline ? demanda une voix derrière lui.

Adam sursauta et, tournant la tête, il découvrit le Dr Roger Bell.

— Le Dr Krick m'a expliqué ce qui s'était passé cet après-midi au bloc, ajouta le chirurgien orthopédique. Tout le monde a été impressionné par la rapidité avec laquelle vous avez posé le bon diagnostic et réagi en conséquence. Je me joins à ce concert d'éloges.

— Je n'ai fait que mon travail, répondit Adam.

En fait, il ne pouvait s'ôter de la tête qu'il était d'une façon ou d'une autre responsable.

La situation était réellement critique, mais il ne pouvait tout de même pas cesser d'opérer. Quoique, au train où allaient les choses, il y serait peut-être obligé…

Seul le résultat des examens lui fournirait la réponse. Encore fallait-il qu'il les passe. L'enterrement de Gramps l'avait contraint à annuler ses rendez-vous et il n'en avait pas pris de nouveaux.

Il savait que plus il repousserait l'échéance, moins bien il se sentirait, et il fallait reconnaître que cela n'allait déjà pas fort. Il se promit donc de téléphoner avant la fin de la journée.

Dieu merci, ses réflexes avaient pris le relais, lui permettant de mener l'opération avec succès. Mais ces félicitations avaient beau émaner d'un médecin aussi brillant que le Dr Bell, elles ne suffisaient pas à effacer son sentiment de culpabilité.

Il soupira, songeant à la tête que son collègue ferait s'il

savait que, durant l'intervention, ses doigts ne lui avaient plus obéi.

— Allons, ne soyez pas modeste, reprit le Dr Bell. Une telle présence d'esprit n'est pas donnée à tout le monde. Sans vous, la patiente était perdue.

Il referma son casier d'où il venait de retirer un pantalon et une chemise d'un blanc immaculé.

— Je suis un peu surpris de vous voir parmi nous aujourd'hui, ajouta-t-il. J'aurais cru que vous passeriez la journée avec Liz. J'ai appris pour son grand-père. C'est bien triste… Vous voudrez bien lui transmettre mes condoléances ?

Adam hocha la tête.

— Je n'y manquerai pas.

— J'imagine que vous n'allez pas tarder à convoler en justes noces, à présent qu'elle est libre…

— Nous n'avons encore rien prévu, répondit Adam tout en songeant que ce n'était pas ses affaires.

Cette réponse le replaça malgré lui au cœur de ses préoccupations.

Comment pouvait-il prévoir quoi que ce soit avec une épée de Damoclès suspendue au-dessus de sa tête ?

Une épée dont il voyait régulièrement passer l'ombre devant ses yeux et dont il sentait jusqu'au tranchant lui piquer le bout des doigts.

— Je viens de recevoir le résultat des examens que tu as passés hier. Pour ceux du labo, il n'y a rien à redire, annonça Larry dont l'air sombre démentait cependant les propos.

Adam craignait d'en entendre davantage.

Il aurait voulu se lever et laisser son ami en plan — lui et toutes les mauvaises nouvelles qu'il s'apprêtait à lui annoncer.

Mais fuir n'était pas la solution.

— Et l'IRM ? demanda-t-il en affrontant son regard.

Larry baissa les yeux.

— Eh bien, j'aimerais pouvoir en dire autant…

— Je t'écoute, dit Adam, avec impatience, incapable de supporter davantage cet atermoiement.

— L'IRM a révélé des lésions de la myéline au niveau du système nerveux central.

Adam se renversa dans son fauteuil.

Une démyélinisation ? Une destruction des fibres protectrices des cellules nerveuses ? Mais…

Qu'est-ce qui avait bien pu déclencher le processus ? Pourquoi maintenant ? Et pourquoi lui ?

— Ce qui signifie, au juste ? demanda-t-il, reconnaissant à peine le son de sa voix.

— Pour le savoir, il faut consulter un neurologue.

— Un neurologue ? répéta-t-il comme s'il entendait ce mot pour la première fois.

Ce fut sans doute l'impression qu'eut Larry car il le dévisagea d'un drôle d'air.

Bien entendu, Adam savait parfaitement qu'un neurologue est le spécialiste des pathologies du cerveau et du système nerveux.

Mais, en cet instant, le sens de ce terme acquérait une tout autre dimension. Car il s'agissait de son corps, de sa vie, de son avenir.

Une démyélinisation… Une maladie auto-immune. Ce qu'elle impliquait était encore plus terrifiant.

Pour le cas où, dans sa confusion d'esprit, il l'aurait oublié, Larry se chargea de préciser les choses.

— Je t'ai pris un rendez-vous avec le Dr Winters, à Jackson. Toute cette semaine, il est en séminaire, mais il te recevra lundi prochain, à la première heure.

Il s'éclaircit la gorge avant d'ajouter :

— C'est un spécialiste de la sclérose en plaques… Du fait de la démyélinisation, on est obligé de l'inclure dans la liste des diagnostics.

Adam s'efforçait d'y voir clair et de tenir un raisonnement cohérent.

Le discours de Larry était médicalement recevable : la sclérose en plaques comptait au nombre des possibilités. Mais ce n'était qu'un nom sur la liste. Un parmi d'autres.

— Tu vas devoir passer des examens complémentaires, continua Larry.

Adam fit la grimace.

— Une ponction lombaire ?

Son ami confirma d'un signe de tête.

— Ainsi qu'une étude des potentiels évoqués afin d'évaluer la circulation de l'influx nerveux et de déterminer les différentes atteintes neurologiques.

Pour la énième fois, Adam passa ses symptômes en revue : état de fatigue général, troubles visuels, céphalées, paresthésie, spasticité.

Toute la panoplie morbide de la sclérose en plaques, c'était indéniable. Cette maladie où l'on pouvait finir paralysé…

Mais il ne fallait pas céder à la panique, se répéta-t-il. Tant que le diagnostic n'était pas posé, il restait un espoir.

Un espoir auquel il se raccrochait de toutes ses forces.

3.

Liz descendit le perron du foyer de personnes âgées auquel elle faisait don de l'équipement médical de Gramps.

D'un pas rapide, elle rejoignit Adam qui déchargeait les cartons de la camionnette qu'il avait empruntée à un ami pour l'occasion.

— Il reste encore des choses à transporter ? demanda-t-elle tandis qu'il déposait le déambulateur que Gramps avait utilisé dans les premiers temps de sa maladie.

— Juste le lit, répondit-il sans la regarder.

Elle l'observa en silence.

Il n'avait pas lâché la barre de fer et semblait même s'y agripper avec force s'il fallait en croire ses phalanges toutes blanches.

Enfin, il releva la tête et le masque rigide, d'une pâleur effrayante, de son visage la pétrifia.

Elle n'eut pas le temps de s'enquérir de son état car Glenda, la directrice de l'établissement, intervint, faisant savoir à Adam qu'elle allait lui chercher du renfort.

Il la remercia d'un bref sourire qui ressembla davantage à un rictus puis regagna lentement la camionnette.

Quelques minutes plus tard, il sortit le lit du véhicule avec l'aide des deux employés qui le roulèrent jusqu'au bâtiment.

Le cœur serré, Liz regarda le meuble disparaître derrière les larges portes.

— Ça va aller, dit Adam qui l'avait rejointe et observait l'opération lui aussi.

Elle crut qu'il cherchait à la rassurer, mais même s'il se tenait à côté d'elle, il ne la regardait pas. Son attention était fixée sur le lit, pas sur elle.

Bien sûr, elle savait qu'Adam avait été très attaché à Gramps, qu'il avait passé beaucoup de temps avec lui, mais jamais elle n'aurait pensé que ce déménagement le bouleverserait à ce point.

Elle lui posa une main sur le bras.

— Cela me fait bizarre de voir partir ce lit, dit-elle. Pendant des mois, ma vie a gravité autour…

Adam parut se réveiller et son regard s'adoucit.

— Je sais, murmura-t-il.

Elle se haussa sur la pointe des pieds pour lui déposer un baiser sur la joue.

— Oh, Adam… Perdre Gramps est la pire des choses qui pouvaient arriver. Si je ne t'avais pas à mes côtés, je ne sais vraiment pas comment je m'en sortirais…

— Mille mercis ! intervint Glenda en revenant vers eux. Liz, vous allez en faire des heureux, vous savez.

Tel aurait été le souhait de Gramps, songea Liz. Que son équipement médical profitât à des malades déshérités.

De plus, elle avait voulu s'en défaire au plus vite. Ses yeux ne pouvaient plus se poser sur le lit sans se remplir de larmes.

— Et vous, docteur Cline, c'est toujours un plaisir de vous voir…, poursuivit Glenda.

Son regard admiratif s'attarda sur Adam dont le T-shirt laissait deviner la solide musculature.

Bien qu'agacée, Liz ne pouvait reprocher à Glenda d'être sensible au charme viril qui émanait de lui.

— Docteur…, je me demandais si vous pouviez passer voir Mme Guess, reprit Glenda d'une voix hésitante. Elle a une vilaine plaie au ventre qui, je le crains, nécessite un débridement. Vous vous rappelez qu'il a fallu l'hospitaliser l'année dernière pour un problème similaire. En y jetant un coup d'œil, vous me diriez s'il faut ou non prendre rendez-vous. C'est que, voyez-vous, je dois prévoir toute une logistique. Mme Guess a déjà du mal à sortir de sa chambre !

— Pas de problème, répondit aussitôt Adam.

Il était censé être de repos. Et du repos, il en avait sérieusement besoin, se dit Liz en le voyant se passer une main sur le front.

Il avait dû mettre les bouchées doubles à l'hôpital afin de rattraper le retard qui s'était accumulé durant son absence. En outre, depuis des semaines il lui apportait son soutien, ne comptant ni ses heures ni son investissement. A présent, c'était à elle de s'occuper de lui.

Elle insisterait pour conduire la camionnette au retour et, ce soir, elle le traiterait comme un coq en pâte : dîner fin, bain chaud et massages à volonté.

Adam, qui se frottait la tempe, interrompit immédiatement son geste lorsqu'il s'aperçut qu'elle le regardait et Liz en éprouva un obscur malaise. Bien que la directrice ne l'eût pas invitée, elle se permit de les suivre jusqu'à la chambre de Mme Guess, pour le cas où Adam aurait besoin d'elle.

La vieille dame avait le regard rivé à l'écran de son vieux téléviseur et la directrice eut toutes les peines du monde à l'en détourner.

Après avoir demandé à Glenda une paire de gants stériles, Adam se lava longuement les mains. Plus longtemps que d'habitude. Ce que Liz trouva étrange.

Mais ce fut avec le sourire qu'il se les sécha puis enfila les gants avant de s'approcher de sa patiente.

— Alors, madame Guess, depuis quand ce ventre vous fait-il des misères ? demanda-t-il.

— Je ne sais pas trop, répondit-elle, le regard toujours fixé sur l'écran de télévision. Je me suis réveillée un beau matin avec un point rouge. Et depuis, cela ne fait qu'empirer.

— Est-ce qu'il en sort du liquide ?

Adam dut attendre que l'avocat qui se démenait sur le petit écran ait achevé sa plaidoirie pour obtenir une réponse à sa question.

Puis la coupure publicitaire tomba à point nommé, lui permettant enfin de capter toute l'attention de la vieille dame.

Elle tourna la tête et le regarda par-dessus la monture de ses lunettes.

— Oui, une sorte de liquide jaunâtre. J'en retrouve chaque fois dans les pansements, répondit-elle avec un geste vague en direction de son abdomen.

— Bon. Vous allez me montrer tout ça. Voulez-vous que je vous aide à vous allonger ou préférez-vous rester dans votre fauteuil ?

— Ici, ça ira très bien, répondit-elle en tapotant les accoudoirs décorés de napperons au crochet.

Elle releva son chemisier, révélant un pansement tout fripé qu'elle ôta prestement.

— Voilà… Ce n'est pas beau à voir, n'est-ce pas ?

Adam se pencha sur la plaie, un large abcès sanguinolent qui le fit grimacer.

— Avez-vous de la fièvre ? demanda-t-il.

— Je n'en sais rien. Je n'ai pas pris ma température, dit-elle, visiblement contrariée par la question d'Adam qui venait de lui faire rater la reprise de son feuilleton.

Elle ajouta après quelques instants :

— Maintenant que vous m'en parlez, c'est vrai que, ces temps-ci, j'ai comme des suées. La chaleur, sans doute…

— Vous faites une infection, conclut Adam, les sourcils froncés. Nous allons devoir la soigner à l'hôpital. Je vais téléphoner pour que l'on vienne vous chercher immédiatement.

— A l'hôpital ! répéta Mme Guess, effarée. Enfin, docteur, vous n'allez tout de même pas m'hospitaliser pour ce malheureux bobo !

— On ne plaisante pas avec ce genre de bobos, comme vous dites. Cela m'a tout l'air d'être l'œuvre d'un staphylocoque doré. De toute façon, vous devez recevoir un traitement antibiotique. Je passerai vous voir demain matin et selon l'état de la plaie, je verrai s'il y a lieu d'opérer, comme je l'ai fait pour votre jambe l'année dernière.

Il ôta ses gants, les glissa dans leur sachet d'origine qu'il scella avec précaution puis se lava les mains une nouvelle fois avant de se tourner vers Liz.

— Je vais me rendre à l'hôpital pour m'occuper de l'admission de Mme Guess, après t'avoir déposée chez toi, expliqua-t-il sans se départir de son ton de voix professionnel.

— Je préférerais t'accompagner…, dit-elle.

Et si, en cette minute ils avaient été seuls, elle lui aurait rappelé — puisqu'il semblait l'avoir oublié — qu'elle voulait saisir toutes les occasions de passer des moments avec lui tant elle les tenait pour précieux.

— Non, répondit-il en évitant son regard. Il se peut que j'en aie pour un moment.

Elle le dévisagea, incapable de dissimuler sa stupeur.

— Cela ne me dérange pas, je t'assure…

— C'est très gentil de ta part, Liz. Mais j'ai aussi des patients à voir. De plus, tu t'es occupée des affaires de ton grand-père pendant toute la journée. Je pense que la dernière chose dont tu as besoin, c'est d'être bloquée à l'hôpital pendant des heures.

La contrariété qu'elle sentit dans sa voix ne fit qu'ajouter à sa confusion.

Pourtant, elle s'abstint de demander une explication, sentant le regard insistant de Glenda posé sur elle. Même Mme Guess avait perçu son malaise et lui jetait des regards à la dérobée.

Elle échangea encore quelques politesses avec la directrice puis rejoignit Adam qui avait déjà regagné la camionnette.

Abasourdie par ce total revirement, elle n'osa même pas lui rappeler qu'ils avaient initialement prévu de passer la journée ensemble. Une remarque qui, à coup sûr, n'aurait fait qu'ajouter de l'huile sur le feu.

Elle passa le trajet du retour à se demander quelle pouvait être l'origine de cette contrariété.

Que celle-ci soit engendrée par la visite impromptue à Mme Guess lui paraissait peu vraisemblable — une réaction en totale contradiction avec le caractère altruiste d'Adam.

Toutefois, elle cherchait à s'en convaincre, car l'alternative la terrifiait. De fait, si ce n'était pas la vieille dame qui avait assombri son humeur, alors c'était forcément elle.

La mort dans l'âme, elle retraça en esprit la scène qu'ils venaient de vivre, cherchant en vain le geste ou la parole qui aurait pu le mettre en colère.

— Adam, il y a quelque chose qui ne va pas ? demanda la voix de Liz à l'autre bout du téléphone, le lendemain soir.

Adam ferma les yeux. Il sentait son inquiétude et la voyait aussi clairement que si elle avait été en face de lui.

Le front plissé, elle devait être en train d'entortiller nerveusement une mèche de cheveux autour de son index.

Lorsque le téléphone avait sonné, il avait lu le nom qui s'affichait sur l'écran. Pourquoi alors ne pas l'avoir ignoré, ainsi qu'il l'avait fait depuis ces dernières vingt-quatre heures ?

Tout simplement parce qu'il avait ressenti le besoin irrépressible d'entendre sa voix.

Mais à présent que lui dire ?

Que durant la matinée il avait subi une série d'examens dont une ponction lombaire ? Et que le lundi précédent le neurologue avait déclaré que les symptômes qu'il présentait correspondaient point par point au syndrome de la sclérose en plaques et qu'il devait par conséquent s'attendre au pire ?

Ne pouvant calmer son angoisse, il avait voulu passer la journée de mardi avec Liz sans se douter une seconde qu'il vivrait un cauchemar.

Avoir à transporter ce matériel médical lui avait fait affronter de plein fouet la maladie. Il s'était imaginé perdant peu à peu l'usage de ses jambes, passant du déambulateur au lit avec son terrible harnachement.

La terreur l'avait envahi, dont il n'avait pas réussi à se défaire car une nouvelle série d'élancements l'avait saisi durant l'examen de Mme Guess, comme pour lui rappeler combien ses craintes étaient justifiées.

Il n'avait pas davantage supporté le regard soucieux de Liz attaché à ses moindres gestes. Un avant-goût de la compassion — sentiment qu'il n'accepterait jamais — qu'elle ne manquerait pas de lui témoigner si le diagnostic de sclérose était avéré.

Il plaqua plus fort le combiné contre son oreille, cherchant à percevoir le bruit de sa respiration.

Mais il n'entendait que le rythme saccadé de la sienne.

Il lui fallait desserrer l'étau qui les oppressait l'un et l'autre, il en sentait toute l'urgence.

— Non. C'est juste que je suis débordé en ce moment, dit-il, regrettant ses paroles à mesure qu'il les prononçait.

Il se traita intérieurement de lâche.

L'angoisse paralysait ses pensées au point qu'il n'avait même pas trouvé la force de dire quelque chose de gentil à Liz.

Il s'en voulait de semer le trouble dans son esprit, déjà fragilisé par les épreuves qu'elle venait de vivre. Et se dire qu'il mentait pour la préserver ne suffisait pas à apaiser sa conscience.

Un silence chargé de tension plana sur la ligne.

Au bout d'un temps qui sembla durer une éternité, Liz osa enfin le rompre et sa voix était presque suppliante.

— Je t'ai cherché avant de quitter l'hôpital. On m'a dit que tu étais déjà parti. Est-ce que tu comptes passer à la maison ? Je pourrais nous commander des pizzas si cela te tente…

— Non, merci, Liz. Pas ce soir. Je suis épuisé, répondit-il, songeant que, sur ce point au moins, il disait la vérité. Demain matin, je m'envole pour Alpharetta et j'ai intérêt à être en pleine forme aux commandes.

Liz resta silencieuse.

Elle devait se demander pourquoi la perspective d'avoir

à piloter son Cessna le lendemain matin l'empêchait de passer la soirée avec elle, puisque jusqu'à maintenant, cela n'avait jamais posé aucun problème.

Et pourtant, songea-t-il, l'inquiétude qui l'agitait n'était rien en comparaison de celle qu'elle aurait éprouvée s'il lui avait révélé sa véritable destination. Car il se rendait, non à Alpharetta, mais à Jackson où aurait lieu son deuxième rendez-vous avec le neurologue.

— Dans ce cas…, murmura-t-elle.

Il sentit qu'elle hésitait et, durant ces quelques secondes, fut sur le point de tout lui avouer.

Non au nom de la vérité, se reprit-il aussitôt, mais uniquement pour qu'elle lui apporte son réconfort et lui promette que, quoi qu'il arrive, elle serait là pour lui.

Car telle serait sa réaction, il en avait la certitude et ne l'en aimait que davantage.

Et c'est précisément parce qu'il l'aimait qu'il garda le silence.

Bien sûr, il aurait voulu l'entendre dire que leur amour était plus fort que tout et qu'elle demeurerait à ses côtés quel que soit le résultat des tests.

Or, que ces tests soient positifs ou négatifs était déterminant, au contraire. N'allaient-ils pas sceller son destin ? S'il avait effectivement contracté la sclérose en plaques, c'était toute sa vie qu'il devrait remettre en question.

Et, en premier lieu, sa relation avec Liz.

La rupture serait alors consommée, car jamais il ne la laisserait passer à côté de sa vie en jouant les perpétuelles gardes-malades.

Cette pensée le frappa de plein fouet et il se hâta de mettre un terme à la conversation avant que Liz ne s'aperçoive de son émotion.

— Désolé, Liz. Je dois te laisser… Bonsoir.

Il raccrocha avant qu'elle puisse ajouter quelque chose.

Surtout, avant qu'il fasse l'aveu inopportun.

*
* *

Le lendemain matin, Adam se rongeait les sangs dans la salle d'attente du cabinet de neurologie du Dr Winters.

Il essayait de s'absorber dans la contemplation de la lithographie accrochée au mur qui lui faisait face. La reproduction d'un tableau de Norman Rockwell représentant le bonheur rayonnant d'une famille américaine réunie autour de la table pour célébrer Thanksgiving. Même la dinde avait l'air à la fête...

Adam était en train de se demander pourquoi la vie n'était pas aussi simple que dans l'univers de ce peintre lorsque la porte s'ouvrit sur le Dr Winters.

Celui-ci le salua et, d'un geste ample, l'invita à entrer et à s'asseoir.

Adam s'exécuta tout en scrutant le visage du neurologue qui réintégrait son fauteuil derrière le bureau.

Il reconnut l'expression qu'il arborait. C'était celle qu'il avait lue sur le visage de Larry quelques jours plus tôt.

Le Dr Winters parcourut du regard le compte rendu posé devant lui puis considéra Adam avec gravité.

— Je n'irai pas par quatre chemins, docteur Cline, dit-il en plaçant la paume de sa main sur la feuille de papier. D'ailleurs, vous vous attendez plus ou moins à une mauvaise nouvelle. Malheureusement, les résultats des tests sont venus la confirmer. Il s'agit bien d'une sclérose en plaques.

Adam dut fermer les yeux car la pièce s'était mise à tourner.

Le vide se fit alors en lui. Un trou noir où il dégringolait et dans lequel ne résonnaient plus que ces mots : sclérose en plaques.

Le cauchemar qui l'avait hanté toute la nuit devenait réalité.

Il fit un effort pour se dominer. Même s'il savait à présent que, quoi qu'il fasse, il ne parviendrait plus jamais à la maîtrise totale de son corps.

Il desserra avec peine ses mâchoires crispées.

— Vous en êtes sûr ? demanda-t-il, les paupières toujours closes.

— Oui. L'analyse du liquide céphalorachidien a mis en évidence une production de protéines, de lymphocytes et une élévation du pourcentage des anticorps, avec profil oligo-clonal. Ces résultats ajoutés à la démyélinisation font qu'il n'y a plus aucun doute possible, même si le potentiel évoqué n'a pas été concluant. Je suis vraiment navré.

Adam rouvrit les paupières.

— Qu'est-ce que cela implique exactement ? A quoi dois-je m'attendre ?

— Etant donné qu'il s'agit de votre première poussée, c'est difficile à dire, répondit le Dr Winters. L'atteinte neurologique varie grandement d'un individu à l'autre. Il en va de même pour l'évolution de la maladie. Les symptômes actuels peuvent très bien disparaître demain et la sclérose en plaques vous laisser tranquille jusqu'au prochain épisode — qui peut parfaitement avoir lieu dans dix ou quinze ans, ou même pas du tout.

— Il est encore plus probable que je devienne progressivement invalide !

Le Dr Winters ôta ses lunettes pour le dévisager.

— Ne noircissez pas le tableau, docteur Cline. Je sais que c'est difficile, mais il faut vous battre. Ce n'est pas à vous que je vais faire la leçon.

Mais Adam n'avait plus qu'une idée en tête : la maladie était là, qui le rongeait.

Il avait l'impression d'être pris en otage à bord d'un train où était cachée une bombe à retardement. Aussi trouvait-il normal de chercher à en connaître à tout prix la destination.

— Me battre ? Contre des moulins à vent ! Car si au bout du compte, c'est pour finir en fauteuil roulant ou bien grabataire… Et sans mettre les choses au pire, qu'est-ce que je vais devenir, moi, si la maladie me prive de mes outils de travail ? Un chirurgien n'est plus rien sans ses mains ! s'exclama-t-il en tendant ses doigts écartés.

Il avait travaillé dur pour asseoir sa position, bâtissant sa carrière de chirurgien année après année comme on entasse des pierres pour construire sa maison.

Et au moment où il savourait enfin le fruit de ses efforts et s'apprêtait à faire entrer la femme qu'il aimait dans sa vie, voilà que celle-ci s'effondrait comme un vulgaire château de cartes.

La vision de Gramps traversa son esprit, puis celle de Liz enchaînée à son chevet. Non, jamais il ne lui ferait revivre un tel calvaire…

— Vous pouvez continuer à exercer tant que vous en avez les capacités physiques et mentales, répondit le neurologue.

— Et piloter un avion ?

— Idem… Toutefois, vous devez vous assurer que le règlement de l'aéroport auquel vous êtes rattaché ne comporte aucune clause restrictive qui vous en empêche. Quoi qu'il en soit, si vos symptômes venaient à s'aggraver, je n'aurais d'autre choix que de vous mettre en congé maladie.

Après une pause, le Dr Winters reprit d'un ton plus chaleureux :

— Je conçois que vous soyez sous le choc, mais je le répète, il ne faut pas vous laisser aller. De nombreuses personnes atteintes de sclérose en plaques mènent une vie pratiquement normale.

Adam s'abîma dans un silence méditatif.

Toute la question était de savoir ce que ce « pratiquement » recouvrait au juste.

Comme on ne pouvait prévoir l'évolution de la maladie, le mieux qu'il avait à faire était de concentrer son attention exclusivement sur le mot « normale » et d'y insuffler tout l'optimisme dont il était capable.

Le Dr Winters avait raison, il ne devait pas céder au désespoir. Malgré tous les obstacles qui se dresseraient fatalement sur sa route, la vie continuait et c'était déjà beaucoup.

4.

— Adam me manque tellement ! dit Liz en piquant une feuille de salade du bout de sa fourchette. Depuis l'enterrement, c'est à peine si on s'est croisés. Pourtant, j'ai eu le temps de sentir que quelque chose n'allait pas. On dirait qu'il n'est plus le même…

Elle déposa l'assiette de crudités sur la table basse.

Elle y avait à peine touché, comme tous ses repas précédents, d'ailleurs. Malgré les efforts qu'elle faisait pour composer des menus diététiques, son estomac se révulsait à chaque bouchée.

Le téléphone logé dans le creux de son épaule, elle allongea ses jambes sur le divan.

— C'est vrai, répondit Kelly à l'autre bout du fil. J'ai remarqué moi aussi qu'Adam était un peu perturbé ces temps-ci. A mon avis, il a du mal à gérer la situation. Je suis persuadée qu'il voudrait t'apporter son soutien, mais qu'il ne sait pas trop comment s'y prendre. Cela doit le rendre malade.

— Pourtant, il n'a aucune raison de s'inquiéter. Il a été parfait. Je lui ai dit, d'ailleurs. Tant qu'il me tenait dans ses bras, j'étais sûre que rien ne pouvait m'arriver. J'ai besoin qu'il soit à mes côtés, tout simplement.

Liz se tut, songeant que son amie devait en avoir assez de l'entendre se morfondre.

— Excuse-moi, Kelly, reprit-elle d'une voix penaude. Tu en as sans doute par-dessus la tête de mes jérémiades. Mais cela me rend folle de ne pas savoir ce qui se passe. Adam m'évite, c'est flagrant. J'aimerais au moins comprendre pourquoi.

— S'il ne s'agissait pas d'Adam, je te demanderais si tu ne soupçonnes pas l'existence d'une autre femme, reprit Kelly après un silence.

Etant donné la façon dont il s'était pour ainsi dire débarrassé d'elle après le déménagement et tout le soin qu'il prenait à l'éviter depuis, c'était une éventualité que Liz avait effectivement envisagée.

Toutefois, elle l'avait vite écartée car elle avait beau ne rien comprendre à la situation, elle était sûre d'une chose : Adam était un homme honnête, et s'il avait rencontré quelqu'un d'autre, il le lui aurait avoué.

— Non. Plus j'y pense, moins cela me paraît probable, répondit-elle.

— Je te l'ai déjà dit, Liz. Le seul moyen d'être fixée, c'est de lui parler. Excuse-moi, mais je dois te laisser car Jason vient d'arriver. J'appelais juste pour m'assurer que tu allais bien. Cesse de te tracasser et explique-toi avec Adam sans tarder. Vous vous sentirez tout de suite mieux, tu verras.

— Merci pour tout, Kelly, répondit-elle, reprise par un sentiment de culpabilité.

— Liz, promets-moi que tu vas te reposer un peu… et même beaucoup. Tu maigris à vue d'œil. Je sais que tu te fais un sang d'encre pour Adam, or moi, c'est pour toi que je m'inquiète.

— Promis.

Elle replaça le téléphone sur son socle, à côté du verre de lait qui reposait intact sur le plateau de bois.

Puis, les jambes ramenées sous elle, le coussin serré contre sa poitrine, elle promena un regard désolé dans le salon, qu'elle n'avait toujours pas remeublé.

Le vide qui se creusait autour d'elle lui donnait l'étrange impression d'être retranchée sur une île déserte.

Inévitablement, sa pensée dériva vers Adam.

Il se détournait d'elle.

Ce constat faisait se rouvrir toutes les blessures du passé, la forçant à revivre les abandons qui avaient jalonné son existence. L'indifférence de sa mère, celle de son père…

N'y avait-il donc rien en elle qui pût inspirer l'amour ?

Si, puisque Gramps, lui, l'avait aimée de tout son cœur. Mais il n'était plus là…

Une nouvelle vague de souvenirs la submergea.

Elle se rappelait les fois où il la réveillait avant l'aurore pour aller pêcher sur le lac. Tous deux assistaient alors au lever du soleil, moment magique depuis leur petite barque.

Ou encore lorsqu'ils regardaient le *Muppet Show* à la télé, sur ce même canapé, et qu'il la faisait rire en imitant Kermit la grenouille.

Le bruit sec du heurtoir contre le bois de la porte la fit violemment sursauter.

Elle n'avait pas l'habitude de recevoir de la visite à une heure aussi tardive. Puisque Kelly passait la soirée avec son fiancé, il ne pouvait s'agir que d'une seule personne.

Le cœur battant, elle se leva du canapé et gagna l'entrée.

Au passage, elle jeta un coup d'œil dans le miroir et se recoiffa brièvement. Pour ses cernes, en revanche, elle ne pouvait rien faire…

— Qui est là ? demanda-t-elle.

— Adam.

Elle se hâta de libérer la chaînette et de tourner le verrou.

L'irrésistible sourire qui lui était monté aux lèvres s'effaça lorsqu'elle écarta le battant. Un cri de stupeur faillit même lui échapper tant Adam était méconnaissable.

Les cernes qu'elle venait de voir dans le reflet de la glace n'étaient rien en comparaison de ceux qui ombraient ses yeux enfiévrés.

Il avait les joues creuses et les cheveux hirsutes, sans doute à force de les repousser en un geste nerveux qu'elle lui connaissait bien.

— Adam ! Que se passe-t-il ? s'écria-t-elle en s'avançant vers lui.

Il eut un mouvement de recul qui acheva de l'alarmer.

— Pour l'amour du ciel, réponds-moi ! Qu'est-ce qui t'arrive ?

— Fais-moi entrer, tu veux. J'ai à te parler et je n'ai aucune envie de le faire sur le pas de ta porte, baignant dans l'odeur de ces satanées roses, dit-il d'une voix éraillée.

Le mouvement qu'il fit pour désigner les massifs brassa l'air, apportant à Liz une fragrance caractéristique. Aux notes boisées de son parfum habituel se mêlait une vague odeur d'alcool.

Elle le dévisagea, se demandant s'il était ivre, ce qui aurait au moins expliqué son attitude incohérente, puis s'effaça pour le laisser passer.

— Je t'en prie, murmura-t-elle.

Il entra. Ses yeux firent le tour de la pièce et se posèrent sur le plateau-repas.

— Tu manges enfin…, déclara-t-il. A la bonne heure. Un peu plus et tu passais à travers les murs.

A son tour, elle regarda les feuilles de laitue racornies qui gisaient au fond de l'assiette.

— Ecoute, Adam… Si tu es venu ici pour me critiquer, tu peux aussi bien…

— Je ne critique pas, je dis ce qui est…, soupira-t-il.

Elle resserra son peignoir autour d'elle, ayant l'impression d'être transie par l'atmosphère soudain glaciale.

Il se passa les mains dans les cheveux, les doigts écartés, ainsi qu'il le faisait lorsqu'il était en butte à un problème ardu.

Malheureusement cette fois, le problème, c'est moi…, se dit Liz.

Elle se mordit la lèvre, réprimant de justesse ses larmes.

Non, elle n'allait pas pleurer. Même si son cœur se déchirait, elle n'en devait rien laisser paraître.

Adam leva les yeux vers elle.

— Ces dernières semaines ont été terriblement éprouvantes.

Nous sommes au moins d'accord sur un point, songea-t-elle avec tristesse.

Elle prit une longue inspiration et, se faisant violence, entra dans le vif du sujet.

— Oui, ce fut un cauchemar. Et pour ma part, il continue puisque tu fais tout pour m'éviter. Ecoute, Adam, je vois bien qu'il y a un problème. Si tu es là pour qu'on le règle, tant mieux. Je peux tout entendre. Car si tu considères que tu perds ton temps avec moi, j'aimerais autant le savoir.

— Eh bien, voilà… Je… Tu…

Il hésita comme s'il se livrait à un rude combat intérieur. Il avait l'air aussi perdu qu'elle.

Elle réprima avec peine l'élan qui la portait vers lui. Elle en avait déjà vu les effets tout à l'heure et n'aurait pas supporté qu'il la repousse.

A son grand étonnement, ce fut lui qui fit un pas vers elle.

— Liz, je ne peux pas… Dieu m'est témoin. C'est au-dessus de mes forces…, dit-il en l'enlaçant par la taille.

Il l'étreignit avec une force dont elle fut presque effrayée.

Le visage enfoui dans ses cheveux, il balbutiait des phrases sans suite.

Au prix d'un immense effort, elle lui prit la tête entre ses mains pour l'obliger à la regarder.

— Tu ne peux pas quoi, Adam ?

Il détourna le visage.

— S'il te plaît, ne me pose pas de questions. Pas ce soir. Je suis trop mal.

— Si tu m'expliquais, je pourrais peut-être t'aider. Tu ne me fais plus confiance ?

— Si, bien sûr. Tu es ma Liz… J'ai tant besoin de toi, dit-il, pressant ses lèvres contre les siennes.

Happée par un tourbillon d'émotions, Liz demeura sans force sous ses baisers dont elle avait été privée depuis si longtemps.

Cependant, elle sentait que quelque chose de terrible se jouait entre eux. Quelque chose qu'il aurait fallu élucider sur-le-champ.

Depuis des jours, il lui battait froid, la traitant presque comme une étrangère.

Comment osait-il lui faire subir cette douche écossaise ?

C'est du moins la question qu'elle aurait dû lui poser.

Mais ce sursaut d'orgueil ne faisait pas le poids face à son amour qui, lui, demeurait intact. Il était même plus fort que jamais puisque, enfin, Adam lui revenait.

Tel était le souhait qu'elle avait réitéré durant ces longues nuits solitaires passées à ressasser ses idées noires.

Adam venait peut-être de vivre une période d'indécision pendant laquelle il avait envisagé la rupture.

Puisque Gramps n'était plus, à présent elle était entièrement disponible. Se pouvait-il qu'il ait été pris de panique en comprenant que les choses allaient devenir sérieuses entre eux ? La terreur de l'engagement…

Mais après réflexion, sans doute s'était-il rendu compte qu'il ne pouvait lutter contre l'évidence : ils étaient faits l'un pour l'autre et leurs vies étaient liées à jamais, pour le meilleur et pour le pire.

Raison de plus pour le conforter dans ce choix et lui donner la preuve qu'il ne se trompait pas.

Oui, ils allaient faire l'amour et leur entente complice renaîtrait. Plus tard, elle en était sûre, ils se rassureraient mutuellement et riraient de leurs peurs insensées.

— Je t'aime, quoi qu'il arrive, murmura-t-elle.

Un profond gémissement échappa à Adam, mais elle n'aurait su dire s'il avait été provoqué par la douleur ou le plaisir.

Il lui dénoua son peignoir, la prit dans ses bras et la porta jusqu'au canapé.

Puis il l'embrassa à perdre haleine, comme l'eût fait le rescapé d'un naufrage qui vient de retrouver la terre ferme ou bien un homme désespéré qui s'apprête à prendre la mer et ne sait s'il reviendra.

Elle sentait sur sa peau le souffle de sa respiration haletante et, contre ses seins, les battements précipités de son cœur.

Lorsqu'il se glissa en elle, elle crut prendre feu. Très vite, la jouissance arqua son corps, lui arrachant des soupirs qui s'achevèrent dans un cri.

Liz sentit un rayon de soleil lui chatouiller le visage, mais elle n'ouvrit pas les yeux.

Après cette nuit d'amour, tout son corps flottait dans une langueur bienheureuse et le moindre geste lui paraissait au-dessus de ses forces.

Au bout d'une longue minute, elle souleva quand même les paupières et constata qu'Adam n'était plus à son côté.

C'est alors qu'elle prit conscience du silence qui régnait dans la maison. Un moment de panique la balaya puis elle se raisonna.

Il devait être dans la salle de bains. Dans le salon… Ou il était parti.

Elle se leva d'un bond, enfila son peignoir et quitta la chambre.

Adam ne se trouvait dans aucune des pièces.

Elle se laissa tomber dans le canapé, considérant, hébétée, son plateau-repas de la veille.

Un moucheron qui tournoyait autour de l'assiette la fit grimacer de dégoût et elle sentit une nausée lui monter à la gorge.

Adam était parti sans la réveiller.

5.

Liz rassura d'un sourire Mme Sanchez qui venait de subir une cholécystectomie et examina sa cicatrice — trois minuscules incisions chirurgicales suturées sur le quadrant supérieur droit.

— Tout est parfait, annonça-t-elle après avoir pris les constantes de la patiente.

Puis elle nota les nouvelles observations dans le dossier et expliqua à la patiente hispano-américaine qu'elle passerait la voir toutes les heures pour s'assurer qu'elle allait bien.

Elle s'efforçait de lui parler en espagnol. Au fil des longues heures passées au chevet de Gramps, elle avait écouté de nombreuses cassettes et perfectionné son niveau de langue.

La pensée d'Adam assiégea soudain son esprit sans qu'elle pût rien faire pour la repousser.

Deux jours avaient passé depuis ce fameux matin où il avait filé à l'anglaise et, à cette heure, toujours aucune explication de sa part.

Un tel mutisme était censé être plus éclairant qu'un long discours.

Liz n'ignorait pas qu'il s'agissait d'un procédé couramment utilisé par la gent masculine, mais elle avait peine à croire qu'Adam puisse également en user.

S'il voulait rompre, la moindre des choses était de lui en fournir les raisons.

Elles avaient peut-être un rapport avec son comportement à elle. Sans doute n'était-elle pas exempte de torts.

Il est vrai que, durant l'année qui venait de s'écouler, Gramps avait été sa priorité. Mais si Adam n'avait pas supporté cette situation, il y a belle lurette qu'il l'aurait quittée.

Alors pourquoi y songeait-il maintenant, au moment où elle allait pouvoir se consacrer entièrement à lui ?

Craignait-il qu'elle l'étouffe pour qu'il prenne ainsi ses jambes à son cou ?

La dernière fois que cette idée lui avait traversé l'esprit, Adam la tenait dans ses bras, ce qui avait suffi à la rassurer. Il fallait croire qu'elle s'était trompée sur toute la ligne…

Elle se rappela à l'ordre, s'obligeant à se concentrer sur son travail.

— *Hasta luego*, *señora* Sanchez ! lança-t-elle avec entrain.

Puis elle passa dans la chambre de May Probst, bien que celle-ci ne figurât pas sur la liste de ses patients.

Elle estimait beaucoup la vieille dame qui avait été une amie de Gramps et qui effectuait régulièrement du bénévolat au sein de l'hôpital.

Depuis des mois May souffrait de nausées, qu'elle avait d'abord mises sur le compte d'un ulcère gastroduodénal. Depuis quelques semaines, elle avait commencé à avoir de violentes douleurs à l'estomac, que les antiacides ne soulageaient en rien, et elle avait fini par être admise à l'hôpital.

Le scanner abdominal avait révélé la présence d'une masse suspecte et, le matin même, le Dr Mills, chirurgien général dont le père dirigeait le conseil d'administration de l'hôpital d'une main de fer, lui avait fait passer une laparoscopie exploratrice.

Liz n'appréciait guère les manières de ce jeune médecin qui traitait tout le monde de haut et, en particulier, Adam. Pourtant, avant de parvenir au niveau de compétences de ce dernier, il avait encore bien du chemin à parcourir.

— Comment allez-vous, May ? Y a-t-il quelque chose que je peux faire pour vous ?

May souleva la tête de l'oreiller et lui adressa un grand sourire.

— Merci, Liz. Mais Kelly est déjà aux petits soins avec moi.

— Je n'en doute pas, répondit Liz en lui rendant son sourire. Et comment ça s'est passé avec le Dr Mills ? Je vous avoue que j'ai été tellement débordée ce matin que je n'ai même pas eu le temps de me renseigner.

La vieille dame baissa les yeux.

— Le radiologue avait raison… Il s'agit bien d'une tumeur cancéreuse, répondit-elle.

— Et le chirurgien a profité de l'intervention pour vous la retirer ?

— Non, il n'a pas pu. Elle a envahi la cavité abdominale et enserre le côlon, l'uretère, l'artère rénale et peut-être aussi l'aorte abdominale, expliqua May en relevant la tête.

Elle avait prononcé cette phrase d'une voix posée, mais ses doigts qui ne cessaient de lisser le drap trahissaient son émotion.

— Oh, May… Je suis désolée, murmura Liz, bouleversée.

— Voyons, mon petit, ce n'est pas votre faute.

— L'exérèse va être délicate, reprit Liz après avoir approché une chaise près du lit pour s'asseoir. Quand le Dr Mills l'a-t-il programmée ?

May secoua lentement la tête.

— Il n'y aura pas d'opération… Selon lui, mes chances d'y survivre sont infimes. Il m'a fait comprendre qu'il ne fallait pas toucher à la tumeur.

— Ne pas toucher à la tumeur ! s'écria Liz, scandalisée. Il préfère donc vous voir mourir à petit feu !

Elle prit conscience trop tard de la virulence de ses propos.

Voyant les lèvres de la vieille dame trembler, elle hésita puis, se penchant vers elle, lui serra la main.

— Pardonnez-moi, May, dit-elle avec douceur. Mes mots ont dépassé mes pensées. Mais je ne supporte pas l'idée qu'on puisse ainsi vous condamner. Je n'ai pas à remettre en cause les propos d'un médecin, néanmoins, je crois que vous devriez prendre l'avis d'un praticien plus expérimenté.

— Oui. C'est aussi le souhait de John. Il voudrait que je consulte un chirurgien spécialiste en oncologie digestive, à Jackson.

Liz hocha la tête.

— Bien. Et prenez autant d'avis que nécessaire.

Après un temps d'hésitation, elle ajouta :

— Je ne veux pas vous influencer, mais le Dr Cline est un excellent chirurgien.

May eut un petit sourire.

— Je sais… C'est même vers lui que je m'étais tournée au départ. Seulement, il a été obligé de déprogrammer nos rendez-vous. Le premier, du fait de l'enterrement ; le second, pour raisons personnelles. Comme John refusait que j'attende une semaine de plus, je me suis finalement adressée au Dr Mills.

Liz tenta de cacher sa surprise.

Ainsi, Adam avait continué à reporter ses rendez-vous même après les funérailles de Gramps. Pour quelle raison ?

Il lui cachait bel et bien des choses. Impossible de se voiler plus longtemps la face.

Dire qu'elle avait cru à un retour de flamme, pensant même que leur nuit d'amour avait scellé leur réconciliation !

La réflexion de Kelly lui revint à la mémoire. Voyait-il une autre femme ?

Elle l'en estimait incapable, tout comme elle l'avait cru incapable de mentir… A présent, elle n'osait plus jurer de rien.

Elle déglutit avec peine, essayant vainement de faire partir la boule qui grossissait dans sa gorge.

— Bon, assez parlé de moi…, reprit May, sa main balayant l'air. Dites-moi plutôt comment vous allez. Ce n'est pas trop dur ?

Liz crut un instant que la vieille dame venait de lire

dans son cœur et qu'elle faisait allusion à ses déboires sentimentaux.

Mais elle reprit vite ses esprits : May voulait parler de son grand-père.

— Gramps me manque terriblement. Mais je me raccroche aux bons souvenirs et j'essaie d'aller de l'avant.

— C'est ce qu'il aurait voulu, déclara May avec un mélange de tendresse et de gravité.

Liz baissa la tête.

Oui, Gramps avait toujours cru en elle. Combien de fois lui avait-il assuré qu'elle ferait un jour un mariage d'amour et qu'elle aurait de beaux enfants ?

Sa vie n'en prenait pourtant pas le chemin…

S'apercevant qu'elle était en train de s'apitoyer sur son sort — alors que celui de May était autrement plus grave —, elle se ressaisit.

Après avoir discuté encore quelques minutes avec la vieille dame, elle alla s'occuper de ses propres patients. Parmi les cinq dont elle avait la charge, deux étaient suivis par Adam. La confrontation était donc inévitable.

A cette seule pensée, elle sentit des spasmes lui tordre le ventre.

La veille, elle avait tenté de les calmer en absorbant des quantités d'antiacides. Sans résultat.

Ce matin, elle s'était même réveillée avec une violente nausée. Si son estomac s'obstinait à faire ainsi le Yo-yo, elle allait devoir consulter un médecin. *A fortiori* si Adam lui donnait de nouvelles raisons de somatiser.

Ses amis ne cessaient de lui répéter qu'ils s'inquiétaient pour sa santé et force était de constater qu'elle n'avait pas bonne mine.

Etait-ce pour cette raison qu'Adam l'évitait ? Parce qu'elle commençait à ressembler à un épouvantail ?

Cette pensée la fit sourire intérieurement.

Décidément, son esprit s'égarait et une visite chez le médecin s'imposait. Elle en connaissait un excellent qui aurait pu guérir tous ses maux s'il avait bien voulu s'en donner la peine…

A l'entrée de Liz, Kelly, qui était en train de garnir les compartiments d'un chariot, leva la tête et la considéra d'un regard soucieux.

— Tout se passe bien avec tes patients ? demanda-t-elle.

Liz la rassura d'un signe de tête.

— Je vais distribuer ces médicaments, expliqua Kelly avant de reprendre sa tâche, et ensuite tu me diras ce que tu fais ce week-end. Si tu n'as rien prévu, j'aimerais t'inviter. Jason organise une petite sauterie.

Puis elle disparut dans le couloir, laissant Liz à ses réflexions.

Le week-end à venir, on célébrerait la fête nationale. Pour ne pas être affectée par le pénible contraste qu'il formerait avec celui de l'année précédente, elle avait décidé de travailler les deux jours.

Malgré elle, le 4 juillet de l'an passé lui revint à la mémoire.

Adam et elle avaient passé la soirée sur la pelouse du parc municipal, assis sur le même plaid. A la vérité, le feu d'artifice, elle l'avait vu, non dans le ciel, mais dans ses yeux, car c'était le moment qu'il avait choisi pour lui déclarer son amour.

— Liz ? Tu es dans la lune ? Si c'est le cas, redescends sur terre. Il y a du travail qui t'attend.

Elle tourna vivement la tête, surprise autant par la présence d'Adam que par sa réflexion.

Elle le dévisagea, s'attendant à le voir sourire.

Mais l'air austère qu'il affichait jeta le trouble dans son esprit. Jamais personne dans cet hôpital n'avait eu à se plaindre de son travail. Lui moins que tout autre.

— Pardon ? demanda-t-elle, curieuse de voir s'il allait persévérer dans cette voie.

— C'est bien ce que je disais : tu rêvasses…, dit-il

avant de s'absorber dans la lecture du dossier qu'il tenait entre les mains.

— Je ne rêvasse pas, je réfléchis…

De toute évidence, il lui cherchait querelle.

Dès lors, tous les sujets pouvaient faire l'affaire, aussi bien personnels que professionnels, songea-t-elle avec plus de tristesse que de colère. Comment pouvait-il en être réduit à de pareilles mesquineries ?

Quoi qu'il en soit, elle ne le suivrait pas sur ce terrain.

Elle l'observa en silence puis, comprenant qu'il ne relèverait pas la tête, elle ajouta :

— En fait, si. J'étais un peu rêveuse. Kelly vient de mentionner le 4 juillet. Cela m'a rappelé celui de l'année dernière.

Il porta enfin les yeux sur elle, visiblement désarçonné par le calme avec lequel elle venait de s'exprimer, et elle ne put s'empêcher de penser qu'il aurait sans doute préféré la voir perdre son sang-froid.

— C'est le jour où tu m'as embrassée pour la première fois. Tu te rappelles ? poursuivit-elle avec la même douceur.

Il ne répondit pas, mais en le voyant effleurer ses lèvres d'un regard, elle comprit qu'en cet instant un même frisson les parcourait.

Il baissa de nouveau la tête.

— Pourquoi ne m'as-tu pas réveillée l'autre matin ? Tu es parti comme un voleur…, dit-elle pour le faire réagir.

L'indécision flotta un instant sur le visage d'Adam et elle crut y déceler du remords.

Mais avant qu'il ait pu répondre, son beeper sonna sur la table. Pivotant sur ses talons, elle le prit et le consulta — l'alarme du pousse-seringue de Mme Sanchez venait de se déclencher.

Elle se retourna pour constater qu'Adam n'était plus là.

Sans grande conviction, elle se dit que cela valait mieux et quitta à son tour la pièce.

*
* *

Adam passa une main sur son front inondé de sueur.

Il avait l'impression que son cerveau allait exploser d'une seconde à l'autre.

Cette situation n'avait que trop duré, songea-t-il, irrité contre lui-même. Elle ne faisait qu'alimenter leur souffrance, celle de Liz et la sienne.

Mais il ne pouvait tout de même pas lui annoncer qu'il la quittait dans l'enceinte de l'hôpital.

Il aurait dû le faire le soir où il s'était rendu chez elle.

Or, non seulement il n'en avait pas trouvé le courage, mais il avait passé la nuit avec elle, la berçant d'illusions.

Cette lueur d'espoir qu'il venait de voir briller dans ses yeux, il ne pouvait plus la supporter.

Sa faiblesse lui faisait horreur et il aurait voulu la mettre sur le compte de la sclérose en plaques, au même titre que celle qui lui minait l'organisme.

Il s'arrêta à quelques pas de la chambre 12 et respira profondément pour maîtriser les tremblements nerveux qui agitaient son corps.

Puis il entra dans la pièce avec naturel. Du moins fut-ce l'effet qu'il chercha à produire.

— Bonjour, madame Arnold, dit-il en se dirigeant vers le lit près duquel Kelly était déjà postée.

Le regard scrutateur de cette dernière n'eut manifestement aucun mal à percer à jour le trouble qu'il ressentait.

— Ses paramètres vitaux sont bons, expliqua-t-elle sans le quitter des yeux.

— Très bien.

Ce fut tout ce qu'il trouva à dire.

Mais à la réflexion, il jugea sa réponse fort sage car, en fait, il n'avait rien écouté.

Dire qu'il venait d'accuser Liz d'être dans la lune !

— Docteur Cline ? reprit Kelly en haussant légèrement le ton.

Il se secoua et commença l'examen de Mme Arnold.

Le bilan étant satisfaisant, il transmit à Kelly l'autorisation de sortie avec instruction pour la patiente de le contacter immédiatement si des problèmes survenaient.

Puis il quitta la chambre, se préparant mentalement à affronter Liz — puisque c'était elle qui s'occupait des deux patients qu'il s'apprêtait à visiter.

Elle apparut à l'autre bout du couloir, l'air indécis, comme si elle hésitait entre l'embrasser et le gifler.

Elle était blessée, en pleine confusion. Il pouvait le voir sur son visage et elle méritait mieux que ce qu'il lui donnait.

Il s'arrêta devant la porte 16 et attendit qu'elle l'eût rejoint.

— Liz…, commença-t-il.

— Mme Sanchez va pouvoir sortir bientôt. En ce qui concerne M. Keele, c'est moins sûr, ajouta-t-elle d'une voix professionnelle.

Cependant, son regard lui adressait un message des plus personnel : elle voulait savoir ce qui se passait, et elle ferait tout pour cela.

Il lui fallait se montrer froid, implacable, afin qu'elle comprenne une bonne fois pour toutes. Quitte à passer pour un homme sans cœur.

C'est pour son bien, se répéta-t-il, pour se donner du courage.

— Que Mme Sanchez ou M. Keele soient à même de quitter l'hôpital, je te rappelle que c'est à moi d'en décider, dit-il sèchement.

Liz écarquilla les yeux et ses lèvres se mirent à trembler. Son regard était celui d'une biche terrorisée qui découvre trop tard que l'être par qui elle s'était laissé apprivoiser n'est autre qu'un chasseur sur le point de la mettre à mort.

Adam resta de marbre, conscient que s'il flanchait maintenant, il était perdu.

— Tu peux me dire ce que je t'ai fait pour que tu sois aussi désagréable, Adam ? Il se peut que je t'aie blessé sans le vouloir. Tu sais bien que depuis la mort de Gramps, je perds un peu le nord…

A contrecœur, Adam feignit l'impatience.

— Tu n'as rien à te reprocher. Ecoute, je n'ai pas le temps de te parler maintenant. J'ai des patients à voir. Ensuite, je file directement à mon cabinet pour les consultations de cet après-midi…

Il se détourna vivement et entra dans la chambre de M. Keele qu'il avait opéré la veille d'une hernie inguinale.

— Alors, monsieur Keele, comment vous sentez-vous ? demanda-t-il.

— C'est douloureux, mais on m'avait prévenu, répondit le septuagénaire en se redressant.

Sa femme assise à côté du lit lui adressa un signe d'avertissement.

— Arrête de gigoter, Robert… Sinon ta cicatrice va finir par s'ouvrir et le Dr Cline sera obligé de tout recommencer.

— Cela ne risque pas d'arriver, dit Adam avec un sourire.

Il sentit à cet instant la présence de Liz derrière lui, mais ne tourna pas la tête.

— J'ai changé son pansement il y a environ une demi-heure, dit-elle en venant se placer à côté de lui.

Aucune trace d'émotion n'était perceptible dans sa voix. Il la savait assez forte pour ne rien laisser paraître de ses états d'âme en public.

Mais il savait aussi que ce soir, une fois rentrée chez elle, ses larmes seraient intarissables et il ne serait pas là pour la consoler.

Il n'osa pas affronter son regard, se maudissant — lui et cette maladie qui l'obligeait à repousser la femme qu'il aimait alors que son vœu le plus cher était de la tenir dans ses bras.

— Liz ? Ça va comme tu veux ? demanda Kelly en entrant dans le bureau.

Liz releva un instant les yeux du compte rendu qu'elle était en train de consulter pour les baisser aussitôt.

Ne se sentant pas la force de lui mentir, elle préféra ne pas répondre et continua à trier ses papiers.

Elle avait beau avoir l'esprit totalement confus, elle se rendait bien compte qu'elle était en train de mettre la pagaille dans un dossier qui, au départ, était parfaitement en ordre.

— Liz ? reprit Kelly, un ton plus haut.

Elle soupira.

— Je suis simplement fatiguée.

Et j'ai une abominable envie de vomir, ajouta-t-elle en son for intérieur, *car l'homme avec qui je pensais filer le parfait amour me fuit comme la peste, sans que j'aie même le début d'une explication...*

Cet amour, elle ne l'avait pourtant pas rêvé. Etait-il possible qu'elle se soit aveuglée au point de n'avoir rien vu venir ?

Et s'il y avait effectivement eu des signaux d'alerte et qu'ils avaient échappé à son attention, il est vrai, accaparée par Gramps ?

Elle avait beau fouiller dans ses souvenirs, elle ne trouvait rien qui eût pu laisser prévoir un tel coup de tonnerre. Pas l'ombre d'un nuage...

Kelly plissa les yeux d'un air suspicieux.

— Il y a autre chose, je le vois bien.

Elle s'approcha et se pencha vers Liz.

— Tu sors de la chambre de M. Keele. Il t'a rappelé Gramps, c'est ça ?

Liz la regarda, incapable de refouler plus longtemps ses larmes. La pensée de Gramps venait d'abattre la dernière digue qui en retenait le flot.

— Oh, ma chérie, je suis désolée, dit Kelly en la prenant dans ses bras. Je sais combien il te manque...

— Adam et moi nous séparons, murmura Liz.

Son amie la dévisagea, sidérée, comme si c'était la dernière chose à laquelle elle s'attendait.

Après quelques instants, elle secoua la tête, sa réflexion ayant visiblement abouti à l'impossibilité d'un tel cas de figure.

— Je sais que, dernièrement, cela ne va pas fort entre

vous. Mais tous les couples connaissent des hauts et des bas, dit-elle gentiment. Ça va s'arranger, tu verras. Adam t'aime, c'est là tout ce qui compte.

— Il ne me l'a jamais dit…

— Certaines choses n'ont pas besoin d'être exprimées par des mots, Liz. Il est fou de toi, cela saute aux yeux. Il a sans doute passé une mauvaise journée et, malheureusement, tu en fais les frais.

— Un mauvais mois, tu veux dire ! corrigea Liz en s'essuyant les yeux. Excuse-moi. Voilà que je recommence à t'embêter avec mes pleurnicheries.

Kelly lui posa chaleureusement une main sur l'épaule.

— Mais non, voyons. Tu es inquiète, cela se comprend. S'il y a bien quelqu'un qui ne pleurniche pas, c'est toi. On se demande même où tu vas chercher toute cette force ! Tu fais des heures sup à tour de bras. Ne crois-tu pas que tu devrais lever un peu le pied ? La perte de ton grand-père t'a beaucoup affaiblie. Les congés, ça existe, tu sais ?

Liz éclata de rire.

— Je sais. Figure-toi que j'en ai pris deux pour la semaine prochaine. Lundi et mardi.

— Parfait ! commenta Kelly. A condition qu'on ne te rappelle pas pour te demander d'effectuer un remplacement. Si ça arrive, dis non, pour une fois. Le repos porte conseil. Crois-moi, après tu y verras beaucoup plus clair.

Liz se redressa et gratifia Kelly d'un sourire reconnaissant. Ces paroles lui avaient été d'un grand réconfort. Alors pourquoi sa nausée refusait-elle de refluer ?

Ne voulant pas donner à son amie un sujet d'inquiétude supplémentaire, elle s'excusa et fila droit aux toilettes.

6.

— Bonjour, madame Probst.

— Docteur Cline, je vous présente mon mari, John, dit May.

Adam serra la main de M. Probst, un homme chauve de forte corpulence.

Puis il invita le couple à s'asseoir et fit de même.

May Probst travaillait comme bénévole au sein de l'hôpital. Adam la croisait de temps à autre, mais il n'avait jamais eu l'occasion de lui parler directement.

Ou plutôt, il l'avait eue, puisque, au début, elle s'était tournée vers lui.

Mais avec la période mouvementée qu'il traversait, il n'avait été question entre eux que de rendez-vous manqués.

Elle s'était finalement adressée à un autre chirurgien — ce qu'il comprenait aisément, quoique à sa place il en eût choisi un autre.

Les bruits allant vite à l'hôpital, il avait appris qu'elle souffrait d'un cancer de l'estomac et il était heureux qu'elle soit là aujourd'hui car il se sentait coupable de lui avoir fait faux bond.

— Vous connaissez probablement la raison de ma présence en ces lieux. Je n'en ai pas fait mystère, dit May en lui lançant un regard franc.

— Oui, madame Probst, répondit-il gravement. Je suis au courant pour votre tumeur. Vous m'en voyez sincèrement désolé.

Il s'éclaircit la gorge avant d'ajouter :

— Par ailleurs, je vous prie de m'excuser pour tous ces reports de rendez-vous, qui vous ont contrainte à consulter ailleurs.

— John et moi avons estimé que c'était la meilleure solution. Nous étions si anxieux. Alors, vous comprenez, devoir encore attendre une semaine…

Adam baissa les yeux sur son bureau.

Il ne comprenait que trop bien. La veille, il avait entamé le traitement immunomodulateur, recevant la première de ses trois injections hebdomadaires.

Il n'y avait rien d'autre à faire sinon attendre de voir comment son corps allait réagir. Une guerre des nerfs qui, pour lui, était loin d'être gagnée.

John se frotta la mâchoire.

L'anxiété qui se lisait sur son visage accentuait les rides de son front dégarni.

— May a consulté un oncologue à Jackson, expliqua-t-il. Deux, en fait, puisqu'il a sollicité l'avis d'un de ses confrères. Comme le Dr Mills, ils pensent que l'opération est à exclure car May n'y survivrait pas.

— Voici leur compte rendu, dit la vieille dame en tendant une liasse de papiers à Adam. En résumé, il me reste six mois à vivre. Un peu plus si j'ai de la chance.

Il s'ensuivit un silence pesant durant lequel May reprit lentement son souffle.

— Moi, je n'appelle pas cela une vie, docteur, mais un enfer, poursuivit-elle, un ton plus bas. Je ne dors plus, je vomis tout ce que je mange. Résultat, en deux mois, j'ai maigri de quinze kilos. En fait, c'est bien simple : j'ai mal vingt-quatre heures sur vingt-quatre…

Sa main droite se mit à trembler et John la couvrit vivement de la sienne.

— J'aime ma femme, dit-il. Je voudrais qu'elle reste auprès de nous le plus longtemps possible, mais pas à ce prix. La voir souffrir ainsi m'est insupportable. Il faut faire quelque chose.

John se tut et tous les muscles de son visage se contractèrent comme s'il luttait pour rester maître de son émotion.

May déglutit avec peine et reprit la parole.

— Je ne veux pas endurer une pareille agonie, ni la faire subir à ma famille. Même si je n'ai qu'une infime chance de survivre à l'opération, je veux la saisir. Et si cela devait mal tourner…, dit-elle en jetant un rapide coup d'œil à son mari, au moins serais-je partie dignement. Puisque la mort s'est mise en travers de ma route, je préfère l'affronter maintenant plutôt que de la sentir s'insinuer un peu plus en moi tous les jours…

Ses yeux se remplirent de larmes et John serra sa main plus fort.

Ils échangèrent un long regard tandis qu'Adam observait un silence respectueux.

Enfin, May tourna la tête vers lui.

— John et moi vous demandons d'accepter de pratiquer cette opération, déclara-t-elle avec un mélange de douceur et de détermination.

Un quart d'heure plus tard, toujours assis à son bureau, Adam relisait les notes rédigées par les médecins qu'avait consultés May Probst.

Ils avaient examiné à la loupe le rapport bénéfice-risque d'une éventuelle tumorectomie et leur conclusion était on ne peut plus claire : il était quasiment certain que May mourrait sur la table d'opération.

Dans ces conditions, quel chirurgien serait assez fou pour assumer une telle intervention ?

Adam détenait la réponse.

Un chirurgien qui ne voyait plus seulement la maladie de l'extérieur, mais qui la vivait dans sa chair et se battait contre elle à chaque seconde.

Un chirurgien qui, à travers cette lutte, avait été amené à modifier radicalement le regard qu'il portait sur la vie et sur son travail.

Un homme, enfin, qui aurait tout donné pour entrevoir un espoir de guérison. Ces mots prenaient aujourd'hui tout leur sens.

Et là où ses confrères parlaient de risque, lui entendait résonner le mot « chance ».

Oui, il allait opérer May et tous les arguments qu'on ne manquerait pas de lui opposer n'entameraient en rien sa résolution.

Car cette décision, il la prenait en son âme et conscience et il était prêt à en porter l'entière responsabilité.

Le reste de la semaine, Liz tenta d'oublier ses peines de cœur en s'étourdissant de travail.

Même si cette entreprise avait échoué, au moins avait-elle le sentiment du devoir accompli. Son compte en banque renfloué allait permettre d'alléger l'ardoise que le lourd traitement de Gramps avait occasionnée.

Ce matin toutefois, lorsque sa chef de service l'avait sollicitée au téléphone, elle n'avait pas cédé, se rappelant les conseils de Kelly.

La journée serait consacrée au grand ménage. Cette fois, elle ne remettrait pas la tâche à plus tard. Et grâce aux efforts qu'elle allait fournir, ce soir, la maison serait propre comme un sou neuf.

En s'épuisant à la tâche, elle espérait que son corps finirait par crier famine et accepterait enfin la nourriture qu'elle lui présentait vainement depuis des jours.

Avec un peu de chance, cette séance intensive allait remplir le double objectif qu'elle n'avait pas réussi à atteindre en effectuant ses innombrables heures de garde. A savoir : aiguiser son appétit et lui vider la tête.

Et Dieu sait qu'elle en avait besoin ! Car Adam allait finir par la rendre folle.

Pour ne plus avoir à la côtoyer, il lui avait expressément demandé de ne plus s'occuper des patients qu'ils avaient en commun.

Elle ne s'était confiée qu'à Kelly mais, naturellement, ce changement n'avait échappé à personne. Et depuis elle s'attirait de toutes parts des regards apitoyés.

Se dire que l'affaire finirait par se tasser ne suffisait pas à la consoler et elle vivait plutôt mal le rôle de la pauvre infirmière délaissée par le médecin dont elle est amoureuse.

Cette situation ne serait bien sûr jamais arrivée si elle avait choisi son compagnon à l'extérieur de l'hôpital.

Seulement voilà, on ne choisit pas. Ce sont les risques du métier, soupira-t-elle en se dirigeant vers la salle de bains.

Elle passa ses nerfs sur la baignoire.

De mémoire de ménagère, jamais son émail n'avait brillé d'un pareil éclat.

Ensuite, ce fut le tour de l'armoire à glace.

Si elle ne triait pas les affaires de toilette de Gramps maintenant, elle n'était pas sûre d'en retrouver la force plus tard.

Jusque-là, elle s'était contentée de les reléguer sur l'étagère du haut.

La vue du blaireau niché dans sa coupelle de porcelaine lui fit venir les larmes aux yeux.

Avant de s'attendrir sur le souvenir d'un Gramps au menton barbouillé de mousse, elle tendit le bras pour s'emparer de l'objet.

C'est alors que son regard tomba sur son étagère, à elle.

En passant en revue ses produits de cosmétique et d'hygiène, elle prit subitement conscience de ce qui lui avait fait défaut durant ces trois derniers mois et cessa de s'interroger sur la nature de ses nausées.

Liz n'avait pas envisagé d'avoir un enfant à ce stade de sa vie et elle était même persuadée d'avoir tout fait pour que cela n'arrive pas. Seulement, il avait suffi d'un jour où, particulièrement fatiguée sans doute, elle avait omis de prendre sa pilule.

Certes, elle ne pouvait nier que, depuis ces dernières

années, son désir de maternité avait été vif. Mais elle n'avait pas voulu le concrétiser de peur de négliger Gramps, qui méritait ses soins exclusifs.

Après le deuil douloureux qu'elle venait de traverser, ce bébé donnait un nouveau sens à son existence.

C'était le signe tangible que, malgré tout, la vie continuait. Elle la sentait qui germait en son sein, la forçant à aller de l'avant.

Et si Adam préférait rester sur le bord de la route ou prendre un autre chemin, c'était là sa décision.

Quant à elle, elle avait déjà pris la sienne, et en son for intérieur, elle savait que c'était la bonne, car enfin, elle se sentait en phase avec l'avenir.

L'enfant serait une source de bonheur infini où elle puiserait la force de surmonter toutes les difficultés futures.

A son corps défendant, Adam lui avait offert le plus beau des cadeaux. Comment alors ne pas espérer qu'il soit heureux à l'idée de le partager ?

— Est-ce que tout va mieux avec Adam ? demanda Kelly le lendemain matin, pendant la pause.

Liz secoua la tête et plongea le nez dans sa boisson multivitaminée.

— On ne se voit plus en dehors de l'hôpital…

Kelly haussa les sourcils.

— Comme tu fredonnais, je pensais que tout était arrangé.

Liz pinça les lèvres.

Voilà qu'à présent elle chantonnait sans s'en rendre compte.

Pas une berceuse, espéra-t-elle car elle n'avait dévoilé sa grossesse à personne. Même si les deux tests qu'elle avait effectués étaient positifs, elle voulait que son gynécologue la lui certifie.

D'ailleurs, la première personne à qui elle comptait l'annoncer était Adam.

Malgré tout ce qui s'était passé entre eux — et même s'il ne se passait plus rien —, elle se sentait tenue de lui apprendre qu'il était le père de son enfant. Elle ne pouvait le laisser dans l'ignorance.

Cette nouvelle lui rendrait peut-être la raison.

Car il avait perdu la tête. Comment expliquer autrement son attitude ?

Loin d'elle l'idée de le pousser dans ses retranchements, par ailleurs. Elle savait trop bien qu'il ne souhaitait plus s'investir dans leur relation.

Seulement, elle tenait à lui rappeler que tous deux avaient fait l'amour, une année durant, avec la même ardeur et qu'il ne pouvait aussi facilement tirer un trait sur le passé.

Même si l'amour était fluctuant et qu'elle ne pouvait lire dans son cœur, au moins était-elle sûre d'une chose : un homme intègre tel que lui n'abandonnait pas ses principes du jour au lendemain.

Et c'était à cause de, ou grâce à, toutes ses qualités humaines qu'elle ne pouvait cesser de l'aimer.

Voilà pourquoi elle était fière de porter son enfant et elle voulait qu'il le sache.

— Liz, je t'y reprends ! lança Kelly. Je suis heureuse de te voir de si bonne humeur, mais j'aimerais bien savoir pourquoi.

Liz eut un geste vague.

— Pour rien…

— Cela m'étonnerait ! répliqua Kelly. Alors dis-moi, tu as rencontré quelqu'un, c'est ça ?

Liz resta silencieuse. Pourtant, elle brûlait d'annoncer la nouvelle à Kelly et se promit de le faire dès l'instant où Adam serait au courant.

Elle chercha une réponse qui pût refléter la vérité sans pour autant la déflorer.

— En fait, on peut dire qu'il y a quelqu'un de nouveau dans ma vie, répondit-elle, ravie de sa trouvaille.

— Oh, Liz… c'est formidable ! s'exclama Kelly en lui pressant chaleureusement le bras. Tu mérites tellement d'être heureuse. Je me faisais un sang d'encre depuis que cela n'allait plus entre toi et Adam. J'avais peur que tu aies un mal fou à t'en remettre, toi qui l'aimais tant.

Elle ne se remettrait pas de l'abandon d'Adam. Jamais totalement. Mais elle irait de l'avant, et serait heureuse grâce à lui d'une certaine façon.

Elle sourit à Kelly, songeant que bientôt elle dissiperait le malentendu, et qu'en apprenant sa grossesse, son amie serait aux anges.

— J'ai découvert qu'il y avait encore de la place dans mon cœur pour aimer quelqu'un d'autre qu'Adam Cline, c'est tout.

Immobile sur le seuil du bureau, Adam ne perdait pas un mot de cette conversation.

Liz le quittait.

Plus vite qu'il s'y attendait. Plus douloureuse la douleur dans sa poitrine. Juste sa fierté blessée, décida-t-il. Pas de la jalousie.

Mais à la pensée de quelqu'un d'autre embrassant Liz, il sentit une boule se former dans sa gorge.

— Docteur Cline…, dit une voix féminine derrière lui.

Il sursauta, tout comme Liz et Kelly qui se retournèrent, l'air effaré.

Inconsciente du trouble des jeunes femmes, celle-ci poursuivit :

— Docteur Cline, je suis heureuse de vous voir. En fait, je cherchais l'infirmière d'Herbert. Mais puisque je vous tiens, je me permets de vous faire part de mes inquiétudes. Mon mari a saigné à travers son pansement. Est-ce normal après une opération de hernie ?

— Vous pouvez retourner au chevet de votre mari, madame Donahue. Je vous y rejoins dans quelques minutes.

— Merci, docteur.

Il écoutait la femme de son patient, mais son regard

ne quittait pas le visage cramoisi de Liz qui, elle, évitait obstinément le sien.

Ainsi, un homme avait pris sa place dans la vie de Liz. Elle n'aurait pas dû rougir et lui-même aurait dû être le premier à se réjouir. Ne lui avait-il pas souhaité de trouver le bonheur ?

Mais ces joues rouges et cette expression honteuse ?

Parce qu'elle se sentait coupable d'avoir tourné la page ? Il œuvrait dans ce sens depuis des jours et il avait réussi au-delà de ses espérances…

Sa tension intérieure était si forte qu'il ressentit le besoin de l'évacuer sur-le-champ.

Il toisa froidement Kelly.

— C'est vous qui vous occupez d'Herbert Donahue ? demanda-t-il d'une voix cassante.

— Non, c'est Angel, répondit-elle sur le même ton. Mais je peux m'en charger si vous voulez. A moins que vous ne préfériez que j'appelle Angel.

— Oui, c'est ça, dit-il en jetant malgré lui un regard à Liz.

Mais elle s'était ressaisie et son visage à présent était indéchiffrable.

— Ce sera tout ? demanda Kelly, contrefaisant délibérément une marchande courroucée obligée de servir un chaland qui se croit tout permis.

Adam hocha la tête et fit volte-face, conscient que son assaut d'arrogance n'avait fait que le rendre ridicule.

Il s'éloigna avant d'aggraver son cas, non sans avoir toutefois eu le temps d'entendre la remarque cinglante que Kelly lança à haute et intelligible voix.

— Non, mais dis-moi que je rêve ! Il ne t'a même pas dit bonjour !

— Ce n'est rien, répondit Liz avec calme.

— Tu as vu sa tête ? insista Kelly. A mon avis, il a besoin d'antidépresseurs.

— Adam n'est pas le genre d'homme à faire une dépression.

J'aimerais en être aussi sûr, songea-t-il, le front appuyé contre le mur du couloir.

Car, en cette minute, il se sentait miné par le désespoir.

L'idée de Liz dans les bras d'un autre homme le rendait fou. Que d'autres lèvres que les siennes puissent l'embrasser, que d'autres mains caressent son corps…

Il brûlait de connaître cet homme tout autant qu'il le redoutait.

Pourtant, à cet instant, sa préférence était claire : il aurait voulu l'avoir en face de lui pour lui expliquer combien il avait de la chance — au cas où il n'en aurait pas eu conscience. Et lui dire qu'il avait intérêt à faire le bonheur de Liz.

Mais comment un parfait inconnu aurait-il pu y parvenir ?

Seul lui, Adam, était à même de rendre Liz heureuse.

Il connaissait ses pensées les plus intimes et le moyen d'apaiser ses peurs. Lui seul savait interpréter ses silences et ses sourires. Lui seul savait ce qu'elle avait vécu par le passé et quels étaient les souvenirs et les êtres chers à jamais gravés dans sa mémoire.

Il était conscient du mal qu'elle se donnait dans son travail et dans la vie en général, étant toujours prête à aider son prochain, et il avait toujours eu à cœur de rendre hommage à ce courage.

L'homme qui venait de débarquer dans sa vie savait-il vraiment ce qui lui faisait plaisir ? S'en souciait-il au moins ?

Tout ce que, jour après jour, ils avaient bâti ensemble et qu'il était forcé à cette heure d'abandonner défilait dans son esprit.

Etait-il possible que ces trésors s'envolent en fumée comme s'ils n'avaient jamais existé ?

En proie à une vive agitation, Liz fut obligée de prolonger sa pause.

Elle sortit de l'hôpital et respira profondément pour calmer les battements de son cœur.

L'air d'Adam l'avait épouvantée. Si vraiment il aspirait à la liberté alors le moins qu'on puisse dire, c'est qu'elle ne lui réussissait pas, car lui aussi avait maigri. Ses joues s'étaient creusées de façon saisissante et sa blouse blanche flottait légèrement autour de son corps alors que jadis elle l'épousait parfaitement.

Et ce regard qu'il lui avait lancé lorsque, interprétant ses paroles, il avait cru qu'il y avait quelqu'un d'autre dans sa vie !

Etait-ce la flamme de la jalousie qui avait ainsi incendié ses yeux ?

Impossible, puisqu'il n'éprouvait plus rien pour elle. Il ne fallait y voir que la réaction d'un homme à l'orgueil blessé et qui ne supporte pas l'idée qu'une ancienne conquête puisse succomber aux charmes d'un autre homme que lui.

Mais cette réaction si… vive. Si possessive.

La pire des choses eût été qu'il reste de glace. Son indifférence aurait été la preuve irréfutable que tout sentiment était mort entre eux.

Et si, par chance, ce n'était pas le cas, alors les braises qui couvaient encore sous la cendre étaient susceptibles de se rallumer.

Elle ne pouvait s'empêcher de voir dans le regard de feu qu'il lui avait lancé le signe qu'il tenait toujours à elle.

— Liz ?

Elle tourna la tête et découvrit une vieille dame recroquevillée dans son fauteuil roulant.

Il lui fallut un certain temps avant de mettre un nom sur ce visage ravagé par la souffrance. Et n'eût été la présence de son mari qui poussait le fauteuil le long du trottoir, elle ne l'aurait même pas reconnue.

Etait-il possible qu'en si peu de jours la santé de May ait pu se dégrader à ce point ?

Si affectée qu'elle pût être, Liz tâcha de faire bonne figure.

— May ! Cela me fait plaisir de vous voir.

— Tout le plaisir est pour moi, répondit la vieille dame avec un sourire crispé. Vous êtes pressée ?

— Non. J'ai un peu de temps devant moi. C'est ma pause, alors j'en profite pour prendre l'air.

— Hier soir, nous sommes passés devant chez vous. Les roses sont magnifiques, comme toujours, dit May d'une voix lasse.

Liz poussa un soupir mélancolique.

— Gramps les adorait…

— Elles font l'envie de plus d'un dans cette ville, poursuivit May. Les miennes sont bien pâlottes à côté, pourtant ce n'est pas faute de les bichonner. On peut dire que votre grand-père avait la main verte.

Les yeux de May balayèrent la pelouse pour se poser sur les massifs de fleurs dont les couleurs vives rivalisaient avec celles des papillons qui voletaient autour.

Liz suivit son regard.

C'était si facile d'oublier de savourer les beautés de la vie, de respirer le parfum des fleurs.

Mais les relents émanant du restaurant jouxtant l'hôpital eurent tôt fait de la ramener à la réalité.

— Vous lui ressemblez beaucoup, vous savez, murmura May avec attendrissement.

Liz sourit. On ne pouvait lui faire plus beau compliment.

Cependant, voyant les doigts de May se crisper sur les accoudoirs du fauteuil, elle comprit qu'elle ne devait pas la fatiguer davantage.

Tout comme John, apparemment, puisqu'il se pencha à l'oreille de sa femme.

— Il est temps d'y aller, ma chérie. Ton rendez-vous est dans un quart d'heure.

Liz n'osa pas poser de questions. Elle savait seulement que le Dr Mills l'avait orientée vers un sophrologue. Aussi espérait-elle que ces séances lui étaient pleinement profitables.

S'inclinant à son tour, elle déposa un baiser sur la joue de la vieille dame.

— Merci de votre gentillesse, May. Je me sens toujours plus proche de Gramps quand je discute avec vous. Prenez soin de votre santé. Et si vous avez besoin de quoi que ce soit, surtout n'hésitez pas à m'appeler…

Comme elle se doutait qu'ils hésiteraient malgré tout, elle se promit de passer chez eux pour s'assurer qu'ils ne manquaient de rien.

Elle leur apporterait également des plats cuisinés, songea-t-elle tandis que le couple se dirigeait vers l'entrée de l'hôpital. Ce serait là une excellente raison pour se remettre derrière les fourneaux et se réconcilier avec la nourriture.

7.

Adam releva le visage quelques instants, le temps pour l'infirmière d'essuyer son front ruisselant de sueur.

Cela faisait maintenant sept heures qu'il se battait pour sauver May — lui, le chirurgien vasculaire et le néphrologue.

La tête en feu, les doigts gourds, il était à bout de forces.

Cent fois, il avait été tenté de renoncer. Mais s'il l'avait fait, c'eût été pour May la mort assurée.

Il s'était donc accroché, prenant exemple sur la vieille dame.

Une fois seulement, sa pression artérielle avait chuté. On lui avait alors administré un vasoconstricteur et augmenté le débit de sa perfusion.

Il avait également fallu lui transfuser plusieurs culots globulaires, car elle avait perdu beaucoup de sang.

Jusqu'à présent, son état était stable, mais tout pouvait basculer d'un instant à l'autre.

— Tout va bien, docteur Cline ?

Adam hocha la tête pour rassurer l'infirmière, mais aussi, et surtout, le Dr Robards qui venait de lui lancer un regard interrogateur.

Au mépris de sa fatigue, il poursuivit l'excision de la tumeur maligne dont l'extension était impressionnante.

Mais malgré tous ses efforts, sa concentration déclinait. Parfois, lorsqu'il ne sentait plus aucune sensation dans ses doigts, il était contraint d'utiliser sa vue, qui, grâce à Dieu, était claire pour une fois.

Une heure plus tard, les chirurgiens faisaient le point.

L'exérèse totale n'avait pas été possible, la tumeur étant trop profondément incrustée. Toutefois, l'essentiel des ramifications avait été retiré. Ils n'avaient pas pu éviter l'ablation d'un rein et de son uretère, malheureusement infiltrés par le cancer.

Ils avaient réussi, envers et contre tout. L'étape finale n'était plus qu'une formalité. Une formalité que, dans son état, Adam n'était plus à même de remplir.

Sa tête le faisait souffrir au point qu'il n'était plus capable d'aligner deux pensées et, outre qu'il ne sentait plus sa main gauche, sa vue qui avait fini par se brouiller ne pouvait plus prendre le relais.

Continuer, c'était mettre la vie de May en péril. Un comble après avoir passé huit heures à tout faire pour la sauver !

Il tourna la tête vers le Dr Robards.

— Je peux vous demander de terminer sans moi ?

— Pas de problème, répondit le chirurgien vasculaire, paraissant surpris.

Adam s'écarta de la table d'opération, mais tout se mit à tourner autour de lui et il vacilla.

— Docteur Cline, ça va ?

Non, ça n'allait pas.

Son œil droit ne voyait plus rien.

Il ferma alors les paupières et ce fut le noir total.

— Si tu as perdu la vue de ton œil droit durant quelques instants, Adam, c'est à cause du surmenage. Tu tires sur la corde et après tu t'étonnes…, dit Larry en bouclant sa ceinture de sécurité. Soit, le Dr Winters t'a dit que tu pouvais continuer à travailler, mais te charger de l'opération de Mme Probst, c'était de la folie.

Adam se renversa contre le dossier de son siège en soupirant.

— J'ai drôlement allégé mon emploi du temps…

Larry haussa les épaules.

— Cela ne résout pas le problème, si tu ne fais pas preuve d'un peu plus de discernement.

— Je ne regrette pas d'avoir opéré Mme Probst, dit Adam avec fermeté. Elle non plus, je pense. Le problème, maintenant, c'est que tout le monde sait qu'il y a des moments où je déraille complètement.

— Ils mettront probablement ton malaise sur le compte du stress étant donné l'enjeu de cette tumorectomie, ou bien d'une extrême fatigue étant donné toutes les heures que tu as passées au bloc.

— Je l'espère, répondit Adam, même si l'idée que ses collègues aient pu mettre un instant en doute ses capacités n'était pas faite pour le rassurer.

Pourtant, il était véritablement malade et, dans l'intérêt de tous, il ne pouvait continuer à faire comme si de rien n'était.

Il avait bel et bien failli s'évanouir en plein bloc. Ses jambes flageolantes l'avaient obligé à s'asseoir à même le sol.

L'opération, bien que perturbée, avait heureusement pu s'achever sans incident.

Il ne savait ce qui relevait le plus du miracle : que la tumorectomie ait réussi ou bien qu'il soit parvenu à en assurer les trois quarts.

Parce que, dans ses mains, reposait la vie de May.

Et parce que l'occasion lui était donnée de lutter pied à pied avec la maladie. Aussi avait-il mis un point d'honneur à avoir le dessus.

Sur le point de tourner la clé de contact, Larry interrompit son geste et, les sourcils froncés, regarda son collègue.

— Prends du repos, Adam. Tu te rends bien compte que cela ne peut plus durer.

— Du repos, pour passer mon temps à ressasser… Merci bien !

— Tu n'as qu'à t'occuper. Va jouer au golf, offre-toi une croisière. Je ne sais pas, moi… Réconcilie-toi avec Liz. C'est de loin la meilleure chose à faire. Tu ne crois pas ? Laisse-la t'aider, ajouta Larry après un bref silence.

Adam fit celui qui n'avait rien entendu.

L'espace d'une seconde, il fut toutefois tenté de dire à Larry que Liz venait de rencontrer quelqu'un et qu'elle avait par conséquent d'autres chats à fouetter.

Mais il s'abstint, songeant que la page devait être tournée sans aigreur.

Il préféra se concentrer sur l'aspect professionnel de la situation qui, il est vrai, n'était guère plus réjouissant.

— D'accord, je vais me mettre au vert, répondit-il avec un sourire conciliant. Mais il faut à tout prix que je boucle la semaine. J'ai vraiment reporté trop de rendez-vous ces temps-ci.

Larry pianota avec impatience sur le volant.

— J'espère que le Dr Winters envisage sérieusement de te mettre en congé maladie. S'il aborde le sujet, je ne me priverai pas pour lui donner mon avis.

— Pour cela, il faudrait déjà que tu m'accompagnes dans son cabinet d'examen. Et ce n'est pas prévu au programme. Ne t'inquiète pas, je tiendrai jusqu'au week-end, ajouta Adam d'un ton radouci. Je te le répète, j'ai réduit mes heures au cas où je n'aurais pas supporté mes injections.

Larry secoua la tête d'un air navré.

— Tu sais ce que tu fais, Adam. Je ne vais pas t'apprendre la médecine. Mais quand on dit que les cordonniers sont les plus mal chaussés, on n'a pas tort…

Il était près de minuit lorsque Liz sonna à l'appartement d'Adam.

C'était loin d'être la meilleure chose à faire, elle le savait, mais rien n'aurait pu l'en dissuader.

Si elle ne tirait pas les choses au clair sur l'heure, elle ne pourrait pas fermer l'œil de la nuit, une fois de plus.

Le manque de sommeil et d'appétit dont elle souffrait était préjudiciable à la santé du bébé. Et, pour lui, elle était prête à braver tous les orages.

Elle attendit, l'oreille à quelques centimètres de la porte, mais aucun bruit ne s'élevait de l'autre côté.

Après un moment d'hésitation, elle sonna de nouveau, gardant son doigt sur le bouton.

Si Adam dormait — et lui au moins avait de la chance, songea-t-elle avec une pointe d'amertume —, cette fois, il ne pouvait pas ne pas avoir entendu.

De longues minutes s'écoulèrent encore, laissant à Liz le temps de se torturer l'esprit.

Il passait peut-être la nuit ailleurs. Ou bien il la passait ici, mais avec quelqu'un.

Elle se reprocha de ne pas y avoir pensé plus tôt.

Evidemment, il n'était pas seul. Qu'avait-elle donc espéré en venant jusqu'ici ?

Cette porte close valait toutes les explications.

Elle allait partir lorsqu'elle entendit qu'on ferraillait dans la serrure.

Quand la porte s'ouvrit, elle comprit aussitôt qu'elle n'aurait jamais dû venir.

Mais à présent qu'elle était là, il lui fallait affronter l'homme qui avait daigné lui répondre et qui semblait bien décidé à lui faire payer l'effort que cela lui avait visiblement coûté.

Bien que, cette fois, elle ne sentît aucun relent d'alcool, elle aurait juré qu'il sortait de quelque taverne infernale.

Elle n'aurait pas non plus été surprise d'apprendre qu'il venait de se battre tellement il avait l'air débraillé.

En tout cas, son air sombre indiquait qu'il avait fortement envie d'en découdre.

A contrecœur, Adam recula pour laisser passer Liz.

Chaque mot, chaque geste le mettait au supplice tant il se sentait harassé. Mais s'il le lui avait dit, elle n'aurait pas compris.

Et pour cause puisqu'il en taisait les véritables raisons.

Quoique, pour ce qui était de la fatigue, Liz n'était pas en reste. Elle avait même une mine épouvantable.

La pensée qu'elle était en train de mettre sa santé en jeu le faisait souffrir presque autant que sa sclérose en plaques.

— Liz, qu'est-ce que tu viens faire ici ? demanda-t-il en faisant un effort pour contrôler sa voix.

Elle entra d'un pas décidé.

— Nous avons à parler. Je m'en voudrais toutefois de gâcher ta soirée.

Après lui avoir décoché un regard sombre, elle ajouta :

— De toute façon, vu ta tête, c'est déjà fait…

Elle gagna le canapé.

— Tu permets que je m'assoie ? Je tombe de fatigue.

— A l'heure qu'il est, tu devrais être couchée, dit-il.

Liz ne répondit pas.

Son regard fit le tour de la pièce et s'arrêta sur la photo qui reposait sur l'étagère.

Elle avait été prise par Kelly durant le pique-nique organisé à l'occasion des vingt ans de l'hôpital.

On y voyait Liz assise sur les genoux d'Adam, un bras passé autour de son cou. Le sourire radieux qu'ils dédiaient à l'objectif résumait à lui seul les sentiments qu'ils avaient l'un pour l'autre.

Adam soupira.

Ce cliché était la preuve que tout n'avait pas été raté dans sa vie. Il n'avait pas eu le cœur de s'en défaire, et à voir l'expression étonnée de Liz, il n'était pas difficile de deviner qu'elle était en train de se demander pourquoi il ne l'avait pas fait.

Elle reporta les yeux sur lui.

— Cela fait des semaines que j'attends des explications, Adam, dit-elle d'une voix calme. Car tu m'en dois. C'est la moindre des choses, tu ne crois pas ?

Il gagna le fauteuil en face d'elle et s'y assit avec lenteur pour se donner le temps de réfléchir.

L'heure des comptes avait sonné. Il n'était plus possible de l'esquiver.

Il avait cru qu'en lui tournant simplement le dos, elle finirait par comprendre.

Résultat, elle n'avait compris qu'une chose : il fuyait ses responsabilités et le seul moyen d'obtenir des explications, c'était de le débusquer dans sa tanière.

Et lui, faute de pouvoir lui avouer sa véritable motivation, allait devoir s'enferrer dans les mensonges.

Il lui faudrait se creuser les méninges pour trouver les mots justes et des arguments convaincants. *Dieu, faites que tout cela finisse vite*, se dit-il en se rencognant dans son fauteuil.

— Je crois plutôt que si on pouvait se séparer en évitant une crise, ce serait mieux, répondit-il.

— Une crise ! répéta-t-elle, les yeux écarquillés. Nous sommes en plein dedans, Adam. Que tu le veuilles ou non.

Il secoua la tête.

— Tu prends les choses trop à cœur, Liz.

— Oui, c'est bien ça mon problème. Moi, je croyais qu'on s'aimait, que c'était vrai…, dit-elle en désignant la photo sur l'étagère. Que tu étais mon ami, mon amant… Plus que ça même.

Malgré lui, il haussa les épaules.

— Pourtant tu n'as pas été longue à me remplacer.

Il vit ses lèvres trembler.

— Tu sais bien qu'il n'y a que toi dans ma vie… Et depuis longtemps…

Ils se dévisagèrent en silence.

Dans ses yeux, il lisait toutes les joies passées, la certitude qu'elles se prolongeraient dans le présent et une confiance sans faille en l'avenir.

— Navré de te décevoir, Liz, mais nous deux, c'était juste une aventure, dit-il en détournant le regard. En ce qui me concerne, il n'a jamais été question d'amour.

Elle baissa la tête comme pour lui dérober l'expression de son visage.

Au bout d'un long moment, elle la releva et le regarda droit dans les yeux.

— Tu en es bien sûr ?

Non, il était même persuadé du contraire. Mais parce qu'il l'aimait, il était prêt à tout lui sacrifier.

Il voulait la savoir libre et épanouie, ce qu'elle ne pourrait jamais être auprès de l'homme qu'il était devenu.

— Certain, dit-il.

Elle fronça les sourcils.

— Dans ce cas, comment expliques-tu ton changement d'attitude ? Si j'ai senti que tu avais cessé d'avoir des sentiments pour moi, c'est bien qu'ils existaient auparavant, non ?

Il garda le silence, songeant que son raisonnement, lui aussi, était sans faille. C'était là le fidèle reflet de sa personnalité, subtil mélange d'intelligence et de sensibilité. Liz, pour toujours la femme de ses rêves…

Il eut toutes les peines du monde à trouver la parade.

— Je ne me sentais pas le droit de te quitter alors que tu souffrais au chevet de Gramps. Je voulais te ménager.

Cette fois, elle perdit contenance et il vit des larmes briller dans son regard.

Mais il savait que Liz était une force de la nature et qu'elle se relèverait. Il ne doutait pas de ses ressources.

Elle était en train de vivre les heures les plus pénibles de leur relation, du moins ce qu'il en restait…

Mieux valait une douleur fulgurante qu'un mal-être diffus qu'elle traînerait avec elle durant des années s'il commettait l'erreur de rester à ses côtés.

— Tu recherches en moi quelque chose que je ne pourrai jamais t'apporter, reprit-il après un long silence. Il faut penser à ton avenir, Liz. Tu es libre, à présent. Libre de faire de nouvelles rencontres, plus chanceuses…

Elle porta une main à sa bouche comme pour réprimer un sanglot.

— Parce que c'est ce que tu veux faire, toi ? De nouvelles rencontres ? demanda-t-elle d'une voix étranglée.

Il saisit la perche qu'elle lui tendait.

Non une perche, mais le manche d'un poignard, rectifia-t-il.

— Oui, dit-il avec l'impression que sa lame leur perçait

le cœur à la même seconde. Je suis désolé, Liz. Nous n'étions pas sur la même longueur d'onde.

— Je ne te crois pas. La dernière fois que nous avons fait l'amour, nous étions plus proches que jamais…

Sa voix s'était brisée sur ses dernières paroles.

Adam aurait préféré qu'elle se déchaîne contre lui car sa tâche s'en serait trouvée facilitée.

Oui, il aurait mille fois préféré nourrir de la rancœur plutôt que des regrets et des remords en pagaille.

La dernière chose dont il avait besoin, c'était qu'elle mette en lumière tout ce à quoi il était obligé de renoncer. Elle n'avait pas besoin de lui dire qu'il était en train de passer à côté du bonheur, il en était parfaitement conscient.

— C'était purement physique, dit-il avec un détachement affecté.

— Ne dis pas n'importe quoi. C'était bien plus que ça, répliqua-t-elle en essuyant ses joues baignées de larmes.

Il haussa les épaules.

— Qu'est-ce que tu en sais ? Pour l'affirmer, il faudrait déjà que tu puisses comparer. Ce qui me paraît difficile puisque, jusque-là, j'ai été le seul homme dans ta vie…

Liz porta une main à sa poitrine comme si, soudain, elle manquait d'air.

— Parce que je n'ai pas couché à droite et à gauche, je ne suis pas capable de définir ce que je ressens pour toi ? C'est ce que tu voudrais me faire croire ? demanda-t-elle d'un ton saccadé.

— Je comprends que tu sois en colère… Mais ce n'est pas en discutant pendant des heures que cela changera quoi que ce soit.

Elle secoua la tête.

— Je te connais, Adam, et je sais que tu ne me dis pas toute la vérité.

— Quand je te dis que nous deux, c'est fini, c'est la vérité. Il faudra bien que tu l'acceptes.

— Tu voudrais que je tire un trait sur ce que nous avons vécu et que je fasse comme si cela n'avait jamais existé ?

— Non. On peut toujours rester amis, dit-il d'un ton évasif.

Elle le foudroya du regard.

— Tu m'en demandes trop ! Un jour, peut-être, mais alors il faudra que beaucoup d'eau ait passé sous les ponts. Et surtout que j'aie cessé de te détester. Comment as-tu pu me faire cela, Adam ? Quand je pense que pendant tout ce temps, tu me jouais la comédie ! Je te découvre enfin sous ton vrai jour : menteur, lâche et cruel…

Pinçant les lèvres, elle se leva et se rua vers la porte.

Adam la rattrapa.

— Liz, je comprends que tu sois en colère, répéta-t-il. Mais il faut que tu te calmes. Ce ne serait pas raisonnable de prendre le volant dans cet état…

Il lui prit le bras, mais elle se dégagea dans un geste rageur.

— Ne me touche pas ! Quand je pense que tu oses me dire ce qui n'est pas raisonnable !

Elle ouvrit la porte qu'elle claqua derrière elle, laissant Adam abasourdi.

8.

Liz plissa les paupières, cherchant à savoir où elle se trouvait.

Mais le faisceau lumineux qui tombait sur son visage l'aveuglait. Ou peut-être était-ce la douleur qui lui martelait violemment les tempes qui la désorientait.

Cette clarté dispensait une chaleur intense qui formait un étrange contraste avec le froid glacial qu'elle ressentait dans tout le corps.

Elle avait l'impression d'être prise dans une banquise où seule sa tête aurait dépassé, livrée à un soleil sans pitié.

Cette idée l'emplit d'une peur irraisonnée. Elle tenta de se redresser, mais ses membres ne lui obéissaient plus.

En proie cette fois à une réelle panique, elle voulut appeler.

Aucun son ne sortit de sa bouche.

Tout se passait comme dans son pire cauchemar.

Soudain, une tête s'interposa entre elle et la lumière.

— Liz, est-ce que tu m'entends ?

Ce visage et cette voix lui étaient familiers.

Elle fouilla dans sa mémoire et, avec peine, en extirpa un nom.

C'était Mona, son amie des urgences.

— Si c'est le cas, cligne des yeux.

Dans les brumes de son esprit, Liz songea que Mona avait de la chance, car ses oreilles et ses yeux étaient les seules choses qui semblaient encore fonctionner en elle.

Et, docilement, elle s'exécuta avant de replonger dans l'inconscience.

Adam franchit comme une tornade le seuil des urgences. Il allait se diriger vers le bureau d'accueil lorsqu'il aperçut Mona Davenport, une petite brune qui avait fait ses études d'infirmière avec Liz.

Voyant qu'elle avait pleuré, il se précipita vers elle, paniqué.

— Où est Liz ? s'écria-t-il.

— Désolée, docteur Cline. Vous ne pouvez pas la voir, dit-elle en s'essuyant les yeux.

La jeune femme releva dignement la tête, mais fut trahie par le bref coup d'œil qu'elle jeta vers la chambre 2.

— Et pourquoi, bon sang ? demanda-t-il en prenant la direction que son regard venait d'indiquer.

Elle courut pour lui barrer le passage.

— Parce que le Dr Graviss veut absolument vous parler.

Le cœur d'Adam bondit dans sa poitrine.

Il s'immobilisa et regarda Mona droit dans les yeux.

— Elle est morte, c'est ça ?

Il se passa une main sur le visage comme pour se réveiller d'un cauchemar. Mais ce n'était pas un cauchemar.

Pourquoi ne l'avait-il pas empêchée de partir ?

Il avait bien vu pourtant qu'elle n'était pas en état de prendre le volant. C'était lui qui l'avait conduite à la catastrophe…

Lorsque, quelque temps après son départ, la sonnette de l'entrée avait retenti, il avait cru que c'était elle qui revenait.

Son cœur s'était alors gonflé d'un fol espoir.

Si ses pas la ramenaient vers lui, c'était donc la preuve que les liens qui les unissaient étaient indissolubles et que leur amour était plus fort que tout.

Plus fort que la maladie…

Mais quand il avait ouvert à l'officier de police, il avait tout de suite compris que le malheur venait de frapper à sa porte et il s'était dit que non seulement Liz ne reviendrait pas, mais qu'elle était partie à tout jamais.

D'autant que le policier n'avait pas été capable de le détromper, se bornant à l'informer que Liz venait d'avoir un accident et que, d'après les papiers trouvés dans son sac, il était la personne à contacter en cas d'urgence.

Il avait sauté dans sa voiture et, en roulant vers l'hôpital, n'avait eu qu'une pensée en tête : si Liz était morte, c'était lui qui l'avait tuée.

— Non, rassurez-vous. Elle a été drôlement secouée et a perdu plusieurs fois connaissance, mais elle est en vie. Je vous répète que le Dr Graviss veut vous voir.

Mona continuait à parler, cependant Adam ne l'écoutait plus.

Liz était vivante et c'était là tout ce qui comptait.

Il éprouva le besoin de s'en assurer de ses propres yeux. Avant que Mona ait pu l'en empêcher, il entra dans la chambre.

La vue du lit vide le fit s'arrêter net.

— Où est-elle ? s'écria-t-il.

— On lui fait passer des examens cérébraux pour déterminer la gravité de son trauma, expliqua Mona derrière lui.

Il se retourna.

— Sa tête a été touchée ?

— Oui. Elle a heurté le volant. De toute évidence, elle ne portait pas sa ceinture. Cela ne lui ressemble pas…

D'un pas rapide, Adam se dirigea vers les appareils de monitoring auprès desquels était installé un ordinateur. Après l'avoir allumé, il y entra son code d'accès personnel.

— Docteur Cline, vous n'avez pas le droit de consulter le dossier de Liz ! protesta Mona.

— Il faut que je sache ce qui se passe, dit-il en faisant défiler les données sur l'écran. Si elle est en radiologie, c'est donc qu'elle ne court plus aucun danger.

— Ses constantes sont stables et, apparemment elle ne présente aucun problème hémorragique, précisa Mona.

Elle secoua la tête et ajouta :

— Je ne devrais vraiment pas vous dire tout ça. Faut-il que je vous rappelle le règlement ? Vous devez soit être de la famille, soit disposer d'une autorisation signée. Je vous en prie, docteur Cline, fermez ce fichier sinon, vous et moi risquons d'avoir de sérieux problèmes…, conclut Mona d'un ton menaçant.

Il poussa un profond soupir.

L'infirmière le considéra alors d'un air compatissant.

— Je sais ce que vous ressentez. Moi-même, quand je l'ai vue, étendue, inconsciente, sur la civière…

A ces mots, Adam se raidit.

Mona s'en aperçut car elle s'interrompit avant de reprendre en haussant le ton.

— Docteur Cline, cette fois, ça suffit. Je vais être obligée d'en informer la hiérarchie.

— C'est bon, marmonna-t-il. Je ne peux tout de même pas rester les bras ballants à attendre qu'on veuille bien me dire ce qu'il en est.

— Kelly fait sa pause en ce moment. Vous n'avez qu'à aller la rejoindre, ajouta-t-elle, radoucie, en posant une main sur son bras. Je vous préviens dès que Liz aura réintégré sa chambre.

Il lui adressa un pâle sourire.

— Merci, Mona, dit-il avant de quitter la pièce.

Par petits bouts, Liz prit conscience de son environnement. Une lumière vive était dirigée sur son visage, et elle avait du mal à ouvrir les yeux. Ou peut-être était-ce le sourd martèlement dans son crâne qui rendait le moindre mouvement impossible.

Malgré la chaleur de la lampe, elle était glacée. Presque comme si elle était enterrée sous la neige.

— Liz, répondez-moi. C'est le Dr Graviss qui vous parle. Vous m'entendez ?

Bien sûr qu'elle l'entendait. Mais elle était incapable de prononcer un mot.

— Liz ? Si vous m'entendez, clignez des yeux.

Faisant un immense effort, elle ouvrit les yeux et rencontra ceux du collègue d'Adam, mais son visage, habituellement bienveillant, affichait un air préoccupé.

Puis elle aperçut Mona. Pourquoi faisait-elle cette tête ? On aurait dit qu'elle avait pleuré.

— Mona..., murmura-t-elle.

— Oh, Liz ! s'exclama son amie en portant ses deux mains à sa bouche. Dieu merci ! Te voilà de nouveau parmi nous !

— Où suis-je ?

— Dans le service de radiologie, répondit le Dr Graviss. Vous avez repris connaissance pendant qu'on vous faisait passer un scan.

— Un scan ! répéta-t-elle en essayant en vain de se redresser.

— Attendez que je vous délivre. On vous avait attachée pour réduire les parasites sonores durant l'examen, dit le médecin qui entreprit d'ôter les bandes de Velcro. De quoi vous souvenez-vous, Liz ?

Elle grimaça. Ses bras, bien que libérés, ne se levèrent pas davantage.

— A propos de quoi ? demanda-t-elle.

— De ce soir.

— Qu'est-ce qui s'est passé ce soir ?

— C'est ce que je voudrais que vous me disiez.

Comme elle restait silencieuse, le Dr Graviss reprit :

— Vous avez eu un accident de voiture. Mais rassurez-vous, tout va bien.

Elle fronça les sourcils, creusant fébrilement sa mémoire, et l'effort provoqua une onde de douleur dans son cerveau.

— Oui. Cela me revient..., dit-elle lentement. Un cerf a traversé la route. En voulant l'éviter, j'ai perdu le contrôle de la voiture. Il va bien ? ajouta-t-elle après un silence.

— Qui ?

— Le cerf.

Le Dr Graviss leva les sourcils d'un air étonné.

— Ça, je ne peux pas vous dire, Liz. Personne n'a signalé de cerf. On vous a transportée jusqu'ici en ambulance. Vous vous en souvenez ?

— Je me rappelle avoir percuté un arbre, et après… plus rien.

Elle se tut, se crispant sous la douleur.

Elle avait l'impression qu'un rouleau compresseur lui était passé sur le corps et regrettait celle qui lui donnait l'illusion d'être prise dans la banquise, car au moins alors se sentait-elle anesthésiée.

A présent, le simple fait de respirer la faisait souffrir, et à chaque inspiration, elle s'attendait à ce que sa poitrine se déchire.

Cependant, la mémoire lui revenait graduellement.

Elle s'était rendue chez Adam et en était repartie en claquant la porte.

Pourquoi s'étaient-ils disputés ? Etait-ce à cause du…

Son sang se figea.

Elle essaya vainement de porter une main à son ventre.

— Je vous en prie. Dites-moi que je vais bien…, murmura-t-elle.

Au lieu d'aller retrouver Kelly, comme Mona le lui avait suggéré, Adam se rendit directement au service de radiologie et se glissa dans la salle d'examens.

Liz reposait sur la table de scanner, aussi blanche que la blouse dont on l'avait revêtue.

Il s'approcha, la dévorant du regard. Elle portait une mince chemise de nuit d'hôpital nouée dans le dos qui dégageait ses bras et ses jambes couverts d'éraflures et d'ecchymoses. Mais s'il fallait en croire le large pansement qui recouvrait une plaie sur son front, c'était son visage qui avait le plus souffert de la violence du choc.

Comme il s'approchait encore pour essayer d'entendre ce qu'elle disait, il fut frappé par une odeur de sang

— l'odeur du sang de Liz — et une sensation de vertige s'empara de lui.

Durant cette fraction de seconde fatidique, elle aurait pu tout aussi bien basculer dans la mort…

Le destin avait joué sa vie à pile ou face.

A cause de lui. Tout ce qui était arrivé, c'était sa faute.

Ses tempes bourdonnaient tellement qu'il entendait à peine ce que Liz disait à Larry.

— Vous êtes sûr que je vais bien ? demanda-t-elle.

— Dis-lui que oui, Larry ! demanda Adam d'un ton pressant, ayant lui-même un besoin impérieux d'entendre la confirmation.

Larry le regarda et lui lança un regard noir.

— Toi, tu es censé attendre dehors car tu n'es pas de service. De toute façon, tu devrais être chez toi, en train de te reposer. Au lit…

L'ignorant, Adam se pencha vers Liz et lui pressa doucement la main. Mais elle ne répondit pas à son geste, ne le regarda même pas.

— Liz, si tu savais combien j'ai eu peur, murmura-t-il.

Il brûlait d'envie de lui dire qu'elle était ce qu'il avait de plus cher au monde et qu'il était le plus grand idiot que la Terre ait jamais porté. Que si elle voulait bien lui pardonner, il passerait le restant de ses jours à la chérir.

— Je veux qu'il s'en aille. S'il vous plaît, faites-le partir…

Le silence se fit brusquement et, dans la pièce, il n'y eut plus que les bruits du moniteur cardiaque trahissant des battements de cœur précipités.

— Tu as entendu, Adam, dit Larry en lui tapotant gentiment l'épaule. Laisse-nous, cela vaut mieux. Je dois poursuivre l'examen de Liz pour que le manipulateur radio puisse achever le sien.

— Mais, Liz…, insista Adam.

— Docteur Graviss, s'il vous plaît…, répéta-t-elle, les yeux clos.

— Tu vois bien que tu la perturbes, Adam, reprit Larry d'un ton plus ferme. Allez, sors.

A contrecœur, Adam se rangea aux raisons de son ami et, jetant un dernier regard à Liz qui n'avait pas rouvert les yeux, il quitta la pièce sans bruit.

Dans le couloir, il tomba nez à nez avec Kelly qui, elle, avait scrupuleusement respecté la consigne et attendait la fin des examens de Liz.

Elle le toisa avec colère.

— Vous n'aviez pas le droit d'entrer dans sa chambre !

— Il fallait que je la voie, répondit-il.

— Et maintenant que vous l'avez vue ? Maintenant quoi ? Elle souffre depuis des semaines à cause de vous, mais cela ne vous a pourtant pas empêché de dormir.

— Je n'ai jamais voulu faire de mal à Liz.

Ce qui était faux, reconnut-il en son for intérieur. Il l'avait blessée parce qu'il voulait la sauver d'un chagrin plus immense encore. Du moins le pensait-il.

— Vraiment ? Eh bien, voyez-vous, j'aurais juré le contraire. Je pensais que vous valiez mieux que cela, docteur Cline.

Kelly lui jeta un regard noir, comme si elle se retenait de l'étrangler, puis s'éloigna sans rien ajouter.

La voix de Larry se fit entendre depuis le seuil de la salle d'examens.

— Adam, qu'est-ce que tu fais encore ici ? Je croyais pourtant avoir été clair.

Adam ne se retourna pas. Il avait besoin de quelques instants pour se ressaisir tant les paroles de Kelly l'avaient affecté.

— Si tu étais à ma place, est-ce que tu serais parti sans l'avoir vue ? demanda-t-il enfin.

Son collègue le rejoignit.

— Non, sans doute. Mais là, tu ne fais qu'aggraver son état. Ce ne sont pas des paroles en l'air, Adam, insista-t-il. Elle vient de perdre connaissance de nouveau. Elle souffre d'une commotion et une de ses chevilles est cassée. Quels que soient vos problèmes personnels — et je crois savoir de quoi il s'agit —, ce n'est sûrement pas le moment de les aborder ce soir.

— Excuse-moi, mais je ne vois pas en quoi cela te regarde..., marmonna-t-il.

Puis il se frotta le menton, gêné, sous le regard acéré de Larry.

— En fait, je lui ai dit que nous deux, c'était fini, ajouta-t-il.

L'expression réprobatrice de Larry se nuança de tristesse.

— Tu aurais mieux fait de lui dire la vérité, non ?

Adam balaya sa question d'un geste excédé.

— Essaie de comprendre, Larry. La maladie est là, qui me hante constamment. J'arrive à peine à gérer le présent, alors l'avenir, je n'ose même pas y songer... J'ai fait une croix sur mes projets. Pas question d'embarquer Liz dans cette galère. Dieu sait qu'elle a eu son compte avec Gramps. Je l'ai quittée parce que je n'avais pas le choix, mais je tiens toujours à elle, tu le sais.

— Oui, je sais, Adam. Néanmoins, je reste persuadé que tu devrais tout lui avouer. C'est à elle de décider, en connaissance de cause, si elle veut oui ou non continuer de partager ta vie. Tu n'as pas à le faire à sa place.

— Tu as sans doute raison, mais c'est plus fort que moi. Je veux l'épargner. Je sais qu'elle souffre en ce moment par ma faute. Or, ce n'est rien à côté de ce qu'elle pourrait endurer plus tard si elle restait avec moi.

Larry parut peser le pour et le contre.

— Ecoute, Adam, dit-il enfin. Tu es mon ami et je comprends ce que tu ressens, mais Liz est ma patiente et je me dois de lui donner satisfaction — comme respecter ses souhaits en ce qui concerne ses visiteurs. Alors je ne veux pas que tu franchisses cette porte. Elle a besoin de repos, et toi aussi, du reste. Il sera toujours temps de vous réconcilier quand vous serez tous deux en état de le faire.

— Tu veux que je l'abandonne ?

— Je te promets de prendre soin d'elle, Adam.

Il regarda la porte de la salle d'examens par-dessus l'épaule de Larry et réfléchit quelques instants.

— Et si elle a besoin de…

Moi, ajouta-t-il mentalement, sans oser le prononcer tout haut.

Larry soupira.

— Tu n'as qu'à aller dormir dans la salle des médecins, suggéra-t-il. Je te réveillerai s'il y a du nouveau. Tu veux que je te donne quelque chose pour te permettre de te détendre ?

Adam secoua la tête.

— Non, merci, je n'ai besoin de rien. Seulement que tu m'appelles si elle change d'avis, ou bien si tu sens qu'elle a besoin de moi, insista-t-il.

Quelques heures plus tard, Adam tournait dans la salle des médecins comme un ours en cage, se repassant en boucle les événements de la soirée.

Les paroles de Larry résonnaient dans sa tête.

Son ami avait raison. Il devait avouer sa maladie à Liz.

S'il l'avait fait ce soir, au lieu de dévider un tissu de mensonges, ils auraient pu s'expliquer en adultes, et à l'heure actuelle, elle n'en serait pas là.

A présent que les circonstances l'obligeaient à tout remettre à plat, il osait enfin regarder la vérité en face : c'était moins Liz que lui-même qu'il avait cherché à préserver.

Terrifié par l'idée qu'elle puisse l'abandonner, il avait préféré prendre les devants et, en la quittant, retourner, pour ainsi dire, la situation en sa faveur.

Il avait agi en égoïste, lui faisant endurer ce qu'il avait lui-même redouté de vivre.

Pourrait-elle jamais lui pardonner ?

Il éprouva un besoin impérieux de la voir sur-le-champ pour s'assurer encore une fois qu'elle était bien en vie. Pour que les machines auxquelles son corps était relié lui donnent la certitude que son cœur battait. Et pour sentir le sien battre à l'unisson.

Il hésita longuement, mais l'envie fut la plus forte et, passant outre l'interdiction de Larry, il alla retrouver Liz dans sa chambre.

Cinq minutes plus tard, penché au-dessus de son lit, il la regardait dormir.

Elle avait l'air si vulnérable, si petite, parmi toutes ces machines… Son visage paraissait exsangue dans la faible clarté des veilleuses.

Il se pencha, respira son parfum. Bien que mélangée à l'odeur pharmaceutique, il reconnut la douce senteur de la cannelle.

Un souffle léger s'échappait de ses lèvres entrouvertes et soulevait régulièrement sa gorge délicate.

La bouche à quelques centimètres de la sienne, il aspira ce souffle, étanchant sa soif à cette source si précieuse.

— Mon Dieu… Qu'ai-je fait ? Pardonne-moi, Liz.

9.

— Bonjour, madame Probst.

— Docteur Cline..., murmura May, les yeux mi-clos, un faible sourire étirant ses lèvres.

— Docteur Cline ! s'exclama son mari en écho.

Il se leva précipitamment pour se porter à la rencontre d'Adam dont il serra la main avec effusion.

Ce dernier hocha la tête, et il attendit qu'il s'écarte, quelque peu embarrassé, pour s'approcher du lit de May.

— Cela fait plaisir de vous voir de nouveau sourire, dit-il, heureux de voir que la vieille dame, bien que très pâle, arborait un visage détendu.

— C'est grâce à vous, docteur.

— Oui, May est sauvée grâce à vous, renchérit John, le regard humide. Nous ne pourrons jamais assez vous remercier.

C'était loin d'être gagné, pourtant. L'opération de May avait été pour lui sans précédent, tant par la complexité que par les conditions physiques dans lesquelles il l'avait pratiquée.

Quoi qu'il en soit, comme il l'avait dit à Larry, il ne regrettait rien, et si c'était à refaire, il le referait sans hésiter.

Fort heureusement, May ignorait qu'il avait achevé la dernière phase de l'opération à tâtons pour ainsi dire, et que ses collègues avaient été obligés de prendre le relais.

La veille avait été le pire jour qu'il ait jamais vécu, alors que pour May et pour sa famille, il avait certainement été le plus beau...

— Nous vous avons fait confiance et nous ne le regrettons pas, ajouta John.

Pour couper court à ses louanges, Adam rabattit le drap pour commencer l'examen de May.

La cicatrice qui allait du bas du sternum jusqu'au haut du pubis présentait un aspect sain et régulier.

— L'infirmière m'a dit que vous ne vouliez rien prendre contre la douleur, dit-il en relevant la tête.

Le sourire de May s'élargit.

— C'est une misère comparée à celle que j'ai eu à endurer avant l'opération.

A cet instant, une infirmière entra dans la chambre avec un document à la main.

— Voici pour vous, docteur Cline. Les données viennent d'être entrées dans le fichier informatique. Et comme je sais que vous les avez demandées un peu plus tôt, je vous les ai imprimées.

— Merci, Kathy, répondit-il en prenant l'hémogramme qu'elle lui tendait.

Il le consulta durant quelques instants.

Depuis la dernière transfusion, les taux d'hémoglobine et d'hématocrite, bien qu'encore très bas, s'étaient maintenus. Tout risque d'hémorragie interne se trouvait écarté.

Satisfait, il s'assura auprès de l'infirmière que l'alimentation parentérale reçue par May s'effectuait correctement.

— Le chirurgien vasculaire et le néphrologue vont passer vous voir cet après-midi, reprit-il. Suivez bien leurs recommandations. J'essaierai de me joindre à eux. Ils ont été formidables. Comme moi, ils sont navrés que nous n'ayons pas réussi à conserver votre rein.

— Ce que vous avez accompli est déjà un miracle, répondit May. Et je préfère amplement avoir perdu un rein que la vie…

Adam s'attarda encore un peu avec le couple. Puis il s'esquiva à l'arrivée de leur fille, ne voulant pas entendre de nouveaux éloges.

*
* *

— Tu veux bien t'asseoir ? demanda Liz à Kelly qui s'affairait autour de son lit.

Son amie, à l'instar de Mona, veillant sur elle avec des attentions de mère poule, elle était sûre que tout avait été vérifié dans les moindres détails.

Kelly secoua vigoureusement la tête.

— Non, je ne peux pas. Je travaille jusqu'à 19 heures.

— Tout va bien, rassure-toi. J'ai mal partout, mais c'est normal, dit Liz avec un soupir résigné.

Quoi de plus normal, en effet, se répéta-t-elle en dressant de nouveau le bilan de son accident.

Elle souffrait d'une commotion, de multiples contusions, de deux lésions graves ayant nécessité des points de suture, et — Dieu sait comment elle avait fait son compte — sa cheville droite était fracturée.

— Je n'ai besoin de rien, poursuivit-elle. Ou plutôt si… Il faut que je parle au Dr Graviss.

— Il ne te laissera pas sortir de sitôt, alors ne perds pas ton temps à lui demander…

L'autorité avec laquelle Kelly avait prononcé cette phrase aurait fait rire Liz si elle n'avait pas eu aussi mal.

— Même s'il m'en donnait l'autorisation, je n'irais pas bien loin avec ma jambe. Il faudrait déjà qu'il me la répare…

La tête inclinée, Kelly lui sourit affectueusement.

— D'accord. Je te l'envoie.

A peine avait-elle prononcé ces mots que le Dr Graviss fit son entrée dans la pièce.

Kelly claqua des doigts comme si cette apparition était l'œuvre de son intense concentration mentale.

— Il suffit de demander ! dit-elle avec gaieté.

— Comment se porte ma patiente préférée ? demanda le médecin.

Kelly reprit son sérieux sur-le-champ et devança la réponse de Liz.

— Elle est stable. Ses dernières constantes étaient excellentes.

Le Dr Graviss consulta en détail les paramètres vitaux de Liz puis, relevant la tête, il fronça les sourcils.

— Vous nous avez fait des frayeurs.

— J'ai eu moi-même la peur de ma vie ! répliqua Liz.

— Heureusement, il y a eu plus de peur que de mal. Vous en serez quitte pour quelques cicatrices. Mais pour ce qui est de votre cheville, il va falloir vous armer de patience, ajouta-t-il en désignant sa jambe.

Liz considéra à son tour sa cheville bandée.

— C'est-à-dire ? demanda-t-elle.

— Vous souffrez d'une fracture de Dupuytren qu'il va falloir réduire chirurgicalement. En clair, le Dr Bell va fixer votre malléole interne à l'aide de vis. Il va passer pour vous dire quand aura lieu l'opération.

— Et… le bébé ?

Du coin de l'œil, elle vit Kelly écarquiller les yeux.

Le Dr Graviss lui jeta un regard amusé puis reporta ses yeux sur Liz.

— Sa vie n'est pas en danger, répondit-il. Lors de l'accident, vous avez amorti le choc, si je puis dire. Votre grossesse devrait se dérouler sans problèmes.

Délivrée de son angoisse, Liz tourna les yeux vers son amie, qui ne s'était toujours pas remise de sa surprise.

Cette fois, malgré la douleur, elle ne put s'empêcher de rire.

— Eh oui ! J'attends un enfant ! dit-elle, une main posée sur son ventre. J'ai vu l'obstétricien hier. Il m'a dit que tout allait bien.

— Et aujourd'hui aussi, selon les examens. Vous n'avez même pas eu de saignements, et le cœur du bébé bat fort et régulièrement. Alors repos absolu et surtout, pas de stress. Si vous voyez de quoi je veux parler. Ou plutôt de *qui*, ajouta le Dr Graviss en lui lançant un regard qui se voulait sévère.

— Adam…, murmura-t-elle.

Il confirma d'un battement de paupières.

— Il est au courant pour le bébé ?

Elle secoua la tête.

— Il est préférable que vous restiez un moment sans vous voir. Vous devez d'abord reprendre des forces, l'un comme l'autre.

Après une brève hésitation, il ajouta :

— Le conseil d'administration de l'hôpital lui donne du fil à retordre en ce moment. Ils ont examiné son cas en session extraordinaire.

— C'est au sujet de May ?

— Oui.

Liz haussa les sourcils.

— Mais son opération a été une réussite…

— C'est bien cela le problème, apparemment. Le Dr Mills n'a pas digéré qu'Adam retire une tumeur qu'il avait lui-même jugée inopérable. Son orgueil en a pris un coup.

— Il s'en est plaint à son père qui, on le sait, depuis plus de vingt ans fait la pluie et le beau temps dans cet hôpital, intervint Kelly.

— Adam a endossé une lourde responsabilité en acceptant cette intervention, dit le Dr Graviss avec un soupir. La controverse était à prévoir.

— Adam n'a pas peur de dire ce qu'il pense, répliqua Liz. Il agit uniquement dans l'intérêt des patients là où d'autres ne voient que le leur. Comment voulez-vous qu'il s'entende avec ce genre d'individus ?

— Il force l'admiration, c'est vrai, commenta le médecin avec un large sourire. Même si je dois reconnaître que j'ai parfois du mal à le suivre.

— Moi aussi…, répondit Liz, troublée.

Le Dr Graviss s'appuya des deux mains sur la barre du lit et se pencha vers elle.

— Ne vous inquiétez pas. Tout finira par s'arranger, vous verrez. Ce n'est qu'une mauvaise passe, ajouta-t-il d'un ton amical.

10.

Trois jours après son opération de la cheville, Liz, allongée sur son lit, étudiait sous tous les angles le casse-tête qu'allait constituer son avenir proche.

Dans deux mois, elle serait de nouveau sur pied, avait dit le Dr Bell, grâce aux séances de rééducation et à une bonne dose de volonté.

Mais la volonté ne lui avait jamais fait défaut. Elle était prête à reprendre le travail le plus tôt possible et assurer des gardes avant son congé prénatal car son budget était en train de se réduire comme peau de chagrin — ce budget qu'elle venait à peine d'assainir en réglant les dernières factures médicales relatives au traitement de Gramps.

Evidemment, l'arrivée du bébé allait coûter cher, mais se priver ne lui faisait pas peur. Son enfant la récompenserait au centuple de ses sacrifices financiers.

En dernier recours, elle pourrait toujours emprunter de l'argent à Kelly ou à Mona.

Certes, dès qu'elle annoncerait sa grossesse à Adam, il lui proposerait sans doute de l'aider matériellement, mais il n'était pas question qu'elle accepte quoi que ce soit de sa part.

D'ailleurs, il suffisait de voir le peu d'intérêt qu'il manifestait actuellement pour elle pour présager des mois à venir.

Il n'était pas passé la voir une seule fois, respectant scrupuleusement les instructions de son ami Larry. Cette consigne l'arrangeait sans doute puisque les choses se trouvaient ainsi simplifiées.

Mais ce qui l'horripilait plus encore, c'est que, malgré son attitude, elle ne parvenait toujours pas à le détester. Et elle se rangeait sans mal à l'avis du Dr Graviss qui connaissait Adam de longue date.

Ce dernier traversait probablement une mauvaise passe et ses bizarreries ne faisaient pas pencher la balance en sa défaveur. Celles-ci ne réussiraient pas à ternir les moments magiques qu'ils avaient partagés.

Peu importe les horreurs qu'il lui avait dites le soir de l'accident. Elle était persuadée que ses sentiments avaient été réels, même s'il avait soutenu le contraire.

Il avait forcé le trait, exagéré. C'était le seul moyen, sans doute, qu'il avait trouvé pour qu'elle se détache de lui, et ainsi obtenir sa liberté afin de voler vers d'autres conquêtes.

Au vrai, elle préférait l'imaginer ayant des aventures sans lendemain. Apprendre qu'il en aimait une autre aurait été un crève-cœur bien plus grand.

Malgré tous ses efforts, elle ne parvenait pas à l'imaginer frivole. Peut-être ce mode de vie finirait-il par le lasser ?

Elle ne pouvait s'empêcher d'espérer.

Il lui manquait, elle voulait lui parler du bébé, mais il n'était pas venu, et que pouvait-elle faire, immobilisée dans ce lit ?

Célibataire, enceinte, et abandonnée par l'homme qui comptait le plus au monde pour elle. Peut-être devrait-elle le haïr ?

Mais quel que soit l'avenir de leur relation, le Dr Graviss avait raison. Adam était quelqu'un de valeur. Elle avait passé trop de temps avec lui pour en douter.

Ne lui restait plus qu'à espérer que cet avenir, justement, lui réservait des jours meilleurs.

Bien sûr, elle avait toujours cru qu'Adam en ferait partie.

— Je vous trouve bien songeuse, dit la voix douce de Nannie Robbins.

S'arrachant à ses pensées, Liz tourna la tête vers la vieille dame dont elle partageait la chambre depuis qu'elle avait quitté le service des soins intensifs.

Nannie s'était fracturé la hanche et le matériel de traction compliqué qui équipait son lit la faisait paraître encore plus frêle.

A quatre-vingts ans passés, elle devait souffrir le martyre et, pourtant, pas une seule fois, Liz ne l'avait entendue se plaindre.

— En fait, je pensais à la vie…

La vieille dame hocha la tête, comme si elle comprenait parfaitement.

— Oui, la vie est le cadeau le plus précieux et la plus belle chose qui soient. Quand on sait qu'elle ne tient qu'à un fil, on ne l'en chérit que davantage.

Repensant à l'accident qui avait failli lui coûter la vie, ainsi qu'à son bébé, Liz sentit l'émotion la submerger.

— Vous avez raison, Nannie, murmura-t-elle.

Le regard de cette dernière se fit lointain.

— La vie… et l'amour, naturellement.

Liz eut le sentiment que si la vieille dame avait pu bouger, elle se serait penchée pour lui tapoter la main.

— N'oubliez jamais ça, petite. L'amour est votre bouclier, la vie votre arme. Il vous manque, n'est-ce pas ?

Liz la dévisagea sans comprendre.

— Qui ça ?

Nannie haussa légèrement les épaules en souriant.

— Adam, voyons…

— Mais comment…

— Vous l'avez appelé dans votre sommeil.

Cette explication ne fit qu'ajouter au trouble de Liz qui grimaça. Elle avait rêvé de lui la nuit dernière, se revoyant dans ses bras, et elle s'était sentie si bien, tellement en sécurité.

— Je suis désolée… Je ne voulais pas vous déranger.

Le visage ridé de Nannie s'éclaira d'un large sourire.

— Il n'y a vraiment pas de quoi. C'est si merveilleux, l'amour ! Spécialement, le véritable amour…

Le cœur de Liz se serra.

— Détrompez-vous… Adam ne m'aime pas, dit-elle, les yeux baissés.

Nannie eut une moue sceptique.

— En êtes-vous sûre ?

Liz ne répondit pas tout de suite.

Les paroles optimistes du Dr Graviss lui revinrent en mémoire, puis l'air malheureux d'Adam en salle de radiologie, juste après l'accident, la façon dont il avait posé sa main sur la sienne.

Elle releva les yeux et affronta ceux de Nannie, brillant d'expectative.

— Je ne sais pas, répondit-elle finalement.

L'espace d'une seconde, la vieille dame parut déçue, mais son enthousiasme reprit vite le dessus.

— Moi, je crois que si, tout au fond de vous. Quand c'est l'amour avec un grand A, il n'y a pas à se tromper. Et je pense qu'il en faut plus pour l'éteindre.

Elle s'absorba dans un silence rêveur que Liz n'osa pas rompre.

— Cela me rappelle mon Edouard, reprit-elle d'un ton nostalgique. Nous avons été si heureux. Seule la mort est parvenue à nous séparer. Il est tombé sous les balles, au champ d'honneur…

— Oh… Nannie. Je suis désolée, murmura Liz.

Nannie balaya l'air d'un revers de la main.

— Il ne faut pas, mon enfant. Nous avons eu la chance de connaître l'amour, le vrai. Y a-t-il au monde quelque chose de plus beau ?

De nouveau, le cœur de Liz se serra.

— Vous êtes quelqu'un de bien, Nannie. Et je vous envie votre sagesse.

— Quand vous aurez mon âge, mon petit, vous aurez appris deux ou trois choses…

La porte s'ouvrit soudain, rompant le charme de ces confidences.

— Alors, mesdames… J'ai l'impression que tout se passe bien ! s'exclama le Dr Bell, un grand sourire aux lèvres.

D'un pas vif, il se dirigea vers le lit de Nannie dont il examina la hanche. Puis il lui délivra une nouvelle dose de morphine car elle oubliait systématiquement d'actionner sa pompe.

Puis il se tourna vers Liz.

— Comment va cette jambe ?

Elle força un sourire sur ses lèvres en désignant sa jambe en traction.

— Comme vous le voyez…

Il l'examina puis entreprit de pincer chacun de ses orteils.

— Excellent remplissage capillaire, conclut-il en voyant la peau se recolorer aussitôt.

— Je vais bientôt pouvoir sortir, alors ?

Le chirurgien prit un air faussement chagriné.

— Quoi ? Vous ne vous plaisez donc pas avec nous ?

— Vous voulez vraiment la vérité ?

Il se mit à rire.

— Ce n'est pas terrible, n'est-ce pas ?

— Heureusement que Nannie est là, sinon, je crois que je deviendrais folle, répliqua-t-elle avant de tourner la tête vers la vieille dame pour constater que celle-ci dormait paisiblement. Avez-vous vu Adam ? demanda-t-elle avant d'avoir pu s'en empêcher.

Le Dr Bell détourna le regard.

— J'ai l'ai croisé hier. A lui aussi, cet hôpital sort par les yeux.

Liz scruta le visage du médecin avec inquiétude.

— Toujours ses problèmes avec le conseil d'administration ?

— Oui. On lui fait payer cher l'opération de May.

— Vous lui direz que je suis de tout cœur avec lui, dit-elle après un silence gêné.

Cette phrase fit sourire le Dr Bell.

— Pourquoi ne pas lui dire vous-même ? suggéra-t-il.

Elle haussa les épaules.

— Il faudrait déjà qu'il passe me voir…

— Mais il est passé car le Dr Graviss a levé son interdiction et, chaque fois, il vous a trouvée endormie. Ce n'est pas sa faute si vous êtes une vraie marmotte !

Elle le dévisagea, stupéfaite.

— Comment savez-vous ça ?

— Votre voisine veille au grain, répondit-il.

Liz tourna les yeux vers la vieille dame pour qui elle éprouvait maintenant une véritable affection.

— Nannie ? demanda-t-elle, incrédule. Mais elle ne m'en a rien dit !

— Elle aura oublié…

Adam sortait de la salle de consultation lorsque Marilyn, sa secrétaire, l'intercepta.

— Docteur Cline, vous êtes attendu dans votre bureau… Votre prochain rendez-vous n'est que dans une demi-heure, donc prenez votre temps.

Comme elle lui adressait un clin d'œil, il comprit qui l'attendait et gagna sans tarder son bureau.

Depuis des jours, il se sentait continuellement oppressé, car il n'avait toujours pas pu dire à Liz ce qu'il avait sur le cœur étant donné qu'elle dormait chaque fois qu'il était passé la voir.

Plus le temps passait, plus son angoisse grandissait.

Il s'arrêta sur le seuil de la pièce.

Liz était là. Bien droite, assise dans son fauteuil roulant, elle lui tournait le dos, et il ne voyait d'elle que sa chevelure qui lui tombait sur les épaules.

Au bruit qu'il fit en refermant la porte, elle ne tourna pas la tête et n'esquissa pas le moindre geste.

Il traversa la pièce et lui fit face.

Un élégant peignoir bleu ciel qu'il ne lui connaissait pas laissait à découvert l'attelle qui lui tenait la jambe.

— Bonjour, Liz.

Elle lui désigna sa chaise d'un mouvement du menton.

— Va t'asseoir, Adam. Je n'ai aucune envie que tu me regardes de haut.

Il obéit sans broncher, souriant intérieurement, rassuré par son ton déterminé. C'était le signe qu'elle commençait à aller mieux.

Il prit place en face d'elle et se passa lentement une main dans les cheveux, ne sachant par où commencer.

Il allait se jeter à l'eau lorsqu'elle prit la parole.

— Avant de te dire pourquoi je suis ici, Adam, je voudrais te remercier pour tout ce que tu as fait pour May. Je viens de passer la voir et elle semble en pleine forme. Merci, encore…

Apercevant dans ses yeux une lueur d'admiration, Adam sentit son cœur battre plus vite, pénétré d'un immense sentiment de fierté.

Ce regard effaçait à lui seul toutes les brimades que le conseil d'administration lui faisait subir.

Un long silence s'écoula durant lequel Liz sembla chercher ses mots.

— J'ai donc quelque chose à te dire, reprit-elle. J'étais venue pour te l'annoncer le soir de l'accident mais… Bref, aujourd'hui, si je veux t'en faire part, c'est parce que je pense que tu dois l'apprendre de ma bouche plutôt que de celle de quelqu'un d'autre. Je suis enceinte…

Enceinte ?

Non, il avait dû mal comprendre. Liz ne pouvait porter un bébé de lui.

— Comment ça ? bredouilla-t-il.

Elle eut un geste d'impatience.

— Dois-je te faire un dessin ?

— Il est de moi ?

A cet instant, il désirait sincèrement que cet enfant soit d'un autre homme. Un homme en pleine santé et aux gènes irréprochables.

Elle le foudroya du regard.

— Je ne nous ferai pas l'injure de répondre à ta question. Mais venir ici a été une erreur.

Ils demeurèrent un long moment les yeux dans les yeux, puis elle secoua lentement la tête.

— Je voulais juste que tu le saches. Mais je n'attends rien de toi, et ta réaction vient de me prouver que j'ai raison.

— Tu es enceinte de combien ?

— Selon l'échographie, quatorze semaines.

Le poids qui pesait sur sa poitrine s'envola aussitôt et il poussa un soupir soulagé.

— Alors, il n'est pas trop tard pour avorter…

L'avortement n'était pas un acte anodin, il le savait. Il blesserait Liz dans son âme et dans sa chair, mais lui serait là pour panser ses blessures.

Fonder une famille avec elle était, à la vérité, son vœu le plus cher et la maladie n'avait pas réussi à l'anéantir. Or des enfants, il pourrait en avoir par bien d'autres moyens.

Cependant, Liz s'était raidie et son visage affichait une expression qu'Adam ne lui avait encore jamais vue. Il ne s'agissait pas de détresse, loin de là, ni même de colère.

Il ne pouvait s'y méprendre, ce qui était apparu dans son regard était bien du mépris.

Il sentit une boule se former dans sa gorge.

Comme elle gardait le silence, il reprit, espérant se montrer convaincant :

— Liz, tu ne comptes tout de même pas le garder ? Tu sais bien que c'est impossible.

Elle le regarda sans ciller.

— Et toi, tu sais ce que tu es ? demanda-t-elle entre ses dents.

Il déglutit, attendant la sentence.

— Un salaud…

Avec des gestes nerveux, elle fit pivoter son fauteuil et roula jusqu'à la porte, qu'elle parvint à ouvrir après une manœuvre laborieuse.

Sonné, abattu, Adam la regarda faire, incapable de se

lever pour aller l'aider. Il la regarda disparaître de son bureau.

Une émotion impossible à identifier gonfla alors dans sa poitrine, le propulsant sur ses pieds pour courir à sa suite. Il la rattrapa dans le couloir.

— Liz ?

Il saisit les accoudoirs du fauteuil pour l'arrêter car elle n'en avait visiblement pas l'intention.

Elle attendit, le regard fixé droit devant elle.

— Qu'est-ce que ça signifie ? demanda-t-il.

Ses sourcils se froncèrent et ses yeux se posèrent alors sur lui.

— Que veux-tu dire par là ?

— Pour nous ?

— As-tu oublié ? demanda-t-elle d'un ton glacé en manœuvrant son fauteuil pour partir. Il n'y a plus de nous.

11.

Kelly se pencha vers la machine à café, prit le gobelet qui venait de se remplir et le tendit à Liz.

— Je n'arrive pas à le croire ! s'exclama-t-elle avec une moue écœurée. Décidément, ce n'est pas d'antidépresseurs qu'Adam a besoin, mais d'un bon électrochoc.

Elle pressa son index sur sa tempe en un geste éloquent.

Liz sourit, mais le cœur n'y était pas.

— Tout le monde — et en particulier les femmes — s'accordait à dire que tu avais trouvé la perle rare, et voilà qu'à présent Adam se conduit comme la dernière des crapules, ajouta Kelly.

— J'aimerais pouvoir te donner tort.

— Quelle mouche l'a donc piqué ?

— On se le demande…, soupira Liz.

Elle but une gorgée de café brûlant dont le goût corsé l'aida à remettre un peu d'ordre dans ses pensées.

Même dans les pires scénarios échafaudés durant ses heures d'angoisse, elle n'avait imaginé qu'Adam pût l'inciter à avorter.

« Alors, il n'est pas trop tard pour avorter… »

Ces mots s'étaient fichés dans son cœur et c'était comme si soudain un gouffre s'était ouvert sous ses pieds.

Durant cette atroce seconde, elle avait distinctement perçu la volonté d'Adam de s'éloigner d'eux — elle et son enfant — ainsi qu'il l'aurait fait de deux choses encombrant sa vie et qu'il lui tardait d'ôter définitivement de sa vue.

Mais elle aurait la force de remonter la pente et il

pouvait dormir tranquille : son aversion était à présent à la mesure de la sienne. Plus elle se tiendrait éloignée de lui, mieux elle se porterait.

La suggestion d'Adam n'influerait pas sur sa décision, ou plutôt si : elle souhaitait plus que jamais garder l'enfant. Son arrivée prochaine lui apparaissait comme un rayon de soleil au milieu de ses sombres pensées.

Maintenant, il fallait qu'elle brise les attaches qui la retenaient encore à Adam. Elle n'allait pas passer sa vie à regretter un homme qui n'en valait pas la peine.

Serrant très fort les yeux pour refouler ses larmes, elle but une nouvelle gorgée de café.

— Tu veux que je lui mette un coup de poing dans la figure ? proposa Kelly d'un air farouche.

— C'est très gentil de ta part, Kelly, mais je crois que ce n'est pas une bonne idée, répondit Liz, bien que sur le moment elle-même ait eu envie de gifler Adam.

Comment avait-il osé lui poser cette question ?

Comment pouvait-il ne pas vouloir leur bébé ?

Leur bébé était un miracle. Une bénédiction. Un cadeau.

Elle écrasa son gobelet vide dans sa main et le lança dans la poubelle.

— Ramène-moi plutôt dans ma chambre, ajouta-t-elle.

Voyant que Kelly empoignait déjà son fauteuil, elle ajouta :

— Et si tu as vraiment besoin de te défouler, je t'autorise un ou deux excès de vitesse.

Depuis l'annonce de Liz, Adam évoluait dans un état second.

Heureusement, il n'avait eu à pratiquer que des opérations de routine. Pour être honnête, il venait d'achever une appendicectomie quasiment en pilotage automatique.

Sa vie n'était que chaos et désolation, se répétait-il, horrifié, honteux.

La veille, il avait réagi en monstre. La maladie lui

troublait-elle à ce point l'esprit pour que, tétanisé par l'idée que l'enfant puisse lui aussi en être atteint, il suggère l'avortement à Liz sans lui fournir d'explication ?

Le bon sens aurait voulu — ou mieux exigé — qu'il parle d'emblée de sa sclérose en plaques, la clé du problème. Il était vraiment en dessous de tout.

A la pensée que le soir de l'accident, alors qu'elle venait lui annoncer sa grossesse, il lui avait dit qu'il ne l'aimait pas, il sentit une nausée lui monter dans la gorge.

Elle devait le maudire autant qu'il se maudissait lui-même. Mais reconnaître ses fautes à part soi n'était rien s'il ne trouvait pas le courage de les lui avouer.

Quand donc allait-il assumer ses responsabilités ?

Il s'était retranché derrière la maladie pour trouver une justification à sa conduite, et convaincu que la fin justifiait les moyens, il n'avait pas mesuré la portée de ses paroles, sans parler de celle de ses actes.

Mais les faits étaient là : il avait lancé une machine infernale qui était en train de broyer Liz.

Liz avait passé la journée dans sa chambre, ne trouvant pas la force d'en sortir et craignant de rencontrer Adam au détour d'un couloir.

La veille, Nannie avait été transférée dans une maison de retraite médicale et son absence se faisait cruellement sentir. Plus que jamais, Liz aurait eu besoin de ses conseils avisés et de sa gaieté réconfortante.

Au fil des heures, elle avait ressassé des idées noires, s'arrachant à peine à ses réflexions pour répondre poliment aux questions des médecins et afficher des sourires rassurants à l'adresse de ses amies.

La scène de la veille ne quittait pas un instant son esprit.

Elle ne trouvait même plus de mots pour qualifier l'attitude d'Adam.

Non, il ne s'était pas métamorphosé en monstre, se disait-elle. Il l'avait toujours été. La duplicité était un art qu'il maîtrisait à la perfection et avec lequel il avait habilement trompé tout son monde.

Tandis que, de son côté, s'obstinant contre toute raison, elle avait continué à l'idéaliser et préféré croire au mirage de l'amour.

Une année durant, il s'était amusé à ses dépens et avait feint de l'aimer. Mais ne lui avait-il pas avoué lui-même qu'il ne s'agissait en fait que d'une relation physique ? Dès lors, l'avortement s'inscrivait dans son implacable logique.

La prise de conscience était douloureuse et l'expérience amère. Malgré tout, il n'était pas question de l'effacer de sa mémoire. Sa relation avec Adam était riche d'enseignements car elle l'avait définitivement guérie des chimères.

Un cap avait été franchi, et cette mise à l'épreuve constituait une leçon de vie dont elle sortirait grandie. Un mal pour un bien, comme aurait dit Gramps…

L'après-midi touchait à sa fin et elle appréhendait déjà une nuit d'insomnie lorsqu'elle vit la haute stature d'Adam se découper dans l'encadrement de la porte.

Que faisait-il ici ?

Elle se hâta de fermer les yeux, essayant de feindre le sommeil, mais elle le sentait tout près du lit, l'observant.

— Es-tu si furieuse contre moi que tu refuses de me regarder ?

Il n'avait pas idée… Elle était tellement hors d'elle qu'elle serait capable de lui cracher au visage. De lui arracher les yeux. Ses joues la brûlaient sous l'effet de la colère.

— Je ne te le reproche pas, ajouta-t-il d'une voix lasse. Ta nouvelle m'a fait un choc, et j'ai très mal réagi. Je n'ai dit que des inepties.

Elle ouvrit les paupières avec réticence, mais ne prononça pas un mot.

— Tu ne vas pas me faciliter les choses, n'est-ce pas ?

— Donne-moi une raison pour laquelle je devrais, dit-elle d'un ton sarcastique.

— Il n'y en a pas une seule, murmura-t-il.

— Nous sommes au moins d'accord sur quelque chose…

— Tu es enceinte, Liz. Et il n'est pas question que je sois le père d'un enfant.

— Oh, désolée de te décevoir.

Le visage las d'Adam se crispa.

— Je ne suis pas déçu. Ou je ne le serais pas si les choses étaient différentes.

Oui, s'il l'aimait. S'il voulait avoir un avenir avec elle.

— Eh bien, c'est dommage, parce que je n'avorterai pas et que tu devras t'en accommoder. Mais va-t'en, Adam, je ne veux rien avoir à faire avec toi.

— Si c'est vraiment ce que tu veux... Je serai là pour t'aider.

Elle secoua vivement la tête.

— Ce ne sera pas nécessaire. J'ai un toit et un travail.

Il fronça les sourcils.

— Tu es en fauteuil roulant !

— Et alors ? rétorqua-t-elle en haussant les épaules. Cela n'aura qu'un temps. Toi qui travailles dans un hôpital, tu devrais savoir que le handicap n'est pas une fatalité.

Adam considéra Liz en silence.

Pas une fatalité, se répéta-t-il. Encore une fois, il ne put s'empêcher d'admirer la rage de vivre qui animait Liz.

Il avait cherché à la préserver, mais, à la vérité, c'était elle qui, des deux, était la mieux armée pour se battre dans la vie.

Il prit alors pleinement conscience de l'affront qu'il lui avait fait en la présumant fragile et en prenant à sa place une décision qui lui revenait entièrement.

Lui cacher sa maladie équivalait à refuser son aide, et il s'était lui-même privé d'un appui inestimable. Que n'avait-il écouté les conseils de Larry !

— Ecoute, Liz... Je ne t'en ai pas parlé, car je ne voulais pas t'inquiéter, mais j'ai moi aussi quelque chose à t'avouer. Quinze jours avant le décès de Gramps, j'ai commencé à avoir des problèmes de santé : une vision troublée, des fourmillements dans les doigts, des crampes, des migraines. Pensant que c'était dû à la fatigue et au stress, j'en ai parlé à Larry... Tu sais, le Dr Graviss. Et imagine ma surprise lorsqu'il m'a orienté vers un neurologue... J'ai une sclérose en plaques, Liz.

Elle porta une main à sa bouche.

— Oh, Adam..., murmura-t-elle, les larmes aux yeux.

Il détourna la tête.

— Alors, tu comprends, je ne veux à aucun prix que tu revives avec moi ce que tu as vécu avec Gramps.

— Mais c'est absurde, Adam ! s'écria-t-elle d'un ton indigné. Tu en parles comme si cela avait été une corvée, comme si cela n'avait pas été mon choix. Gramps voulait finir ses jours à la maison et j'ai été heureuse de pouvoir exaucer son souhait. Mais il faut que tu saches également que s'il avait tenu à être hospitalisé, je l'aurais très mal vécu. Tu sais combien j'angoissais à l'idée d'être séparée de lui.

— Je sais. Et c'est cette même peur qui m'a incité à agir en dépit du bon sens.

Elle écarquilla les yeux, étonnée.

— Moi aussi, j'étais terrorisé à l'idée que tu te détaches de moi, même si je ne voulais pas me l'avouer, ajouta-t-il. Alors j'ai préféré prendre les devants.

— Adam, tu n'es pas sérieux ! Tu as vraiment cru que je pouvais te quitter en apprenant ta maladie ?

Il écarta sa question d'un geste.

— Je ne voulais pas non plus que tu restes par pitié, Liz.

— De mieux en mieux ! Tu sais bien que je t'aime, Adam, quoi qu'il arrive. Ne te l'ai-je pas dit ?

Elle se tut et secoua lentement la tête.

— Je voyais bien qu'il y avait quelque chose qui clochait. Pourquoi me l'as-tu caché ? Tu as traversé cette période tout seul alors que j'aurais pu te soutenir, comme tu l'avais fait pour moi. Non seulement tu ne t'es pas confié, mais tu t'es acharné à me faire du mal et à me repousser. A quoi ça rime ?

Adam baissa les yeux.

— A rien, murmura-t-il. Pour tout t'avouer, j'ai pratiqué l'opération de May dans un état second pour m'évanouir à la fin. Le conseil d'administration qui l'a appris m'a tapé sur les doigts, et je ne donne pas cher de ma peau lorsqu'ils apprendront que je suis atteint de la sclérose en plaques.

— Pourtant, il faudra bien que cela se sache, Adam ! Tu ne vas pas mentir indéfiniment… Il n'est pas question que tu opères durant les poussées, bien sûr, mais le reste du temps, tu peux continuer à exercer.

— Peut-être. Mais si la maladie devient chronique ?

Elle haussa les épaules.

— Je t'ai connu beaucoup plus optimiste… De toute façon, il est impossible de le savoir à l'avance. Alors arrête de te mettre martel en tête. Moi non plus je ne peux pas prévoir mon avenir. Demain, je peux très bien mourir dans un accident…

— J'ai compris le message.

— J'espère.

— Quelle que soit la forme de ma sclérose, je risque de l'avoir transmise à l'enfant, ajouta-t-il après un long silence.

— Si tu essaies de me persuader d'avorter, tu perds ton temps, répondit-elle d'un ton catégorique.

— Mais, Liz, il existe des tas d'autres moyens d'avoir un bébé. Pourquoi courir un tel risque ?

— C'est de notre enfant que tu parles, Adam. Il ne s'agit pas de risque, mais d'une chance.

— Et moi je te parle de maladie.

— Je sais très bien ce qu'est la sclérose en plaques. Je soigne des patients qui en sont atteints, et aucun ne la considère comme une condamnation à mort. Je suis tombée sur le plus pessimiste des malades, et sur ce point, je te l'accorde, je n'ai vraiment pas de chance, ajouta-t-elle en ponctuant sa phrase d'une moue attristée.

— Liz, je ne plaisante pas.

Elle plongea le regard dans le sien.

— Mais moi non plus…

L'entrée du Dr Graviss les fit tous les deux sursauter.

— A la bonne heure ! Vous voilà réconciliés, commenta-t-il avec un demi-sourire.

— Ce n'est pas ce que vous croyez ! marmonna Liz.

Le médecin leva une main apaisante.

— Ne montez pas sur vos grands chevaux, Liz. Dans votre état, ce n'est pas raisonnable. Quoi qu'il en soit, vous devriez reprendre cette conversation demain, une fois que Liz sera sortie, ajouta-t-il à l'adresse d'Adam.

— Je sors demain ! s'exclama Liz.

Le Dr Graviss lui sourit.

— Oui. En fin de matinée, si vous le désirez.

— Parfait ! commenta Adam. Tu vas pouvoir t'installer chez moi, Liz.

— Non, répondit-elle d'un ton ferme. Je n'irai pas chez toi… Ni nulle part avec toi, de toute façon.

Il la regarda d'un air dépité.

— Mais comment tu vas faire pour…

— Je me débrouillerai. Kelly et Mona m'aideront. Je peux également compter sur Sara, l'ex-infirmière de Gramps. Je me suis déjà arrangée avec elle. Alors, tu vois, tu n'as pas à t'inquiéter.

— Mais, Liz, je ne demande qu'à t'aider…

Elle poussa un soupir excédé.

Adam tourna les yeux vers Larry qui eut un geste d'impuissance, puis les reporta sur Liz.

— Alors laisse-moi au moins te ramener chez toi.

— Ce n'est pas la peine, conclut-elle d'un ton qui n'admettait pas de réplique.

— Je serai là quand même…

— Je n'irai pas avec toi, répondit-elle alors que la porte se refermait derrière lui.

12.

— Vous êtes en train de me manipuler, docteur Graviss. C'est contraire à l'éthique médicale, ajouta Liz, le lendemain matin, quand le Dr Graviss refusa de signer son bon de sortie si Adam n'était pas là pour la raccompagner chez elle.

— Pas du tout, se défendit-il. Ce qui le serait en revanche, c'est de vous laisser sortir alors que vous n'avez aucun moyen de rentrer chez vous.

— Mais j'en ai un ! Kelly va me raccompagner pendant sa pause-déjeuner. Sa chef de service est d'accord.

Le médecin eut un claquement de langue désapprobateur.

— Vous qui êtes tellement à cheval sur l'éthique, vous conviendrez comme moi que Kelly ne doit en aucun cas quitter l'hôpital durant ses heures de travail. Il vous faudra donc attendre cet après-midi pour sortir.

Le Dr Graviss plissa les lèvres en une moue attristée avant d'ajouter :

— Liz, je vous considère également comme mon amie. Qui plus est, vous êtes ma patiente, et donc sous ma responsabilité.

Elle haussa les épaules.

— Rien ne m'empêche d'appeler un taxi.

— Pas question. Je ne confie pas mes patients aux chauffeurs de taxi. Si vous tenez absolument à sortir ce midi, Adam est prêt à…

— C'est bien vous qui avez interdit la porte de ma chambre à Adam, non ?

— C'est vrai. Mais le contexte était différent. A ce

moment-là, Adam n'avait pas tout son bon sens. Il vous poussait à bout, même si c'était la dernière chose qu'il voulait. Heureusement vous y avez remédié, ajouta le médecin avec un grand sourire.

Elle l'observa avec méfiance.

— N'essayez pas de m'amadouer, docteur.

Il secoua la tête.

— Mais je suis sincère. Vous lui avez ouvert les yeux. Laissez-lui une chance de se racheter. Et ne vous énervez pas, ce n'est pas bon pour le bébé…

Cette remarque ne fit qu'attiser la colère de la jeune femme.

— Allez dire ça à Adam ! Lui qui n'attend qu'une chose : que je m'en débarrasse !

Le Dr Graviss secoua la tête.

— Ne croyez pas tout ce qu'il raconte. Il est angoissé par l'avenir, vous le savez bien.

— Et au lieu de me confier ses peurs, il a préféré mentir, en me disant les pires horreurs. Sur ce point, il n'a pas eu peur de me faire mal ! Et vous voudriez que je passe l'éponge comme ça ? ajouta-t-elle en claquant des doigts. Adam se cache derrière la maladie et c'est trop facile ! Mais je m'énerve, et ce n'est pas bon pour le bébé, comme vous dites, conclut-elle en faisant pivoter son fauteuil.

Mais elle s'arrêta net.

Adam la regardait depuis le seuil de la pièce, très pâle, un bouquet de roses rouges dans une main.

Le Dr Graviss rompit le silence oppressant qui régnait entre eux.

— Te voilà, Adam ! dit-il avec un petit sourire. Bon, j'ai quelqu'un à voir aux urgences. Pendant ce temps, arrangez-vous, tous les deux. Je reviens dans un instant pour signer le bon de sortie… Ou pas, ajouta-t-il en jetant un regard incisif à Liz.

Quand il quitta la chambre, Adam tendit les roses à Liz qui les prit pour les jeter sur son lit avant de reporter son attention sur lui.

— Je ne travaille pas cette semaine, ni la prochaine, dit-il d'une voix hésitante. Je suis donc à ton entière disposition.

Liz sentit une nouvelle vague de colère monter en elle, exaspérée à la perspective d'avoir à entrer dans d'interminables explications.

— Combien de fois faudra-t-il te le répéter ? demanda-t-elle en reculant brutalement son fauteuil. Je ne veux pas de ton aide, ni de ta pitié.

— Je ne veux pas de la tienne non plus. Nous sommes donc quittes.

— Tant mieux. Comme cela, tu peux t'en aller l'esprit tranquille, répliqua-t-elle avec une ironie glaciale.

Il se posta devant elle.

— Je ne repartirai pas d'ici sans toi.

— N'insiste pas, Adam.

— Laisse-moi au moins une chance, demanda-t-il, le regard suppliant.

Elle secoua la tête avec véhémence.

— C'est impossible.

Elle vit alors son expression changer brusquement.

— Je savais bien que tu ne pourrais plus m'aimer…

— Cela n'a rien à voir avec la maladie, Adam. Je ne peux plus faire confiance à un homme capable d'une telle cruauté. Après notre dispute, j'aurais pu te pardonner car ce n'était que des mots. Mais tu as voulu que j'avorte, et ça, je ne l'oublierai jamais…

Un silence plana.

— Je sais que je ne peux pas effacer mes erreurs passées, dit-il en affermissant sa voix. Mais je ne le souhaite pas non plus, car c'est grâce à elles que j'ai pris conscience des choses qui importent vraiment.

— Ah oui ! Et lesquelles ? demanda-t-elle, les yeux fixés sur lui.

Il soutint son regard.

— Je ne peux pas vivre sans toi, Liz. Je veux que le bébé vive et j'aimerais tant qu'il grandisse normalement.

Et aussi qu'il me soit donné de le voir grandir…, ajouta-t-il en baissant la tête.

Des mots… Rien que des mots, songea-t-elle, réprimant l'élan de tendresse suscité par ces paroles.

Adam excellait à passer d'un extrême à l'autre, elle le savait. Il l'avait laissée sur la touche et pensait qu'il pouvait revenir dans sa vie quand bon lui semblait ?

— Comment pourrais-je te croire, Adam, quand tu dis une chose et son contraire ?

— C'est vrai, j'ai souvent dit n'importe quoi. Mais c'est parce que j'étais perdu. Maintenant, je ne doute plus : je t'aime, Liz.

Ils se regardèrent un long moment sans rien dire.

— Faisons un essai, le temps que tu te remettes sur pied, reprit-il. Libre à toi, ensuite, de me mettre à la porte.

Liz ne répondit pas, écartelée par ce dilemme.

Sa raison lui disait de ne pas lui faire confiance, mais au fond d'elle-même, vibrait une émotion qu'elle avait vainement tenté d'étouffer durant toutes ces semaines où ils s'étaient entre-déchirés.

Ils aspiraient tous deux à la paix et lui, plus encore sans doute.

Son visage émacié était pâle à faire peur. On aurait dit qu'il allait s'évanouir d'un instant à l'autre.

Le voir dans cet état lui fit mal. Adam était aux prises avec la maladie et avait besoin d'elle tout autant qu'elle avait besoin de lui. A quoi bon nier l'évidence ?

Une fois qu'ils iraient mieux l'un et l'autre, elle se promettait de mettre les points sur les i, comme disait Kelly.

— Et je ne me gênerai pas, sois-en sûr, dit-elle. Bon, allons-y, j'ai besoin d'air.

Vingt minutes plus tard, Kelly aidait Liz à rassembler ses affaires et elle poussa le fauteuil roulant jusqu'à la voiture d'Adam tandis que celui-ci se chargeait des bagages.

Du bras, il leur indiqua une berline de couleur anthracite stationnée le long du trottoir.

Liz laissa échapper un sifflement d'admiration.

— On peut savoir à qui tu as emprunté cette voiture ? Elle a l'air toute neuve.

— Elle est neuve. Je viens de l'acheter, répondit-il avant d'ouvrir le coffre.

Liz haussa les sourcils, stupéfaite.

— Ah bon, et quand ça ?

— Ce matin. Ton fauteuil ne serait pas rentré dans l'ancienne, expliqua-t-il en l'installant sur le siège avant.

Elle planta son regard dans le sien.

— Ne me dis pas que tu en as acheté une exprès !

— Cela faisait longtemps que je voulais en acheter une deuxième. L'occasion s'y prêtait, c'est tout, dit-il en refermant la portière sans hâte, mais sans lui laisser le temps de répliquer.

Après s'être assis au volant, il tourna la tête vers elle.

— Quand tu remarcheras, tu pourras la prendre. La tienne tombe en ruine.

— Elle roule encore parfaitement !

Elle sentit sourdre en elle une nouvelle bouffée de rage. Elle voyait clair dans le jeu d'Adam et savait parfaitement ce qui se dissimulait derrière cette façade de chevalier servant. Il se sentait responsable de sa grossesse, pour ne pas dire coupable, et il cherchait à calmer sa conscience en lui offrant une compensation financière.

— Garde ta voiture, Adam. Et je t'interdis de vouloir gérer ma vie… Laisse-moi tranquille, c'est ce que tu as de mieux à faire !

Elle détourna la tête vers la vitre, agacée.

Elle commençait déjà à regretter sa décision et augurait mal des semaines à venir. Elle se voyait, mettant en doute l'authenticité des moindres paroles d'Adam et de chacun de ses actes.

Inévitablement, elle passerait son temps à guetter les signes qui confirmeraient ou infirmeraient ses soupçons.

Il aurait beau protester de sa bonne foi, comme il le faisait aujourd'hui, jamais elle ne serait apaisée.

Liz ne desserra pas les lèvres de tout le trajet et Adam n'osa pas rompre le silence, préférant la laisser à ses méditations.

Pourtant, il avait encore tant de choses à lui dire !

Par exemple que s'il avait acheté une voiture familiale, ce n'était pas sans raison. Il espérait ardemment qu'elle ferait elle-même la déduction.

Même si elle était d'humeur revêche, il se sentait le cœur léger. Car elle ne l'avait pas condamné sans appel puisqu'elle avait accepté de le suivre.

Maintenant, il devait tout faire pour lui prouver qu'elle ne s'était pas trompée. La balle était dans son camp et, il s'en rendait compte, c'était là la chance de sa vie.

Or cette certitude, loin de l'effrayer, lui donnait des ailes.

A force de persévérance, il vaincrait ses réticences, ne laissant passer aucune occasion de lui donner des preuves de son amour.

Il se gara devant la vieille maison de bois — dont le jardin était déjà colonisé par les mauvaises herbes —, descendit de la berline et se hâta de décharger le fauteuil pour y asseoir Liz qui s'impatientait sur le siège du passager.

Portant les bagages dans la maison qu'il ouvrit avec la clé qu'elle lui avait donnée des mois auparavant, il revint ensuite vers Liz qui avait déjà commencé à rouler dans la petite allée de terre battue.

Il poussa le fauteuil et la fit entrer dans la demeure, aménagée des années auparavant de façon que Gramps puisse y vivre sans difficulté.

L'émotion lui noua soudain la gorge. Il se voyait, lui, définitivement cloué à ce même fauteuil, et Liz, à sa place, accomplissant consciencieusement son devoir de garde-malade.

Chassant cette image de son esprit, il prit la jeune femme dans ses bras et la déposa délicatement sur le canapé.

— Merci, murmura-t-elle.

Sur la table basse, il plaça une pile de coussins où elle posa sa jambe.

— Est-ce que tu veux manger quelque chose ? Ou une boisson ? demanda-t-il.

Elle esquissa une grimace.

— Rien. Je n'ai pas faim. Et d'ailleurs, le réfrigérateur est vide.

— Non. J'ai fait les courses ce matin.

— Eh bien ! s'exclama-t-elle. Les courses, des fleurs, une voiture… Tu as eu une matinée bien remplie…

La remarque sarcastique le fit tiquer, mais il ravala la réplique acerbe qu'il avait sur les lèvres. Ce serait trop facile. Et c'était ce qu'elle cherchait.

— Plus que tu ne l'imagines… Bon, il faut que tu manges. Je vais te préparer quelque chose.

Ne voulant pas entendre ses protestations, il se dirigea aussitôt vers la cuisine pour en revenir très vite avec un plateau de bois qu'il déposa précautionneusement sur la table basse, soulagé de ne rien renverser.

Liz regarda avec étonnement la soupe chinoise et l'assiette de pudding à la banane, ses deux péchés mignons, qu'il avait achetés chez le traiteur où ils avaient coutume d'aller.

Elle semblait désarçonnée, un peu perdue, et son expression hostile avait disparu.

Ce fut suffisant pour l'encourager.

Il s'assit à côté d'elle et l'observa un instant en silence, se perdant dans ses yeux noisette pailletés d'or.

— As-tu beaucoup de nausées ? demanda-t-il.

Elle se referma comme une huître et il comprit trop tard qu'il avait brusqué les choses.

Le chemin pour regagner son cœur serait long et il allait devoir déminer patiemment le terrain.

Il soupira.

— De quoi as-tu besoin, Liz ?

— D'être seule, dit-elle sans le regarder.

Cette phrase, prononcée avec calme, l'affecta plus qu'une repartie cinglante.

— D'accord, dit-il en se levant. Si tu as besoin de quoi que ce soit, téléphone-moi. De toute façon, je t'appelle ce soir.

Elle hocha la tête sans croiser son regard.

— Tout ira bien. Kelly dort à la maison. Bonsoir, Adam, dit-elle avec manifestement l'envie de mettre fin au plus vite à cette conversation.

— Bonsoir, Liz.

Le cœur gros, il gagna la porte et sortit dans un silence à couper au couteau.

— Qu'est-ce que je ferais sans toi ! dit Liz en rejoignant Kelly qui était en train de repasser dans le séjour, les yeux rivés à la télévision.

— Tu oublies Adam, répliqua cette dernière d'une voix douce.

— Où est-il, au fait ?

— En ville. Il avait une course à faire.

— Ce n'est pas plus mal. Quand il est là, je n'ai pas une minute de répit…, soupira Liz.

Kelly déposa le fer à repasser et son regard bienveillant se chargea soudain de reproche.

— Ne sois pas trop dure avec lui. Il se met en quatre pour te faire plaisir. C'est vraiment touchant.

— Tu as la mémoire courte, dis donc ! lança Liz en croisant les bras sur sa poitrine. Dois-je te rappeler qu'il s'est conduit comme la dernière des crapules ?

— C'est vrai. Je l'ai traité de crapule, mais je ne savais pas qu'il était atteint de la sclérose en plaques. A présent, c'est bien différent. Je trouve même qu'il est très courageux. Il s'est battu pour sauver May alors qu'il était en pleine crise, et maintenant, il se bat pour ne pas te perdre.

— Bon sang, Kelly ! Tu oublies qu'il a voulu que j'avorte.

— Parce qu'il a peur d'avoir transmis la maladie à l'enfant. Je peux le comprendre.

— Avec ou sans sclérose, je l'aimerai cet enfant. Voilà ce qu'Adam ne veut pas comprendre.

Kelly hocha la tête. Son regard avait repris une expression chaleureuse.

— Pour toi, ce bébé est déjà réel. Tu as entendu son cœur battre et tu sens les changements qui s'opèrent en toi. Pour Adam, ce n'est pas la même chose. Chaque fois qu'il y pense, son sentiment de culpabilité doit se réveiller. Cela lui pose un cas de conscience, que tu dois prendre en compte. Il t'en a reparlé ? ajouta-t-elle après un instant de silence.

— De l'avortement ?

Elle confirma d'un signe de tête.

— Non. Il m'a même dit qu'il voulait que le bébé vive, murmura Liz en posant instinctivement ses mains sur son ventre.

Un petit sourire étira les lèvres de Kelly.

— Tu vois, il a réfléchi. Il fallait juste lui laisser un peu de temps.

— Si cela pouvait être aussi simple, répondit Liz avec une moue dubitative.

— Je reconnais que ce n'est pas facile. Mais toi, ne complique pas les choses non plus. Adam t'aime, Liz.

— Juste parce qu'il se sent responsable et qu'il veut que je lui pardonne.

— Penses-tu pouvoir lui pardonner un jour ?

— Ce n'est pas seulement ça, Kelly. Je ne fais plus confiance à Adam. Si elle n'existe pas dans un couple, comment peut-il fonctionner ?

Kelly soupira.

— Si tu le dis… Mais fais attention que ton entêtement ne soit pas dû à la fierté ou à la peur d'être blessée de nouveau. Cela m'ennuierait que tu commettes la même erreur qu'Adam.

— Laquelle ?

— Ne pas avoir foi dans les sentiments que vous éprouvez l’un pour l’autre.

— C’est bien ce que je disais, murmura Liz, le cœur brisé. C’est une question de confiance.

13.

Calée dans son canapé, Liz passa pour la énième fois en revue les programmes matinaux que proposaient les chaînes de télévision.

Excédée par leur indigence, elle jeta la télécommande sur la table basse et considéra un instant la pile de magazines que Kelly avait déposée à son intention avant de partir à l'hôpital.

Mais la lecture ne l'attirait pas davantage.

Les heures se succédaient, identiques et à l'image des jours, et elle ne savait plus comment tromper son ennui.

Alors qu'elle jetait un regard ennuyé par la fenêtre, elle se raidit en découvrant Adam en train de jardiner dans le massif de rosiers.

Décidément, il se croyait tout permis et il se considérait à ce point chez lui qu'il ne prenait même plus la peine de lui demander son avis pour entreprendre quoi que ce soit !

Elle tendit les bras pour se saisir du déambulateur qui, depuis peu, remplaçait son fauteuil roulant. Elle s'y appuya de toutes ses forces pour se mettre debout, faisant peser tout son poids sur sa jambe valide.

Avec une lenteur exaspérante, elle gagna la porte d'entrée qu'elle parvint non sans mal à ouvrir.

Après avoir rangé le déambulateur contre le mur, elle s'accota fermement au chambranle de bois et mit sa main en visière au-dessus de ses yeux.

— Qu'est-ce que tu fabriques dans les rosiers de Gramps ? demanda-t-elle d'une voix forte.

Il ôta une poignée de mauvaises herbes avant de relever la tête.

— Et toi, qu'est-ce que tu fais debout ?

— Le Dr Bell m'a dit que je pouvais me lever et marcher un peu du moment que je ne sollicitais pas ma cheville, répliqua-t-elle, sur la défensive.

Adam sortit du parterre, se frotta vigoureusement les mains et retroussa un peu plus ses manches sur ses bras bronzés.

— Quelle tête ferait le Dr Bell s'il te voyait jouer les équilibristes ? Et ne hausse pas les épaules, tu vas tomber ! ajouta-t-il, amusé.

Il remonta l'allée sans la quitter du regard.

— Je comprends que tu veuilles prendre l'air, Liz, reprit-il quand il l'eut rejointe sur le pas de la porte. Mais pourquoi ne me demandes-tu pas de t'aider ?

— Ce n'est pas la peine, répondit-elle du bout des lèvres.

— Mais si ! Le Dr Bell serait content de savoir que tu t'oxygènes.

Avant qu'elle ait pu dire ou faire quoi que ce soit, il la souleva de terre, et elle fut bien obligée de passer un bras autour de son cou — bien que, à la façon dont il la tenait contre lui, elle ne risque pas de tomber.

Elle lui décocha un regard noir.

— Tu profites de ta position de force.

— Je te rappelle que c'est moi le malade, répondit-il d'un ton calme.

— Cela t'arrange bien…

Adam secoua la tête et se mit à rire.

— Quelle mauvaise foi !

Arrivé près de la vieille balançoire de bois installée derrière la maison, il s'y assit, gardant Liz sur ses genoux.

— Je suis encore capable de faire de la balançoire toute seule, marmonna-t-elle.

— Jamais de la vie… Je ne veux pas qu'il t'arrive quoi que ce soit. Je t'aime, Liz, ajouta-t-il en resserrant son étreinte.

Un frisson la parcourut, mais elle le repoussa.

— Arrête de dire ça !

— Jamais… Je te le dirai tous les jours de notre vie ensemble.

Elle leva les yeux au ciel.

— Alors que tu m'as repoussée au moment où j'avais le plus besoin de toi ? Alors que tu ne voulais pas de notre bébé ?

— Parce que j'étais idiot, et pensais pouvoir m'en sortir seul, Liz. Et je me disais que tu ne pouvais lier ta vie à un homme qui ignorait ce que l'avenir lui réservait.

— Personne ne le sait.

— Ton accident me l'a fait comprendre. *Carpe diem*… « Cueille le jour présent, en te fiant le moins possible au lendemain »…

Il donna un coup de talon et la balançoire entama un doux va-et-vient.

— Ramène-moi à l'intérieur, s'il te plaît, Adam. J'ai froid, murmura-t-elle.

— Comme tu voudras.

Adam déchiffra le mot que Liz venait de placer sur la grille du Scrabble.

— Zarbi ? dit-il d'un air sceptique.

— Oui, « bizarre » en langage verlan.

Elle sirotait nonchalamment son thé, le regardant par-dessus le bord de sa tasse avec un air de défi, et Adam comprit qu'il serait inutile de parlementer. Elle avait posé son « z » sur une case qui comptait triple et n'en démordrait pas.

Mais quelle importance si elle gagnait ? Pour la voir sourire ainsi, il était prêt à accepter des mots qui n'étaient dans aucun dictionnaire.

Un mois s'était écoulé depuis le matin où il avait nettoyé

le massif de rosiers, et elle avait admirablement récupéré. Maintenant, elle se déplaçait avec des béquilles.

Lui aussi se sentait mieux. Les congés qu'il avait pris lui avaient fait le plus grand bien et ses forces lui revenaient. Mais il ne pouvait encore dire si cette amélioration était due à son traitement ou à l'influence bienfaisante de Liz.

Jour après jour, il s'était appliqué à regagner sa confiance et ses efforts avaient porté leurs fruits. A présent, dès qu'elle avait besoin de quelque chose, c'était vers lui qu'elle se tournait, cessant de solliciter systématiquement Kelly et Mona.

Il savourait chaque instant passé avec elle, les tenant pour des moments privilégiés où sa maladie se trouvait alors reléguée au second plan.

La vie avait pris une intensité nouvelle car, maintenant, il en connaissait tout le prix. Et toutes ces choses qu'il gardait jusqu'ici tout au fond de lui, il osait les avouer à Liz, de la même façon qu'elle s'était livrée à lui au moment du décès de Gramps.

Le matin même, Adam s'était rendu chez le Dr Winters qui, au vu de son bilan de santé satisfaisant, l'avait autorisé à exercer de nouveau du moment qu'il continuait à aménager ses horaires et qu'il s'engageait à s'arrêter immédiatement si son état se dégradait.

Liz avait tenu à l'accompagner jusque dans le cabinet du neurologue auquel elle avait posé une multitude de questions relatives au bébé. Des questions pointues qui montraient qu'elle planifiait déjà l'avenir et qu'elle l'envisageait sous tous les angles.

Une fois de plus, Adam s'était senti partagé entre joie et culpabilité…

Soudain, Liz posa sa tasse sur la table et s'éclaircit la gorge.

— Adam, j'ai quelque chose à t'annoncer, déclara-t-elle d'une voix douce. Je suis enceinte.

Il la dévisagea, déconcerté.

Puis, soudain, la lumière se fit dans son esprit : elle

voulait remettre les compteurs à zéro et était en train de lui donner une seconde chance.

Emu, il lui répondit par un sourire tendre.

— Et cet enfant, je veux le garder, continua-t-elle en lui rendant son sourire. Car nous l'avons fait ensemble. Nous l'élèverons ensemble et nous déjouerons tous les obstacles, comme par le passé. On ne peut pas prévoir l'évolution de la maladie, c'est vrai. Quoi qu'il en soit, tu peux être sûr d'une chose : tu es l'homme de ma vie et rien ni personne ne pourra me séparer de toi.

Adam sentit un immense sentiment de plénitude l'envahir. Seule Liz était capable d'apaiser ses conflits intérieurs. Sans elle, la vie perdait tout sens, toute saveur. Et dire qu'il avait failli la perdre !

Il avait réussi à la reconquérir de haute lutte et était prêt à se battre avec la même ardeur pour préserver leur amour. Il était le plus heureux des hommes et serait bientôt le plus heureux des pères…

— Mais je ne veux pas que tu te sentes enchaînée. Tu seras toujours libre de partir, Liz, murmura-t-il.

— Tu n'as donc pas écouté ce que j'ai dit ?

Il entremêla ses doigts aux siens et les porta à sa bouche pour les embrasser.

— Si. Et chacun de tes mots m'est allé droit au cœur. Je t'aime, Liz, je ne te le dirai jamais assez.

Lui ouvrant la paume, il y déposa un long baiser.

— Avec toi à mes côtés, ma chérie, je me sens la force de déplacer les montagnes. Cependant, j'ai peine à croire à mon bonheur. Alors, excuse-moi si je radote.

Un éclair malicieux passa dans le regard de Liz.

— Tu as le droit d'être gâteux, mais seulement quand le bébé sera là !

Blanche

HARLEQUIN

Retrouvez en juin, dans votre collection

Blanche

Médecin et séducteur, de Michelle Celmer - N°1270

Quoi qu'il lui en coûte, il parviendra à séduire la belle Clare Connelly : tel est le défi que s'est lancé le Dr Parker Reese. Et hors de question qu'il échoue, même si la mystérieuse jeune femme semble prendre un malin plaisir à repousser ses avances ! Ce que Parker n'avait pas prévu, en revanche, c'est qu'à force de côtoyer Clare, il ne pourrait plus se passer d'elle… Des sentiments qui vont totalement à l'encontre de sa réputation de don Juan impitoyable et qui, surtout, l'effraient au plus haut point.

Une passion imprévue, de Lucy Rider

Elle qui pensait passer des vacances de rêve dans le Pacifique, la voilà coincée sur une île déserte en compagnie d'un rustre ! Tandis que des larmes de colère lui brûlent les paupières, Eve tente de se reprendre : puisqu'elle va devoir supporter Chase Gallagher, le maudit pilote qui les a fait se poser ici, au milieu de nulle part, pendant une durée indéterminée, autant se montrer cordiale. A mesure que les jours passent, Eve se surprend pourtant à changer d'avis sur Chase, qui se montre protecteur et attentionné envers elle… A tel point qu'elle se demande bientôt si… Non, impossible. Elle ne peut tout de même pas être tombée amoureuse de lui !

Un bébé pour Maddie, de Marion Lennox - N°1271

Enceinte… et piégée au fond d'une mine, où elle a été envoyée pour secourir des blessés. Maddie le sait : elle ne doit surtout pas se laisser envahir par la panique. Aussitôt, ses pensées se tournent vers Joshua, son ex-mari… le seul à pouvoir la tirer de cette dangereuse situation. Bien sûr, faire appel à lui n'est pas sans risque car, une fois sur place, il découvrira qu'elle attend un enfant. Mais tant pis, la décision de Maddie est prise. Et puis, en le revoyant, elle trouvera peut-être le courage de lui avouer qu'elle l'aime toujours passionnément, et que cet enfant qu'elle a eu seule, elle désire l'élever avec lui…

Retrouvailles à Wildfire, de Meredith Webber

Rahman al-Taraq, cheikh et chirurgien illustre. Lorsque Sarah le croise sur l'une des plages de Wildfire, elle se retrouve subitement plongée quatre ans en arrière : ce soir-là, à Londres, elle avait fait la connaissance de Rahman lors d'un gala de charité. C'était juste avant qu'un terrible accident ne lui arrache son mari et son enfant à naître, faisant voler sa vie en éclats… Bouleversée de le revoir aujourd'hui, elle se sent pourtant irrésistiblement attirée vers lui. Comme si la présence de Rahman à ses côtés faisait ressurgir en elle des sentiments qu'elle pensait enfouis à jamais…

Leur mission : sauver des vies.
Leur destin : trouver l'amour

Blanche

Inavouable révélation, de Jennifer Taylor - N°1272

Un regard échangé, et Amy en est sûre : c'est lui, Nicolaus ! Après toutes ces années, cet homme qu'elle a passionnément aimé n'a pas changé, et fait s'affoler son cœur comme au premier jour... Très vite, pourtant, son sentiment d'euphorie cède la place à une brutale montée de panique : Jacob, son fils de huit ans, est à ses côtés. Et à n'en pas douter, en le voyant, Nicolaus va immédiatement comprendre qu'il en est le père...

La chance d'une vie, d'Annie O'Neil

Elle finira comme simple réceptionniste, alors qu'une brillante carrière de danseuse étoile s'offrait à elle ? Terriblement déçue, Lina sait pourtant qu'elle n'a pas le choix : la blessure dont elle a été victime l'empêchera à jamais de réaliser son rêve, et il est hors de question qu'elle refuse le poste qu'on lui a proposé dans une clinique spécialisée dans la danse. D'autant que, à peine arrivée, elle se prend à apprécier son nouveau travail... et plus encore le séduisant Cole Manning, médecin et directeur de l'établissement. A son contact, en effet, elle a l'impression de reprendre goût à la vie...

Le secret d'une naissance, d'Elizabeth Bevarly - N°1273

En découvrant un bébé sur le pas de sa porte, un soir de réveillon, Claire est désemparée. Car bien que son métier d'obstétricienne la mette chaque jour au contact de nouveau-nés, elle n'a jamais eu à s'en occuper seule. À son inquiétude se mêle un trouble gênant quand elle reconnaît l'officier venu constater l'abandon. Nick Campisano, son ex-fiancé. Un homme qu'elle a quitté dix ans auparavant, préférant sa future carrière à la famille qu'il désirait tant fonder avec elle...

La fiancée du pédiatre, de Caroline Anderson

Pour aider le Dr Andrew Langham-Jones, son patron, à déjouer les manœuvres de sa mère qui s'obstine à vouloir le marier, Libby accepte de se faire passer pour sa fiancée - juste le temps d'un week-end en famille. Mais Andrew, séducteur accompli, se montre si convaincant en amoureux transi que bientôt, ce qui s'annonçait comme un jeu innocent tourne au supplice. Et Libby, de plus en plus troublée, se prend à regretter que son compagnon d'un soir n'éprouve pour elle que de l'amitié...

HARLEQUIN

Leur mission : sauver des vies.
Leur destin : trouver l'amour

HARLEQUIN
www.harlequin.fr

COUP DE CŒUR

HARLEQUIN

Vous n'avez pas le temps de lire tous les romans Harlequin ce mois-ci ?

Découvrez les 4 meilleurs avec notre sélection :

COUP DE CŒUR

Composé et édité par HARLEQUIN

Achevé d'imprimer en avril 2016

BRODARD & TAUPIN

La Flèche
Dépôt légal : mai 2016

Pour l'éditeur, le principe est d'utiliser des papiers composés de fibres naturelles, renouvelables, recyclables, et fabriquées à partir de bois issus de forêts gérées selon un système d'aménagement durable. En outre, l'éditeur attend de ses fournisseurs de papier qu'ils s'inscrivent dans une démarche de certification environnementale reconnue.

Imprimé en France